Katie M. Bennett ist das Pseudonym einer deutschen Autorin, die mit ihrer Familie küstennah im Norden Deutschlands lebt. Sie liebt es, sich Geschichten auszudenken, am Meer zu sein und sich für in Not geratene Hunde einzusetzen.

KATIE M. BENNETT

DER Traum VOM HOTEL AM Meer

Überarbeitete Neuausgabe Juni 2023

Copyright © 2023 dp Verlag, ein Imprint der
dp DIGITAL PUBLISHERS GmbH
Made in Stuttgart with ♥
Alle Rechte vorbehalten

Der Traum vom Hotel am Meer

ISBN 978-3-98998-064-8
E-Book-ISBN 978-3-96817-358-0
Hörbuch-ISBN: 978-3-98778-958-8

Copyright © 2021, dp Verlag, ein Imprint der dp DIGITAL
PUBLISHERS GmbH Dies ist eine überarbeitete Neuausgabe des
bereits 2021 bei dp Verlag, ein Imprint der dp DIGITAL
PUBLISHERS GmbH erschienenen Titels Lavendelblaue Sehnsucht
(ISBN: 978-3-96817-358-0).

Covergestaltung: Anne Gebhardt
Umschlaggestaltung: ARTC.ore Design

Unter Verwendung von Abbildungen von
shutterstock.com: © oeahead, © Kriengsuk Prasroetsung
stock.adobe.com: © philipus , © Irina Schmidt , © Weiming ,
© ArtDingo, © oraziopuccio , © Sheremetio
elements.envato.com: © PixelSquid360
Lektorat: Claudia Steinke

Satz: dp DIGITAL PUBLISHERS GmbH
Druck und Bindung: Books on Demand GmbH, Norderstedt

Für Andreas

Vorwort

Dies ist eine überarbeitete Neuauflage des bereits erschienenen Titels Lavendelblaue Sehnsucht – Sommer in der Provence von Katie M. Bennett. Da wir uns stets bemühen, unseren Leser:innen ansprechende Produkte zu liefern, werden Cover sowie Inhalt stets optimiert und zeitgemäß angepasst. Es freut uns, dass du dieses Buch gekauft hast. Es gibt nichts Schöneres für die Autor:innen und uns, zu sehen, dass ein beständiges Interesse an ästhetisch wertvollen Produkten besteht.
Wir hoffen du hast genau so viel Spaß an dieser Neuauflage wie wir.
Dein dp-Team

Prolog

Les Issambres Juli 2001

Das Geräusch des aufheulenden Motors erinnerte sie an das Kreischen eines verzweifelten Kindes und hallte schmerzhaft in ihren Ohren nach.

Zitternd rieb sie sich die nackten Oberarme, auf denen eine Gänsehaut nicht weichen wollte, obwohl das Thermometer längst auf über dreißig Grad geklettert war.

Ihre Augen begannen zu brennen. Zu lange schon richtete sie den Blick starr auf den sandigen Zufahrtsweg. In der unsinnigen Hoffnung, er würde es sich anders überlegen und zurückkommen.

Der aufgewirbelte Staub legte sich jetzt langsam, nur vereinzelte Partikel flirrten noch in der heißen Luft.

Sie hätte sich wehren können. Die Wahrheit hätte gereicht, um nicht mehr Zielscheibe seines Zorns zu sein. Aber das hatte sie nicht tun können. Zu groß war die Gefahr, dass die Wahrheit ihn zerstören würde. Das konnte sie nicht zulassen. Niemals.

Egal, wie hoch der Preis sein mochte. Sie würde ihn bezahlen.

I.

Wann genau hatten sie aufgehört, ein Liebespaar zu sein? Seit wie vielen Jahren lebten sie nur noch als Bruder und Schwester zusammen? In tiefer Freundschaft, vermutlich sogar Liebe verbunden, aber ohne jedes Kribbeln. Zwei Jahre? Drei? Warum tat es so schrecklich weh, obwohl Trennung die einzig richtige Lösung zu sein schien? Vielleicht hätten sie mehr kämpfen müssen. Oder die Schwerpunkte anders setzen.

Bis in die frühen Morgenstunden hatte Nila die immer gleichen Fragen im Kopf gedreht, gewendet und zum Teufel geschickt. Es machte keinen Sinn, in Endlosschleife weiter zu denken. Aufhören konnte sie trotzdem nicht. Nila und Niklas, das Traumpaar. Seit zwölf Jahren. Komme, was wolle, sie gehörten zusammen.

Sie war sechzehn und er achtzehn, als sie sich verliebten. Stürmisch, und schon bald mit der Gewissheit, nie wieder auseinanderzugehen. Schließlich fand sich ihr Name sogar in seinem wieder. Wenn das kein gutes Omen war. Sie passten perfekt zusammen. Womöglich zu perfekt. Auch dieser Gedanke tauchte wieder und wieder auf, ließ sie hochschrecken, wenn sie fast eingeschlafen war. Konnte Liebe an Perfektion scheitern? Nila wusste es nicht. Sie wusste gar nichts mehr. Ihr Kopf schmerzte und ihre Augen fühlten sich geschwollen und wund an.

Mühsam setzte sie sich im Bett auf und zog ihr Handy, das auf dem Nachttisch lag, zu sich heran. Zehn Uhr. Ein paar Stunden hatte sie tatsächlich geschlafen.

Nun lag das Pfingstfest hinter ihr, und bis zum Ende der Woche hatte sie noch Urlaub. Ein Umstand, von dem sie noch nicht zu sagen vermochte, ob er angesichts ihres desolaten Zustands ein Geschenk des Himmels war oder nur weitere vertane Zeit beinhaltete, die sie mit nutzlosen Grübeleien verbringen würde. Als sie den Urlaub eingereicht hatte, war sie noch davon ausgegangen, dass Niklas und sie spontan verreisen würden. Vielleicht eine Städtereise nach London oder Venedig. Oder ein paar Tage ans Meer ... dann vermutlich mit Frankreich als Ziel, ihrer beider Lieblingsland. Nilas Hals wurde eng. Schnell schob sie den Gedanken daran zur Seite. Frankreich tat zu weh. Keine gute Idee, dem Raum zu geben. Würde es vielleicht nie mehr sein. Nila seufzte. Ihr Mund war trocken, sie griff zur Wasserflasche neben ihrem Bett, öffnete sie und trank einen großen Schluck. Was sollte sie mit dem heutigen Dienstag anfangen? Sie könnte sich endlich um die vielen Dinge kümmern, die seit dem Einzug in die neue Wohnung bislang vergeblich darauf gewartet hatten, erledigt zu werden. Aber sie war so unendlich müde, und alleine der Gedanke daran überforderte sie. Außerdem machte er ihr Angst. Unweigerlich würde sie auf Sachen stoßen, die Niklas gehörten ... Als er letzte Woche gegangen war, hatte er nur das Nötigste mitgenommen. Seitdem wohnte er im Gästezimmer von Marie und Jonas. Dort konnte er seinen gesamten Hausstand schwerlich unterbringen. Die Suche nach einer eigenen Wohnung war vermutlich noch nicht von Erfolg gekrönt, sonst hätte er sich gemeldet. Sowohl die Kammer als auch die letzten unausgepackten Kartons mussten weiter warten. Immerhin war der größte Teil der 80-Quadratmeter-Wohnung bereits in einem wohnlichen Zustand. Nila würde sich auch heute wieder durch den Tag treiben lassen. Wahrscheinlich musste sie sich diese Zeit des Nichtstun einfach gönnen. Zur Tagesordnung übergehen und die letzten zwölf Jahre mit einem Schulterzucken abtun, würde nicht funktionieren. Ob Niklas es konnte? Tränen schossen in ihre Augen. Wütend wischte sie sie weg. Die ewige Heulerei half auch nicht.

Sie zog geräuschvoll die Nase hoch und schwang die Beine entschlossen über die Bettkante. Ihre nackten Füße berührten das warme Eichenparkett, als sie aufstand und auf wackligen Beinen zum Fenster stakste. Sie zog die Gardine zur Seite, öffnete das Fenster und blickte hinaus in einen sonnenhellen Frühsommertag. Die Läden im urbanen Eppendorf waren längst geöffnet, ebenso hatten die Cafébetreiber ihre Tische und Stühle auf den Bürgersteigen hergerichtet. Erste Gäste ließen sich bereits ihr Frühstück schmecken. Ein verführerischer Duft nach Kaffee und frischen Croissants wehte zu Nila in den zweiten Stock. Mit einem Knurren meldete sich ihr vernachlässigter Magen. Er hatte allen Grund dazu – die letzte Mahlzeit verdiente kaum diesen Namen – Nilas Abendessen hatte aus einem Stück Käse und zwei Gläsern Rotwein bestanden.

Appetit verspürte sie immer noch wenig, aber die Aussicht auf den besten Karamell-Macchiato der Stadt, den es nur bei Antonia gab, bewog sie schließlich, das Fenster auf Kipp zu stellen und sich in Richtung Badezimmer zu bewegen. Dort versuchte sie, den Blick nicht auf die gläserne Ablage zu richten, auf der ein einsamer Zahnputzbecher stand. Den letzten schweren Heulkrampf letzte Nacht hatte sie genau diesem Blick zu verdanken gehabt. Aus den Augenwinkeln nahm sie es natürlich doch wahr. Sie biss sich auf die Lippen, zog ihr T-Shirt aus, pfefferte es in den Wäschekorb und stellte sich unter die bodentiefe Regendusche. Die nächste Erinnerung: Niklas wollte unbedingt so eine haben. Nila schloss die Augen und ließ das Wasser auf ihr Gesicht prasseln. Ihre verspannten Schultern lockerten sich unter dem warmen Wasserstrahl. Minutenlang stand sie einfach nur da, bis sie sich schließlich gründlich mit Duschgel einschäumte und die Haare wusch.

Zum Abschluss drehte sie das warme Wasser ab und ertrug für einen Moment die eisige Kälte auf ihrer Haut. Nach Luft japsend stieg sie schließlich aus der Dusche und griff zu einem flauschigen Handtuch. Ihr morgendliches Ritual hatte zumindest die Müdigkeit vertrieben. Nachdem sie sich abgetrocknet hatte, stand sie vor dem Spiegel und entwirrte ihre langen, roten Locken. Vielleicht sollte sie sich die Haare abschneiden lassen. Taten Frauen das nicht gewohnheitsmäßig, wenn ein neuer Lebensabschnitt anfing? Nila verwarf die Idee jedoch gleich wieder. Ihre widerspenstige Haarpracht würde in kurzer Form vermutlich noch schwerer zu bändigen sein und sie könnte Pumuckl ähneln. Sie zog eine Grimasse und putzte sich die Zähne. Dabei nahm sie ihr Gesicht näher unter die

Lupe. Die Augen waren nicht mehr ganz so geschwollen, aber die Ringe darunter verrieten dem aufmerksamen Betrachter, dass sie in den letzten Nächten viel zu wenig Schlaf bekommen hatte. Ihr Gesicht war noch blasser als sonst, selbst die Sommersprossen auf der Nase wirken heller. Und ihre tiefblauen Augen besaßen noch immer diesen erschreckten Ausdruck, der sich hartnäckig seit jenem Moment hielt, als die folgenschweren Worte ausgesprochen worden waren. *Es ist besser wir trennen uns.* Seltsamerweise wusste Nila nicht mehr, ob Niklas oder sie den Satz gesagt hatte, sie hatte es gleich wieder vergessen. Wahrscheinlich, weil es keine Rolle spielte und sie sich einig waren, dass es die Wahrheit war. Jetzt müsste nur noch der verdammte Schmerz nachlassen, dann könnte das Leben weitergehen. Ein bitteres Lächeln erschien auf ihren Lippen, während sie Tagescreme und Make-up auftrug, um der Welt da draußen gleich vorzugaukeln, dass eine Trennung nicht das Ende des Lebens war. Flüchtig tuschte Nila noch die Wimpern und benutzte ihren nudefarbenen Lieblings-Lippenstift, bevor sie entschied, dass es mit der Tarnung reichte. Es interessierte sowieso niemanden, ob sie Liebeskummer hatte oder nicht.

Sie tappte zurück ins Schlafzimmer, öffnete den Kleiderschrank und zog ein lindgrünes Sommerkleid vom Bügel, das sie liebte. Der weiche Stoff trug sich angenehm leicht und war das perfekte Outfit für einen warmen Tag. Dann fiel ihr ein, dass das Kleid ein Geschenk von Niklas war. Während sie nachdenklich Slip und BH anzog, hatte sie sich schon fast entschieden, doch lieber zu Jeans und T-Shirt zu greifen. Aber in dem Moment wallte etwas wie Trotz in ihr auf. Verdammt, ihr Leben musste weitergehen! Und irgendwie musste sie es schaffen, ihr altes Leben ins neue zu integrieren. Wenn sie bei jeder Erinnerung innerlich zusammenbrach, konnte sie gleich einpacken. Wie hatte Mona so schön gesagt? *Niemand sagt, dass es leicht werden wird. Aber du wirst es schaffen, da verwette ich mein Moped drauf.* Nila musste lächeln. Der Gedanke an ihre beste Freundin machte ihr Herz etwas leichter. Mona mit ihrem unerschütterlichen Frohsinn war es zu verdanken, dass die schweren ersten Stunden und Tage nach Niklas Auszug ein wenig von ihrem Schrecken verloren hatten. Wenn Mona sogar ihr *Baby* verwettete, musste sie sehr sicher sein. Entschlossen zog Nila das Kleid über den Kopf. Praktische Sneaker vervollständigten ihre Garderobe. Sie ignorierte das ungemachte Bett, das mit dem einzelnen Kopfkissen viel zu riesig wirkte und stapfte in den Flur. Gerade wollte sie ihre Handtasche schnappen, als der melodische Klang der Türklingel sie innehalten ließ. Sie erwartete niemanden. Zögernd betätigte sie die Gegensprechanlage.

„Moin, die Post. Ein Einschreiben für Nila Roonstein."

Überrascht betätigte sie den Summer. Kurz darauf übergab der junge Briefträger ihr einen Umschlag aus dickem, goldumrandeten Papier. Sie erkannte sofort das teure Briefpapier ihres Arbeitgebers. Alles bei *Villa & more,* der Maklerfirma für besondere Immobilien, war edel und auffallend, da wurde natürlich auch beim Postversand nicht gespart. Geld spielte keine Rolle, und bei dem Wenigen, das heutzutage nicht elektronisch versandt wurde, erst recht nicht. Nila zog eine Augenbraue hoch, bedankte sich bei dem Postboten, der die Treppe wieder herunterstürmte, nachdem sie den Empfang quittiert hatte, und betrachtete skeptisch den Brief. Etwas krampfte bei dem Anblick ihren Magen zusammen. Sie hatte Urlaub, Gehaltsbescheinigungen wurden per Mail versandt und sollte eine Rückfrage zu einem ihrer Objekte bestehen, hätte man sie angerufen. Nila schluckte und stopfte den Umschlag in ihre Handtasche. Vielleicht rebellierte ihr Magen auch nur vor lauter Hunger. Es würde jedenfalls reichen, wenn sie das Kuvert nach dem Frühstück öffnete.

2.

Nila hatte sich einen Schattenplatz vor *Tonys Café* gesucht.

Die Tische, die auf dem Bürgersteig standen, waren ungefähr zur Hälfte besetzt. Neben jungen Müttern mit ihren Kindern genossen Geschäftsleute, Rentner und Studenten das besondere Flair von Eppendorf, während sie sich von Tony mit ihren liebevoll zubereiteten Frühstücken verwöhnen ließen. Nila war verliebt in diesen Stadtteil, der mit seinen vielen kleinen Straßencafés, Restaurants und winzigen Läden an das *Savoir-vivre* erinnerte. Wenn sie schon nicht in Frankreich lebte, dann wenigstens an einem Ort, der dem nahekam.

Sie stützte die Ellbogen auf den weiß lackierten Bistrotisch und verschränkte die Hände unter dem Kinn. Passanten schlenderten vorbei, und normalerweise würde Nila jetzt längst das typische Urlaubsgefühl verspüren, das Besuche bei Tony sonst zuverlässig begleitete. Heute war sie weit davon entfernt. Leere und Verzweiflung trieben ihr schon wieder die Tränen in die Augen, die sie sicherheitshalber hinter einer großen Sonnenbrille verborgen hatte. Sie presste die Fingerspitzen vor den Mund und befahl sich, tief Luft zu holen. Ein Heulkrampf im Café war so ziemlich das Letzte, was sie gebrauchen konnte. Alles wird wieder gut, betete sie sich still vor. Ja, im Moment war es hart, ein Leben ohne

Niklas, aber sie würde sich dran gewöhnen. Sie war jung, beruflich erfolgreich, hatte ihre Familie und einen netten Freundeskreis. Sie schluckte. Nun ja, sie beide hatten eine tolle Clique. Wahrscheinlich würde die sich aber aufteilen. Team Nila und Team Niklas … Bevor sie den Gedanken vertiefen konnte, erschien Tony mit einem Tablett an ihrem Tisch.

„Karamell-Macchiato und ein Croissant, meine Süße." Tonys dunkle Augen blitzten fröhlich, während sie Tasse und Teller vor Nila hinstellte. „Lass es dir schmecken."

„Danke." Nila versuchte sich an einem Lächeln.

„Was ist los, Schatz?" Eine senkrechte Falte erschien zwischen Tonys Augenbrauen. Ihre schokoladenbraunen Augen musterten Nila besorgt.

„Dir entgeht auch nichts." Ihr Lächeln hatte den Zweck offenbar nicht erfüllt. Tonys sechster Sinn ließ sich weder durch Sonnenbrille noch durch misslungenes Lächeln täuschen.

„Ärger im Job?"

„Nein." Nila schüttelte den Kopf. Obwohl … ihr fiel der Brief ein. „Jedenfalls nicht, dass ich wüsste." Sie überlegte einen Moment. Irgendwann müsste sie Tony sowieso in die Änderung einweihen, denn es würde nicht lange dauern, bis ihrer Lieblingswirtin auffiele, dass sie nicht mehr zusammen auftauchten. Am besten, sie brachte es gleich hinter. „Niklas und ich haben uns getrennt." Der leise Satz ging beinahe unter in dem Stimmengemurmel und den Verkehrsgeräuschen um sie herum.

„Wie bitte?" Tony riss die Augen auf. „Sag, dass das nicht wahr ist!" Sie presste das Tablett in ihrer Hand vor die Brust und starrte Nila an. Ihr Entsetzen verwandelte Nilas Magen in einen schweren Klumpen. Sie hatte es ja geahnt. Niemand würde verstehen, warum sich das Traumpaar getrennt hatte. Die meiste Zeit verstand sie es ja nicht mal selbst.

„Wir sind im Guten auseinandergegangen, werden weiter Freunde bleiben." Nila verstummte, ihre Worte klangen in den eigenen Ohren wie sinnloses Geplapper. Sie starrte auf ihre Fingernägel, an denen der Nagellack zur Hälfte abgeplatzt war. In den letzten Tagen war ihr das nicht mal aufgefallen. Eigentlich hasste sie ungepflegte Fingernägel, aber jetzt hatte es jede Bedeutung verloren.

„Es tut mir so leid." Tony drückte ihren Arm. „Ich weiß gar nicht, was ich sagen soll." Sie hob hilflos die Schultern.

Nila schluckte an dem Kloß in ihrem Hals vorbei und presste die Lippen zusammen. Tonys rührende Anteilnahme machte ihr wieder bewusst, wie weh es tat.

„Ich würde mich gerne zu dir setzen, aber ..." Die Cafébesitzerin deutete entschuldigend auf die neuen Gäste, die gerade an zwei Nebentischen Platz nahmen.

Nila winkte ab. „Schon gut, ich komme klar! Ein Frühstück bei dir und die Welt ist wieder in Ordnung." Sie deutete ein Nicken an und griff zu ihrem Macchiato-Glas.

Tony runzelte die Stirn und nickte zögernd. „Okay, wenn du etwas brauchst, sag Bescheid. Ich bin in der Nähe."

Als Nila wieder alleine war, nippte sie an dem Glas. Der süße Karamell-Geschmack milderte das Bittere in ihrem Mund und der Macchiato floss warm ihre Kehle hinab. Der Klumpen in ihrem Magen wurde kleiner.

Seufzend zog sie den Teller mit dem Croissant zu sich heran. Appetit hatte sie kaum, aber ihre Finger zerteilten pflichtschuldig das Gebäck. Langsam begann sie zu kauen.

Wie oft hatte sie hier schon mit Niklas gefrühstückt? Unzählige Male ... Tonys Café war schon lange vor ihrem Umzug nach Eppendorf eine beliebte Anlaufstelle für sie gewesen. In Altona, wo sie vorher acht Jahre lang in einer winzigen Zweizimmer-Wohnung gewohnt hatten, gab es zwar ebenfalls eine vielfältige Gastronomieauswahl, aber es hatte sie beide immer schon nach Eppendorf gezogen. Sie liebten diesen Stadtteil, der hipp und teuer war, aber gleichzeitig etwas Bodenständiges und Lässiges ausstrahlte. Viele Jahre war es nur ein Traum gewesen, hier zu leben. Dann war er wahr geworden. Und dennoch läutete er das Ende ihrer Beziehung ein. Nila schluckte den pappigen Rest ihres Croissants runter, trank einen weiteren Schluck Macchiato und schob den Teller weg. Der Klumpen in ihrem Magen kehrte zurück. Ihr wurde klar, dass weder Essen noch Trinken daran Schuld hatte, sondern schlicht die Tatsache, dass Niklas aus ihrem Leben verschwunden war. Ihr bester Freund, Seelenverwandter, Mann an ihrer Seite. Aber schon lange nicht mehr ihr Geliebter, seit einem Jahr hatten sie keinen Sex mehr gehabt. Auf Dauer konnten sie es beide nicht verdrängen, dass sie keine wirkliche Beziehung mehr führten. Sie waren eindeutig zu jung, um so zu leben. Außerdem wollten sowohl Nila als auch Niklas auf jeden Fall irgendwann Kinder haben.

Wie sollten sie entstehen? Nila spürte das Verlangen, gleichzeitig zu lachen und zu weinen. Stattdessen legte sie die Hände um das abgekühlte Glas. Ihr Blick schweifte über die Passanten, die vorbeischlenderten. Die wenigsten hatten es eilig. Das Tempo hier war anders als in vielen anderen Hamburger Stadtteilen. Ein weiterer Grund, warum Nila sich in Eppendorf so wohl fühlte. Sie seufzte leise. Ihr fiel der Brief wieder ein, der in ihrer Handtasche darauf wartete, dass sie endlich den Mut fand, ihn zu öffnen. Etwas Kaltes schloss sich um ihr Herz. Vielleicht war sein Inhalt vollkommen belanglos. Vielleicht aber auch nicht. Schön, dachte Nila, langsam wird es zur Gewohnheit, mich in unnützen Gedankenschleifen zu verlieren. Schluss damit! Sie zog die Handtasche mit einem Ruck von der Stuhllehne, öffnete sie und fischte den Brief heraus. Für einen Moment hielt sie das Papier unschlüssig in der Hand. Tony rauschte mit einem vollbeladenen Tablett vorbei, schenkte ihr im Vorbeigehen ein aufmunterndes Lächeln. Nila erwiderte es flüchtig. Dann holte sie tief Luft und riss den Umschlag auf.

Sehr geehrte Frau Roonstein,
da wir unsere Hamburger Dependance schließen,
sehen wir uns leider gezwungen, Ihnen fristgerecht
zum ersten August zu kündigen. Wir danken für die
vertrauensvolle Zusammenarbeit und wünschen
Ihnen alles Gute für die Zukunft. Aufgrund der bereits
begonnen Firmenabwicklung stellen wir Sie mit
sofortiger Wirkung unter Zahlung voller

*Gehaltsbezüge von der Arbeit frei. Das Arbeitszeugnis
wird Ihnen in den nächsten Tagen zugehen.
Mit besten Grüßen,
Kai Winterfeld
Geschäftsführer Villa & more, Immobilienagentur*

Die Geräusche um sie herum klangen plötzlich, als
seien sie durch Watte gedämpft. Das Blut rauschte in
Nilas Ohren, während ihr Herzschlag raste. Ihre Hand,
die den Brief hielt, zitterte unkontrolliert. Irgendwann
legte sie das Schreiben auf den Bistrotisch vor sich,
konnte aber den Blick nicht davon abwenden. Die
Erkenntnis sickerte tröpfchenweise in ihr Bewusstsein.
Sie war nicht nur frisch getrennt, nun war sie auch
noch arbeitslos. Mit einem kürzlich unterschriebenen
Hypothekenvertrag, dessen Höhe nicht nur ihrem
eigenen ansehnlichen Gehalt entsprach, sondern mit
dem Wissen abgeschlossen worden war, dass auch
Niklas auf der ärztlichen Karriereleiter am Hamburger
Universitätsklinikum stetig nach oben klettern würde.
Nila war auf sich alleine gestellt. Trotz der Wärme des
Frühsommertages fühlte sie eine eisige Kälte in sich
aufsteigen.

3.

Der Fahrtwind wirbelte ihre Locken in alle Richtungen. Nila fuhr mit offenem Verdeck in ihrem kirschroten Fiat 500 und gab mehr Gas, als die Ampel Ecke Hoheluftchaussee vor ihr auf Gelb umsprang. Ihre Hände hatten sich ums Lenkrad gekrallt und ihr Blick war starr auf die Straße gerichtet. Ob es eine gute Idee war, in dem Zustand, in dem sie sich befand, Auto zu fahren, wusste sie nicht. Normalerweise lief sie die zwei Kilometer zu ihrer Arbeitsstelle fast immer zu Fuß, aber das schien ihr mit Beinen, die sich weich wie Gelee anfühlten, unmöglich. Also hatte sie sich kurzerhand entschlossen, ausnahmsweise das Auto zu nehmen. Inzwischen bebte sie zwar nur noch innerlich, aber das Gefühl, keinen Boden mehr unter den Füßen zu spüren, hielt sich ebenso hartnäckig wie das innere Zittern. Vor Wut, aber auch vor Angst. Mit dem Kündigungsschreiben war soeben die zweite Säule ihres Lebens weggebrochen. Die Gedanken rasten durch ihren Kopf. Kai Winterfeldt, Geschäftsführer bei *Villa & more* und somit ihr Chef, musste es letzte Woche bereits gewusst haben, dass Nila in ihrem Urlaub die Kündigung bekommen würde. Er hatte nicht mal den Mumm gehabt, sie persönlich davon in Kenntnis zu setzen. Sie sah sein stark gebräuntes Gesicht und die nach hinten gegelten Haare vor sich. Sah das Lächeln, das wie üblich die Augen nicht erreichte, als er ihr schöne freie Tage wünschte. Sein

Lächeln wirkte nie freundlich, aber im Nachhinein bekam der Augenblick an ihrem letzten Arbeitstag eine ganz andere Bedeutung. Du verdammter Mistkerl!, dachte Nila und schlug mit der Hand aufs Armaturenbrett. Sie ahnte, was hinter dieser letzten Machtdemonstration steckte. Winterfeldt hatte vor einem Jahr den Geschäftsführerposten angetreten, und es hatte nicht lange gedauert, bis er anfing Nila anzubaggern. Erst noch verhalten, bald aber immer offensiver. Sie hatte klar und souverän reagiert, immer wieder eingestreut, dass sie verlobt sei und demnächst heiraten werde. Ihren Chef hatte das allerdings nicht dazu gebracht, seine Avancen bleiben zu lassen. Im Gegenteil, sein Verhalten wurde immer aufdringlicher, die Bemerkungen gingen beim besten Willen nicht mehr als harmlose Flirtversuche durch. Bis Nila schließlich der Kragen geplatzt war und sie sehr deutlich darauf hingewiesen hatte, dass sein Verhalten an sexuelle Belästigung am Arbeitsplatz grenze. Sie forderte ihn unmissverständlich auf, sein Verhalten sofort zu ändern. Andernfalls sehe sie sich gezwungen, einen Anwalt einzuschalten. Danach hatte er sich tatsächlich zurückgehalten. Mit den gelegentlichen abwertenden Kommentaren, die er sich bei passenden Gelegenheiten nicht verkniff, konnte Nila umgehen. Sie sah ihn ohnehin nur selten, und ihre Abschlüsse hielten jeder Kritik stand. Ihr Verhältnis zu den beiden Senior-Chefs und Gesellschaftern war von Beginn an herzlich, nicht zuletzt deshalb fühlte sie sich sicher in der Agentur. Aber die Brüder Max und Georg Zander hatten sich mehr und mehr aus den Geschäften zurückgezogen. Nun sogar so weit, dass die Hamburger

Dependance aufgelöst wurde. Zum denkbar schlechtesten Zeitpunkt. Nila holte tief Luft, als sie den Blinker setzte und ins Jungfrauenthal einbog, wo *Villa & more* stilvoll residierte. Direkt vor der schmiedeeisernen Pforte der mehrstöckigen Jugendstilvilla war ein Parkplatz unter einer riesigen, alten Kastanie frei. Nila scherte ein und schaltete den Motor aus. Wut und Angst hatten sie hergetrieben. Jetzt spürte sie, dass die Wut Oberhand bekam. So einfach sollte Winterfeldt nicht davonkommen. Zumindest wollte sie ihm ein einziges Mal sagen, was sie von ihm hielt. Sie sprang aus dem Wagen und stürmte durch die Pforte. Vor der drei Meter hohen Eingangstür fiel ihr ein, dass sie ihren Schlüssel nicht dabei hatte. Ihr Zeigefinger bohrte sich in den Klingelknopf. Gleich darauf erklang nach einem kurzen Rauschen die Stimme von Elly, der Kollegin am Empfang. „Ja, bitte?"

„Ich bin es, Nila!" Sie straffte die Schultern.

„Oh, hey." Der Summer ertönte prompt.

Nila drückte die Tür auf und marschierte ins Treppenhaus, das ihr anfangs nicht nur Respekt, sondern fast schon Angst eingeflößt hatte mit seinem Marmorboden und der kunstvoll verzierten Treppe mit den dunklen, gebohnerten Holzstufen. Inzwischen schüchterte sie der offensichtliche Luxus längst nicht mehr ein. Sie hatte in den letzten fünf Jahren so viele Villen und Luxus-Appartements gesehen und verkauft, dass es für sie zum Alltag gehörte. Zwei Stufen auf einmal nehmend – den Sneakers sei Dank – erreichte sie den ersten Stock. Vor der Eingangstür der Immobilienagentur zögerte sie für einen Moment. Vielleicht sollte sie doch noch mal in Ruhe nachdenken, was sie Winterfeldt genau sagen wollte. Oder mit Mona sprechen. Ihr wurde bewusst, dass gerade Angst und Unsicherheit dabei waren, die Wut abzulösen. Nein! Sie musste jetzt dort rein. Und sei es nur, um ihre persönlichen Sachen abzuholen. Mit einem Ruck stieß sie die Tür auf und betrat den großzügigen Vorraum von *Villa & more*.

4.

„Hallo Elly." Nila blieb vor dem Empfangstresen stehen und musterte ihre platinblonde Kollegin prüfend. Ein Blick in deren schiefergraue Augen, die wirkungsvoll mit dunklem Lidschatten geschminkt waren, genügte. Elly wusste über die Auflösung der Dependance Bescheid.

„Du hast deine Kündigung bekommen", stellte die Kollegin mit einem traurigen Lächeln fest. Sie klemmte sich eine Strähne ihres kinnlangen Bobs hinters Ohr, lehnte sich auf ihrem Stuhl zurück und seufzte.

„Seit wann weißt du es?"

„Heute Morgen. Winterfeldt hat es in einer kurzen Besprechung offiziell bekanntgegeben."

„Wurde dir angeboten, nach München zu wechseln?" Nila hielt für einen Moment den Atem an. Sie ahnte die Antwort.

Elly spielte mit einem Kugelschreiber in ihrer Hand und sah nicht auf, als sie zögernd nickte.

Nila atmete hörbar aus, ein kurzer Schwindel erfasste sie. Natürlich. Elly hatte sich auch nicht Winterfeldts persönlichen Zorn zugelegt. „Das freut mich für dich", brachte Nila schließlich hervor. Das war die Wahrheit. Trotzdem fühlte sich ihr Magen wie ein Stein an. Sie war diejenige, die vor dem Nichts stand. Privat und jetzt auch beruflich. Sie blinzelte die aufsteigenden Tränen zurück.

„Du gehst nicht mit, richtig?" Elly klang bedrückt.

„Nein." Nila zuckte die Schultern, winkte betont munter ab. „Das hat wohl auch niemand erwartet, dass Winterfeldt Wert darauf legt, ausgerechnet mich weiter an Bord zu haben. Ist er eigentlich hier?"

Die Kollegin schüttelte den Kopf und sah Nila bedauernd an. „Er kommt frühestens morgen wieder rein."

Nilas Wunsch, Winterfeldt zumindest ein einziges Mal ihre Meinung ungefiltert kundzutun, verpuffte und ließ ihre Wut im selben Moment erlöschen. Zurück blieben Angst und Unsicherheit. Wie sollte ihre Zukunft aussehen? Sie schluckte mühsam und musste sich für einen Moment sammeln. „Wirst du das Angebot annehmen?", fragte sie nach einer Weile mit brüchiger Stimme.

Elly ließ den Kugelschreiber sinken. „Ich habe eine Woche Bedenkzeit." Sie hob die Schultern. „Im Gegensatz zu dir hält mich ohnehin wenig in Hamburg. Also ja, wahrscheinlich werde ich mitgehen." Ihr Lächeln wirkte entschuldigend.

Nila holte tief Luft, wollte gerade ansetzen zu erklären, dass es bei ihr nicht viel anders aussah. Doch bevor sie dazu kam, die Kollegin in die Änderung ihrer Lebenspläne einzuweihen – wobei sie nicht sicher war, ob sie das wirklich wollte, Elly war eine nette Kollegin, aber privat hatten sie bislang wenig ausgetauscht – ertönte die Türklingel.

Elly betätigte die Sprechanlage. Während sie konzentriert auf die Antwort lauschte, wandte Nila sich ab. Sie war bereits auf dem Weg in ihr Büro, als die Stimme, die durch den Lautsprecher klang, sie innehalten ließ. Es dauerte nicht lange, bis sie den rauchigen Tonfall einer bestimmten Person zuordnen konnte. Das Bild einer schillernden älteren Dame vor Augen, fiel ihr schließlich auch der Name ein: Renée Durand. Eine Kundin, der sie vor einigen Jahren eine Altbauwohnung in Alsternähe vermittelt hatte. Die Französin hatte bleibenden Eindruck bei ihr hinterlassen.

Elly sah sie hilfesuchend an, während sie den Türöffner drückte. „Sagst du ihr, dass wir am hiesigen Standort keine weiteren Geschäfte abwickeln?"

Seufzend nickte Nila. „Schick sie rein, wenn sie angekommen ist. Ich gehe schon mal vor." Sie durchquerte den Eingangsbereich und öffnete – ein letztes Mal – die Tür zur ihrem geschäftlichen Reich.

Der Anblick ihres Nussbaum-Schreibtischs versetzte ihr einen Stich. Zu bewusst war ihr, dass sie dort die längste Zeit gesessen und gearbeitet hatte. Fünf Jahre war es her, dass sie hier zum ersten Mal Platz genommen hatte, den Bachelor für Immobilienwirtschaft druckfrisch in der Tasche. Aufgeregt und voller Tatendrang, stolz, aber mit einer gehörigen Portion Unsicherheit hatte ihr erster Arbeitstag begonnen. Endlich war sie selbständig. Mit dreiundzwanzig fand sie es mehr als an der Zeit. Das Gefühl, nicht mehr auf den monatlichen Scheck von ihren Eltern angewiesen zu sein, war so befreiend, dass sie den ganzen Tag mit einem seligen Lächeln im Gesicht herumgelaufen war. Obwohl ihre Eltern ihr nie das Gefühl gegeben hatten, sie damit zu belasten, bedeutete es dennoch eine riesige Erleichterung. Hannah, ihre ältere Schwester, hatte es immerhin schon mit zwanzig geschafft, ohne elterliche Hilfe ihren Weg zu gehen.

Beim Gedanken an ihre Schwester verzog Nila das Gesicht. An sie wollte sie gerade lieber nicht denken. Jetzt, da sich in ihrem eigenen Leben alle Sicherheiten in Luft auflösten. Hannah war inzwischen verheiratet, hatte zwei entzückende Kinder und ein Eigenheim im Grünen. Und sie selbst? Nila presste die Lippen zusammen und strich über das dunkle Holz des Schreibtischs, bevor sie mit einem Seufzen auf dem Bürostuhl dahinter Platz nahm. Langsam ließ sie den Blick durch den großen Raum mit der stuckverzierten Decke gleiten. Die helle Sitzgruppe vor einem der bodentiefen Fenster gehörte wie die Regale an der Wand zur Firmenausstattung. Lediglich einige Dekostücke auf ihrem Schreibtisch wie der Briefbeschwerer in Herzform und die blau-weiße Muschel, gesammelt auf ihrem letzten Nordseetrip, musste sie gleich einpacken. Beide Dinge waren wieder untrennbar verwoben mit Niklas. Müde wischte Nila sich über die Augen. In dem Moment ertönte ein kurzes, kräftiges Klopfen an der Tür. Nila setzte sich aufrechter hin. „Herein." Ihre Stimme klang überraschend freundlich und professionell. Sie hoffte, auch in den kommenden Minuten so zu wirken. Lange konnte es nicht dauern, bis sie Renée Durand die Tatsachen erläutert und sie wieder verabschiedet hatte. Sie hatte gerade erfolgreich ein Lächeln auf ihre Lippen gezwungen, als die Tür sich mit Schwung öffnete.

Madame Durand sah beinahe noch umwerfender aus als Nila sie in Erinnerung hatte.

5.

Es musste gut drei Jahre her sein, dass Nila Renée Durand eine unverschämt teure Wohnung an der Außenalster vermittelt hatte. Zu Beginn der Zusammenarbeit hatte sich Nila damals etwas eingeschüchtert gefühlt von der dynamischen Siebzigjährigen, die schillernd und charismatisch genau wusste, was sie wollte.

Von dieser Ausstrahlung hatte die Französin in der Zwischenzeit nicht das Geringste eingebüßt, wie Nila auf den ersten Blick feststellte. Die tiefschwarzen Haare, die nur von wenigen grauen Strähnen durchzogen wurden, waren wie gewohnt zu einer aufwändigen Hochsteckfrisur aufgetürmt. Das Make-up – für die meisten Frauen ihres Alters viel zu stark – stand ihr bestens. Schon damals hatte Nila sich gefragt, ob das fast faltenfreie Gesicht der Französin auf besonders guten Genen beruhte oder dem Können eines Chirurgen geschuldet war. Sollte Letzteres der Fall sein, dann verstand der Arzt sein Handwerk. Die tief liegenden dunklen Augen wurden von langen, kräftig getuschten Wimpern umrahmt und der Ausdruck darin zeigte manchmal gutmütigen Spott, aber immer war Stärke und Entschlossenheit darin zu finden. Nila erhob sich und ging der älteren Dame, die ein schlichtes schwarzes Kleid mit raffiniertem Ausschnitt trug, lächelnd entgegen.

„Guten Tag, Madame Durand." Sie streckte die Hand aus.

„Hallo, meine Liebe! Wie schön, Sie zu sehen!" Renée Durands Hand legte sich warm um ihre. „Ich bin so froh, Sie hier noch anzutreffen. Heutzutage werden die Arbeitsplätze ja oft schneller gewechselt als die Unterwäsche." Sie ließ Nila los und wedelte mit ihrer Hand, die von Altersflecken geprägt und deren Finger goldberingt waren. „Ich brauche dringend Ihre Hilfe!"

Nila räusperte sich und wies auf die Sitzgruppe vor dem Fenster. „Setzen Sie sich doch. Möchten Sie etwas trinken? Wasser? Kaffee?" Fieberhaft überlegte sie währenddessen, wie sie die Abfuhr am besten verpackte. Schon jetzt war ihr unbehaglich zumute bei dem Gedanken, sich Madames Wünschen zu widersetzen. Lächerlich, schalt sie sich in Gedanken. Als ob die Welt davon abhinge, dass ausgerechnet sie sich um die Immobilienangelegenheiten dieser Kundin kümmerte.

Madame Durand lehnte die angebotenen Getränke mit einer Geste ab, was Nila mit Dankbarkeit erfüllte. Umso schneller würde das Gespräch beendet sein. Sie ging zu den hellen Sofas, machte eine einladende Handbewegung und setzte sich.

Renée Durand nahm ihr gegenüber Platz. Sie hielt sich sehr gerade, während sie die Beine übereinanderschlug und Nila mit einer Mischung aus Ungeduld und Interesse ansah.

„Madame Durand." Nila räusperte sich. „Es tut mir sehr leid, aber ich muss Ihnen sagen, dass *Villa & more* ihren Standort in Hamburg aufgibt." Sie hielt dem überraschten Blick ihres Gegenübers stand. In den dunklen Augen zeichnete sich zunächst Überraschung ab, die allerdings schnell von Entschlossenheit abgewechselt wurde.

„Das heißt, die Agentur existiert weiter?" Renée Durand hob eine ihrer perfekt gezeichneten Augenbrauen und blickte Nila dabei forschend an.

„Nun ja." Nila holte tief Luft. „Der Firmensitz in München bleibt bestehen. Wenn Ihr Anliegen auch von dort bearbeitet werden kann, müssten Sie sich an die dortigen Kollegen wenden. Ich kann Ihnen gerne die Kontaktdaten geben."

„Sie gehen nicht mit?"

„Nein." Nila schüttelte den Kopf und bemühte sich, weiter freundlich zu lächeln. Sie ahnte, dass ihr das nur bedingt gelang.

„Warum nicht?", fragte Madame Durand unverblümt.

„Nun, ich habe meinen Lebensmittelpunkt in Hamburg." Nila zuckte die Achseln und ließ die Hand wieder sinken, die auf dem Weg war, mit ihren roten Locken zu spielen und damit ihre Nervosität verraten hätte.

Madame Durand durchschaute sie trotzdem. „Man hat Sie nicht gefragt", stellte sie trocken fest.

Nila wich ihrem Blick aus. „Nein, aber das hatte ich auch nicht erwartet."

Die Französin nickte und hakte nicht weiter nach. „Dann möchte ich, dass Sie für mich exklusiv tätig werden. Ich bin nicht hierhergekommen, weil ich mit der Agentur damals so zufrieden war, sondern mit Ihnen." Ein leichtes Lächeln umspielte ihre dunkelrot geschminkten Lippen.

Überrascht sah Nila sie an. „Aber ...“ Ihre Gedanken überschlugen sich. Sollte sie eine Selbstständigkeit anmelden? Eine Möglichkeit, die ihr bislang nicht mal im Ansatz in den Sinn gekommen war. Und diese gleich mit einer Kundin beginnen, die sie ihrem alten Arbeitgeber abgeworben hätte? Ein No-Go in der Branche. Und so etwas sprach sich immer herum, da konnte selbst eine Weltstadt wie Hamburg im Handumdrehen zum Dorf mutieren. Nein, das war keine gute Option. Sie schüttelte den Kopf.

„Ich möchte, dass Sie mich nach Frankreich begleiten“, sagte Madame Durand unbeirrt und mit fester Stimme. „Es wird langsam Zeit, dass ich dort die Dinge regele und unser Familienanwesen abwickele. Dafür brauche ich Ihre Hilfe.“ Sie sah Nila bittend an.

„Ich soll mit Ihnen nach Frankreich gehen?“ Verblüfft starrte Nila die Kundin an.

„Um genau zu sein, in die Provence. Dort steht die Immobilie, von der ich mich trennen muss, damit ich die Vergangenheit endlich abschließen kann.“ Ihre Miene versteinerte, für einen Moment verließ sie die gewohnte Souveränität. Sie blickte zum Fenster, durch das Sonnenstrahlen ins Zimmer fielen, die Staubpartikel in der Luft tanzen ließen.

Nila fehlten erstmal die Worte, das Angebot kam zu überraschend, um sofort darüber zu entscheiden. Die Provence war untrennbar mit Niklas verbunden, was sie prompt wehmütig werden ließ. Andererseits könnte es einen Ausweg aus ihrem finanziellen Dilemma bedeuten, falls sie annahm. Sie schluckte mühsam, ihr Mund war staubtrocken. Mit unsicheren Beinen stand sie auf und ging zum Schrank an der gegenüberliegenden Wand. Hinter einer der Türen war eine Kiste Mineralwasser deponiert. Automatisch nahm sie neben der Flasche noch zwei Gläser mit zurück zum Tisch. Ohne zu fragen, füllte sie beide mit Wasser und stellte eins vor Renée Durand.

„Danke." Die Französin griff danach und trank einen kleinen Schluck. Nila tat es ihr gleich.

„Was sagen Sie?" Madame Durand hatte zu ihrer alten Form zurückgefunden, nun ruhte ihr Blick erwartungsvoll auf Nila.

„Ihr Angebot kommt sehr überraschend." Sie brach ab, strich abwesend mit den Fingerspitzen über ihr Glas.

„Das Leben ist voller Überraschungen", sagte Renée Durand mit leisem Spott. „Manche sind gut, andere weniger. Eine Reise in die Provence könnte zu den guten gehören. Zumindest für Sie. Und falls Sie sich Sorgen machen sollten, dass Ihr ehemaliger Chef davon erfährt …" Sie machte eine unbestimmte Handbewegung. „Frankreich ist weit weg, und wo kein Kläger, da kein Beklagter." Sie lächelte und etwas Freches blitzte in ihren dunklen Augen auf.

Nila nickte stumm. So vieles ging ihr durch den Kopf. Was sollte sie tun? Offenbarte sich gerade die Chance, die Vergangenheit hinter sich zu lassen, sowohl privat als auch beruflich? Oder war das vollkommener Blödsinn? Sie war momentan zu keinem klaren Gedanken fähig, wie sollte sie da solch eine Entscheidung treffen?

„Also abgemacht?" Die ältere Dame stand auf. Nilas Blick fiel auf die schwarzen Pumps, deren Absatzhöhe beachtlich war und auf denen Madame Durand trotzdem sicher stand. Sie selbst verspürte diese Sicherheit im Moment nicht mal in ihren praktischen Sneakers. Vielleicht konnte eine ganz neue Erfahrung tatsächlich dabei helfen, dass sich das wieder änderte.

„Wann soll es losgehen?", hörte sie sich fragen.

„Übermorgen."

6.

Nila fühlte sich noch immer ganz benommen, als sie langsam die Stufen zu ihrer Wohnung hinaufstieg.

In ihrem Leben war nun gar nichts mehr am gewohnten Platz. Selbst ihren sicher geglaubten Job gab es nicht mehr. Sie musste sich und ihr Leben neu sortieren. Daran führte kein Weg vorbei, aber sollte sie sich dieser Herausforderung ausgerechnet in der Provence stellen? Würden inmitten berauschender Lavendeldüfte und sommerlicher Leichtigkeit die Erinnerungen an wunderbare Zeiten in der Vergangenheit nicht eher dazu führen, dass sie noch tiefer in Wehmut versank? Oder war das genau der Schritt in die Zukunft, den es brauchte?

Seufzend steckte sie den Schlüssel in Türschloss. Sie hatte schlicht keine Ahnung. Allerdings war die Überlegung inzwischen auch müßig, denn sie hatte Madame Durand ja bereits zugesagt. Welcher Teufel sie bei der Entscheidung auch immer geritten haben mochte ...

Als Nila in die Wohnung trat, wurde ihr wieder bewusst, wie leer und unpersönlich sie auf sie wirkte, seitdem Niklas gegangen war. Dabei hatte sich an der Einrichtung bisher kaum etwas geändert. Wie sollte das erst werden, wenn er alle Sachen abgeholt hätte? Eine Gänsehaut überzog ihre Arme. Plötzlich schien ihr Frankreich wie ein rettender Hafen. Sie nahm ihr Handy aus der Handtasche, ließ die Tasche zu Boden gleiten und ging in die Küche. Nachdenklich legte sie das Telefon auf den Küchentisch, nahm eine Mineralwasserflasche von der Arbeitsplatte, schraubte sie auf und trank einen großen Schluck. Sie hatte die Flasche gerade abgesetzt, als ein leises ‚Pling‘ eine eingehende Whatsapp-Nachricht anzeigte.

Nila zuckte zusammen. Niklas? Sofort schalt sie sich eine dumme Kuh. Selbst wenn er sich melden sollte, änderte das nichts daran, dass sie jetzt aus guten Gründen getrennte Wege gingen. Vielleicht fehlte sie ihm auch, so wie er ihr. Trotzdem war ihr gemeinsamer Lebensweg beendet.

Sie sah aufs Display. Die Meldung war von Mona. Genauer gesagt hatte ihre Freundin ein Foto geschickt von dem kleinen italienischen Restaurant an der Ecke, der vorzügliche Pizzen zum Mitnehmen anbot. Der Text der Nachricht bestand nur aus einem Satz:

Passt es gerade?

Nila antwortete mit zwei Emojis und einem Daumen hoch. Ein spätes Mittagessen mit Mona kam ihr gerade recht. Zum einen verspürte sie tatsächlich etwas wie Hunger, zum anderen war die Aussicht wundervoll, Mona gleich von der geplanten Reise und dem Auftrag zu erzählen. Die Unsicherheit, ob sie im Begriff war, das Richtige zu tun oder eine vollkommene Dummheit zu begehen, fühlte sich mit einem Schlag viel kleiner an.

Es vergingen nur wenige Minuten, bis die Türklingel ertönte.

Nila eilte in den Flur, um ihre beste Freundin hereinzulassen.

Motorradhelm und Lederjacke baumelten über Monas linkem Arm und in der rechten Hand balancierte sie zwei Pizza-Schachteln, während sie lachend die Treppe hinauf stapfte. Nila lief ihr entgegen und nahm ihr die Schachteln ab. In der Wohnung begrüßte Nila die Freundin mit einer Umarmung und brachte dann das Essen in die Küche.

„Alkoholfreies Alster?", rief sie über die Schulter in den Flur, wo Mona dabei war, ihre schweren Motorradstiefel auszuziehen.

„Sehr gerne!" Mit geröteten Wangen erschien Mona schließlich im Türrahmen, während Nila noch die Pizzen auf Teller verteilte. Mona marschierte zum Kühlschrank und nahm zwei Flaschen Alsterwasser heraus, die sie zum Tisch trug.

„Mittagspause?", fragte Nila und stellte die Teller zu den Bierflaschen.

Mona nickte. „Ich habe erst um sechzehn Uhr den nächsten Patienten." Sie fuhr sich durch ihre blonden, halblangen Locken und ließ sich auf einen der Küchenstühle fallen. Im Gegensatz zu Nila hatte Mona schon während ihrer gemeinsamen Schulzeit gewusst, was sie danach machen wollte: Physiotherapeutin werden und eine eigene Praxis gründen. Nach drei Jahren im Angestelltenverhältnis war es schließlich so weit gewesen, Mona hatte sich den Traum der Selbstständigkeit erfüllt und eine Praxis in Eimsbüttel eröffnet. Inzwischen hatte sie drei Angestellte und liebte ihren Beruf nach wie vor. Diesen ohne die Weisungen eines Chefs ausüben zu dürfen, war für einen Freigeist wie Mona das i-Tüpfelchen ihres beruflichen Glücks.

Nila setzte sich der Freundin gegenüber und zog den Teller zu sich heran. Ihre Pizza hatte den üblichen Lieblings-Belag mit Spinat und Schafskäse. Der Duft stieg ihr in die Nase und sie merkte einmal mehr, wie hungrig sie trotz der weiteren Hiobsbotschaft inzwischen war.

„Guten Appetit!" Nila konnte nicht länger warten und biss herzhaft in ein portioniertes Stück.

„Gleichfalls." Mona trank zunächst einen großen Schluck aus ihrer Flasche, bevor auch sie zu essen anfing.

„Wie war dein Tag bis jetzt?", fragte sie zwischen bei Bissen. Aus klaren, ungeschminkten Augen sah sie Nila prüfend an.

Nila schluckte den köstlichen Pizzarest in ihrem Mund herunter, zuckte die Achseln und sagte: „Nun bin ich auch noch arbeitslos. Winterfeldt hat mich gefeuert." Sie war selbst überrascht, wie ruhig sie klang. Oder stand sie einfach noch unter Schock?

„Was?" Mona starrte sie an. Ihre Hand, die gerade ein weiteres Stück Pizza Funghi in den Mund befördern wollte, verharrte in der Luft.

„Der Hamburger Standort wird aufgelöst. Und – Überraschung – mir wurde nicht angeboten, nach München zu wechseln. Na ja, konnte ich wohl auch nicht erwarten, dass Winterfeldt mir das Angebot macht mitzugehen." Ein bitterer Zug verdunkelte ihre Augen und strafte das leichte Lächeln Lügen.

„Dieser Arsch!", entfuhr es Mona. „Und was machst du jetzt?" Ihr Blick schweifte durch die frisch renovierte Altbauküche. Sie wusste um Nilas finanziellen Engpass, den Niklas' Auszug zweifellos bald hervorrufen würde. Die Finanzierung hatten beide abgeschlossen, sich aber nun darauf geeinigt, dass Nila in der Wohnung blieb und die Hypothekenzinsen alleine bediente. Eine Umschreibung auf ihren Namen sollte demnächst erfolgen.

Monas Stirn kräuselte sich sorgenvoll, während sie ihr Pizzastück zurück auf den Teller legte.

„Nun ja." Nila holte tief Luft. „Ich fahre übermorgen in die Provence."

„Du machst was?" Mona riss überrascht die Augen auf. Sie schien sprachlos, was bei ihr sehr selten vorkam.

Nila musste schmunzeln. „Ich habe direkt ein neues Jobangebot bekommen. Also um genau zu sein, einen einzelnen Auftrag, aber immerhin. Eine Französin, Renée Durand, der ich vor Jahren eine Wohnung an der Alster vermittelt habe, möchte ihr Anwesen in der Provence verkaufen. Und sie will, dass ich mich darum kümmere." Unsicher sah Nila zu ihrer Freundin. Deren Gesichtsausdruck zeigte flüchtig Verwirrung, bevor sich ein Strahlen auf ihrem Gesicht ausbreitete.

„Aber das ist ja wundervoll! Schließt sich eine Tür, öffnen sich drei neue. Wie du weißt, mein Lebensmotto. Aber so schnell ... wow ... toll! Wann geht es los?"

„Übermorgen." Monas begeisterte Reaktion schmälerte Nilas Zweifel prompt, ohne sie allerdings ganz auszuräumen. „Ich bin noch immer nicht sicher, ob das gerade das Richtige ist. Aber Madame Durand tritt sehr überzeugend auf, und ehe mich versehen hatte, hatte ich auch schon zugesagt."

„Da gibt es doch nichts zu überlegen! Das Angebot ist ein Geschenk des Himmels!" Mona griff erneut zu ihrer Pizza und kaute kurz darauf genussvoll.

„Na ja, streng genommen darf ich keinen Kunden aus der Agentur übernehmen, und ich muss mich noch darum kümmern, eine Selbstständigkeit anzumelden. Und zu guter Letzt ist die Provence für mich bislang untrennbar mit Niklas verbunden gewesen." Nila senkte den Blick. Der letzte Punkt war tatsächlich der wichtigste, wie ihr klar wurde.

Mona machte ein unwilliges Geräusch. „Du wirst dieses Mal ganz neue Eindrücke in der Provence sammeln, da bin ich sicher! Was die Linientreue zu Winterfeldt angeht ... pffft ... no risk, no fun. Wie soll er rausfinden, dass du in Frankreich für eine alte Kundin tätig wirst? Apropos Klage, zahlt er dir wenigstens freiwillig eine anständige Abfindung?"

„Tja, ich hatte nicht das Vergnügen, ihn vorhin im Büro anzutreffen. Ich wollte ihm eigentlich zum Abschluss wenigstens einmal gründlich die Meinung geigen, aber er wurde heute leider nicht in der Agentur erwartet. In der Kündigung ist keine Rede von Abfindung, und vermutlich hätte ich sogar vergessen, ihn darauf anzusprechen. Aber natürlich hast du recht, fünf Jahre treue Betriebszugehörigkeit werden ihn schon ein bisschen was kosten." Nila verzog das Gesicht. Die Vorstellung, sich dafür einzusetzen, bereitete ihr schon im Vorfeld Magenschmerzen. Nachdem sie ihrem Ärger vorhin keine Luft machen konnte, war sie inzwischen schon froh gewesen, mit Winterfeldt nie wieder Kontakt haben zu müssen. Ihn als unschöne Erfahrung schlicht abzuhaken, der Gedanke fühlte sich alles andere als schlecht an.

„Übergib die Sache doch Lena. Wozu haben wir eine Juristen-Freundin, die auf Arbeitsrecht spezialisiert ist?"

„Meinst du nicht, ich sollte es erstmal selbst versuchen?" Nilas blaue Augen spiegelten Zweifel. Direkt eine Rechtsanwältin einzuschalten, ohne es vorher gütlich versucht zu haben, widerstrebte ihr. Selbst bei ihrem ehemaligen Chef ...

„Warum? Um nett zu Winterfeldt zu sein?" Mona machte eine wegwerfende Handbewegung und rollte mit den Augen. „Blödsinn, lass Lena sich mit dem Wicht rumärgern. Wir trinken stattdessen darauf, dass sich in deinem Leben ab jetzt ganz neue Wege auftun!" Sie hob ihre Bierflasche und lächelte breit.

Nila zögerte nur kurz. Vermutlich hatte ihre Freundin recht. Und sie verspürte tatsächlich wenig Lust dazu, sich wegen einer angemessenen Abfindung mit Winterfeldt zu streiten. Wie sie ihn kannte, würde er um jeden Cent kämpfen. Sie brauchte ihre Kraft für andere Dinge.

„Okay, trinken wir auf die Zukunft!" Nila hob ebenfalls ihre Flasche. Sie ignorierte das flaue Gefühl in ihrem Magen, als die Flaschen dumpf aneinander schlugen.

„Und nun erzähl, wie ist denn Madame Durand so? Immerhin wirst du einige Zeit mit ihr verbringen!" Mona lehnte sich zurück und sah Nila auffordernd an.

„Exzentrisch", war das erste Adjektiv, das Nila einfiel. „Charmant, vornehm, durchsetzungsstark. Sie brauchte nur einen Augenblick, bis sie meine Einwilligung zur Reise hatte. Dabei war und bin ich gar nicht sicher, ob ich das wirklich machen möchte. Vielleicht war ich doch zu voreilig." Sie drehte nervös ihre Bierflasche in der Hand, die Unsicherheit war zurück. Mit einem Mal fühlte sie das überwältigende Verlangen, dass alles in ihrem Leben wieder so sein sollte wie es noch vor wenigen Tagen ganz selbstverständlich gewesen war. Niklas würde wieder ihr Leben teilen, und sie würde jeden Tag zu *Villa & more* fahren, um Luxusimmobilien an den Mann oder die Frau zu bringen. Vielleicht nicht unbedingt ihr absoluter Traumjob, aber sie hatte ihn immer gerne gemacht. Nicht zuletzt war er ihre Garantie für ein sicheres Leben gewesen.

„Ich glaube, ich möchte einfach mein altes Leben behalten." Die herausgeplatzten Worte verrieten ihren Schmerz und ihre Angst.

Mona beugte sich vor und legte ihr die Hand auf den Arm. „Ach, Süße, manchmal werden wir halt nicht gefragt und in ein neues Leben einfach hineingeworfen, aber meistens wird es dann irgendwann viel besser als es vorher jemals gewesen war." Mona lächelte aufmunternd.

Nila nickte, obwohl ihre Miene tiefe Zweifel ausdrückte. Vielleicht hatte Mona recht, wie so oft. Aber garantieren konnte sie es ihr nicht. Das konnte niemand. Seufzend biss sie sich auf die Lippen.

„Auf jeden Fall klingt es, als sei Madame Durand eine sehr interessante Frau. Ich bin sicher, dass es eine tolle Reise werden wird." Mona nahm das letzte Stückchen Pizza in die Hand und sah Nila liebevoll an. „Und selbstverständlich ist es richtig, dass du fährst!"

7.

Müde rollte Nila sich auf dem Sofa zusammen, erst jetzt spürte sie, wie anstrengend der Tag gewesen war. Sie hatte Urlaub, war aber erschöpfter als nach jedem normalen Arbeitstag. Die überraschende Kündigung zusammen mit der Bewältigung des Trennungsschmerzes kostete mehr Kraft als sie gedacht hatte. Und als sie in Reserve zu haben schien ... Die Aussicht, in zwei Tagen Richtung Provence loszufahren, erfüllte sie trotz Monas positiver Reaktion noch immer mit Zweifeln. Auch wenn es müßig war, darüber nachzudenken. Sie hatte ihre Zusage gegeben und die Provision brauchte sie dringend zur Überbrückung, bevor sie sich im Klaren darüber war, wie es beruflich weitergehen sollte.

Es ging inzwischen auf zweiundzwanzig Uhr zu, die Sonne war untergegangen und von draußen fiel kaum noch Licht durch die geöffneten Vorhänge ins Wohnzimmer. Trotz der Erschöpfung war Nila hellwach, vermutlich machte es wenig Sinn, jetzt schon ins Bett zu gehen. Einem Impuls folgend, stand sie auf und ging ins Arbeitszimmer. Ein Raum, der ursprünglich für Niklas und sie gedacht war, wobei seine Fachbücher in den Regalen im Moment noch den meisten Platz beanspruchten. Nila brauchte eigentlich kein Arbeitszimmer, sie arbeitete selten zu Hause. Die Dinge, die sie am PC erledigen musste, hatte sie fast immer in der Agentur gemacht. Und nun gab es für sie außer dem Frankreich-Projekt ohnehin nichts zu tun. Kurz erfasste sie Panik, die sie aber halbwegs mit dem Gedanken unter Kontrolle bringen konnte, dass der Verkauf des Anwesens von Renée Durand vermutlich eine satte Provision einbringen würde. Obwohl sie es versäumt hatte, über einen möglichen Marktwert zu sprechen, ging Nila davon aus, dass die Französin kein winziges Holzhaus verkaufen wollte, sondern einen stattlichen Besitz mit entsprechendem Wert zu verkaufen hatte.

Sie wollten sich morgen noch einmal zum Kaffee treffen, um die Einzelheiten der Reise zu besprechen. Vermutlich war es ratsam, diesen Teil des Geschäfts anzusprechen.

Nila kniete sich vor das Sideboard, das neben dem Regal mit Niklas Büchern stand, öffnete die Tür und zog das unterste Fotoalbum von mehreren, die dort sorgfältig gestapelt waren, hervor.

Das leuchtend gelbe Album hatte Niklas ihr vor drei Jahren zum Geburtstag geschenkt. Gefüllt mit Fotos von einem traumhaften Urlaub im Luberon.

Nila knipste die Nachttischlampe an und setzte sich mit dem Album aufs Bett. Schlagartig war sie zurückversetzt in eine glückliche Zeit.

Beim Umblättern der Seiten konnte sie den Duft der weiten Lavendelfelder riechen, erlebte erneut laue Sommerabend im Garten einer kleinen Pension und scherzte mit dem gut gelaunten und fernab des Klinikstresses gelösten Niklas. Beide genossen die warmen Sommertage in vollen Zügen und hätten noch ewig dem Alltag fernbleiben können.

Mit süßer Wehmut verlor Nila sich in unwiederbringlich vergangene Tage.

Als sie schließlich in die Wirklichkeit zurückfand und zum Fenster blickte, herrschte draußen tiefschwarze Nacht. Sie sah zu der alten Standuhr, die zwischen zwei Kommoden an der Wand stand und die ein Erbstück ihrer verstorbenen Großmutter war. Es war kurz nach Mitternacht, sie gähnte herzhaft und streckte die steifen Glieder.

Das Eintauchen in die Vergangenheit hatte neben der Wehmut noch ein anderes Gefühl hinterlassen, etwas Positives. Für einen Moment war sie unsicher, ob sie richtig interpretierte, was sie fühlte. Aber schließlich kam sie zu dem Schluss, dass es tatsächlich Freude war. Freude, wenn auch unter ganz anderen Umständen, erneut in die Provence zu fahren. Die Freude war zaghaft, wie eine junge Pflanze, die noch viel Pflege bedurfte, aber unzweifelhaft vorhanden. Zum ersten Mal seit Niklas' Auszug ging Nila mit einem leichten Lächeln auf den Lippen ins Badezimmer, um sich für die Nacht fertigzumachen. Sie würde in die Provence fahren!

8.

Obwohl sie wieder nur wenige Stunden geschlafen hatte, fühlte Nila sich am nächsten Morgen deutlich erfrischter als in den vergangenen Tagen. Mit einem leichten Kribbeln im Bauch putzte sie sich die Zähne und stieg anschließend unter die Dusche. Sie spürte Erleichterung beim Gedanken, der verwaisten Wohnung für einige Zeit entkommen zu können. Damit umging sie nicht nur die räumliche Leere, die Niklas' Auszug hinterlassen hatte, sondern konnte auch die Arbeiten, die vom Umzug noch übrig waren, guten Gewissens verschieben.

Eine zaghafte Zuversicht mischte sich mit der Traurigkeit, die sie ansonsten fest im Griff hatte. Immerhin hielt sie es nicht mehr für ausgeschlossen, dass die Zukunft doch wieder etwas Schönes bereithalten könnte.

Während sie sich weiter für den Tag fertigmachte, schweiften ihre Gedanken wieder zu Niklas. Vielleicht sollte sie ihn anrufen und über ihre geplante Reise informieren. Im Grunde sprach nichts dagegen, dass er für die Zeit, die sie in Frankreich verbringen würde, wieder hier übernachtete. Sie vermied selbst in Gedanken das Wort ‚wohnen‘. Das Not-Arrangement bei Marie und Jonas war für diese Wochen jedenfalls überflüssig. Oder würde das die Sache für alle nur noch schwieriger machen? Unschlüssig entwirrte Nila ihre nassen Locken. Schließlich entschied sie, die

Entscheidung Niklas zu überlassen. Sie würde ihm das Angebot machen, und er sollte tun, was er für richtig hielt.

Nachdem sie in ein schwarz-weiß gepunktetes Kleid und schwarze Ballerinas geschlüpft war, machte sie sich einen Kaffee und setzte sie sich an den Küchentisch. Ihr Herz klopfte, als sie Niklas' Kontakt in ihrem Handy aufrief. Sein Profilbild zeigte ihn lachend, die blauen Augen blitzten fröhlich. Nilas Herz zog sich schmerzhaft zusammen. Fast hätte sie über das Foto gestreichelt. Schluss jetzt!, rief sie sich zur Ordnung und drückte entschlossen auf die Anruftaste. Kaum hörte sie das Freizeichen, da meldete er sich bereits.

„Hey, Nila!" Seine Stimme war warm und vertraut.

Nila räusperte sich. Das erste Mal, dass er sie bei ihrem normalen Vorname nannte, über all die Jahre war sie für ihn *Rotlöckchen* gewesen. Natürlich war es jetzt vorbei mit Kosenamen, einen Stich verspürte sie dennoch.

„Hallo Niklas." Sie räusperte sich erneut. „Wie geht es dir?"

„Okay", sagte er. „Und dir?"

„Auch okay", antwortete sie zögernd. Das Gespräch fühlte sich jetzt schon an, als würden beide unbedingt vermeiden wollen, etwas Falsches zu sagen. So verkrampft waren sie noch nie miteinander gewesen. Das gefiel Nila nicht, aber vermutlich würde es Zeit brauchen, bis sie wieder normal miteinander umgehen konnten. Sie seufzte lautlos.

„Du hast noch Urlaub, oder?" Niklas Stimme riss sie aus ihren Gedanken.

„Hm." Nila griff sich in die Haare, wickelte eine Strähne fest um ihren Zeigefinger. Dann gab sie sich einen Ruck. „Ich wurde gefeuert."

„Du wurdest was?" Niklas Überraschung war fast greifbar.

Nila nickte, ohne darauf zu achten, dass er sie nicht sehen konnte. „Ein Unglück kommt selten allein." Sie lachte rau.

„Aber ... du bist doch top im Job", meinte er hilflos.

„Möglich. Spielt aber in diesem Fall keine Rolle. Die Dependance in Hamburg wird geschlossen, alle Geschäfte werden nach München verlagert. Wie nicht anders zu erwarten war, hat Winterfeldt mir nicht das Angebot gemacht, mitzugehen." In Nila wallte der Wunsch auf, Niklas persönlich zu sprechen und nicht nur am Telefon. Ärgerlich rief sie sich zur Ordnung. Sie sollte das Gespräch lieber so schnell wie möglich beenden. Alles andere würde zu nichts führen und nur unnötig schmerzhaft sein.

„Dieser Blödmann!" Niklas schnaufte empört. „Das tut mir sehr leid." Seine Stimme war wieder leiser und die Anteilnahme darin tat Nila gut.

„Danke. Aber immerhin habe ich fürs Erste ein Angebot von einer früheren Kundin bekommen. Ich soll sie in die Provence begleiten und ihren dortigen Besitz zum Verkauf vorbereiten. Vielleicht möchtest du für die Zeit hier wieder ... also was ich meine, falls das Gästezimmer bei Marie und Jonas zu eng wird, du könntest gerne vorübergehend wieder hier ... sein." Sie schluckte trocken. Jetzt war es heraus. Wenn auch ohne das Wort ,wohnen'.

„Oh." Niklas atmete hörbar aus. Und strich sich jetzt bestimmt die Haare aus der Stirn. Jedenfalls vermutete Nilas das. Sein Pony war ihm schon letzte Woche viel zu lang fast in die Augen gefallen. Sie bezweifelte, dass er inzwischen beim Friseur gewesen war.

„Also nur, wenn du willst. War nur so ein Gedanke ..." Sie verstummte, kaute nervös auf ihrer Unterlippe. Vermutlich war es doch eine dumme Idee gewesen.

„Nein", sagte Niklas schnell. „Das klingt wirklich gut! Ich glaube, ich gehe Marie jetzt schon auf die Nerven. Jonas kann es zumindest noch besser verbergen." Er lachte leise. „Also, jedenfalls nehme ich das Angebot gerne an. Ab wann ist die Luft rein?" Er lachte wieder. Herzlich, neckend. Niklas eben.

Nilas Herz wurde schwer. „Spätestens morgen Abend." Ihre Stimme war leise.

„Okay. Schlüssel habe ich ja noch. Also dann: gute Reise, viel Erfolg und komm gesund zurück!" Niklas klang wieder ernst.

„Danke", sagte Nila tonlos.

„Und grüß mir das Meer!", schob er noch hinterher.

Nila schossen Tränen in die Augen. Nur mit Mühe schaffte sie es, das Gespräch zu beenden.

***

Eine halbe Stunde später hatte Nila sich so weit gefangen, dass sie den Anruf bei Renée Durand in Angriff nehmen konnte. Die Französin hatte gestern bei der Verabschiedung darum gebeten, dass Nila sie heute zwecks Terminabsprache anrufen möge.

Es klingelte etliche Male, sodass Nila bereits erwog, wieder aufzulegen, als das Gespräch doch noch angenommen wurde.

„Ja, hallo?" Madame Durand klang atemlos.

„Nila Roonstein, die Maklerin. Guten Tag, Madame Durand", sagte Nila artig ihren Text auf.

„Ah, schön, dass Sie sich melden! Wie sieht es zeitlich bei Ihnen aus, können Sie jetzt zu mir kommen?"

„Ich könnte in fünf Minuten im Auto sitzen."

„Wunderbar! Bis gleich."

Renée Durand hatte aufgelegt. Irritiert nahm Nila das Handy vom Ohr und sah es nachdenklich an. Sie kramte in ihrem Gedächtnis nach der Adresse von der Wohnung, die sie Renée Durand vor drei Jahren vermittelt hatte. An den Straßennahmen konnte sie sich beim besten Willen nicht mehr erinnern. Sie meinte aber, dass die Altbauvilla, die in mehrere Eigentumswohnungen unterteilt worden war, in der Nähe der Sechslingspforte lag. Sie besaß grundsätzlich ein gutes Gedächtnis für Orte, an denen sie einmal gewesen war, und ein noch besseres, wenn sie dort Immobilien verkauft hatte. Mit ein wenig Glück würde sie die kleine Seitenstraße auf Anhieb wieder finden. Sollte das nicht der Fall sein, könnte sie immer noch Rücksprache mit ihrer Kundin halten. Madame Durand schien jedenfalls davon auszugehen, dass sie den Verkauf der Wohnung soweit abgespeichert hatte, dass sie den Weg mühelos finden würde.

Nach einem kurzen Abstecher ins Bad, wo sie vor dem Spiegel etwas Ordnung in ihre rote Locken brachte und Lippenstift auftrug, verließ sie mit gemischten Gefühlen ihre Wohnung.

9.

„Bedienen Sie sich!“ Madame Durand wies flüchtig auf die gefüllten Kaffeetassen aus feinem weißen Porzellan und die Kristallschalen, in denen verschiedenes Gebäck lag.

„Danke.“ Nila lächelte und griff zu ihrer Tasse. Die Haushälterin, die ihre Haare zu einem strengen Dutt trug, im Gegensatz dazu aber ein rundliches, freundliches Gesicht besaß und Nila herzlich empfangen hatte, war vermutlich dafür verantwortlich, dass bereits alles für ein geschäftliches Gespräch vorbereitet war.

Nila und Renée Durand saßen sich auf dezent gemusterten Sofas am Wohnzimmertisch des großen Raumes gegenüber. Die Fensterfront gab den Blick frei auf die Außenalster.

Ein Ausblick, der spektakulär und von der Eigentümerin teuer bezahlt worden war. Nilas Hoffnung hatte sich erfüllt, es war ihr gelungen, den Weg mühelos wiederzufinden. Neben ihrem guten Orientierungssinn hatte ihr dabei vermutlich auch die damalige Vermittlung der Immobilie geholfen, die ihr leicht abrufbar im Gedächtnis geblieben war. Die Wohnung war selbst für *Villa & more* etwas Besonderes gewesen. Stolze 250 Quadratmeter, von Grund auf luxussaniert und aus fast allen Räumen konnte der atemberaubende Blick auf die Außenalster genossen werden. Selten passten Immobilien und neue

Eigentümer auf Anhieb so gut zusammen wie Renée Durand und diese Wohnung.

„Ich hoffe, Sie haben sich von meiner Überrumpelung erholt." Madame Durand schenkte Nila ein warmes Lächeln, das eine Prise Schuldbewusstsein enthielt. „Aber für alles andere fehlt mir im Moment leider die Zeit. Außerdem bedeutet es mir viel, dass Sie es sind, die mich bei dem Verkauf unterstützt." Sie sah Nila entschuldigend an.

Nila stellte ihre Tasse ab und erwiderte den Blick.

„Das freut mich." Sie räusperte sich. „Wie genau stellen Sie sich meine Arbeit vor?"

„Nun, es geht mir um die gesamte Abwicklung." Die Französin nahm einen kleinen Schluck aus ihrer Tasse und schwieg für einen Moment. „Sie müssen wissen, dass das Haus seit achtzehn Jahren unbewohnt ist."

„Oh." Nila strich sich eine widerspenstige Locke aus dem Gesicht und versuchte, sich ihr Erschrecken nicht anmerken zu lassen. Achtzehn Jahre Leerstand? Du liebe Zeit, eine solch große Zeitspanne konnte einiges an Verwahrlosung bewirken. Sie verkniff sich ein Seufzen. „Das ist eine lange Zeit. Hat denn zwischendurch jemand nach dem Rechten gesehen?"

„Ja, nebenan wohnt ein nettes Paar, das die Hausmeistertätigkeit übernommen hat." Madame Durand nickte langsam. „Aber ich kann Ihnen nicht genau sagen, was Sie erwarten wird. Jacques und Lisanne müssten inzwischen um die Achtzig sein. Ich telefoniere nur ab und zu mit ihnen. Sie bekommen jeden Monat eine kleine Zuwendung, aber ich weiß nicht, was sie momentan noch leisten können. Um ehrlich zu sein, habe ich die Existenz dieses Hauses weitgehend aus meinen Gedanken verbannt.“ Sie schwieg einen Moment, schien weit weg zu sein. Nila wartete. Sie spürte, dass es für ihre Kundin nicht einfach war, sich mit dem Thema zu beschäftigen. Was war in der Provence geschehen? Momentan sah es nicht so aus, als wenn Madame Durand darüber sprechen wollte.

„Neben dem Haupthaus gibt es noch ein kleines Gästehaus“, nahm die Französin das Gespräch schließlich wieder auf. „Alles muss entrümpelt und für den Verkauf vorbereitet werden. Ich möchte mit all dem möglichst wenig zu tun haben.“ Sie holte tief Luft und sah aus dem Fenster, wo sich das sanft schaukelnde Wasser der Außenalster im Licht der Vormittagssonne funkelnd brach.

„Wie groß ist das Anwesen?“

„Ich weiß es nicht genau. Vielleicht dreihundert Quadratmeter, oder mehr.“ Sie zuckte die Schultern, wandte ihren Blick wieder Nila zu. In ihren Augen stand die stumme Frage, ob diese bei ihrer Zusage bleiben würde.

„Okay, das kriegen wir schon hin.“ Nila setzte sich gerader hin. Der Auftrag war eine Herausforderung und würde vermutlich sehr von ihrer früheren Arbeit bei *Villa & more* abweichen. Aber sie würde natürlich zu ihrem Wort stehen, das sie gegeben hatte. Jetzt wäre es eigentlich an der Zeit, Madame Durand auf die Provision anzusprechen. Oder Nila verließ sich darauf, dass es darüber keine Streitigkeiten geben würde. Während sie noch überlegte, ob sie das Finanzielle ansprechen sollte, kam Renée Durand ihr zuvor. „Sie bekommen natürlich die übliche Courtage und zusätzlich eine großzügige Entschädigung für Ihre Mühe. Wie lange das Ganze dauern wird, kann ich Ihnen natürlich noch nicht sagen. Aber ich schätze, wir müssen schon von einigen Wochen ausgehen."

„Okay", sagte Nila erneut. Ihr Gefühl trog sie nicht. Die Zusammenarbeit würde fair und unproblematisch verlaufen. Genau wie damals beim Kauf dieser Wohnung. Einige Wochen, dachte sie dann. Einige Wochen in der Provence, wieder fühlte sie eine Mischung aus Angst und Vorfreude. Zeit genug, um mit der Vergangenheit abzuschließen. Und vielleicht genug, sich auf die Zukunft einzustellen. Andererseits die Konfrontation mit dieser wunderschönen Region, mit der sie glückliche Urlaube verband, die so nie wieder stattfinden würden.

„Setzen Sie gerne schon vorab den Auftrag schriftlich fest. Zwei Bitten habe ich noch. Können Sie für mich ein Hotelzimmer in Les Issambres buchen? Für Sie wird es vermutlich am einfachsten sein, wenn Sie im Objekt wohnen."

„Natürlich, um das Zimmer kümmere ich mich gerne." Beim Gedanken, in einem Haus zu wohnen, das seit achtzehn Jahren leer stand, zog sich allerdings Nilas Magen zusammen. Falls es zu schlimm war, konnte sie aber immer noch kurzfristig ebenfalls ins Hotel ausweichen.

„Ach, und meine letzte Bitte betrifft unsere Reise. Ich benutze ungerne das Flugzeug. Wäre es möglich, dass Sie uns fahren?"

Überrascht sah Nila auf. „Wenn es Ihnen nichts ausmacht, in einem Fiat 500 zu reisen: Gerne!"

***

Am nächsten Morgen wurde Nila ohne Wecker schon um sieben Uhr wach. Sofort waren ihre Gedanken bei den Vorbereitungen für die Reise. Weit nach Mitternacht war sie sicher gewesen, alles Nötige erledigt zu haben, sodass sie sich erlaubte, ins Bett zu gehen. Überraschenderweise war sie sofort in einen Tiefschlaf gefallen. Jetzt, am frühen Morgen, quälte sie sofort wieder das Gefühl, vielleicht doch etwas vergessen zu haben. Unter der Dusche ging sie erneut im Geiste alle Punkte durch, die sie gestern sogar auf Papier festgehalten hatte. Gleich als erstes war sie zum Bezirksamt gesaust und hatte ein Gewerbe angemeldet. Die Voraussetzung, um überhaupt legal Geld mit dem Auftrag zu verdienen. Danach hatte sie ein Hotelzimmer in Les Issambres für ihre Auftraggeberin gebucht, sowie zwei Zimmer in Luxemburg. Sie hatte sich mit Madame Durand darauf geeinigt, die Reise in zwei Etappen zu bestreiten. Eine Übernachtung sollte reichen, um die Strecke bewältigen zu können. Lena war darauf angesetzt worden, aus Winterfeldt die höchstmögliche Abfindung herauszuholen und anschließend hatte Nila einen kurzen Abstecher nach Niendorf zum Haus ihrer Eltern gemacht. Schweren Herzens hatte sie Mama und Papa davon in Kenntnis gesetzt, dass Niklas ab sofort nicht mehr ihr zukünftiger Schwiegersohn war, was Tränen in die Augen ihrer Mutter trieb und ihren Vater ungewohnt sprachlos machte. Lange hatte Nila sich nicht mit dem Befinden ihrer Eltern auseinandersetzen können – worüber sie insgeheim ganz froh war –, denn es galt, die Reise vorzubereiten. Darüber informierte sie die beiden noch, aber zusätzlich von dem Rauswurf bei *Villa & more* zu berichten, brachte sie nicht fertig. Den Schock der Trennung von Niklas sollten ihre Eltern erstmal verdauen. So blass, wie ihre Mutter unter ihrer natürlichen Sonnenbräune geworden war, reichte das an schlechten Nachrichten erstmal. Wenn Nila ehrlich war, fürchtete sie sich auch ein wenig davor, ihre derzeitig eher unsichere finanzielle Situation zu thematisieren. Außerdem war es ihr lieber, zunächst mal selbst zu wissen, wie es nach Frankreich weitergehen sollte. Aber das hatte Zeit, erstmal musste sie das Projekt überhaupt in Angriff nehmen und abwickeln.

Und so gingen ihre Eltern davon aus, dass sie im Auftrag ihres Arbeitgebers nach Frankreich fahren würde.

Eine Reisetasche war gepackt, deren Inhalt zwar nicht für mehrere Wochen reichen konnte, aber das wäre bei der Größe ihres Kofferraums auch utopisch gewesen. Schließlich musste Nila auch noch Platz für das Gepäck von Madame Durand lassen.

Fürs Erste würde ihre Reisegarderobe reichen. Nila hoffte, im Anwesen der Durands eine funktionierende Waschmaschine zur Verfügung zu haben. Andernfalls würde sie sich vor Ort noch Klamotten besorgen müssen.

Während sie vor dem Spiegel stand und ihre roten Locken entwirrte, beschäftigte sie wieder die Frage, warum das Anwesen der Durands wohl achtzehn Jahre lang leer gestanden haben mochte. Sie war relativ sicher, dass es dafür schwer wiegende Gründe geben musste. Der Ausdruck in Renée Durands Augen schien ihr eindeutig gewesen zu sein. Schmerz und Trauer waren zumindest für einen Moment offensichtlich gewesen. Über die Gründe zu spekulieren war müßig, es konnte sonst etwas dahinter stecken. Oder doch etwas ganz Banales. Geld schien keine Rolle zu spielen, vielleicht war Frankreich tatsächlich als Urlaubsort einfach uninteressant geworden. Nila schüttelte den Kopf, das ging sie eigentlich gar nichts an und normalerweise machte sie sich nicht so viele Gedanken über ihre Kunden. Madame Durand hingegen hatte ihr Interesse geweckt. Außerdem würden sie natürlich weit mehr Zeit miteinander verbringen als es bei anderen Aufträgen üblicherweise der Fall war. Nila verscheuchte die unnützen Gedanken und widmete sich entschlossen ihrem Make-up.

Eine halbe Stunde später zog sie die Haustür hinter sich ins Schloss. Das Auto war gepackt, die Reise konnte beginnen. Leichtfüßig lief sie die Treppen hinab. Ein neuer Abschnitt ihres Lebens begann – jetzt!

Ohne Niklas und ohne *Villa & more*. Ob sich dafür wirklich drei neue Türen öffneten, wie Mona prophezeit hatte, würde sich zeigen. Trotzdem fühlte Nila neben der inzwischen gewohnten Traurigkeit fast so etwas wie freudige Erwartung, als sie auf dem Fahrersitz ihres Fiats glitt, das Verdeck herunterfuhr und ihre Sonnenbrille aufsetzte.

10.

„Dann geht es jetzt also los", stelle Renée Durand trocken fest, als sie elegant auf den Beifahrersitz glitt. Sie trug ein flaschengrünes Seidenkleid und hatte einen farblich passenden, hauchdünnen Schal locker um ihre Hochsteckfrisur geschlungen. Ihre Sonnenbrille war riesig und die Französin erinnerte Nila an Sophia Loren in ihren späteren Jahren.

„Das tut es." Nila lächelte und startete das Auto. Das Kribbeln in ihrem Bauch nahm zu. „Frankreich, wir kommen!"

Renée Durand schwieg zunächst. Auch Nila konzentrierte sich auf den dichten Verkehr, während sie das Auto quer durch die Stadt Richtung Autobahn lenkte. Es lagen gute tausendfünfhundert Kilometer vor ihnen. Eine so weite Strecke hatte Nila noch nie alleine zurück gelegt. Wenn sie mit Niklas verreist war, hatten sie sich das Fahren immer geteilt. Sie verscheuchte die Erinnerung und beruhigte sich mit dem Gedanken, dass nach der Hälfte der Fahrt ein gemütliches Hotelzimmer auf sie wartete, in dem sie neue Kraft schöpfen konnte.

„Darf ich fragen, ob es einen Mann in Ihrem Leben gibt, der sehnsüchtig auf Ihre Rückkehr wartet?" Renée Durand klang vorsichtig, als tastete sie sich an Nilas Grenzen heran. Sie beide würden jetzt viele Stunden zusammen in einem sehr kleinen Auto sitzen. Und wenn sie am Reiseziel angekommen waren, würden sie noch wochenlang miteinander zu tun haben. Wie viel sollte und durfte man außerhalb der Geschäftsbeziehung in so einer Situation miteinander teilen?

Nila schluckte trocken. „Nein, den gibt es nicht." Der Wagen vor ihnen bremste in diesem Moment stark, was Nila ebenfalls dazu zwang. Nach dem Schreckmoment, in dem beide kurz nach vorne geschleudert wurden, fügte sie leiser hinzu: „Nicht mehr." Aus den Augenwinkeln sah sie, wie ihre Beifahrerin langsam nickte.

„Wir haben uns gerade getrennt." Sie holte tief Luft. „Nach zwölf Jahren."

„Das ist bestimmt hart." Mitfühlend legte Madame Durand eine Hand auf Nilas Arm.

Nila nickte stumm und blinzelte die Tränen zurück, die ihr schon wieder in die Augen stiegen.

„Dann kam mein Angebot ja vielleicht gerade recht."

„Ja", murmelte Nila. „Das kam es allerdings. Ich bin froh, eine Zeitlang aus Hamburg weg zu sein. Niklas und ich hatten gerade eine neue Wohnung bezogen. Ohne ihn war es dort schrecklich leer." Nila hielt inne. Sie waren kaum eine Viertelstunde unterwegs und schon schüttete sie ihrer Kundin das Herz aus. Professionell geht anders, rief sie sich zur Ordnung.

„Das kann ich gut verstehen. Für Sie wird die Reise in die Provence hoffentlich der Startschuss in eine neue Zukunft. Auch beruflich." Nach einer kurzen Pause fügte sie leise hinzu: „Für mich ist es der längst überfällige Schlussstrich unter die Vergangenheit."

„Meine beste Freundin hat mir Folgendes mit auf den Weg gegeben: Wenn sich eine Tür schließt, öffnen sich

drei neue." Beim Gedanken an Mona musste Nila
lächeln.

„Für Sie bestimmt. Sie sind jung, meine Liebe, Ihr
Leben fängt gerade erst an. Ich habe den größten Teil
meines Lebens inzwischen hinter mir. Für mich ist nur
noch wichtig, die Vergangenheit mit einem gewissen
Frieden abzuschließen und die wenigen Jahre, die mir
noch bleiben, so gut es geht zu genießen."

Nila drehte den Kopf und streifte die Französin mit
einem Seitenblick. Ein Schatten verdunkelte ihren
Gesichtsausdruck, die zusammengepressten Lippen
verrieten den Aufruhr im Innern und schienen die
ruhige Aussage Lüge zu strafen.

„Wir kriegen das schon hin!" Jetzt hätte Nila am
liebsten ihrerseits eine Hand auf Madame Durands
Arm gelegt. Aber sie traute sich nicht.

„Davon bin ich überzeugt. Andernfalls hätte ich sie
nicht engagiert. Ach, und falls es Sie interessiert und
Sie nur nicht zu fragen wagen: Ja, es gibt auch in
meinem Leben einen Mann. Guiseppe, ein reizender
Italiener, Bildhauer von Beruf. Zehn Jahre jünger als
ich und ein Traum von einem Mann. Seit fünf Jahren
tut er alles für mich, und hätte mich natürlich auch
liebend gerne in die Provence begleitet. Aber dabei
kann ich ihn nicht gebrauchen, da setze ich lieber auf
professionelle weibliche Unterstützung." Sie stieß ein
kehliges Lachen aus, rückte ihre Sonnenbrille zurecht
und machte sich am Autoradio zu schaffen. Als sie den
Klassiksender gefunden hatte und Opernklänge das
Innere des kleinen Autos erfüllten, lehnte sie sich
zufrieden zurück.

Gebeugt schlich Jacques Moreau vom schattigen Teil des Gartens zur Hintertür seines Hauses. Die Sonne brannte bereits jetzt am späten Vormittag gnadenlos von einem wolkenlosen Himmel. Der Tag war für Juni außergewöhnlich heiß, so hohe Temperaturen waren sie hier in der Region sonst erst ab Juli gewohnt. Bevor Jacques die Tür öffnete, zog er ein fleckiges Taschentuch aus seiner Hose und tupfte sich den Schweiß von der Stirn. Die Hitze machte ihm zu schaffen, und das ärgerte ihn. Früher konnte er den ganzen Tag in seinem kleinen Weinberg arbeiten, ohne dass es ihm das Geringste ausgemacht hätte. Natürlich wusste er, dass er mit inzwischen über achtzig nicht erwarten konnte, herumzuspringen wie in seiner Jugend. Ärgern tat es ihn trotzdem. Sein ganzes Leben hatte er hart gearbeitet, Müßiggang gab es nicht. Urlaub auch nicht, aber es hatte ihm nie etwas gefehlt. Er liebte seinen Weinberg, der seit Generationen in Familienbesitz war. Die kleine Landwirtschaft, die er zusätzlich führte und die nicht nur seine eigene Familie zum großen Teil ernährte. Der Ertrag war groß genug, um einmal in der Woche einen Marktstand im Herzen des Ortes aufzubauen und dort das überschüssige Obst und Gemüse zu verkaufen. Seit zwei Jahren war diese Einkommensquelle versiegt. Nachdem Lisanne immer häufiger vergaß, den Herd oder die Kaffeemaschine abzuschalten, hatte Jacques die Entscheidung schweren Herzens getroffen. Wobei ihm durchaus bewusst war, dass ihm die Pflege seiner Frau die Möglichkeit gab, nicht selbst zugeben zu müssen, dass er manches einfach nicht mehr schaffte. Er verkaufte das Vieh – behielt lediglich ein paar Hühner samt dem italienischen Rennhahn, verkleinerte Obst- und Gemüseanbau und setzte die schwindenden Kräfte fast ausschließlich zur Unterstützung von Lisanne ein. Er würde alles tun, damit sie zu Hause bleiben konnte. Die Frau, die fast sein ganzes Leben an seiner Seite verbracht und immer zu ihm gehalten hatte, in ein Heim zu geben, stand für ihn nicht zur Diskussion. Nur über meine Leiche!, dachte er oft und mit einem Anflug von Trotz. Entsprechende Vorschläge von Robert, ihrem einzigen Sohn, überhörte er geflissentlich.

Mit einem Seufzen stieß er die Tür auf. Den typischen Geruch eines alten Hauses nahm er längst nicht mehr wahr, aber die Kühle, die im Innern herrschte, registrierte er dankbar.

Der leise Gesang, der aus der Küche klang, zauberte ein Lächeln auf seine Lippen. Schlurfend durchquerte er den kleinen Flur und trat in die Küche.

Lisanne saß mit geschlossenen Augen am Küchentisch. Ihre Hände ruhten gefaltet auf der Tischdecke. Früher hatte sie eine wunderbare Singstimme gehabt, jetzt im Alter fehlte die Kraft, aber die richtigen Töne traf sie dennoch. Für einen Moment hielt Jacques inne und lauschte. Dann strich er seiner Frau sanft über die schlohweißen Haare. Sie reagierte nicht, blieb vertieft in dem alten Chanson, das seit Jahrzehnten zu ihren Lieblingsliedern gehörte.

„Die Kleine kommt morgen nach Hause", sagte Jacques schließlich.

Lisanne sang weiter.

„Nach achtzehn Jahren sehen wir sie endlich wieder."

Lisanne sang.

„Sie will das Haus verkaufen.“

„Kommt der Junge auch?“ Lisanne öffnete die Augen.

Jacques zuckte zusammen. Manchmal erschreckte er sich, wenn seine Frau ganz unvermittelt für einen Moment wieder in der Realität lebte.

„Ich weiß es nicht.“ Er griff mit zitternder Hand nach dem Wasserglas, das auf dem Küchentisch stand.

Seine Frau schloss die Augen wieder. Sie sang nicht weiter.

II.

Nila hatte, wie von Madame Durand gewünscht, zwei Doppelzimmer im ‚Le Royal‘ gebucht. Beim kurzen Check im Internet hatte sie vorab festgestellt, dass ihre Auftraggeberin den gewohnten Standard offenbar auch während ihrer Reise beizubehalten gedachte. Alles andere hätte Nila auch gewundert.

In der Realität fand sie das Fünf-Sterne-Hotel, das im Herzen von Luxemburg lag, noch eleganter und luxuriöser als auf den Fotos im Internet.

Die Fahrt bis hierher war bis auf einige kleine Staus problemlos verlaufen. Renée Durand hatte sich als angenehme Beifahrerin entpuppt, Nila immer wieder mit unverfänglichen Plaudereien daran gehindert, schläfrig zu werden. Dazwischen hatten sie aber längere Strecken einfach geschwiegen, jede in ihre Gedanken versunken. Über die Vergangenheit hatte Madame Durand zu Nilas Bedauern nichts verlauten lassen.

Jetzt saßen sie bei einem Chardonnay nebeneinander an der ‚Piano Bar‘. Das Abendessen lag hinter ihnen und es ging auf zweiundzwanzig Uhr zu.

„Falls Sie noch Energie haben, können Sie ja noch das Spa nutzen.“ Renée Durand sah Nila fragend an.

Nila winkte ab. „Um ehrlich zu sein, bin ich todmüde. Ich werde gleich nur noch ins Bett sinken. Morgen haben wir ja auch noch einiges vor uns.“

„So geht es mir auch. Aber ich dachte, Ihnen würde vielleicht die Jugend helfen, noch mehr Unternehmungslust trotz der langen Fahrt zu behalten." Madame Durand lächelte und stellte ihr leeres Glas auf die Theke.

„Nein, ich fürchte, meine Jugend rettet mich gerade auch nicht." Nila lächelte zurück und musste an Mona denken. Ihre Freundin würde jetzt hundertprozentig das Spa ausprobieren. Und anschließend würde sie sich in das Luxemburger Nachtleben stürzen. Nila aber sehnte sich nur noch danach, ihren verspannten Körper auf einem weichen Bett auszustrecken und die Augen zuzumachen.

„Na, vielleicht ist das auch vernünftiger." Renée Durand erhob sich graziös von ihrem Barhocker. „Ruhen Sie sich aus, liebe Nila. Morgen früh nehmen wir die restliche Strecke in Angriff. Und das eigentlich Anstrengende kommt dann erst. Ist Frühstück um acht in Ordnung?"

„Ja, selbstverständlich. Gute Nacht, Madame Durand."

„Sagen Sie Renée. Wir arbeiten so eng zusammen, da finde ich die Förmlichkeit albern." Die Französin hakte Nila unter, und gemeinsam durchquerten sie die Bar Richtung Fahrstuhl.

Man könnte uns für Mutter und Tochter halten, schoss es Nila amüsiert durch den Kopf.

***

Nila entschied sich für eine zartgelbe Stoffhose und eine weiße ärmellose Bluse. Bequem genug für die lange Autofahrt und hinreichend chic, um sich neben Renée Durand nicht allzu farblos zu fühlen.

Sie hatte wundervoll geschlafen in dem großen Hotelbett, dessen Matratze weder zu hart noch zu weich war. Nach einer kurzen SMS an Mona und an ihre Mutter hatte sie dem Wunsch widerstanden, Niklas ebenfalls eine Nachricht zu schreiben und war überraschend schnell in einen tiefen traumlosen Schlaf gefallen.

Jetzt fühlte sie sich fit, ausgeschlafen und bereit, den zweiten Teil der Reise anzutreten.

Nachdem sie mit ihrem Make-up fertig war, schnappte sie sich ihre Handtasche und machte sich auf den Weg zum Frühstücksbuffett.

Renée sah ihr bereits lächelnd von einem Ecktisch entgegen. Ein Schälchen mit einem Rest Obstsalat und eine Tasse Kaffee standen vor ihr auf dem Tisch.

„Guten Morgen, meine Liebe. Wie haben Sie geschlafen?"

„Guten Morgen Madame ... Renée. Wundervoll, danke!" Sie musste sich erst noch daran gewöhnen, ihre Auftraggeberin mit Vornamen anzusprechen.

„Es ist alles da, was das Herz begehrt. Sie müssen sich also nicht wie ich auf Obst beschränken. Eine Angewohnheit, die leider nicht mehr zu ändern ist. Mein Magen hat sich so daran gewöhnt, dass er inzwischen bis zum Mittagessen nichts anderes mehr verträgt." Renée lächelte und nahm ihre Kaffeetasse in die Hand.

„Ich glaube, ich brauche tatsächlich etwas Gehaltvolleres." Zum ersten Mal seit Niklas Auszug verspürte Nila wieder richtigen Hunger. Sie entschied sich für Rührei, Vollkornbrötchen, Orangensaft und Kaffee.

Eine halbe Stunde später machten sie sich gestärkt auf den Weg in die Tiefgarage. Nila trug ihre eigene Reisetasche über der Schulter und Renées kleinen Koffer aus giftgrünem Leder in der Hand. Nachdem sie beides auf der Rückbank verstaut hatte, hielt sie ihrer Begleiterin die Tür auf und stieg dann selbst ein. Während Nila das Auto aus der Parklücke hinaus bugsierte, übernahm Renée wieder die Auswahl der musikalischen Untermalung. Erneut entschied sie sich für eine Oper.

„Sie lieben die Oper?", fragte Nila interessiert und setzte die Sonnenbrille auf, als sie die dunkle Tiefgarage verließen und in einen strahlenden Frühsommertag hinausfuhren. Gestern hatte sie angenommen, Renée wäre vielleicht zufällig beim Klassiksender hängen geblieben.

„Die Oper war einmal mein Leben." Die Französin seufzte. „Ich durfte früher auf allen bedeutenden Opernbühnen dieser Welt singen."

„Warum haben Sie aufgehört?" Nila fädelte sich in den dichten Stadtverkehr ein, während sie gespannt auf die Antwort wartete. Operndiva also, sie war nicht überrascht. Die Ausstrahlung von Renée Durand begründete sich in einem außergewöhnlichen Leben, da war Nila von Anfang an sicher gewesen. Nun hatte sie also die Bestätigung.

„Eine Stimmbandentzündung. Gleichzeitig wurde ich schwanger. Das erschien mir Zeichen genug, mit dem Singen aufzuhören. Meine Stimme hat sich nie wieder ganz erholt. Und wenn man dann ein paar Jahre aus dem Beruf raus ist ..." Sie machte eine unbestimmte Handbewegung. „Na, wie dem auch sei. Ich hatte mich entschieden, dass die Familie an erster Stelle kommt. Mit einem Kind durch die Welt zu reisen, erschien mir zu kompliziert. Alles im Leben hat seine Zeit, die Zeit des Singens war für mich somit beendet."

„Und Sie haben nie wieder daran gedacht, es später wieder aufzunehmen?" Nila hoffte, sich nicht allzu neugierig anzuhören. Aber Renée schien kein Problem damit zu haben, nun doch über ihre Vergangenheit zu sprechen. Und Nila war tatsächlich neugierig ...

„Doch, natürlich habe ich darüber nachgedacht. Es aber letztlich immer wieder als unmöglich eingestuft. Wie gesagt, nicht nur die familiäre Situation erschien mir als nicht kompatibel mit der Oper. Auch meine Stimme hätte die Anforderung vermutlich nicht mehr erfüllt. Und glauben Sie mir, wenn Sie einmal die Nummer eins in der Opernwelt waren, geben Sie sich nicht mit weniger zufrieden." Ein leicht spöttisches Lächeln erschien auf ihren dunkelrot geschminkten Lippen.

Nila nickte. „Ja, das kann ich mir vorstellen. Obwohl ..." Sie lachte. „Eigentlich kann ich es mir *nicht* vorstellen. Ich war noch nie in irgendwas die Nummer eins."

„In den meisten Berufen muss man das ja auch nicht. Es reicht, gut zu sein. Aber die Musikszene folgt da eigenen Gesetzen. Wenn Sie als Künstler ganz oben waren, ist es schwierig, sich mit weniger zufrieden zu geben. Ich hätte es jedenfalls nicht gekonnt." Renée langte zur Rückbank, wo Nila einen Beutel mit

Mineralwasser deponiert hatte. Sie zog zwei Flaschen heraus. „Durst?“

„Ja, ein bisschen.“ Nila nickte.

Renée schraubte den Verschluss ab und reichte ihr die Flasche. Dankbar trank sie einen Schluck, ohne den Verkehr dabei aus den Augen zu lassen.

„Sie sind sehr gut in Ihrem Job. Warum wollte Ihr Chef Sie nicht mit nach München nehmen?“

Aus den Augenwinkeln sah Nila, wie Renée sie prüfend musterte.

„Nun ja ... die alte Geschichte. Mein Chef wollte mehr von mir als ich von ihm. Aber erstens hatte ich noch meinen festen Freund, zweitens ist Winterfeldt ein echter Kotzbrocken und drittens halte ich grundsätzlich nichts von Affären am Arbeitsplatz. Meine Ablehnung hat mich nicht gerade zur beliebtesten Mitarbeiterin der Agentur aufsteigen lassen. Mein Chef war also vermutlich froh, mich auf diesem Weg ganz elegant loszuwerden.“

„Vermutlich waren Sie aber die beste Mitarbeiterin.“

Nila schmunzelte. „Woher wollen Sie das wissen, Renée?“

„Über siebzig Jahre Lebenserfahrung.“ Renée zuckte die Schultern und verstaute die Plastikflaschen wieder auf der Rückbank.

„Danke.“ Nila spürte, wie gut ihr die Anerkennung der sympathischen und ungewöhnlichen Französin tat. Auch wenn sie natürlich wusste, dass es keine ernst zu nehmende Wertung war. Bislang hatte sie der älteren Dame gerade mal eine Wohnung verkauft. Diese Erfahrung war sicher nicht ausreichend, um beurteilen zu können, wie gut ihre sonstige Leistung bei *Villa & more* gewesen war. Trotzdem freute sie sich.

„War das Haus, das wir verkaufen werden, der Feriensitz Ihrer Familie?" Da ihre Auftraggeberin auf sie gelöst und frei wirkte, wurde sie langsam mutiger beim Fragenstellen.

„Nein, es handelt sich um mein Elternhaus."

Etwas in Renées Stimme ließ Nila aufhorchen. Sie war sicher, versehentlich eine Grenze überschritten zu haben. „Entschuldung, ich wollte nicht zu persönlich ..."

„Nein, nein. Schon gut. Wir haben bis vor achtzehn Jahren dort als Familie zusammen gelebt. Dann starb mein Mann und damit gab es kein Familiendomizil mehr. Ich bin zunächst nach Paris gezogen und mein Sohn ist seinen eigenen Weg gegangen." Renées Worte klangen seltsam monoton. Als hätte sie eine Version auswendig gelernt, die ihre Familiengeschichte in Kurzform anderen Menschen präsentierte. Falls es mal nicht anders ging. Von der Lebendigkeit, mit der sie sonst sprach, war in diesen Worten nichts zu finden.

„Das tut mir leid", sagte Nila hilflos.

„Ich hätte Lust auf einen Kaffee. Wir sollten bei der nächsten Gelegenheit eine Pause machen."

Nila biss sich auf die Lippen und nickte. Sie hatte sich nicht getäuscht. Es gab diesen Bruch in Renée Durands Leben, über den sie auf keinen Fall sprechen wollte. Nila nahm sich fest vor, ab sofort keine neugierigen Fragen mehr zu stellen. Monsieur Durand war nicht einfach eines natürlichen Todes gestorben, da war sich Nila sicher. Wäre das der Fall, hätte Renée Durand nach so vielen Jahren nicht so seltsam reagiert. Aber für den Auftrag spielte die – vermutlich tragische –

Familiengeschichte der Durands keine Rolle. Nila musste einfach einen guten Job machen und das Haus verkaufen. Sie musste sich schlicht professionell verhalten.

12.

Nach insgesamt fast siebzehn Stunden Fahrtzeit hatten sie es tatsächlich geschafft. Nila konnte es kaum glauben, als sie das Ortsschild von Les Issambres im der Abendsonne erkennen konnte.

Ihre Arme schmerzten, ihr Rücken war zu einem steifen Etwas mutiert und in den letzten Stunden hatte sie es nur durch verstärkten Koffeineinsatz geschafft, ihre Augen am Zufallen zu hindern. Renée war ihr seit einiger Zeit keine Hilfe mehr gewesen. Je näher sie ihrem Ziel gekommen waren, umso stiller wurde ihre Beifahrerin.

Nila wurde schlagartig wieder munter. „Wir haben es geschafft!" Sie warf einen schnellen Blick zu ihrer Begleiterin hinüber.

Die Französin sah starr durch die Frontscheibe und sagte nichts. Es schien, als hätte sie Nila gar nicht gehört.

„Renée? Ich bräuchte jetzt Ihre Hilfe", sagte Nila sanft. Bis nach Les Issambres hatte sie sich auf ihr Navi verlassen können. Aber da sie die genaue Adresse nicht kannte, war sie nun auf ihre Beifahrerin angewiesen.

Sie hielt am Straßenrand an und sah sich neugierig um. Der Ortsteil von Roquebrune-sur-Argens wirkte sofort einladend und freundlich auf sie. Geöffnete Restaurants, Cafés und kleine Geschäfte waren gut besucht, wurden aber offensichtlich nicht von Touristen geflutet. In dieser Gegend war sie auf ihren

Reisen mit Niklas nie gewesen, aber sie wusste sofort, dass es ihm hier auch gefallen würde. Schnell verscheuchte sie den Gedanken, der den üblichen Stich verursachte. Sie war nicht hier, um vergangenen Zeiten hinterherzutrauern, sondern um einen Auftrag zu erledigen. Sie straffte sich und warf erneut einen Blick zu Renée hinüber. Die Französin sah noch immer seltsam erstarrt aus. Bis schließlich ein Ruck durch ihren Körper ging, und sie sich aufrechter hinsetzte.

„Da vorne müssen wir rechts abbiegen." Renées Stimme war belegt. Sie räusperte sich und deutete auf eine Gasse, die wenige Meter vor ihnen von der Straße abging.

„Okay." Nila setzte den Fiat wieder in Bewegung.

„Ich zeige Ihnen den Weg, aber ich werde nicht mit reinkommen. Es wäre mir lieb, wenn Sie mich dann zuerst ins Hotel bringen, bevor Sie das Haus und die Arbeit in Augenschein nehmen. Vielleicht komme ich in den nächsten Tagen einmal bei Ihnen vorbei."

„In Ordnung." Mit einem Mal wurde Nila bewusst, dass sie aufgeregt war. Ihr Herz schlug schneller und ihre Handflächen klebten schwitzig am Lenkrad. Was würde sie gleich erwarten? Sie hatte noch nie ein Haus für den Verkauf herrichten müssen, das achtzehn Jahre lang leer gestanden hatte. Auf jeden Fall lag viel Arbeit vor ihr. Und noch war nicht einmal klar, was mit der Einrichtung und dem Hausrat geschehen sollte. Wollte Renée alles einfach entsorgt haben? Nila war klar, dass sie ihre Auftraggeberin bald darauf ansprechen musste. Aber solange sie sich nicht einmal durchringen konnte, das Grundstück zu betreten, würde es schwierig sein.

Die Gasse mündete schon bald in einen Feldweg, die Umgebung wurde hügeliger. Der Fiat bockte ein wenig und falls Autos überrascht sein konnten, dann war er es jetzt.

Nilas Augen wurden größer, als sie in den Lücken der dichten Bewaldung zum ersten Mal das Meer hindurchblitzen sah.

Ihre Aufregung wuchs, diesmal aber weniger wegen der Aussicht auf die vor ihr liegende Arbeit. Der Ozean hatte schon immer eine magische Wirkung auf sie. Nirgends fühlte sie sich so frei und lebendig wie in der Nähe des Wassers. Sie freute sich darauf, gleich das Anwesen inspizieren zu dürfen, in dem die Durands einmal ihren Lebensmittelpunkt gehabt hatten. Trotz des Wissens, dass eine Menge Arbeit vor ihr liegen würde. Zum ersten Mal seit langem spürte Nila etwas von der alten Kraft wieder, die sie vor der Trennung von Niklas und der anschließenden Kündigung ihres Chefs ganz selbstverständlich zur Verfügung gehabt hatte.

Der Sandweg verengte sich, die Bewaldung wurde noch dichter, und Nila zweifelte schon daran, ob sie wirklich auf dem richtigen Weg waren, als plötzlich rechts eine Zufahrt auftauchte.

Renée deutete wortlos darauf. Nila lenkte den Wagen in die angegebene Richtung, bis ein schmiedeeisernes Tor sie zum Halten zwang.

„Wir sind da", flüsterte Renée.

13.

Nilas Herz hüpfte in ihrer Brust, als sie den Schlüssel ins Türschloss steckte. Schon jetzt war sie fasziniert von dem großen Anwesen, einem alten Steinhaus mit typisch provenzalischem Charme, zu dem man durch einen verwilderten Rosengarten gelangte. Die weißen und rosafarbenen Blüten verströmten einen betörenden Duft und entfalteten im Licht der Abendsonne ihre ganz eigene Schönheit.

Die Tür quietschte beim Öffnen leise. Mit angehaltenem Atem trat Nila ein. Lieber wäre es ihr gewesen, wenn Renée jetzt an ihrer Seite wäre. Aber ihre Haltung hatte sich wie erwartet nicht mehr geändert. Sie wollte das Haus vorerst nicht betreten. Ganz verstehen konnte Nila sie nicht. Einerseits wollte Renée einen Schlussstrich unter die Vergangenheit ziehen und war dafür bereit, bis in die Provence zu reisen. Aber andererseits schien es ihr unmöglich, auch nur einen Fuß in ihr früheres Zuhause zu setzen. Zumindest vorerst. Na gut, dachte Nila, ich muss auch nicht alles verstehen.

Gespannt sah sie sich um. Die große Halle empfing sie mit einem gefliesten Natursteinboden und abgestandener Luft, wie sie feststellte, als sie tief einatmete. Sie stellte ihre Reisetasche ab und durchquerte die Halle mit vorsichtigen Schritten. Der Boden war staubig, aber es war nicht der Staub von

Jahren. Das alte Pärchen, das nach dem Rechten sah, hatte sich vermutlich so gut es ging gekümmert.

Fühlen Sie sich wie Zuhause, hatte Renée gesagt. *Suchen Sie sich ein Zimmer aus und machen Sie sich erstmal in Ruhe mit allem vertraut.*

Nila zählte fünf Türen, die von der Halle abgingen und eine Treppe, die ins Obergeschoss führte. Es war egal, wo sie anfing, sie musste sich erstmal einen Überblick verschaffen.

Entschlossen öffnete sie die erste Tür, die dem Eingang gegenüber lag. Sie hatte sich für die Küche entschieden, die im prächtigen Landhausstil eingerichtet war. Ein großer Holztisch mit sechs gemütlichen Stühlen bildete das Herzstück des Raumes. Auch hier hatte sich überall feiner Staub gebildet, aber es sah nicht verwahrlost aus. Gusseiserne Pfannen, Rührbesen und Kellen hingen über der schiefergrauen Arbeitsplatte an einer Vorrichtung und schienen nur darauf zu warten, wieder zum Einsatz zu kommen. Nila hatte das Gefühl, als wenn es noch nicht lange her war, dass jemand zuletzt den robusten Herd benutzt und ein schmackhaftes Abendessen zubereitet hatte. Auch hier deutete nichts darauf hin, dass fast zwei Jahrzehnte niemand mehr hier gelebt hatte. Im Geist sah sie Renée Durand vor sich, die den Tisch für ihre Familie deckte, fröhlich und gelöst dampfende Suppe auf Teller füllte. Instinktiv ahnte Nila, dass in dieser Küche viele schöne Stunden verbracht worden waren. Bis ... ja, bis zu jenem Tag, der alles verändert hatte. Was war damals geschehen? Sie hatte das untrügliche Gefühl, dass der Tod von Monsieur Durand eine besondere Tragik beinhaltete. Zumindest deutete Renées Verhalten für sie darauf hin.

Nachdenklich strich Nila über die Arbeitsplatte. Hier würde es reichen, mit etwas Wasser und Spülmittel einen verkaufsfähigen Zustand zu erreichen. Ihr Blick fiel durchs Küchenfenster. Prompt schnappte sie nach Luft. Die großzügige Terrasse wurde von einem abgedeckten ovalen Swimmingpool gesäumt. Dahinter erstreckte sich, hinter einem kleinen Abhang, das funkelnde Mittelmeer. Der Ausblick war schlicht atemberaubend. In diesem Moment wurde Nila endgültig klar, dass sie ein absolutes Ausnahmeobjekt verkaufen sollte. Die Interessenten würden ihr die Türen einrennen. Noch konnte sie zwar keinen Verkaufspreis bestimmen, aber sie wusste bereits jetzt, dass sie sich im Falle des Verkaufs eine lange Zeit keine finanziellen Sorgen mehr machen musste.

Die Erleichterung, die sie durchströmte, wich überraschend einem beklemmenden Gefühl, von dem sie nicht wusste, woher es kam. Irritiert schüttelte sie den Kopf und wandte sich vom Fenster ab. Sie musste die weiteren Zimmer erkunden, um sicher zu gehen, dass sie sich nicht täuschte mit ihrer ersten Einschätzung.

Der nächste Raum, den sie sich vornahm, war das Wohnzimmer. Blickfang waren hier sofort der gemauerte Kamin und das Klavier. Eine ausladende Sitzecke wurde, wie auch alle Schränke an den Wänden, von weißen Tüchern verhüllt.

Auf den warmen Holzdielen lagen teure Orientteppiche.

Nila durchschritt das großzügige Zimmer und trat an die breite Fensterfront. Auch von hier hatte sie eine traumhafte Aussicht auf die Bucht unterhalb von Les Issambres. Sie freute sich schon jetzt darauf, bald den feinen Sandstrand unter ihren Füßen zu spüren. Aber das gehörte eindeutig zum Feierabend. Und den hatte sie jetzt noch nicht. Noch war sie mitten im Arbeitstag. Und dazu gehörte das weitere Inspizieren des Hauses. Behutsam strich sie über die Tasten des Klaviers und wunderte sich, dass das Instrument nicht abgedeckt war. Noch erstaunter war sie darüber, dass es kaum verstaubt war. Sie strich über die Tasten, ihre Hand blieb sauber. Als hätte erst kürzlich jemand darauf gespielt ... Aber das war unmöglich!

Kopfschüttelnd wandte sie sich ab und erkundete das Esszimmer, das sich dem Wohnzimmer anschloss und durch einen offenen Torbogen führte. Der Raum besaß noch einmal ungefähr die gleiche Größe wie das Wohnzimmers, die Nila auf mindestens sechzig Quadratmeter schätzte. Eine breite Fensterfront garantierte auch hier den spektakulären Ausblick aufs Meer.

Die pastellfarbenen, leichten Vorhänge an den Seiten waren zurückgezogen, sodass das Sonnenlicht ungefiltert hereinfiel. Staubpartikel tanzten in der Luft, während Nila sich umsah. Vorsichtig lüftete sie die Tücher, die den großen Esstisch aus massivem weißen Holz und die Anrichten aus demselben Holz verhüllt hatten. In Nilas Vorstellung wurden die leeren Stühle prompt von Gästen eingenommen. Beinahe konnte sie Lachen hören und Besteck, das auf Porzellan klapperte. Sie liebte die Atmosphäre dieses Hauses jetzt schon.

Nach einer Weile beschloss sie, zunächst im oberen Stockwerk weiter zu machen. Sie erklomm die dunklen Holzstufen, die von einem ebenso dunklen Handlauf flankiert wurden. Im Vorbeigehen strich sie darüber, auch hier blieb Staub an ihren Fingern hängen. Warum war das Klavier so sauber? Die Frage ging ihr nicht aus dem Kopf, während sie auf den langen Flur des Obergeschosses trat. Eine Reihe von Zimmern ging von ihm ab. Sorgfältig inspizierte sie alle Räume. Fast ausnahmslos handelte es sich um Schlafzimmer mit jeweils angeschlossenem eigenem WC. Auch wenn jedes Zimmer ungefähr gleich groß war, schien Wert darauf gelegt worden zu sein, alle individuell zu gestalten. Die Möbel waren auch hier mit weißen Tüchern verhüllt, aber die Farben der Wände und die Teppiche auf den Holzdielen waren offensichtlich liebevoll für jeden einzelnen Raum ausgesucht worden. Nila war ziemlich sicher, dass die Einrichtung Renées kreativer Ader entsprungen war.

Schließlich öffnete sie die Tür zum größten Zimmer. Sie wusste sofort, dass sie nun im Schlafzimmer der Durands stand. Während die ersten Räume zwar ebenfalls sorgfältig eingerichtet worden waren, hatte Nila trotzdem das Gefühl gehabt, es auch mit funktionalen Gästezimmern zu tun zu haben. Dieses Schlafzimmer war deutlich luxuriöser. Der Boden war mit einem dicken cremefarbenen Teppich ausgelegt und unter dem obligatorischen Tuch offenbarte sich Nila eine antike Schminkkommode. Cremetiegel, teure Parfums und jede Menge Schminkutensilien waren seit achtzehn Jahren nicht angerührt worden. Wieder drängte sich bei Nila der Verdacht auf, dass damals eine Tragödie passiert war. Es schien, als ob Renée einfach alles hatte stehen und liegen gelassen und aus ihrem schönen Haus geflüchtet war. Nachdenklich öffnete Nila die weitere Tür, die sich hier noch befand. Ihr Verdacht bestätigte sich. Sie war in einem begehbaren Kleiderschrank mit Tageslicht gelandet. Hinter einem Vorhang befanden sich auf vielen Metern Stangen mit Kleidern und Röcken. Auf Regalen lagen ordentlich gestapelt Pullover. Ein eigener Bereich war den Schuhen vorbehalten. Hochhackige Pumps waren neben Sandaletten und einigen Paaren Ballerinas aufgereiht. Der Stil der Kleidung entsprach eindeutig dem von Renée Durand. Vorsichtig zog Nila die Kleider auseinander. Elegante Abendkleider kamen ebenso zum Vorschein wie schlichtere Sommerkleider. Aber alle besaßen sie den besonderen Chic, auf den Renée stets Acht gab. Es verwunderte Nila nicht, dass das vor knapp zwanzig Jahren ebenso gewesen war wie heute.

Fast hatte sie ein schlechtes Gewissen, weil sie so neugierig in den fremden Sachen wühlte. Aber schließlich war es ihre Aufgabe, alles durchzusehen. Gerade was die Garderobe anging, brauchte sie allerdings dringend eine Ansage von Renée, was damit geschehen sollte. Die teuren Stücke konnten unmöglich einfach in den Müll wandern. Kleiderspende oder Secondhand-Laden waren die anderen Optionen.

Nila richtete sich auf. Plötzlich fühlte sie den dringenden Wunsch nach einer Pause. Ihre Zunge klebte am Gaumen und Hunger hatte sie auch. Sie beschloss, sich ein paar ruhige Minuten auf der Terrasse und zumindest ein Wasser zu gönnen. Wenn

sie Glück hatte, fand sie vielleicht sogar noch ein paar
Kekse aus ihrem Reiseproviant.

14.

Bevor Nila sich auf die Terrasse gesetzt hatte, war sie noch in die letzten unbekannten Räume im Erdgeschoss gegangen und hatte das Gästehaus inspiziert. Das ‚kleine‘ Haus besaß zwar im Gegensatz zum Haupthaus nur fünf Zimmer, aber Nila schätzte die Gästeunterkunft auf ungefähr 150 Quadratmeter. Einrichtung und Aufteilung entsprachen in etwa dem Haupthaus in kleinerer Ausführung.

Im Haupthaus hatte sie neben einem praktisch eingerichteten Büro – das sie sofort als ihren Bereich deklarierte, in dem sie die Schreibtischarbeit für den Verkauf erledigen würde – noch eine Überraschung vorgefunden. In einem Zimmer waren keine Möbel abgedeckt gewesen. Es wirkte wie der Rückzugsort eines Jugendlichen oder eines jungen Erwachsenen, und Nila musste sofort an den Sohn von Renée denken, als ihr Blick über die Spielkonsole, die Sportwagen-Modelle und die Poster mit Stars aus den 90ern gewandert war. Der Schreibtisch war bis auf einen Ordner mit Noten leer und auf dem Boxspring-Bett lag dunkelgraue Bettwäsche. Über einem Stuhl hing achtlos ein Kapuzen-Sweatshirt. Warum war in diesem Zimmer nichts abgedeckt? Offensichtlich wurde sich hier – wie auch beim Klavier – die Mühe gemacht, es sauber zu halten. Warum?

Nachdenklich setzte Nila die Mineralwasser-Flasche an den Mund und trank einen großen Schluck. Kekse hatte sie keine mehr gefunden. Es führte kein Weg daran vorbei, sie musste später noch einmal los, um die nötigsten Lebensmittel im Ort zu besorgen. Das hätte sie natürlich auch vorhin erledigen können, als sie Renée am Hotel abgesetzt hatte. Aber da war sie zu gespannt gewesen, das Haus endlich in Augenschein zu nehmen. Das alte Gemäuer faszinierte sie, es erzählte eine Geschichte, auch wenn sie diese noch nicht entschlüsseln konnte. Schon immer war ihr Interesse an Immobilien groß gewesen. Für sie waren Häuser nicht einfach nur Häuser. Sie waren ein Zuhause, sie lebten mit und durch ihre Besitzer. Und sie entwickelten ihre eigene Geschichte durch das, was sich in ihnen abspielte. Davon war Nila fest überzeugt, und deshalb hatte sie den Beruf der Maklerin ergriffen. Auch wenn sie längst nicht alle Objekte in ihren Bann schlugen, wuchsen ihr viele direkt ans Herz, sei es auch nur für die kurze Zeit des Verkaufs. Und sie hatte diese Marotte entwickelt, nach Möglichkeit den passenden Käufer für das entsprechende Haus zu finden. Im Gegensatz zu ihren Kollegen, denen es reichte, wenn der Kaufpreis floss – egal von wem – legte Nila Wert darauf, dass auch das Haus in die richtigen Hände kam. Vielleicht verrückt, aber so empfand sie es. Niklas und Mona waren die einzigen, die davon wussten. *Wenn ich ein Haus wäre, würde ich nur von dir verkauft werden wollen. Du würdest mir die richtigen Menschen aussuchen!* Das hatte Niklas einmal liebevoll lächelnd gesagt.

Die Sehnsucht, Niklas Stimme zu hören wallte ebenso heftig wie schmerzhaft in Nila auf. Sie vermisste ihren besten Freund. Vermisste seine kluge, pragmatische

Art, mit Problemen aller Art umzugehen. Wo sie aus der Haut fuhr, blieb er ruhig. Wusste sie mal nicht weiter, kochte er Tee und hörte zu. Warum, verdammt, hatte die Liebe sie verlassen?

Nila verbot sich energisch weitere Niklas-Gedanken und versuchte, sich auf ihre Umgebung zu konzentrieren. Was eigentlich nicht schwer war, denn die Kulisse war so schön, dass es fast unwirklich anmutete.

Über Palmen, Mandel- und Maulbeerbäume konnte sie über die Bucht von Les Issambres bis hin nach Saint-Tropez blicken. Pinienduft hing wie ein zusätzliches Geschenk zur Optik in der warmen Abendluft. Nila atmete tief ein und lehnte sich seufzend zurück. Knurrend meldete sich gleich darauf ihr Magen. Eine Krönung der paradiesischen Umgebung könnte nur noch ein köstliches Abendessen mit einem guten Rotwein sein. Sie seufzte. Dafür müsste sie sich allerdings erstmal aufraffen und erneut ins Auto steigen. Nach der langen Fahrt verspürte sie wenig Verlangen, sich schon wieder ans Steuer zu setzen. Andererseits würde sie vermutlich heute Nacht vor Hunger kein Auge zu tun, wenn sie sich nicht darum kümmerte, Lebensmittel zu beschaffen. Nur noch einen Moment, dachte Nila und schloss die Augen. Die Luft war so weich und warm und der Gartenstuhl so gemütlich. Und sie musste ihrem Körper überhaupt erstmal die Gelegenheit geben, an seinem neuen Wirkungsort anzukommen. Hunger hin oder her. Das war ihr letzter Gedanke, bevor sie einschlief.

***

„Madame?"

Mühsam öffnete Nila die Augen.

Zunächst glaubte sie, der kleine alte Mann mit der Baskenmütze auf dem Kopf und den freundlichen Augen sei Teil eines Traumes.

„Bitte entschuldigen Sie, wenn ich Sie geweckt habe. Ich wollte mich nur kurz vorstellen. Jacques Moreau, Nachbar und Hausmeister." Im Licht der warmen Abendsonne tippte er sich an die Mütze. Sein Lächeln war herzlich und Schalk blitzte für einen Moment in seinen blauen Augen auf. Das Blau vermittelte den Eindruck eines Wäschestücks, das schon zu oft und zu heiß gewaschen worden war und im Laufe der Jahre eine Farbe angenommen hatte, die nur noch einen Hauch ihrer eigentlichen Intensität besaß.

„Nila Roonstein, die Maklerin", murmelte Nila. Kein Zweifel, der dürre Alte war echt. Und sie mochte ihn auf Anhieb.

„Angenehm." Er tippte sich erneut an seine Mütze. „Hatten Sie eine gute Reise?"

„Ja, die Fahrt war zwar anstrengend, aber wir sind gut durchgekommen."

„Ist Renée hier?" Sein Gesichtsausdruck wurde ernster.

„Nein, sie wohnt im Hotel." Nila setzte sich aufrechter hin und wischte sich über die Augen.

Der Alte nickte langsam. „Das dachte ich mir schon. Ich möchte nicht aufdringlich sein, aber falls Sie noch nicht zu Abend gegessen haben, würde ich mich freuen, wenn Sie unser Gast sind."

„Oh … ja, sehr gerne, Monsieur Moreau!" Sie war genauso verblüfft wie erfreut. Die Aussicht auf ein Abendessen, ohne dass sie sich erneut ins Auto setzen und selbst dafür sorgen musste, war verlockend.

„Fein, dann begleiten Sie mich?" Der Alte strahlte und bot Nila seinen Arm an. „Eine Bedingung habe ich allerdings: bitte sagen Sie Jacques, dann fühle ich mich nicht ganz so alt." Er kicherte vergnügt und marschierte los.

***

Auf dem Weg zum Haus der Moreaus hatte Nila den großen Garten von Renées Anwesen in Augenschein nehmen können. Im Geiste notierte sie sich bereits das nächste Verkaufsplus. Sicher musste sie noch einen Gärtner beauftragen, der den üppigen Bewuchs ein wenig ausdünnte, aber alleine die Größe und absolute Abgeschiedenheit machte den Garten zu einem weiteren Highlight.

Über einen geschwungenen Sandweg geleitete Jacques sie zur hinteren Gartenpforte, die zu seinem Grundstück führte. Dort erwartete sie ein geducktes, fast über und über mit Efeu bewachsenes Häuschen, das schlicht aber einladend wirkte.

Nun saß Nila Jacques Ehefrau Lisanne, die schweigend aus dem Fenster blickte, in der einfach eingerichteten Küche gegenüber. Die alte Frau hatte mit keiner Regung zu erkennen gegeben, was sie von dem überraschenden Besuch hielt. Oder ob sie überhaupt wahrnahm, dass ihr Mann einen Gast mitgebracht hatte.

„Liebes, zur Feier des Tages für dich auch einen kleinen Schluck?" Jacques hielt seiner Frau eine Rotweinflasche hin. Sie reagierte nicht.

„Heute war ein guter Tag, vorhin war sie ganz klar gewesen. Aber ich fürchte, damit ist ihr Repertoire erstmal erschöpft", erklärte Jacques in Nilas Richtung.

„Und ich störe Sie auch wirklich nicht?" Sosehr sie sich über die Einladung freute, war Nila unsicher, ob es für das alte Ehepaar nicht doch eine Belastung war, sie zu bewirten.

„Wir haben so selten Gäste, da ist es eine reine Freude, Sie hier zu haben!" Mit gespielter Strenge sah er Nila an. „Und wenn Sie mit einem einfachen Abendessen vorlieb nehmen wollen, dann versüßen Sie einem alten Mann den Abend." Er grinste schelmisch.

Nila musste lachen. Jacques Moreau hatte einen so reizenden Charme, dass sie ihn am liebsten sofort als Großvater adoptieren würde. Ihren eigenen hatte sie bereits verloren, als sie zehn Jahre alt war. Ein wenig Ähnlichkeit hatte Jacques Moreau mit Opa Harm, der für jeden Spaß zu haben gewesen war und den sowohl Hannah als auch sie sehr geliebt hatten. Ihren anderen Großvater hatte Nila gar nicht erst kennen gelernt, da er früh bei einem Unfall gestorben war.

„Sie trinken doch mit uns?"

„Sehr gerne!" Nila hatte bereits den Geschmack eines samtigen Rotweins auf der Zunge, während ihr gleichzeitig das Wasser im Mund zusammen lief bei dem Duft, den der Topf auf dem Gasherd verströmte. Ihr Magen krampfte sich längst vor Hunger zusammen.

Jacques nahm aus einem Hängeschrank drei Weingläser und schenkte ein. Lisanne blieb reglos, das Glas vor ihr unangetastet.

„Herzlich willkommen in der Provence, liebe Nila!"

„Vielen Dank. Auf einen so herzlichen Empfang war ich gar nicht vorbereitet." Gerührt prostete sie dem alten Mann zu.

„Und wir nicht darauf, dass Renée eine so bezaubernde Maklerin mitbringt." Wieder blitzte der Schalk in seinen Augen auf, als er sein Glas zu den blassen Lippen führte.

„Sie hätte ja auch einen arroganten Schnösel im Schlepptau haben können. Nicht auszudenken!"

Nila musste lachen. Der süße Alte musste Winterfeldt kennen …

Nach dem ersten Schluck Wein waren ihre kühnsten Erwartungen übertroffen. „Mon dieu, der ist ja ein Traum! Ich glaube nicht, dass ich jemals einen so fantastischen Tropfen getrunken habe." Ungläubig sah Nila in die dunkelrot funkelnde Flüssigkeit. Und sie hatte schon wirklich gute Weine auf ihren Reisen durch Frankreich verkostet, aber dieser hier schlug sie alle.

„Eigener Anbau", nuschelte Jacques und wandte sich zum Herd.

„Sie haben einen eigenen Weinberg?"

„Ja, aber im Moment ist er leider weitgehend sich selbst überlassen, mir fehlt die Zeit. Aber noch ist unser Keller voll." Sein Lächeln wirkte zum ersten Mal etwas gezwungen, als er Teller und Besteck aus dem Küchenschrank holte und dampfende Suppe auf die Teller füllte.

„Es ist bestimmt viel Arbeit mit dem Wein. Darf ich fragen, wie alt Sie sind?"

„Einen Herrn fragt man doch nicht nach seinem Alter!", schalt er gutmütig.

„Das war die Dame", korrigierte Nila belustigt.

„Oh, dann habe ich das wohl verwechselt ... Also gut, weil Sie es sind. Ich bin fünfundachtzig." Vorsichtig trug er den ersten gefüllten Teller zum Tisch und stellte ihn vor Lisanne. Den zweiten bekam Nila.

„Wow. Wirklich? Sie sind schon Mitte Achtzig?", rief Nila verblüfft. Fasziniert starrte sie ihn an. Renée hatte etwas von ‚in den Achtzigern' gesagt.

Auf Ende Siebzig / Anfang Achtzig hätte sie das Ehepaar geschätzt, aber auf Mitte Achtzig wäre sie nicht gekommen.

„Ich sehe keinen Tag älter aus als siebzig. Stimmt's?"

„Höchstens." Sie setzte eine betont ernste Miene auf. Ihr neuer Nachbar gefiel ihr immer besser. Der Duft, der ihr nun direkt vom Teller in die Nase stieg, war köstlich. Sie schnupperte. „Was ist das?"

„Jacques Wundersuppe. Na gut, andere würden vielleicht schlicht sagen: Gemüsesuppe mit vielen Kräutern. Aber alles aus eigenem Anbau. Sagen Sie es nicht weiter, aber ich kann nur zwei Gerichte kochen. Gemüsesuppe und Bouillabaisse. Ich koche eine Suppe immer für zwei Tage und dann im Wechsel mit der anderen. Früher hat Lisanne gekocht, sie war eine begnadete Köchin, und da kam eine große Vielfalt bei uns auf den Tisch. Nun müssen wir natürlich Abstriche machen, aber verhungern werden wir trotzdem nicht." Der letzte Satz klang fast trotzig.

„Davon bin ich überzeugt", sagte sie wohlwollend.

Ein Lächeln schlich sich zurück auf sein sonnengegerbtes, faltiges Gesicht. „Dann langen Sie mal zu. Bon appétit!"

Das ließ Nila sich nicht zwei Mal sagen. Inzwischen hing ihr der Magen mindestens in den Kniekehlen, wenn nicht noch eine Etage tiefer.

Sie tauchte den Löffel in das heiße Essen, pustete kurz und probierte dann vorsichtig. Rosmarin, Bohnenkraut, Thymian und Knoblauch schmeckte sie sofort heraus. Plus wahrscheinlich jede Menge geheime Zutaten, die eine Geschmacksexplosion in ihrem Gaumen auslösten.

„Ist das lecker! Die Suppe könnte ich auch alle paar Tage essen", stieß sie zwischen zwei Löffeln ehrfürchtig hervor. Flüchtig wurde ihr bewusst, dass sie bei zwei völlig fremden alten Menschen zu Besuch war, wovon der eine nicht mal ihre Anwesenheit zur Kenntnis nahm, und fühlte sich trotzdem so wohl wie schon lange nicht.

„Das freut mich." Der alte Mann strahlte, während er sorgfältig auf den dampfenden Inhalt auf seinem Löffel pustete, bevor er ihn behutsam seiner Frau hinhielt. Sie öffnete bereitwillig die Lippen.

Nila senkte den Blick. Die beiden Alten rührten sie. Sie überlegte, ob Jacques Moreau wohl froh war, bald die Betreuung für das Nachbaranwesen los zu sein. Er machte zwar einen lebensfrohen und zähen Eindruck auf sie, aber die Arbeit zusammen mit der Pflege seiner Frau musste in seinem Alter bestimmt mehr Belastung sein, als gut für ihn war.

„Sind Sie froh, dass Renée ihr Haus verkaufen will?", traute sie sich schließlich direkt zu fragen.

Jacques tupfte Lisanne sorgfältig den Mund mit einer Serviette ab, bevor er den Blick hob und Nila ansah. „Tja, das ist eine gute Frage." Nachdenklich rührte er mit dem Löffel in seiner Suppe. „Was die Arbeit angeht, wahrscheinlich schon. Für Renée ist es vermutlich auch besser, wenn sie endlich einen Schlussstrich zieht. Aber ..." Er hob die Schultern. In seinen Augen spiegelten sich Zweifel. Nila wartete still, bis er weiter sprach. „Ich weiß nicht, was Vincent dazu sagt."

Nila hob fragend eine Augenbraue.

„Hat Renée nicht von ihm gesprochen?" Jacques sah sie überrascht an.

„Ist Vincent ihr Sohn?"

Er nickte.

„Doch, dann ja. Kurz. Aber nicht darüber, dass er das Haus behalten möchte."

„Vielleicht ist es ja auch nicht so." Nachdenklich wiegte er den Kopf, auf dem unerschütterlich die Baskenmütze thronte.

„Ach, bevor ich es vergesse: Wenn Sie bei irgendetwas Hilfe benötigen, sagen Sie Bescheid!"

„Das ist sehr lieb von Ihnen, Jacques."

Er nahm sein Weinglas in die Hand und hob es hoch. „Auf eine gute Nachbarschaft! Wenn sie auch nur vorübergehend ist." Seine Miene drückte fast etwas wie Traurigkeit aus.

„Ich werde dafür sorgen, dass Sie tolle neue Nachbarn bekommen", versprach sie feierlich. Das war sie alleine schon dem besonderen Haus schuldig. Und seitdem sie nun den reizenden Jacques kannte, würde ihr Ehrgeiz in der Richtung noch größer sein.

Nila nippte an ihrem Wein und überlegte, ob sie das Gespräch auf Renée und ihren Sohn bringen konnte, ohne allzu neugierig zu klingen.

„Nun ja, so schön wie früher wird es gewiss nie wieder." Er seufzte. „Mit den Durands, also vor allem mit Renée und Vincent, haben wir fast wie eine Familie zusammen gelebt. So etwas gibt es vermutlich kein zweites Mal."

„Aber seitdem sie weggezogen sind, hat sich der Kontakt stark abgeschwächt, richtig?" Nila erinnerte sich an die knappen Worte, mit denen Renée über das ältere Ehepaar berichtet hatte, das sich um das Anwesen kümmert. Bei ihr hatte es geklungen, als ob die beiden rein die Funktion als Hausmeister hatten. Ganz zu schweigen davon, dass sie von Lisannes Gesundheitszustand offenbar überhaupt keine Kenntnis besaß. Das hörte sich nicht nach einer engen Verbindung an.

„Ja, leider." Für einen Moment starrte er auf seine Hand, die den leeren Löffel hielt. „Wir kennen Renée, seitdem sie auf der Welt ist. Lisanne hat weiter unten im Dorf gewohnt, aber dieses Haus ist ebenso mein Elternhaus, wie das drüben Renées ist. Ich war ja schon im jugendlichen Alter, als sie geboren wurde. Sobald sie laufen konnte, kam sie fast täglich zu uns herüber." Er brach ab, offensichtlich verloren in Erinnerungen. Nila drängte den alten Mann nicht.

„Damals lebte ich mit meinen Eltern hier", fuhr er schließlich fort. „Renée wurde praktisch zu meiner kleinen Schwester. Da ich zu meinem Leidwesen keine Geschwister hatte – und sie auch nicht – haben wir uns gut ergänzt. Im Gegensatz zu mir ist sie allerdings sofort von hier weggegangen, sobald sie erwachsen war. Für mich war klar, dass ich irgendwann den Weinberg und das Haus übernehme. Aber Renée war aus anderem Holz geschnitzt. Sie wollte die Welt sehen, Erfolg haben, ein aufregendes Leben führen." Er verstummte wieder und besann sich darauf, den Löffel erneut für Lisanne zu füllen und ihr anzubieten.

„All das hat sie geschafft. Wir waren so stolz auf sie." Seine Augen leuchteten, als er Nila ansah.

„Ja, das kann ich mir vorstellen. Renée hat mir ein wenig davon erzählt." Nila war immer faszinierter von der Lebensgeschichte ihrer Auftraggeberin. Was für ein Werdegang! Zu gerne hätte sie nun mehr von dem Bruch in ihrem Leben erfahren. Aber da Jacques keine Anstalten machte, darüber zu erzählen, biss sie sich auf die Lippen, bevor sie neugierige Fragen stellte.

„Und Vincent?", fragte sie dennoch nach einer Weile vorsichtig.

„Der Kleine hat es ihr in gewisser Weise gleich getan. Bei ihm ist es zwar nicht die Oper, aber in die Welt der Musik hat es ihn ebenfalls verschlagen. Und sein Erfolg steht ihrem in nichts nach. Er ist einer der berühmtesten Pianisten der Welt geworden." Wieder leuchtete Stolz in den Augen des alten Mannes. Nila spürte, wie eng die Verbindung der Familien gewesen sein musste. Zumindest in der Zeit, als sie noch dicht beieinander gewohnt hatten. Sie kramte in ihrem Gedächtnis. Bei dem Namen Vincent Durand klingelte etwas in ihrem Hinterkopf. Irgendwo hatte sie ihn schon mal gehört. Vermutlich bei ihrer Friseurin, der einzige Ort, an dem sie regelmäßig die Yellowpress las. Berühmte Pianisten fanden dort ihren Platz.

Einzelheiten fielen ihr keine ein, sie beschloss, später nach ihm zu googeln. Das einsetzende schlechte Gewissen wegen ihrer unprofessionellen Neugierde verscheuchte sie, indem sie sich wieder auf die beiden alten Leute konzentrierte.

„Bist du satt, Liebes?" Forschend betrachtete Jacques das Gesicht seiner Frau, das sich jetzt abwandte. Die Innigkeit, die die beiden ausstrahlten – ungeachtet von Lisannes Schweigen – ging Nila unter die Haut. Fast wallte etwas wie Neid in ihr auf. Das wollte sie am Ende eines langen Lebens auch erleben. Mit Niklas hatte sie es sich einmal vorstellen können … Hastig trank sie einen großen Schluck Wein, der mit einem Mal nicht mehr ganz so wunderbar schmeckte.

„Haben Sie vielen Dank für Ihre Gastfreundschaft, aber ich denke, ich gehe jetzt langsam zurück. Morgen fängt die Arbeit richtig für mich an." Sie stand auf. Jacques wollte sich ebenfalls erheben, aber Nila winkte ab. „Bitte bleiben Sie sitzen, ich finde schon alleine raus." Im Gehen sammelte sie schnell die Teller ein und stellte sie auf der Spüle ab.

Jacques winkte ihr zum Abschied freundlich, als sie die Küchentür erreichte.

15.

Zurück im Haus der Durands blieb Nila unschlüssig in der Halle stehen. Sie war satt und erschöpft, aber gleichzeitig erfüllt von einer nervösen Energie, die sie vermutlich nicht schlafen lassen würde. Sie schwankte zwischen dem Wunsch, sich ein Zimmer auszusuchen, das Bett zu beziehen (wobei sie hoffte, halbwegs saubere Bettwäsche zu finden) und hineinzufallen und dem Verlangen, Mona anzurufen. Ein Blick auf die Uhr verriet ihr, dass es erst kurz vor neun war. Mona konnte sie bedenkenlos bis Mitternacht anrufen, ihre Freundin ging nie früh schlafen.

Entschlossen nahm sie ihre Reisetasche, die sie vorhin achtlos an der Eingangstür hatte stehen lassen, und marschierte die Treppe hinauf. Da die Schlafzimmer alle einen guten Eindruck gemacht hatten, entschied sie sich für das erste Zimmer, das vom Flur abging. Sie setzte ihre Tasche ab, schritt hindurch und öffnete das Fenster. Eine sanfte Brise strömte herein. Der Geruch nach Meer, Pinienwäldern und Rosen ließ sie aufseufzen. Das Haus und seine Lage waren einfach ein Traum. Ein seltsamer Stich ging durch ihre Brust bei dem Gedanken, es demnächst dem neuen Eigentümer zu übergeben.

Nila straffte sich, entfernte die weißen Tücher, die die Möbel verhüllten und faltete sie auf einen Stapel. Zum Vorschein kamen helle Holzmöbel und ein gemütliches Bett mit unbezogenem Kopfkissen und Decke. Suchend öffnete sie die Schränke. Die ersten waren bis auf einige Bügel leer. In der Ecke zum Fenster wurde sie in einem antik anmutenden Schrank mit Intarsien fündig. Nach Lavendel duftende cremeweiße Bezüge lagen dort ordentlich aufgereiht. Kleine, mit Lavendelblüten versehene Stoffbeutelchen auf dem Boden des Schranks sorgten für den lieblichen Duft. Nila vermutete, dass diese regelmäßig gewechselt worden waren. Andernfalls wäre nach all den Jahren sicher kein so intensiver Geruch mehr vorhanden. Wieder einmal war sie dankbar, dass die achtzehn Jahre Leerstand offenbar keine allzu große Verwahrlosung bewirkt hatten. Eindeutig war dies der Verdienst von Jacques. Früher vermutlich auch der von Lisanne.

Nila hielt einen Moment inne. Beim Gedanken an die beiden musste sie lächeln. Es war unglaublich, wie freundlich man sie im Nachbarhaus aufgenommen hatte. Sie wünschte, sie hätte Lisanne noch in einem Zustand kennen lernen dürfen, als sie ansprechbar gewesen war.

In Gedanken versunken streifte Nila die Bettwäsche über die Kissen. Sie freute sich jetzt schon darauf, sich bald hineinzukuscheln.

Als sie mit dem Beziehen fertig war, nahm sie ihr Handy und setzte sich aufs Bett.

Mona ging nach dem zweiten Klingeln dran. „Hey, Süße! Gut angekommen?"

„Ja, ziemlich fertig mit Jack und Büx, aber es hat alles gut geklappt. Und nun bin ich in der Provence!"

„Wunderbar. Wie ist das Haus?"

„Ein Traum! Ein absoluter Traum. Mir tut es jetzt schon leid, es verkaufen zu müssen.“

„Dann kauf du es doch!“ Mona lachte.

„Ja, guter Witz. Ganz ehrlich, wenn ich das Geld hätte, würde ich es *sofort* tun.“

„Erzähl, was macht es so besonders?“

„Alles. Es ist riesig, toll eingerichtet und die Lage … unglaublich, aus vielen Zimmern hast du über die Hügel freien Ausblick aufs Mittelmeer. Ich habe mich selten so schnell und so heftig in ein Objekt verliebt.“ Nila seufzte und ließ sich nach hinten fallen. Mit Blick auf ein paar Risse in der Decke sagte sie: „Ein paar Renovierungs- und Modernisierungsarbeiten können zwar nicht schaden, aber die Substanz scheint vollkommen in Ordnung zu sein und hier könnte man alles Mögliche realisieren. Ob als ersten Wohnsitz, Ferienhaus oder …“, sie zögerte kurz, „… oder man funktioniert es als Hotel um.“

„War das nicht mal dein Jugendtraum?“ Mona klang aufgeregt.

„Na ja, schon.“ Nila kaute an ihrer Lippe. „Aber das war eben ein Traum. So etwas eignet sich doch nicht fürs wahre Leben.“

„Warum nicht?“, fragte Mona prompt.

„Weil … weil es vollkommen utopisch ist. Ich habe noch keine genaue Kalkulation gemacht, aber drei Millionen werden mindestens den Besitzer wechseln. Eher mehr. Welche Bank sollte mir denn diese Summe zur Verfügung stellen? Mal abgesehen davon, dass ich sehr lange sehr viele Gäste bewirten müsste, um den Kredit abzuzahlen. Na, so in dreihundert Jahren wäre ich wahrscheinlich schuldenfrei.“ Sie lachte auf, der Gedanke war wirklich absurd.

„Wer weiß, vielleicht passiert ja noch ein Wunder. Wenn du dich so schnell in dieses Haus verliebt hast, wird das schon etwas bedeuten.“

„Stimmt, es bedeutet, dass das Haus toll ist und ich ein sehr gutes Geschäft abzuwickeln habe.“

„Abwarten. Wie war es sonst? Fahrt okay?“

„Ja, lief bis auf ein paar kleine Staus alles reibungslos. Renée ist eine sehr angenehme Begleiterin, wie ich es schon dachte. Inzwischen weiß ich, dass sie früher ein gefeierter Opernstar war, was mich nicht besonders überrascht. Ach, und ich war heute Abend zum Essen bei den Nachbarn eingeladen.“

„Na, das nenne ich mal schnelle Kontaktaufnahme“, sagte Mona verblüfft. Normalerweise war sie diejenige, die mühelos auf neue Menschen zuging, Nila war hingegen deutlich zurückhaltender.

„Jacques und seine Frau Lisanne wohnen direkt nebenan. Beide sind sehr alt, er ist fünfundachtzig, dafür aber noch ziemlich fit. Bei ihr sieht es leider anders aus, sie leidet wohl an Demenz. Jacques ist ein zauberhafter alter Mann und kümmert sich ganz rührend um sie. Ihm ist es auch zu verdanken, dass Renées Haus in einem überraschend guten Zustand ist. Wie er das alles in seinem Alter schafft, ist mir zwar ein Rätsel, aber es klappt. Wobei ich schon denke, dass er froh ist, diese Belastung nun bald los zu sein.“ Nila wechselte das Handy ans andere Ohr und setzte sich wieder auf. Durchs Fenster konnte sie die untergehende Sonne sehen, die Meer und Himmel in ein Farbenmeer aus Violett, Orange und Rosa tauchte.

Für einen Moment blieb ihr die Luft weg. „Mona, du müsstest jetzt den Sonnenuntergang sehen! Schönere Sonnenuntergänge als in der Provence gibt es nirgends!"

„Okay, ich setz mich aufs Moped und bin gleich da!" Mona lachte glucksend. „Zugegeben, ausnahmsweise beneide ich dich gerade um deinen Job."

„Das ist allerdings auch das erste Mal, dass mein Arbeitsbereich in so einer Traumkulisse liegt. Für gewöhnlich musste ich mich schließlich mit Hamburg und dem Umland begnügen."

„Ich weiß. Nimm es als Entschädigung für die Kündigung."

„Mach ich, inzwischen plagt mich auch kein schlechtes Gewissen mehr wegen Winterfeldt."

„Na, Gott sei Dank! Ich hoffe, Lena holt das höchste, was irgend möglich ist, für dich als Abfindung raus!" Sie schnaubte. „Es freut mich übrigens, dass du so nette Nachbarn hast.

„Mich auch! Morgen muss ich erstmal einkaufen gehen. Als Revanche werde ich auch mal wieder den Kochlöffel schwingen und für die beiden kochen. Vermutlich werden wir dann drüben essen, für Lisanne ist es sicher zu beschwerlich, hierher zu kommen."

„Oha, du willst kochen ..." Mona stieß ein unterdrücktes Lachen aus.

„Vorsicht!", drohte Nila scherzhaft. „Soo schlecht bin ich nun auch nicht in der Küche."

„Ähm, wer war noch mal derjenige, der bei euch die Freunde bewirtet hat?"

„Okay, der Gott in der Küche war Niklas. Aber das heißt nicht, dass ich nicht in der Lage bin, Menschen satt zu kriegen." Beim Gedanken an Niklas spürte Nila kurz die übliche Wehmut. Gleichzeitig wurde ihr klar, dass sie sich darauf freute, mal wieder selbst zu kochen. Niklas hatte ihr diesen Bereich praktisch aus der Hand genommen. Sie hatte sich nicht gewehrt, schließlich war er wirklich der bessere Koch. Ihr fielen die Worte von Renée ein. In normalen Berufen muss man nicht zwingend die Nummer eins sein, gut reiche vollkommen aus. Im Leben reicht es auch, *gut* zu sein ..., fügte Nila in Gedanken hinzu. „Und wer sagt denn, dass man sich nur mit Fünf-Sterne-Niveau an den Herd stellen darf?" Sie klang spitzer als beabsichtigt.

„Da hast du auch wieder recht", stimmte Mona ihr gutmütig zu. „Wie geht es dir denn jetzt überhaupt mit Abstand von Hamburg?"

„Na ja", begann Nila gedehnt. „Es ist immer noch schwer, aber ich denke, ich werde hier einigermaßen abgelenkt sein. Ab morgen geht die Arbeit richtig los. Ich muss endlich Renée fragen, ob sie überhaupt irgendetwas behalten möchte. Es sind damals nicht nur der komplette Hausstand sondern offenbar auch alle persönlichen Gegenstände zurück geblieben. Die gesamte Garderobe, Kosmetika, einfach alles."

„Das kling ja fast nach Flucht."

„Ja, der Gedanke kam mir auch schon." Die Sonne verschwand gerade endgültig, nahm die Farbenpracht mit sich und gab damit den Weg frei für eine sternklare Nacht. „Freiwillig verlässt man so ein Paradies doch nicht." Nachdenklich fuhr Nila sich durch die Haare. „Ich kann mir einfach nicht vorstellen, dass es nur der

Tod ihres Mannes war. Immerhin handelt es sich um Renées Elternhaus.“

„Jeder reagiert anders auf Schicksalsschläge“, warf Mona ein. „Wobei, vielleicht hast du recht. Dass sie irgendwo neu anfängt, ist das eine. Aber dieses offenbar Fluchtartige ist schon komisch.“

„Vielleicht erfahre ich ja noch mehr. Obwohl es mich auch eigentlich gar nichts angeht.“

„Stimmt, geht dich nichts an. Aber ich verstehe trotzdem gut, dass es dich interessiert, würde mir genauso gehen. Immerhin arbeitest du mit Madame Durand viel enger zusammen als es sonst mit deinen Kunden normal ist.“

„Ich halte dich auf dem Laufenden“, versprach Nila und gähnte.

„Müde? Na, hast auch eine anstrengende Zeit hinter dir.“

„Und vor mir. Morgen geht es erst richtig los mit der Arbeit.“

„Dann schlaf schön und ruh dich aus.“ Ein Kussgeräusch drang durchs Telefon.

Nila musste schmunzeln, schickte ihrerseits einen Gute-Nacht-Kuss durch die Leitung und beendete das Gespräch.

Es hatte gut getan, Monas Stimme zu hören. Ein kleines bisschen Heimweh mischte sich mit der Freude, an diesem wundervollen Ort zu sein. Vielleicht spielte auch etwas Sehnsucht nach Niklas eine Rolle. Seufzend knipste sie die Nachttischlampe an, inzwischen lag das Zimmer in fast vollständiger Dunkelheit. Bevor sie den Gedanken an Niklas vertiefen konnte, rappelte sie sich vom Bett hoch. Sie wollte wenigstens noch ihre Tasche

auspacken und die Zähne putzen, bevor sie schlafen
ging.

***

Ein Poltern weckte Nila. Sie fuhr aus dem Schlaf hoch, saß kerzengerade im Bett und lauschte, während sich ihre Gedanken überschlugen. Aus der Halle drangen zweifellos Geräusche zu ihr hinauf. Hatte Renée ihre Meinung geändert und war nun doch einfach vorbeigekommen? Oder sah Jacques nach dem Rechten? Beides konnte sie sich eigentlich nicht vorstellen, keiner von ihnen würde sie so erschrecken. Aber wer war dann dort unten zugange? Am liebsten hätte sie sich unter der Bettdecke versteckt, wusste aber gleichzeitig, wie kindisch der Wunsch war. Falls es sich – im schlimmsten Fall – um Einbrecher handeln sollte, musste sie die Polizei verständigen! Und zwar möglichst rasch. Zitternd stand sie auf, schnappte ihr Handy vom Nachttisch, hielt es wie eine Waffe vor sich und schlich auf Zehenspitzen zur Tür. Beim Öffnen ertönte kurz ein leises Quietschen, das einen Schauer über ihren Rücken jagte und sie erstarren ließ. Sie hörte, wie jemand die Halle durchquerte. *Bitte, lass ihn nach draußen gehen!* betete sie still. Einen Moment später herrschte tatsächlich Ruhe, sie nahm allen Mut zusammen und setzte einen nackten Fuß in den Flur. Da es weiterhin still blieb, nahm sie allen Mut zusammen, tastete sich schließlich bis zur Brüstung der Treppe vor und lugte vorsichtig nach unten. Sie erblickte zwei schwarze Koffer. Sofort überlegte sie, ob es wahrscheinlich war, dass Einbrecher diese

102

mitbrachten, um ihr Diebesgut abzutransportieren. In diesem Fall hätten sie ihr Timing denkbar schlecht gewählt, schließlich war das Haus seit achtzehn Jahren unbewohnt. Zeit genug, um es ungestört zu plündern.

Gerade tendierte Nila dazu, Abstand von der Einbrecher-Theorie zu nehmen, was ihren Herzschlag etwas beruhigte, als ein mit Taschen beladener Mann über die Haustürschwelle trat. Entsetzt hielt Nila die Luft an. Falls er nach oben schaute, würde er sie sofort entdecken. Ihr wurde gleichzeitig heiß und kalt. Verdammt, sie hätte doch sofort die Polizei rufen sollen! Jetzt war es zu spät ...

Der Mann blickte nicht auf. Er stellte die Reisetaschen zu den Koffern, strich sich die schwarzen Haare aus dem Gesicht und stemmte dann die Hände in die Hüften.

Aus der Position, in der er jetzt stand, konnte Nila sein Gesicht erkennen. Einen Moment später wurden ihre Beine vor Erleichterung ganz weich. Auch wenn sie den Mann nicht kannte, war ihr sein Gesicht dennoch wohl vertraut. Sie hegte keinerlei Zweifel, dass Renées Sohn gerade nach Hause gekommen war. In der Halle stand niemand geringerer als Vincent Durand, der Klaviervirtuose.

16.

Gerade hatte Nila sich entschlossen, auf Zehenspitzen zurück in ihr Zimmer zu schleichen, um dem überraschenden Besuch zumindest nicht mit zerzausten Haaren und ihrem ausgeleierten Lieblings-Nacht-T-Shirt gegenüberzustehen, als er den Blick hob. Dunkle Augen unter einer hochgezogenen Augenbraue taxierten sie. So müssen sich Rinder bei der Fleischbeschau fühlen, fuhr ihr durch den Kopf. Sie öffnete den Mund, wollte etwas sagen. Aber dann fehlten ihr die Worte, ihr Hirn wollte nicht das Einfachste formulieren. Sie schloss den Mund wieder. Nach einer gefühlten Ewigkeit, in der sie sich einfach nur anstarrten, ergriff schließlich er das Wort. „Bonjour, Madame." Seine Stimme war tief und eine Spur rauchig. Und der Spott darin nicht zu überhören.

„Bonjour", entgegnete Nila hilflos.

„Und Sie sind?" Sein Mund verzog sich zu einem spöttischen Lächeln.

Kurz musste Nila nach den richtigen Vokabeln suchen. Normalerweise sprach sie fließend Französisch, gestern Abend im Hause der Moreaus war es ihr wie gewohnt mühelos gelungen. Aber in dieser Situation wäre sie froh gewesen, wenn sie zumindest in ihrer Muttersprache antworten könnte.

Schließlich gab ihr Gedächtnis die richtigen Worte doch noch frei.

„Mein Name ist Nila Roonstein, ich bin Maklerin und von Ihrer Mutter beauftragt, dieses Haus zu verkaufen.“

„Nun, werte Madame Roonstein, dann gehe ich davon aus, dass Sie wissen, wer ich bin. Trotzdem der Form halber: gestatten, Vincent Durand.“ Er deutete eine Verbeugung an, während sich der spöttische Zug um seinen Mund vertiefte. „Leider muss ich Ihnen sagen, dass Ihre Mühe vergeblich ist. Dieses Haus ist nicht zu verkaufen, Ihr Auftrag ist hiermit storniert.“

Sprachlos starrte Nila ihn an. Vincent Durand sah seiner Mutter so ähnlich, als sei er ihre männliche Version. Die tief liegenden dunkelbraunen Augen besaßen dieselbe Intensität, die gerade Nase und die vollen Lippen waren identisch mit denen seiner Mutter. Und noch mehr als sie schien er zu wissen, welche Wirkung er auf andere Menschen besaß. Nicht nur seine Attraktivität ließ ihn bekommen, was er wollte. Es war diese innere Gewissheit, die Richtung vorzugeben. Mit Charme, aber vor allem mit der nötigen Entschlossenheit. Eine Eigenschaft, die Nila sich schon mehr als einmal in ihrem Leben heiß gewünscht hatte. Aber sie hatte schon vor langer Zeit eingesehen, dass ihre Schwester Hannah lauter gerufen hatte, als diese Gabe verteilt worden war.

Hilflos nach einer Erwiderung suchend, schweifte ihr Blick über seine schlanke, aber muskulöse Erscheinung. Er hatte sein weißes Hemd bis zu den Ellbogen aufgekrempelt, was den Blick auf seine kräftigen Unterarme freigab. Zur dunkelgrauen Stoffhose trug er schneeweiße Sneakers. Er sah verdammt gut aus, und dummerweise wusste er es.

Abwartend musterte er sie. Ihr schoss das Blut ins Gesicht. Hier stand Vincent Durand, Sohn des Hauses und Star-Pianist und verkündete, dass es keinen Verkauf geben würde. Mit derselben Entschlossenheit, mit der seine Mutter das Gegenteil forderte. Nila fühlte sich wie zwischen zwei Naturgewalten, die unterschiedliche Pläne umzusetzen gedachten. Hilfe! Am liebsten wäre sie davongelaufen.

Stattdessen sammelte sie das bisschen Entschlossenheit, das ihr mitgegeben wurde, straffte sich und sagte so würdevoll wie man es in einem Nachthemd tun konnte: „Nun, soweit ich weiß, ist Ihre Mutter die Eigentümerin dieses Hauses. Und sie hat mich beauftragt, es zu verkaufen. Sollten Sie das nicht wollen, müssten Sie es bitte mit ihr besprechen."

Ihr Tonfall war erstaunlich ruhig, aber dem arroganten Blick ihres Gegenübers hielt sie nur mit Mühe stand.

„Madame Roonstein." Er sprach betont langsam und klang, als würde er nachsichtig mit einem Kind in der Trotzphase verhandeln. „Dieses Haus wird nicht verkauft. Ich habe jetzt noch einen Termin, und wenn ich danach zurückkomme, wäre ich Ihnen sehr verbunden, wenn ich das Haus wieder für mich hätte."

Nila schnappte nach Luft. Bevor sie etwas erwidern konnte, hatte Vincent Durand sich schon abgewandt und ging auf die Haustür zu. Fassungslos starrte sie hinunter in die leere Halle. Sekunden später fiel die Tür ins Schloss. Zurück blieben zwei schwarze Koffer, zwei Reisetaschen und eine maximal verwirrte Nila.

***

In Windeseile war Nila unter die Dusche gesprungen, hatte sich ein schlichtes weißes Sommerkleid übergestreift, ein flüchtiges Make-up ins Gesicht gezaubert und die roten Locken in einem Knoten am Hinterkopf gebändigt. So fühlte sie sich angesichts der sich überraschend und massiv veränderten Geschehnisse ein bisschen besser gewappnet für das, was nun kommen mochte. Wobei sie bereits ahnte, dass das vermutlich ein Trugschluss war. Was ihr unbedingt noch fehlte, um überhaupt handlungsfähig zu sein, war eine Tasse Kaffee. Ohne große Hoffnung betrat sie die Küche. Gestern hatte sie weder den Inhalt der Küchenschränke noch den Kühlschrank inspiziert, denn sie war sicher gewesen, dort keine Lebensmittel zu finden.

Die Morgensonne tauchte den Raum in ein warmes Licht – wieder beschlich Nila das Gefühl, als hätte sich hier in der gemütlichen Wohnküche erst kürzlich normales Leben abgespielt.

Meteorologisch würde es wieder ein schöner Frühsommertag werden, für sich selbst bezweifelte Nila allerdings, dass es ein schöner Tag werden würde. Seufzend öffnete sie den Kühlschrank. Zu ihrer Überraschung stand dort neben einigen Käsestücken eine Flasche Milch und im Gemüsefach lagen Tomaten. Jaques!, dachte sie mit einem Lächeln. Nur er konnte dafür verantwortlich sein. Ihr Lächeln wurde breiter, als sie in einem der oberen Küchenschränke nicht nur eine Dose mit Kaffeepulver, sondern auch noch ungeöffnete Marmeladen- und Honiggläser fand. Ihr alter Nachbar war ein Schatz, aber das wusste sie ja bereits. Sie überlegte, ob sie erst zum Einkaufen fahren sollte, um Baguette und Croissants zu besorgen. Schnell verwarf sie den Gedanken wieder. Einen Kaffee würde sie sich gönnen, aber dabei musste sie dringend Renée anrufen. Immerhin war ihr gerade das Recht entzogen worden, hier zu sein. Hartnäckig hielt sich seitdem bei ihr das Gefühl, ein Eindringling zu sein.

Genau betrachtet, war sie soeben rausgeworfen worden. Langsam begann sich Empörung in ihr zu regen. Was fiel Vincent Durand eigentlich ein? Er spazierte hier einfach rein, erteilte Anweisungen und erwartete ganz selbstverständlich, dass sie diese sofort umsetzte. Mit einer leicht arroganten Art, mit der er es vermutlich grundsätzlich schaffte, seine Wünsche durchzusetzen.

Nilas Hand zitterte, als sie Wasser in die Kaffeemaschine füllte. Es war schwer zu sagen, ob das Modell schon zwei Jahrzehnte auf dem Buckel hatte oder ob es irgendwann mal ausgetauscht worden war. Nila überlegte, ob Vincent in den vergangenen Jahren vielleicht regelmäßig hier gewesen sein könnte. Womöglich war es doch nicht nur dem alten Jacques zu verdanken, dass sich der lange Leerstand so wenig auf das Anwesen ausgewirkt hatte.

Nur warum wusste Renée offensichtlich nichts davon? Vor allem, warum wusste sie nicht, dass ihr Sohn das Haus unbedingt behalten wollte?

Nila rieb sich über die Stirn, während sie dem Blubbern der Kaffeemaschine lauschte.

Als sie schließlich mit der gefüllten Tasse am Küchentisch, der für sie alleine viel zu groß war, Platz nahm, war die Empörung der Unsicherheit gewichen.

Auch wenn Monsieur Durand eine Spur zu gut aussah, und mehr als nur ein bisschen zu sehr von sich überzeugt war, war eine Tatsache unumstößlich: Er war der Sohn des Hauses. Und es bestand zumindest die Gefahr, dass er bekam, was er wollte. Bei dem Gedanken musste Nila schlucken. Mit einem Schlag wären ihre finanziellen Sorgen zurück. Ihre Eigentumswohnung stände auf dem Spiel, ja im Prinzip ihre ganze Existenz. Und sie müsste sich sehr schnell überlegen, wie es weitergehen sollte. Dabei hatte sie sich schon so mit dem Gedanken angefreundet, während ihrer Zeit in der Provence ganz in Ruhe nach einer beruflichen Lösung zu suchen. Mit der Provision für einen Verkauf hätte dies auch keinerlei Eile gehabt. Aber nun ...

Sie musste dringend mit Renée sprechen. Ein Blick auf ihr Handy verriet ihr, dass es gleich halb zehn war. Spät genug, um sie stören zu dürfen.

Renée ging nach dem dritten Klingeln ran. „Bonjour, liebe Nila. Haben Sie gut geschlafen?“ Die Französin klang munter.

„Bonjour, Renée.“ Nila holte tief Luft. „Äh, ja, danke. Aber um ehrlich zu sein, war das Wachwerden nicht besonders sanft.“

„Hat Jacques’ Hahn zu laut gekräht? Also früher war das jedenfalls so. Aber ich weiß ja gar nicht, ob sie noch Hühner haben ...“ Sie lachte leise.

„Doch, haben sie. Aber die waren nicht das Problem.“

„Sondern?“

„Nun ...“ Nila fiel beim besten Willen keine schonende Variante ein. „Ihr Sohn ist hier. Ich war sehr erschrocken, als ich auf einmal unten Geräusche gehört habe, als er angekommen ist.“

„Vincent ist da?“ Renées Stimme war um einige Töne höher als sonst und zitterte etwas.

„Und ... er möchte, dass ich sofort gehe.“

„Wie bitte?“, rief Renée fassungslos.

„Er sagt, das Haus wird nicht verkauft.“

„Das hat er nun aber wirklich nicht zu entscheiden.“

Nila nickte, das sah sie genauso. Allerdings war ihr die Unsicherheit in Renées Stimme nicht entgangen. Die Entschlossenheit ihres Sohnes stand ihrer in nichts nach. Aber in diesem Fall schien seine deutlich überlegen zu sein, dachte Nila mit Unbehagen.

„Was hat er noch gesagt?“

„Nichts, außer, dass ich verschwunden sein soll, wenn er zurückkommt.“

Renée stieß zischend Luft aus. „Bitte kommen Sie zu mir. Sofort.“ Sie war zurück, die resolute Auftraggeberin.

Bevor Nila zustimmen konnte, war die Leitung schon tot.

Ratlos sah sie das Telefon an. Sie zügelte ihr Verlangen, sofort Mona anzurufen. Das konnte sie besser gleich während der Autofahrt tun. Das Problem musste aus der Welt geschafft werden. Und das musste passiert sein, bevor sie Vincent erneut gegenübertrat.

Sie stürzte den Rest Kaffee hinunter, stand auf und stellte die Tasse in den Geschirrspüler. Ihr fiel ein, dass ihre Handtasche noch oben war. Seufzend lief sie hinauf. Als sie ins Zimmer trat, schweifte ihr Blick über das unordentliche Bett. Sie widerstand dem Impuls, das sofort zu ändern. Sollte sie wirklich das Haus verlassen müssen, könnte sie es erledigen, bevor sie ging. Falls aber alles beim ursprünglichen Plan bliebe, ging es Renées Sohn überhaupt nichts an, wie das Zimmer aussah, das vorübergehend ihr Reich war. Wichtiger als Ordnung war jetzt das Gespräch mit ihrer Auftraggeberin. Nila musste wissen, ob Renée genau das zu bleiben gedachte. Sie schnappte sich ihre Handtasche und sprang die Treppe wieder hinunter. Sekunden später startete sie ihren Fiat.

17.

Atemlos betrat Nila die weitläufige Terrasse des Hotels, in dem Renée sich einquartiert hatte, und sah sich suchend um. Am Empfang war ihr gesagt worden, dass sie ihre Auftraggeberin draußen finden würde. Das kleine, aber exquisite Hotel besaß zwar keinen direkten Meerblick, aber die Aussicht auf den umgebenden Wald besaß mit all seinen verschiedenen Grüntönen ihren eigenen Reiz.

Fast alle Tische, die von gelb-weißen Sonnenschirmen gegen die Sonne geschützt wurden, waren belegt. Schließlich konnte Nila Renée an einem Platz nahe der dahinter gelegenen steinernen Brüstung ausmachen. Die Französin trug ein himmelblaues Seidenkleid mit einem asymmetrischen Muster in einem dunkleren Blau und winkte Nila auffordernd zu. Ihre Augen waren hinter der obligatorischen riesigen Sonnenbrille verborgen.

Mit gemischten Gefühlen eilte Nila an den Tisch. Während der Fahrt war es ihr nicht gelungen, Mona ans Telefon zu bekommen. Zu gerne hätte sie die beruhigende Stimme ihrer Freundin gehört. Wohl wissend, dass diese auch nicht ahnen konnte, wie es nun mit dem Auftrag weitergehen würde. Trotzdem hätte sie ein paar aufmunternde Worte nach dem morgendlichen Schreck gut vertragen können.

„Nila, schön, dass Sie gleich gekommen sind." Renée wies auf den freien Platz und winkte dann die brünette, junge Kellnerin heran.

„Natürlich." Nila setzte sich und betrachtete Renée unauffällig. Inzwischen kannte sie die ältere Dame gut genug, um Zeichen von Anspannung in ihrem sorgfältig geschminkten Gesicht zu erkennen.

Nachdem beide einen Cappuccino geordert hatten und dieser dampfend vor ihnen stand, ergriff Renée das Wort. „Vincent ist also aufgetaucht."

Nila nickte. „Immerhin habe ich ihn sofort erkannt, und damit konnte sich meine schlimmste Befürchtung zerstreuen, dass ich von Einbrechern heimgesucht werde. Sie beide haben eine verblüffende Ähnlichkeit."

Ein schmerzhafter Zug legte sich um Renées Mund. „Ja, früher wurde oft gesagt, er sei mir wie aus dem Gesicht geschnitten." Sie verstummte und senkte den Blick in ihre Tasse. Nila wartete schweigend, bis Renée weitersprach.

„Es tut mir sehr leid, wenn er Ihnen einen Schreck eingejagt hat. Um ehrlich zu sein, hätte ich niemals damit gerechnet, dass er kommt." Sie strich nachdenklich über den Rand ihrer Tasse. „Ich habe ihm eine Nachricht hinterlassen, dass ich in die Provence komme und das Haus verkaufen werde. Aber ich war sicher, dass er sich wie üblich nicht rühren würde." Sie seufzte, nippte dann an ihrem Cappuccino.

„Und wie soll es nun weitergehen?", fragte Nila leise.

Renée hob kurz die Schultern, bevor sie sich sichtlich straffte. „Es bleibt dabei, das Haus wird verkauft. Wenn er etwas dazu zu sagen hat, dann soll er mich anrufen. Davon gehe ich allerdings nicht aus. Ich habe irgendwann aufgehört zu zählen, wie oft ich ihn in den letzten achtzehn Jahren angerufen oder ihm eine Nachricht geschrieben habe. Er möchte offensichtlich keinen Kontakt mehr zu mir haben. Das war schmerzhaft, das können Sie mir glauben, aber ich habe gelernt, es akzeptieren. Und so schwer es mir fällt, nun ist der Zeitpunkt gekommen, da ich mit all dem abschließen muss. Und dieses Haus spielt dabei eine wichtige Rolle." Sie presste die Lippen zusammen und sah Nila dann ins Gesicht. „Ich fürchte, ich muss Ihnen die unliebsame Aufgabe übertragen, ihn davon zu überzeugen, Frankreich wieder zu verlassen. Sein Wohnsitz ist seit einigen Jahren in der Schweiz, er sollte dorthin zurückkehren und die Vergangenheit ruhen lassen."

Nila zuckte zusammen. *Sie* sollte Vincent Durand davon überzeugen, sein Elternhaus zu verlassen? Im ersten Moment wollte sie vehement dagegen protestieren, aber als Renée jetzt ihre Sonnenbrille ins Haar schob, konnte Nila an den geröteten Augen erkennen, dass es für ihre Auftraggeberin noch weit schwerer war, mit der veränderten Situation umzugehen, als sie zunächst geglaubt hatte.

„Aber …", weiter kam Nila nicht.

„Bitte", sagte Renée eindringlich.

Wieder konnte Nila sich dem Wunsch der Französin nicht widersetzen. Ohne es wirklich zu wollen, nickte sie. Wundervoll, dachte sie. Das wird langsam zur Gewohnheit, dass Renée über mich bestimmt. Und obendrein habe ich es nun mit einem nicht minder entschlossenen Star-Pianisten zu tun, dessen Wünsche in die entgegengesetzte Richtung führen. Vielleicht war

Mona doch zu voreilig gewesen, diesen Auftrag als Geschenk des Himmels zu bezeichnen.

„Aber wir müssen noch über den Hausrat und die vielen persönlichen Sachen im Haus sprechen, was nun damit geschehen soll", murmelte sie schwach.

„Machen Sie damit, was Ihnen gefällt. Ich brauche die Sachen nicht. Falls es für den Verkauf besser ist, die Möbel drin zu lassen, tun Sie es. Wenn nicht, verkaufen oder entsorgen Sie sie. Das überlasse ich ganz und gar Ihnen."

Nila nickte erneut. Ihr war schon jetzt Angst und Bange beim Gedanken, Vincent Durand später wieder gegenüberzustehen. Und ihm zu sagen, dass sie bleiben würde. Sie fasste sich in den Nacken, in dem sich feiner Schweiß sammelte. Die Erkenntnis, dass sie offenbar doch nicht auf ihre Provision verzichten musste, war gerade nur ein schwacher Trost.

***

Auf dem Rückweg vom Hotel zum Haus hatte Nila endlich den dringend nötigen Abstecher zum Supermarkt gemacht. Die Rückbank des Autos war nun voller Papiertüten, in denen alles verstaut, was sie brauchte, um sich bei Jacques und Lisanne zu revanchieren und selbst übers Wochenende zu kommen. Gerne wäre sie über den Markt von Les Issambres geschlendert, aber dank der freundlichen Verkäuferin in der Boulangerie, wo sie sich mit Croissants, Baguettes und süßen Eclairs eingedeckt hatte, wusste sie, dass dieser erst wieder am Montag stattfinden würde. Heute am Samstag musste Nila sich also mit dem Supermarkt begnügen. Dort hatte sie immerhin alles bekommen, was sie für das geplante Essen benötigte.

Entschieden hatte sie sich bei der Vorspeise für Tomatenkuchen mit Ziegenkäse und als Hauptgericht sollte es eine Zucchini-Kabeljau-Pfanne geben. Die Beschäftigung mit einer der essentiellen Seite des Lebens – dem Essen – hatte sie zumindest vorübergehend von ihrem Problem abgelenkt.

Aber jetzt, da sie sich dem Anwesen der Durands näherte, kehrte die Nervosität zurück. Die Fingerspitzen ihrer linken Hand trommelten in einem unruhigen Rhythmus auf dem Armaturenbrett. Ob Vincent schon von seinem Termin zurück war? Wie würde er reagieren, wenn sie ihm eröffnete, dass seine Mutter nicht gedachte, von ihrem Plan Abstand zu nehmen? Ihr Magen schmerzte. Hunger mochte seinen Anteil daran haben, aber die Hauptschuld trug mit großer Wahrscheinlichkeit ihre Angst, dem Sohn des Hauses erneut gegenüberzutreten. *Merde! Was für eine unmögliche Situation!* Etwas Vergleichbares hatte Nila in all den Jahren als Maklerin noch nicht erlebt. Hin und wieder hatte sie zwar Fälle erlebt, in denen es Probleme zwischen in Scheidung lebenden Eheleuten gegeben hatte. Aber die Sachlage konnte meist schnell geklärt werden. Entweder gab es eine gütliche Einigung oder es blieb nur der Gang zum Gericht, um eine Teilungsversteigerung zu beantragen. Kein Grund zu schlaflosen Nächten beim involvierten Makler. Bei den Durands lag die Sache anders. Vincents Anspruch war kein rechtlicher, eher ein moralischer. Was die Sache eigentlich einfacher machen sollte, tatsächlich wurde es genau durch diese Komponente aber komplizierter. Mutter und Sohn sprachen nicht mehr miteinander, und Nila sollte als neutrale Person vermitteln. Und zu allem Überfluss wohnte sie in dem Haus, um das es ging. Genau wie Vincent – falls er es nicht freiwillig verlassen würde.

Was für ein Geschenk des Himmels, dachte sie mit einem Anflug von Sarkasmus. Seufzend bog sie in den Sandweg zu ihrem Ziel ein. Sie hielt kurz die Luft an, als der Parkplatz in Sicht kam. Kein weiteres Auto weit und breit. Erleichtert holte sie Luft. Anscheinend hatte sie noch eine Galgenfrist, bevor sie sich dem Blick aus intensiven dunklen Augen erneut stellen musste.

Sie krabbelte aus ihrem Auto, beugte sich dann zur Rückbank und schnappte sich die Papiertüten. Diese vor die Brust gedrückt, balancierte sie zur Haustür. Dort fischte sie den Haustürschlüssel aus ihrer Handtasche und schloss auf. Es fühlt sich fast an wie nach Hause zu kommen, dachte sie verblüfft und schüttelte den Kopf. Sie musste aufpassen, dass sie sich nicht zu sehr in diese Immobilie verliebte. Egal, was auch passieren mochte, sie würde auf jeden Fall bald wieder Abschied nehmen müssen von diesem paradiesischen Fleckchen Erde.

Als sie in die Halle trat, kam es ihr vor, als wenn die Luft schon weniger abgestanden roch als gestern. Wie schnell sich ein Haus offensichtlich darauf einstellen konnte, dass es nicht mehr sich selbst überlassen war. Beim Anblick von Vincents Koffern wurde ihre Kehle eng. Irgendwo im tiefsten Innern hatte sie wohl gehofft, er wäre klammheimlich wieder auf und davon gefahren. Natürlich hatte er das nicht getan. So schnell und einfach regelten sich Probleme bei Nila nie, sie hätte es wissen müssen. Seufzend durchquerte sie die Halle und brachte die Einkäufe in die Küche. Nachdem sie alles sorgfältig verstaut hatte, blieb sie unschlüssig stehen. Fürs Kochen war es noch zu früh, außerdem hätte sie ein schlechtes Gewissen, wenn sie nicht noch irgendetwas tat, was mit ihrem Auftrag zu tun hatte. Bei der Verabschiedung eben hatte Renée ihr noch eröffnet, dass sie alle Unterlagen für das Haus im Büro ihres verstorbenen Mannes finden würde.

Die Französin war sicher, dass Nila dort auch Baupläne und Urkunden der Ämter finden würde. Zumindest die, die noch erhalten geblieben waren. Zu ihrer Überraschung hatte Nila erfahren, dass das gepflegte Haus tatsächlich schon fast einhundert Jahre auf dem Buckel hatte. Erbaut worden war es von Renées Großeltern. Fast wäre Nila mit der Frage herausgeplatzt, warum *um Himmels Willen* dieses Erbe von Generationen an Fremde verkauft werden sollte. Gerade noch rechtzeitig hatte sie ihre Neugier zügeln können. Es ging sie erstens nichts an – und offensichtlich war Renée nicht bereit, mehr aus ihrer Familiengeschichte zu erzählen – und zweitens: es war Nilas Job, diesen Auftrag zu erfüllen. Käme etwas dazwischen, stände ihre eigene Existenz auf dem Spiel. Dennoch konnte sie Vincent absolut verstehen, dass er nicht bereit war, sein Erbe kampflos einfach so weggeben zu lassen. Wieder ertappte Nila sich dabei, mehr wissen zu wollen. Wie hing das alles zusammen? Sie spürte, dass so viel mehr hinter allem stecken musste. Und sie ahnte, dass die Umstände von Monsieur Durands Tod die Lösung des Rätsels sein könnten. Etwas war passiert, das gleichzeitig zum Zerwürfnis von Mutter und Sohn geführt hatte. Etwas, das so schwerwiegend war, dass selbst fast zwei Jahrzehnte nicht ausgereicht hatten, wieder eine Brücke zueinander zu bauen. Nila kam der Gedanke, online gezielt nach den damaligen Geschehnissen zu suchen. Das schlechte Gewissen, das sich sofort einstellte, versuchte sie abzuschütteln, indem sie sich entschloss, kurz zu Jacques und Lisanne hinüberzulaufen, um zu fragen, ob sie die beiden heute zum Abendessen einladen dürfte. Ein lautes Knurren erinnerte sie daran, dass ihr Magen noch immer weder Frühstück noch Mittagessen gehabt hatte. Schnell zog sie ein Croissant aus der Tüte und vertilgte es auf dem kurzen Weg zum Nachbarhaus.

18.

Nila hatte Jacques auf der Bank vor seinem Haus vorgefunden. Die Baskenmütze über die Augen geschoben, den Kopf an die efeuberankte Mauer des Hauses zurückgelehnt, war sie davon ausgegangen, dass er einen Mittagsschlaf hielt und wollte sich gerade still wieder zurückziehen, als sich der alte Mann bewegte.

Mit einer langsamen Bewegung schob er sich die Mütze in die Stirn und sah Nila freundlich an.

„Salut, liebe Nachbarin! Ein lieblicher Besuch zur Mittagszeit, welch Freude." Er grinste spitzbübisch.

Nila kicherte. „Salut, Jacques. Ich hoffe, ich habe Sie nicht geweckt."

„Alte Menschen brauchen meist nicht mehr so viel Schlaf,

Lisanne allerdings braucht ihre Mittagsruhe. Mir reicht es vollkommen, wenn ich in der Zeit ein wenig die Ruhe und die Natur genießen kann." Er deutete auf seinen Vorgarten, in dem Maulbeerbäume neben Oleanderbüschen, Lavendel und einigen Zitronenbäumen wuchsen. Die mittägliche Stille wurde nur von entferntem Vogelgezwitscher und dem Brummen einiger Hummeln durchbrochen.

Nila ahnte, dass ihr alter Nachbar die Zeit dringend zur eigenen Erholung brauchte, wenn seine kranke Frau schlief.

„Ich will auch gar nicht lange stören. Aber da Sie mich gestern so liebevoll versorgt haben, würde ich mich gerne revanchieren und Sie beide heute Abend zum Essen einladen.“

„Oh, das ist eine hübsche Idee …“ Ein Schatten flog über sein Gesicht. „Aber ich fürchte, Lisanne kann woanders nicht mehr essen.“

„Nein, nein“, sagte Nila schnell. „Ich dachte, ich komme wieder zu Ihnen, bringe aber das Essen mit.“

Jacques Miene hellte sich sofort auf. „Ja, dann geht es natürlich, da freuen wir uns.“

„Wie schön, ich freue mich auch.“ Sie schenkte dem alten Mann ein herzliches Lächeln. Am liebsten hätte sie ihn umarmt. Ich werde ihn doch adoptieren müssen, dachte sie belustigt.

„Wir werden allerdings noch einen Gast haben. Ich hoffe, das stört Sie nicht.“

Fragend sah sie ihn an.

„Vincent wird kommen, er hat vorhin angerufen.“ Jacques strahlte vor Freude.

Nila wurde blass.

***

Auf dem Rückweg zum Haus der Durands rasten die Gedanken durch Nilas Kopf. Sie hatte es nicht übers Herz gebracht, Jacques offensichtliche Freude über Vincents erwarteten Besuch zu zerstören, indem sie ihm sagte, was heute Morgen vorgefallen war. Sie wollte den alten Mann nicht in die Streitigkeiten mit reinziehen, dafür saß sie nun allerdings in der Falle. Sie musste zu ihrem Wort stehen, und später mit einem selbst gekochten Essen hinübergehen. Und würde spätestens dort auf Renées Sohn treffen. Wahrscheinlicher war allerdings, dass er schon vorher wieder auftauchte. Für einen Moment erschien Nila der Gedanke zu fliehen wieder sehr reizvoll. Sich einfach in den Fiat zu setzen, das Verdeck herunterklappen und Gas geben. Einfach entlang dem Meer fahren, alle Orte an der Cote d'Azur erneut erkunden – diesmal alleine, ohne Niklas –, kein spezielles Ziel vor Augen haben, sich treiben lassen. Den frischen Wind um die Nase wehen lassen und alle Probleme vergessen.

Aber natürlich ging das nicht. Sie musste sich der verqueren Situation stellen. Es musste doch möglich sein, eine erwachsene Lösung zu finden. Ihr Part war dabei, die neutrale Position einer Mediatorin einzunehmen.

Der Gedanke machte sie etwas ruhiger. Je professioneller sie vorging, umso leichter würde es sein. Sie hielt einen Moment inne, genoss die weiche Luft, sog die mediterrane Stimmung um sich herum förmlich auf und erfreute sich an dem Blick, den sie durch die Bäume zum Mittelmeer erhaschte. Sie hatte einen Auftrag im Paradies bekommen, den würde sie sich nicht vermiesen lassen. Auch nicht von einem attraktiven Star-Pianisten, der zufällig der Sohn des Hauses war und sie hier nicht haben wollte.

Beherzt setzte sie ihren Weg fort, während Gräser ihre nackten Waden kitzelten und Sonnenstrahlen auf ihrer Nase tanzten, wo sich die Sommersprossen binnen kürzester Zeit verdoppeln und verdreifachen würden.

Nila wurde erst langsamer, als das Haus in Sicht kam. Der Terrassenbereich mit dem abgedeckten Pool lag verlassen in der Mittagssonne. Trotzdem verharrte sie kurz. Von hier konnte sie nicht sehen, ob auf dem Sandplatz vor dem Haus neben ihrem Auto noch ein weiteres parkte. Sie entschied sich nachzusehen. Lieber wusste sie, ob sie im Haus alleine sein würde.

Einen Moment später löste sich ihre Hoffnung auf. Ein schwarz glänzender BMW-SUV stand wenige Meter neben ihrem kirschroten Fiat, der in dieser Gesellschaft noch kleiner als sonst wirkte.

Schon war Nilas Ruhe und Professionalität zum Teufel. Hitze schoss ihr ins Gesicht. „Bitte, geh zurück in die Schweiz und lass mich meine Arbeit tun", formten ihre Lippen lautlos den innigsten Wunsch.

Ihr Herz klopfte, als sie den Schlüssel ins Schloss der Haustür steckte. Die Halle war leer, auch Koffer und Reisetaschen waren verschwunden. Unschlüssig blieb Nila stehen. Sollte sie sich auf die Suche nach Vincent machen? Oder ihren eigentlichen Plan verfolgen und sich im Arbeitszimmer mit den Unterlagen vertraut machen? Die Entscheidung wurde ihr abgenommen.

Vincent trat aus der Küche. Als er Nila erblickte, bildete sich eine scharfe Falte auf seiner Stirn. „Sie brauchen aber lange, um zu packen, Madame Roonstein."

Nila machte sich gerade und sah ihm direkt ins Gesicht. „Es tut mir leid, Sie enttäuschen zu müssen, Monsieur Durand. Aber ich werde nicht gehen. Ich war eben bei Ihrer Mutter, es bleibt bei dem Auftrag." Es kostete sie Mühe, aber sie schaffte es, seinem überraschten Blick standzuhalten.

Die Überraschung hielt sich nur kurz, bevor sie einer Mischung aus Spott und Ärger Platz machte.

„Falsch. Es bleibt dabei, dass das Haus nicht verkauft wird und Sie gehen können."

„Bitte, Monsieur, rufen Sie Ihre Mutter an, sprechen Sie mit ihr. Ich kann Ihnen leider nichts anderes sagen, ihre Entscheidung steht fest." Nilas Unbehagen wuchs. Sie klang zwar ruhig und professionell, aber darunter wallte schon wieder der Gedanke nach Flucht auf.

„Auch daran hat sich nichts geändert. Ich werde nicht mit meiner Mutter sprechen." Er verschränkte die Arme vor der Brust und fixierte Nila mit seinen dunklen Augen.

„Monsieur Durand, wir drehen uns im Kreis. Ich kann nicht gehen, weil ich hier einen Auftrag zu erfüllen habe. Und meine Auftraggeberin ist nun mal die rechtmäßige Eigentümerin dieses Anwesens. Bitte versuchen Sie, meine Lage zu verstehen."

Sein Mund verzog sich zu etwas, das einem Lächeln ähnelte. „Sie scheinen eine nette Person zu sein. Viel zu nett eigentlich, um Ihre Brötchen in der Haifisch-Immobilienbranche zu verdienen. Suchen Sie sich doch einfach einen Job, der besser zu Ihnen passt."

Nila schnappte nach Luft. „Ich mag meinen Job! Und er passt bestens zu mir!"

„Das glaube ich nicht", entgegnete er ungerührt. „Und was meine Mutter angeht: Sie hat schon genug Unheil angerichtet. Einer der Gründe, warum ich sie keinesfalls anrufen werde. Und ich lasse mir von ihr ganz bestimmt nicht mein Elternhaus wegnehmen."

Nila verkniff sich ein Seufzen. „Vielleicht finden Sie beide einen Weg, aber dafür wäre ein Gespräch wirklich wichtig."

„Vielleicht wären sie in der Sozialpädagogik richtig. Oder in der Psychologie, da wird doch auch gerne geredet." Seine Stimme troff vor Ironie.

Nila atmete tief ein und zählte still bis drei.

„Was machen wir denn jetzt?" Die Hilflosigkeit platzte trotzdem einfach aus ihr raus.

„Was Sie machen, weiß ich nicht. Ich werde mich vorübergehend im Gästehaus einquartieren, bis Sie bereit sind, sich geschlagen zu geben."

„Aber …" Weiter kam sie nicht, er ging einfach an ihr vorbei, ohne sie eines weiteren Blickes zu würdigen.

***

Als Nila sicher war, dass Vincent das Haupthaus verlassen hatte, griff sie sofort zum Handy. Diesmal hatte sie mehr Glück, Mona ging nach dem ersten Klingeln dran.

„Hey, Süße, was macht der provençalische Sommer?"

„Merde!", stieß Nila hervor. Mona sprach nicht allzu gut Französisch, aber das verstand ihre beste Freundin, da konnte sie sicher sein.

„Was ist passiert?"

„Das Geschenk des Himmels hat leider seine Tücken." Nila setzte sich aufs Bett und strich über die weiche Bettwäsche.

„Ich habe unerwarteten Besuch bekommen. Vincent, der Sohn des Hauses hat mich heute Morgen erst fast zu Tode erschreckt, weil ich dachte, er wäre ein Einbrecher.“

Mona machte ein Geräusch, das wie ein unterdrücktes Lachen klang. „Oh, aber dann hast du ja noch mal Glück gehabt, wenn es nur Renées Sohn war.“

„Von wegen! Inzwischen glaube ich fast, dass es sich mit einem Einbrecher leichter verhandeln ließe.“

Jetzt lachte Mona offen. „Erzähl, das klingt spannend!“

„Spannend?“ Nila schnaubte und streckte sich auf dem Bett aus. „Er ist strikt gegen einen Verkauf des Anwesens! Und genauso strikt ist er dagegen, mit seiner Mutter zu sprechen.“

„Oh weia, klingt immer noch spannend, aber anstrengend ...“

„Nur anstrengend ... Beide wiederholen immer nur ihren jeweiligen – entgegengesetzten – Wunsch, und ich sause von einem zum anderen, um die Botschaft zu überbringen. Das ist eine unmögliche Situation!“

„Früher wurden die Überbringer von schlechten Nachrichten erschossen. Freu dich, das blüht dir immerhin nicht.“

„He, he, witzig. Schön, dass du so viel Humor hast.“

„Ach, Schatzi, den hast du doch auch! Und jede Menge Charme, damit wirst du Monsieur schon Feuer unterm Hintern machen.“

Nila gab einen undefinierbaren Laut von sich.

„Na, jetzt mal ernsthaft, was will er denn tun? Seine Mutter ist diejenige, die die Entscheidung trifft.“

„Du kennst ihn nicht“, sagte Nila tonlos.

„Leider nein. Wie ist er denn so?“

„Als Star-Pianist von Weltruhm absolut entschlossen. Mindestens so sehr wie Renée, nur in diesem Punkt vielleicht sogar noch mehr als sie.“

„Aber Renée hat dich an ihrer Seite, damit ist euch der Sieg gewiss!“

„Das wird sich zeigen“, murmelte Nila schwach.

„Na klar! Es tut mir wirklich leid, dass sich das Projekt doch schwieriger gestaltet als es ursprünglich aussah. Und natürlich wäre es schön gewesen, wenn du nach der Trennung und der Kündigung bei diesem Auftrag etwas zur Ruhe hättest kommen können. Aber hey, nun ist halt noch eine weitere Herausforderung hinzugekommen, aber die schaffst du auch noch!“

„Hm.“ Nila kaute an ihrer Unterlippe. „Ich habe angeboten, später für Lisanne und Jacques zu kochen. Und drei Mal darfst du raten, wer noch kommt.“

„Vincent?“

„Hundert Punkte.“ Himmel, wo war sie da nur hineineingeraten?

„Sieh es einfach als Gelegenheit, deinen Charme spielen zu lassen. Dir bleibt nicht viel anderes, als ihn um den Finger zu wickeln. Wenn ich es richtig sehe, hast du nur zwei Möglichkeiten. Entweder räumt er freiwillig das Feld oder du bringst ihn dazu, mit seiner Mutter zu reden. Und da er beiden Varianten momentan ablehnend gegenübersteht, musst du das eben ändern.“

„Muss ich wohl“, antwortete Nila mutlos.

„Sieht er wenigstens gut aus?“

„Ja“, brummte sie und zupfte einen Fussel von der Bettdecke.“

„Okay, dann wäre ich weiterhin bereit, mit dir vorübergehend zu tauschen! Sommer, Sonne, Provence und ein attraktives Problem. Sieh es mal so, Süße, es könnte schlimmer sein."

Nila musste in das Lachen ihrer Freundin mit einstimmen, obwohl ihr eigentlich gar nicht danach war. Warum konnte nicht endlich mal wieder etwas glatt laufen?

19.

Nila starrte auf die Papiere, die sie vor sich auf dem Wurzelholz-Schreibtisch ausgebreitet hatte. Sie fühlte sich immer noch etwas beklommen bei dem Gedanken, dass sie sich hier durch die Privatsphäre von Jean Durand blätterte. Neben Kontoauszügen und Geschäftsunterlagen – Monsieur Durand war erfolgreicher Unternehmensberater gewesen – hatte sie sich schnell auf die Ordner konzentriert, die dem Haus zuzuordnen waren. Wie Nila nicht anders erwartet hatte, war die Immobilie schuldenfrei. Baupläne und Zeichnungen waren tatsächlich noch vorhanden, allerdings waren sie nach der langen Zeit verblichen, brüchig und schlecht zu entziffern.

Nila stützte ihren Kopf in eine Hand und sah verstohlen in Richtung ihres Laptops, der neben den Papieren stand. Sie hatte sich selbst eingeredet, dass sie ihn aus ihrem Zimmer geholt hatte, um ihre Arbeit rund um den Verkauf voranzutreiben. Jetzt gestand sie sich ein, dass sie viel lieber nach allen Infos suchen wollte, die sie über die Familie Durand finden konnte.

Langsam klappte sie das Gerät auf und schaltete es ein. Die Zugangsdaten zum Internet hatte sie wie von Renée beschrieben unter der Schreibtischunterlage gefunden. Während der Laptop hochfuhr, kämpfte sie weiter mit sich. Sie sollte sich mit Bodenrichtwerten und Kaufpreisen von vergleichbaren Objekten in der Umgebung vertraut machen. Das war ihre Arbeit, dafür war sie hier. Um das Anwesen bestmöglich zu verkaufen. Sie seufzte tief. Andererseits musste sie es dafür schaffen, Vincent Durand von seiner Abreise zu überzeugen. Dass sie das alleine mit Charme bewirken würde, bezweifelte sie im Gegensatz zu Mona allerdings stark. Ob ihr ein größeres Wissen um die Familie hilfreich sein konnte, wusste sie zwar nicht, aber es käme auf einen Versuch an. Die Entscheidung war getroffen. Ihre Finger flogen über die Tasten. Sie begann mit Renée Durand, geborene Bonnet.

Elektronisch tat sich vor Nila das bewegte Leben einer großen Sängerin auf. Ihre Auftraggeberin hatte nicht übertrieben, als sie sagte, dass sie auf allen großen Bühnen der Welt gestanden hatte. Geboren in Les Issambres als Kind eines Musiklehrers und einer Schriftstellerin, hatte sie ihren Heimatort früh verlassen und sich zielstrebig an die Spitze der Opernwelt gesungen. Die Kritiker waren voll des Lobes und das Bedauern von ihnen und den zahlreichen Fans war tief, als sie Anfang der 1980er Jahre ihr Karriereaus bekanntgab. Frisch verheiratet mit Jean Durand, war sie kurz darauf mit ihrem Ehemann in ihr Elternhaus zurückgekehrt. Dort lebten sie bis zu deren Tod einige Jahre später gemeinsam mit Renées Mutter, der Vater war früh einem Lungenleiden erlegen. Vergrößert wurde die Familie 1983 durch die Geburt des Sohnes Vincent. Jäh zerstört wurde das Familienglück 2001, als Jean Durand bei einem tragischen Unfall ums Leben kam.

Nila versuchte mit sämtlichen Suchbegriffen, die ihr einfielen, mehr über den Tod von Jean herauszufinden. Zehn Minuten später musste sie einsehen, dass es dazu keine Einträge gab. Nachdenklich sah sie aus dem Fenster, vor dem sich die Blätter eines Maulbeerbaumes in einer sanften Brise bewegten. War es Zufall, dass die Medien keine näheren Informationen besaßen oder diese zurückhielten?

Sie lehnte sich auf ihrem Stuhl zurück und verschränkte die Hände im Nacken. Wirklich weit gekommen war sie noch nicht. Okay, Jean war bei einem Unfall gestorben, nicht an einem plötzlichen Herztod oder einer schlimmen Krankheit. Ganz bestimmt war es schlimm gewesen. Sowohl für Renée als auch für Vincent. Einen Moment lang fühlte Nila Dankbarkeit, dass sie selbst bislang kaum Bekanntschaft mit dem Tod hatte machen müssen. Bis auf den Verlust von Opa Harm war sie von schweren Schicksalsschlägen verschont geblieben.

Trotzdem musste es etwas im Zusammenhang mit Jeans Tod gegeben haben, das die Beziehung zwischen Mutter und Sohn nachhaltig zerstört hatte. Sie sah ein, dass das Internet ihr bei der Beantwortung dieser Frage nicht helfen würde.

Seufzend beugte sie sich wieder nach vorne. Ihre Finger schwebten kurz reglos über der Tastatur, bevor sie dem Verlangen nachgab und dem Link zu Renées Sohn folgte.

Man muss seine Gegner kennen, dachte sie mit einem Anflug von Trotz. Sie kniff die Augen zusammen, während sie eintauchte in die Welt eines Star-Pianisten. Sollte auch sein Wohnsitz die Schweiz sein – wie Renée gesagt hatte und hier bestätigt wurde – war Vincent offenbar die überwiegende Zeit des Jahres überall und nirgends auf der Welt zu Hause. Von Lob überschüttet trat er in Buenos Aires auf, in London, New York und Paris. Nila betrachtete die Fotos genau: Vincent am Flügel, meist mit geschlossenen Augen und hoch konzentriertem, fast schon entrücktem Gesichtsausdruck. Außerhalb der Konzertsäle drückte seine Miene überwiegend das aus, was sie selbst an ihm wahrgenommen hatte. Eine leicht spöttische Überheblichkeit, die ihm vermutlich kaum jemand übelnahm. Doch bei näherer Betrachtung fiel ihr noch etwas anderes auf. Nicht auf allen, aber auf einigen Aufnahmen meinte sie, eine tiefe Melancholie in den dunklen Augen zu erkennen. Für einen Moment schien eine wahre Empfindung aufgeblitzt zu sein. Eingefangen von einem guten Fotografen, der es schaffte, das zu zeigen, was sonst gefiltert wurde von einer Arroganz, die eine verlässliche Distanz zur Umwelt aufbaute.

„Vielleicht auch völliger Blödsinn", murmelte sie, während sie die wechselnden Begleiterinnen von Vincent Durand in Augenschein nahm. Alle waren ausnahmslos wunderschön und erfolgreich, wenn auch in unterschiedlichen Berufen. Models waren ebenso unter seinen Freundinnen wie Musikerinnen und Schauspielerinnen.

„Wohl doch nur ein arroganter, verwöhnter Womanizer", fasste Nila für sich zusammen. Sie konnte froh sein, dass er hier alleine aufgetaucht war und nicht noch eine Beauty-Queen im Schlepptau gehabt hatte. So hatte sie es immerhin nur mit einem Gegner zu tun.

Gerade wollte ihre Familien-Recherche beenden, als ihr Blick auf einen Artikel fiel, der erneut ihre Aufmerksamkeit auf sich zog.

Burnout! Star-Pianist gibt Karriere-Pause bekannt!

Nila klickte den Link an.

Der beliebte Star-Pianist Vincent Durand gibt bekannt, dass er alle Konzerte zu seinem Bedauern auf unbestimmte Zeit absagen muss. Nach vielen arbeitsintensiven Jahren zwinge ihn sein Körper nun, eine längere Pause einzulegen. Der Musiker hoffe auf Verständnis seiner Fans; vorerst begebe er sich in eine Privatklinik nach Los Angeles. Viel Ruhe und ein strenges Arbeitsverbot haben ihm seine Ärzte bereits verordnet. Vincent Durand hoffe, in nicht allzu ferner Zukunft mit ganzer Kraft zurück zu sein und seine Arbeit wieder aufnehmen zu können.

Gedankenverloren strich Nila sich eine Locke aus dem Gesicht. Bingo, die Melancholie hatte sie doch nicht irrtümlich in den Ausdruck seiner braunen Augen hineininterpretiert. Natürlich war er trotzdem arrogant und überheblich und für ihren Job ein Ärgernis. Aber sie spürte, dass sich ihre Haltung ihm gegenüber zumindest etwas verändert hatte.

Urteile so wenig wie möglich über andere. Vergiss nie, dass du nicht in ihren Schuhen gegangen bist. Diesen Spruch von Opa Harm hatte sie nie vergessen, und immer versucht, ihn zu beherzigen.

Wirklich weitergebracht hatte sie ihre Recherche trotzdem nicht, wie Nila sich nun eingestand.

Eher lustlos schloss sie die Seiten der Klatschpresse und rief stattdessen Daten mit den Bodenrichtwerten in Frankreich auf. Nachdem sie eine Weile darauf gestarrt hatte, ohne den Sinn der Zahlen zu verstehen, gab sie es schließlich auf.

Ihr wurde bewusst, dass Renée auf ihren Anruf wartete.

Gerne hätte Nila schon mehr Hintergrundwissen über die Familienverhältnisse gehabt, bevor sie erneut mit ihrer Auftraggeberin sprach. Ob ihr das weitergeholfen hätte, wusste sie nicht. Aber so hatte sie das Gefühl, nicht nur hilflos sondern auch vollkommen ahnungslos in einem Drama vermitteln zu müssen, in dem sie weder Ursprung noch Dynamik kannte.

Seufzend griff sie zu ihrem Handy.

***

Überrascht stellte Nila fest, dass es schon nach fünf war.

Bei ihrer Internetrecherche hatte sie vollkommen die Zeit vergessen. Das Gespräch mit Renée hingegen war kurz gewesen. Nilas aufkommender Mutlosigkeit war die Französin mit Zuversicht begegnet. Sie zweifelte nicht daran, dass Nila es schaffen würde, Vincent zum Gehen zu bewegen. Oder dazu, seine Mutter anzurufen. Nila hatte Renée angefleht, selbst zum Hörer zu greifen. Aber da hatte sie erwartungsgemäß und unverändert auf Granit gebissen. Als sie schließlich das Gespräch beendete, war Nilas Mutlosigkeit eher größer als kleiner. Es half alles nichts, sie musste es auf sich zukommen lassen, wie es mit ihrem Auftrag weitergehen würde. Ihr blieb nichts anderes übrig, als das tun, was es für eine erfolgreiche Abwicklung brauchte – ungeachtet dessen, ob Vincent es womöglich schaffen würde, den Verkauf zu verhindern. In diesem Fall konnte sie nur darauf hoffen, dass Renées Entschädigung so großzügig ausfallen würde, dass Nila trotzdem erstmal in keinen Engpass käme.

Das schlechte Gewissen darüber, dem Verkauf noch keinen Schritt nähergekommen zu sein, versuchte Nila beiseite zu schieben. Bislang hatte Renée noch nicht gedrängt. Im Gegenteil: Die Französin schien darauf eingestellt zu sein, dass es einige Zeit brauchen würde, bis das Anwesen verkauft wäre.

Nila stand auf, streckte den verspannten Rücken und ließ ihre Schultern kreisen. Sie würde sich jetzt schnurstracks in die Küche begeben und wie versprochen das Abendessen für Lisanne und Jacques zaubern. Sie freute sich nicht nur darauf, vor allem Jacques damit eine Freude zu machen. Bereits beim Einkaufen der Zutaten hatte sie Vorfreude verspürt, endlich mal wieder selbst zu kochen. Den Unkenrufen von Mona zum Trotz würde sie ihre Gäste – an deren eigenem Küchentisch – kulinarisch verwöhnen. Vielleicht konnten ihre Kochkünste nicht mit denen von Niklas mithalten, aber für ein schönes gemeinsames Mahl würden ihre Fähigkeiten allemal ausreichen. Dass auch Vincent mit am Tisch sitzen würde, löste zwar Nervosität bei ihr aus, aber vielleicht konnte sie das sogar zu ihrem Vorteil nutzen. Ihren

Charme nutzen – wie Mona vorgeschlagen hatte. Auch wenn ihre Skepsis groß war: Sie musste es wenigstens versuchen. Mit etwas Glück war das außerhalb dieses Hauses sogar leichter.

Sie ordnete flüchtig die Papiere und verließ das Arbeitszimmer. In der Halle lauschte sie kurz. Das große Haus lag in vollkommener Stille. Vincent schien im Gästehaus geblieben zu sein. Vielleicht war er auch im weitläufigen Garten, aber dort würde Nila bestimmt nicht nach ihm suchen. Sie war froh, dass sie das Haupthaus zu ihrer Verfügung hatte. Ohne Gefahr zu laufen, ihm zu begegnen.

In der Küche angekommen, legte sie die Zutaten zurecht, die sie brauchte. In den Schränken fand sie einen passenden Topf, um die Tomaten zu blanchieren und eine Pfanne, in der sie Kabeljau und Zucchini braten konnte. Während sie den Blätterteig ausrollte, Thymian, Basilikum und Liebstöckel hackte, wurde sie immer ruhiger. Beim Waschen von Fisch und Gemüse war sie fast in einer Meditation verschwunden. Wieso hatte sie es zugelassen, dass Niklas ihr das Kochen aus der Hand genommen hatte? Ganz sicher war es keine Böswilligkeit von ihm gewesen. Im Gegenteil, er wollte ihr eine Freude machen und Arbeit abnehmen, das war ihr immer klar gewesen. Sie hätte deutlicher machen müssen, wie gerne sie am Herd stand. Für einen Moment verlor sie sich in Erinnerungen. Sah einen Kochlöffel schwingenden Niklas, der mit gerötetem Gesicht und vor Stolz geschwellter Brust in der Küche stand und die letzten Handgriffe für ein 3-Gänge-Menü erledigte. Nilas Zuständigkeit beschränkte sich darauf, den Tisch festlich für ihre Freunde zu decken. Auch das hatte ihr Spaß gemacht. Blumen arrangieren, Kerzen anzünden, Servietten kunstvoll falten. Später dann die fröhlichen Gesichter von Marie und Jonas, Lena und Hendrik, Mona – mal alleine, mal mit ihrem aktuellen Lover, den sie selten mehr als einmal zu Gesicht bekamen. Bis tief in die Nacht hinein dauerten diese Treffen mit viel Essen, Wein und noch mehr guten Gesprächen. Eine leise Wehmut erfüllte Nila beim Gedanken, dass es Treffen in dieser Form nie wieder gäbe.

Aber dafür stand sie jetzt in einer gemütlichen französischen Küche und durfte selbst dafür sorgen, dass Gäste kulinarisch verwöhnt wurden. Könnte schlimmer sein, dachte die mit einem Anflug von Humor.

Während der Duft von Knoblauch und Kräutern durch den Raum zog und Nilas knurrender Magen sie zur Eile antrieb, musste sie plötzlich an die vielen freien Gästezimmer im Haus denken. Wie schön müsste es sein, wenn sie alle belegt wären und sie nicht nur für ihre reizenden Nachbarn kochen konnte. Nilas Blick schweifte über den großen Holztisch. Sie musste unbedingt die richtigen Käufer für dieses wundervolle Haus finden. Menschen, die jeden Quadratmeter nutzen und mit Leben füllen würden. Der Stich, der bei dem Gedanken durch ihre Brust ging, irritierte sie. Dann wurde ihr klar, dass sie tatsächlich jetzt schon neidisch war auf die neuen Eigentümer, die sie erst noch finden musste. Sie konnte Vincent durchaus verstehen, dass er nicht freiwillig bereit war, dieses Anwesen aufzugeben. Und er würde nicht nur einen paradiesischen Rückzugsort verlieren, sondern noch dazu sein Elternhaus. Nila hielt kurz inne. Ja, sie konnte all das nachvollziehen. Aber warum redete er nicht einfach mit seiner Mutter? Vielleicht fanden die beiden dann eine Lösung. Selbst wenn das bedeutete, dass Nilas Auftrag hinfällig war. Kopfschüttelnd belegte sie den Blätterteig mit Tomatenstückchen und Ziegenkäse. Ein Blick auf die Uhr sagte ihr, dass sie sich langsam beeilen musste. Sie freute sich auf das Essen mit ihren netten Nachbarn. Und vielleicht hatte sie ja Glück, und Vincent würde nicht lange bleiben, wenn er realisierte, dass die unerwünschte Maklerin ebenfalls zu Gast war. Sie schob das Blech mit dem Tomatenkuchen in den Ofen und legte die Kabeljaufilets vorsichtig in die Pfanne mit dem heißen Olivenöl. Zufrieden spülte sie anschließend ihre Hände unter warmem Wasser ab und lehnte sich dann an die Arbeitsplatte. Geschafft! Sie würde das Essen pünktlich servieren können.

***

Eilig lief Nila die Treppe zu ihrem Zimmer hinauf. Ihr weißes Kleid roch nach Knoblauch und Zwiebeln, sie musste sich schnell etwas anderes überwerfen.

Atemlos stand sie vor dem geöffneten Schrank, in dem sie den kargen Inhalt ihrer Reisetasche deponiert hatte.

Mit gerunzelter Stirn ging sie die wenigen Kleider durch, die auf Bügeln hingen. Schließlich entschied sie sich für ein moosgrünes Seidenkleid mit Spaghettiträgern. Durch die geöffneten Fenster strömte noch immer warme Luft ins Zimmer, sodass Nila davon ausging, in dem Outfit auch später nicht zu frieren. Falls sie sich irrte, könnte sie immer noch schnell zurückgehen, um sich etwas Wärmeres anzuziehen. Der Vorteil, wenn man bei den Nachbarn zu Gast ist, dachte sie lächelnd.

Im Badezimmer wechselte sie schnell das Kleid. Das Moosgrün des Seidenkleides unterstrich das dunkle Rot ihrer Locken und ihre vom Kochen erhitzten Wangen benötigten definitiv kein weiteres Rouge. Ohnehin hätte sie keine Zeit mehr, das Make-up zu erneuern. Flüchtig zog sie die Lippen in ihrer Lieblingsfarbe Nude nach und fuhr sich ordnend durch die Haare. Das musste reichen. Sie zog eine Grimasse und tauschte ihre Ballerinas gegen flache, schwarze Sandalen, bevor sie wieder nach unten sauste.

Als sie die Küchentür mit Schwung öffnete, prallte sie im selben Moment entsetzt zurück.

Vincent Durand lehnte mit verschränkten Armen am Küchentisch und musterte sie ausdruckslos.

„Bon soir, Madame Roonstein", empfing er sie in gewohnt spöttischem Tonfall.

„Bon soir." Nila blieb wie angewurzelt stehen und starrte ihn an. Er hatte sein weißes Hemd gegen ein schlichtes, ebenfalls weißes T-Shirt getauscht und die Stoffhose bis zu den Knien hochgekrempelt. Seine nackten Füße steckten in ausgetretenen Sneakern.

„Wie ich hörte, sind wir heute Abend gemeinsam Gast bei Jacques und Lisanne." Er stieß sich vom Küchentisch ab und schlenderte zum Herd.

„Ja ... ja." Nila überwand die Starre, die von ihr Besitz ergriffen hatte und strich sich die Haare aus dem Gesicht. Zögernd trat sie in die Küche. Der Duft, der in der Luft lag, war verführerisch – was ihr vorhin beim

Kochen weniger aufgefallen war als jetzt, wo sie von der Halle hereinkam. Das Wasser lief ihr im Mund zusammen, ihre Mühe hatte sich offenbar gelohnt. Aber vielleicht war es auch nur der Hunger, der sie quälte. Das endgültige Urteil wollte sie gerne den Menschen überlassen, für die sie gekocht hatte.

Verstohlen betrachtete sie Vincent, der auf sie einen entspannteren Eindruck als vorhin machte. Anscheinend störte es ihn nur wenig, dass sie gleich gemeinsam zu Gast bei den Nachbarn sein würden. Oder er stand schlicht über den Dingen, wie sie neidisch vermutete.

„So, dann kümmern wir uns mal darum, das Essen heil nach drüben zu bekommen." Vincents Hand lag bereits auf dem Griff der gusseisernen Pfanne."

„Ja." Nila haderte mit sich. Charme bitte zu mir!, dachte sie mit einem Anflug von Verzweiflung. Ihr fehlten schon wieder die Worte, was langsam zur Gewohnheit zu werden schien, wenn sie in der Nähe von Renées Sohn war.

Stumm öffnete sie den Backofen, den sie vorhin bereits ausgeschaltet hatte. Rest-Hitze wehte ihr ins Gesicht, und würziges Tomaten-Aroma vermischte sich mit den anderen Düften in der Küche.

„Tomatenkuchen?" Vincent beugte sich interessiert vor.

„Mit Ziegenkäse", bestätigte Nila und holte mit Hilfe von Topflappen das Beckblech aus dem Ofen.

Er hielt ihr ein Messer hin. Sie nahm es dankend an und zerteilte die Vorspeise, bevor sie sie auf einen großen Stein-Teller anrichtete, den er ihr ebenfalls reichte.

„Dann wollen wir mal." Er nickte ihr auffordernd zu, nahm die Pfanne und wandte sich zur Tür.

Verwirrt folgte Nila ihm mit dem Tomatenkuchen. Vincent schien eine 180-Grad-Drehung gemacht zu haben. Oder er hat sich eine neue Strategie ausgedacht, dachte sie misstrauisch.

Während sie im Gänsemarsch durch den leicht verwilderten hinteren Garten gingen, grübelte Nila weiter über Vincents Wandlung. Die vielleicht gar keine war. Womöglich wollte er nur einen Waffenstillstand, um das Abendessen mit Jacques und Lisanne nicht zu gefährden. Oder er ging davon aus, dass er sowieso als Sieger aus der Angelegenheit hervorging. Renée würde ihn sicher nicht rauswerfen aus seinem Elternhaus. Nila fiel ein, dass es jetzt ja ihre Aufgabe sein sollte, ihn vom freiwilligen Auszug zu überzeugen. Sie schnitt eine Grimasse und fasste den Teller in ihren Händen fester.

Als sie an der Gartenpforte ankamen, die die beiden Grundstücke voneinander trennte, drehte Vincent sich zu Nila um. „Die beiden sind mir so nah, als wären sie meine Großeltern. Vielleicht sogar noch näher, immerhin habe ich sie mir selbst ausgesucht. Bei Familie kann man das ja leider nicht." Sein Mund wurde schmal, abrupt stieß er die Pforte auf.

„Ja, die beiden sind toll", antwortete sie leise und war nicht sicher, ob er sie überhaupt gehört hatte. Fast hätte sie hinzugefügt, dass sie schon darüber nachgedacht hatte, Jacques zu adoptieren.

„Dann machen wir mal das Beste aus dem Abend, Madame Roonstein." Der leise Spott war zurück in seiner Stimme.

Sie nickte stumm. Viel lieber wäre sie mit den beiden alten Nachbarn alleine. Die Aussicht, den ganzen Abend zusammen mit Vincent am Tisch zu sitzen, machte sie nervös. Zu schräg war die Situation, zu unversöhnlich ihrer beider Rollen in diesem familiären Drama, in dem Nila eigentlich gar nichts zu suchen hatte. Sie musste an Monas Worte denken, sie solle ihren Charme spielen lassen.

„Genau, wir machen das Beste aus dem Abend!" Ein strahlendes Lächeln vollendete ihren Versuch der Charme-Offensive. Leider hatte Vincent sich bereits abgewandt und an die Haustür der Nachbarn geklopft, als Nilas Hirn endlich den Befehl ausführte und ihre Lippen verzog.

Als Jacques im Türrahmen erschien, erhellte ein breites Lächeln sein Gesicht und ließ die wasserblauen Augen funkeln.

„Bon soir, ihr Lieben! Hereinspaziert!" Er deutete eine Verbeugung an und gab den Weg ins Haus frei. „Bringt die Leckereien schnell in die Küche!" Er deutete auf Teller und Pfanne.

Während Vincent vorausging, schlenderte Nila mit Abstand hinterher, dicht gefolgt von Jacques. Ein leichter Hauch eines herben Männerdufts lag in der Luft. Sie verkniff sich ein Schmunzeln. Offenbar hatte der alte Mann zur Feier des Tages sein gutes Parfum zum Einsatz gebracht.

In der Küche angekommen, konnte sie sehen, dass das noch nicht alles war, was Jacques im Repertoire hatte. Lisanne saß mit abwesendem Gesichtsausdruck, aber sorgfältig hellrosa geschminkten Lippen und einer gestärkten weißen Bluse am Küchentisch.

„Bon soir, Lisanne", grüßte Nila leise und stellte den Teller mit dem Tomatenkuchen auf der Arbeitsplatte ab.

Vincent stellte die Pfanne daneben, ging dann zu Lisanne hinüber und nahm sie behutsam in den Arm. Die Begrüßung flüsterte er in ihr Ohr. Sie kicherte und sah ihn fragend an. Offenbar versuchte ihr Kopf, Erinnerungsfetzen zu einem tragfähigen Ganzen zusammen zu setzen. Es wollte ihr nicht gelingen. Ein schmerzhafter Ausdruck verzerrte ihr Gesicht, bevor sie in eine apathische Resignation zurückfiel. Zärtlich strich Vincent über ihren welken Arm, bevor er sich zu Jacques umdrehte.

„Komm her, Kleiner." Der alte Mann breitete die Arme aus und umarmte den jüngeren.

Erst jetzt fiel Nila auf, wie klein Jacques tatsächlich war. Im Gegensatz zu Vincent, der geschätzte ein Meter neunzig war, wirkte er winzig.

Kurz darauf war Nila an der Reihe, begrüßt zu werden. Der Duft von Jacques' Rasierwasser stieg ihr deutlicher in die Nase.

„Sie weiß, was du ihr bedeutest", meinte Jacques zu Vincent, nachdem er Nila losgelassen hatte. „Aber sie weiß nicht mehr genau, warum das so ist." Er seufzte schwer. „Die meiste Zeit ist das bei mir genauso."

Vincent hatte schweigend zugehört. Jetzt nickte er langsam. „Ich weiß in etwa, was du meinst."

Nila machte sich unterdessen daran, das mitgebrachte Essen auf dem Küchentisch zu arrangieren, der bereits mit Tellern und Besteck gedeckt war. Ein Wildblumenstrauß in Pink, Lavendel und Weiß stand in der Mitte und verströmte einen betörenden Geruch. Jacques hatte sich wirklich alle Mühe gegeben, dem heutigen Essen einen festlichen Rahmen zu geben.

Weingläser standen bereit und Vincent machte sich jetzt daran, diese zu füllen. Er handelte ganz selbstverständlich, als sei es hier sein zweites Zuhause – was in Kindertagen wohl auch so gewesen war. Nila wurde bewusst, dass sie ihn anstarrte. Schnell wandte sie sich Jacques zu, der sie jetzt mit einer auffordernden Geste bat, Platz zu nehmen.

„Dann noch mal ein herzliches Willkommen, ihr Lieben! Wir freuen uns sehr, erneut nette Gesellschaft zum Abendessen zu haben. Das wird langsam zur Gewohnheit, beinahe wie früher. Da könnte ich mich dran gewöhnen!" Jacques Stimme zitterte leicht und seine Augen glänzten feucht. Er tippte sich an die stoisch auf dem Kopf thronende Baskenmütze, griff nach seinem Weinglas und sagte: „Auf einen wundervollen Abend!"

Nila vermied es, in Vincents Richtung zu blicken. Stattdessen konzentrierte sie sich auf den alten Mann, der ergriffen schien, sich jetzt aber sichtbar straffte.

„Es ist schön, wieder hier zu sein. Santé!" Vincents Stimme war ungewohnt weich.

„Santé", murmelte Nila.

Alle bis auf Lisanne tranken einen Schluck Wein.

„Köstlich! Der schmeckt mindestens so gut wie der gestern. Und noch ein bisschen fruchtiger, wenn ich nicht irre." Nila leckte sich genussvoll über die Lippen.

„Der hier ist noch ein Jahr älter. Und ja, der Jahrgang war besonders fruchtig." Jacques schmunzelte geschmeichelt.

„Darf ich?" Nila deutete auf den Tomatenkuchen.

Jacque nickte. Sie legte ihm ein Stück auf seinen Teller, bediente danach Lisanne und Vincent. Bei letzterem mit einem, wie sie selbst dachte, verunglückten Lächeln. In ihrer Charme-Offensive war eindeutig noch Luft nach oben. Sein Lächeln war so knapp wie sein Nicken.

„Bon appétit!" Nila nahm ihr Besteck in die Hand.

Jacques sorgte wieder dafür, dass zunächst Lisanne einen Bissen nahm.

„Und nun erzähle, wie sind deine Pläne?" Jacques sah Vincent interessiert an.

Vincent kaute in Ruhe zu Ende, bevor er antwortete. „Erstmal Sommerpause. Mir klar werden, wie es danach weitergeht."

„Keine Konzerte geplant?"

Nila horchte auf.

„Sehr lecker übrigens." Ein flüchtiger Blick aus dunklen Augen traf Nila, bevor Vincent sich wieder an Jacques wandte. „Nein, im Moment nicht."

Nila hatte das Gefühl, als wenn Renées Sohn in ihrer Gegenwart nicht frei sprechen mochte. Verständlich, immerhin war sie so etwas wie der Feind. Ihr Unbehagen verstärkte sich noch mehr, als sie an ihren ‚Auftrag' dachte, ihn in die Schweiz zurückzuschicken …

„Hast du mit deiner Mutter gesprochen?" In Windeseile war das erste Stück Tomatenkuchen auf Jacques Teller verschwunden. Nila legte nach, und versuchte, sich nicht anmerken zu lassen, wie neugierig sie auf die Antwort wartete. Natürlich wusste sie, dass er es nicht getan hatte, aber vielleicht erfuhr sie im Gespräch mit Jacques, dem Vincent so verbunden war, mehr.

„Nein." Vincents Gesicht verschloss sich.

„Ihr solltet euch treffen." Der alte Mann sah ihn liebevoll an.

Nila hielt den Atem an.

„Nein", sagte Vincent wieder. „Das hatten wir doch schon so oft, Jacques. Es bleibt dabei, ich rede nicht mehr mit ihr." Seufzend schob er sich den nächsten Bissen in den Mund.

„Es ist so viel Zeit vergangen ..."

Weiter kam Jacques nicht, da unterbrach Vincent ihn. „Es gibt Dinge, da hilft das nicht. Zeit heilt eben nicht alle Wunden."

„Aber miteinander sprechen hat noch die geschadet." Jacques tupfte sich bedächtig den Mund mit einer Serviette ab.

Vincent schüttelte mit zusammengepressten Lippen den Kopf. Nila fiel wieder auf, wie sehr er seiner Mutter ähnelte. Nicht nur, was das Äußere anging, auch die Art, wie er sich blitzschnell verschloss, sobald Themen angesprochen wurden, die ihm nahe gingen. Sobald es um *das* Thema ging ...

„Du bist ein kleiner Sturkopf. Das bist du schon, seitdem wir dich kennen. Nicht wahr, Lisanne?"

Zur Überraschung aller nickte seine Frau. „Unser kleiner Vincent." Lisannes Stimme war zärtlich, und für einen Moment sah sie Vincent mit klaren Augen an.

Nila hielt die Luft an. Zum ersten Mal erlebte sie die alte Frau in einem Zustand, in dem sie am Leben teilnehmen konnte. Sekunden später erlosch die Klarheit und sie versank wieder in dumpfer Apathie.

Nila atmete aus und sah Jacques an. Nur für einen Sekundenbruchteil blitzte Schmerz in seinen Augen auf, dann hatte er sich wieder gefangen. „Ich freue mich über jeden einzelnen Moment, in dem sie wieder da ist. Aber ich habe gelernt, damit umzugehen, dass das nur noch selten vorkommt." Er seufzte schwer.

„Du machst das toll, Jacques." Vincents dunkle Stimme war noch eine Nuance tiefer.

„Wie sieht es aus, wollen wir morgen zusammen in den Weinberg?" Jacques sah erst Vincent, dann Nila an.

„Oh, danke für das Angebot, aber ich werde arbeiten müssen", sagte Nila schnell.

„Ich komme gerne mit." Vincent lächelte. „Ich helfe dir, so wie immer."

„Ich fürchte, mit etwas Hilfe ist es nicht mehr getan. Seit du letztes Jahr hier warst, habe ich dort nicht mehr gearbeitet. Die diesjährige Ernte können wir abschreiben. Tut mir leid, aber es ging einfach nicht mehr." Jacques zuckte entschuldigend mit den Schultern und spießte das letzte Stück Tomatenkuchen auf seine Gabel.

„Das kriegen wir schon wieder hin", sagte Vincent aufmunternd, aber in seinen Augen war der sorgenvolle Ausdruck nicht zu übersehen.

„Ich glaube, unser Zucchini-Kabeljau ist nicht mehr heiß. Darf ich Ihren Herd benutzen?", warf Nila ein.

„Ja, ja natürlich. Fühlen Sie sich wie zu Hause." Jacques machte eine einladende Geste Richtung Küchenzeile.

Nila stand auf. Wieder war sie hin- und hergerissen von dem Umstand, hier zu sein. Einerseits fühlte sie sich so wohl bei den alten Nachbarn. Andererseits wurde sie das Gefühl nicht los, ein Eindringling zu sein. Zumindest in den Augen von Vincent. Dafür musste er nicht einmal etwas Entsprechendes sagen, es war klar. Sie sollte sein Elternhaus verkaufen, und er war strikt dagegen. Und was den Auftrag seiner Mutter anging – ihn davon zu überzeugen, freiwillig in die Schweiz zurückzugehen, tendierte ihre Hoffnung unverändert gen Null. Sie verkniff sich ein Seufzen, während sie abwesend auf Gemüse und Fisch achtgab.

Beim Hauptgang senkte sich Schweigen über die so willkürlich zusammengewürfelten Menschen am Küchentisch.

Bis auf genießerische Laute von Jacques und einem förmlichen „schmeckt hervorragend" von Vincent war neben dem Geklapper des Bestecks nichts zu hören.

Lisanne nahm einige von ihrem Mann angebotene Portionen, bevor sie demonstrativ den Kopf abwandte.

„Ihr schmeckt es auch", stellte Jacques fest. „Sie sind eine sehr gute Köchin."

„Oh danke. Da gehen die Meinungen allerdings auseinander." Nila lachte,

„Ernsthaft? Na, dann sind Sie aber von den falschen Leuten umgeben."

„Nein." Nila schüttelte den Kopf. „Meine Freunde waren nur verwöhnt. Bis vor kurzem war nicht ich die Starköchin in unserem Haushalt." Sie stockte. „Mein Freund ... Ex-Freund war eindeutig der Begnadetere in diesem Metier."

„Also für uns reicht es, nicht wahr, Vincent?"

Nila spürte, wie sie rot wurde. Renées Sohn war mit Sicherheit die Küche von exquisiten Restaurants gewohnt, da war der Unterschied zu ihren bescheidenen Kochkünsten sicher deutlich.

„Ich mag es einfach." Spott funkelte in seinen dunklen Augen. Seine Aussage konnte sowohl Kompliment als auch Beleidigung sein. Nila beschloss, nicht darauf einzugehen. Stattdessen griff sie zu ihrem Weinglas, dessen Inhalt in der Abendsonne, die durchs Küchenfenster schien, tiefrot leuchtete.

„Dann trinken wir doch auf die Einfachheit im Leben", sagte sie freundlich.

„Santé!"

„Möchte noch jemand?" Nila deutete auf die leeren Teller.

Nachdem beide Männer den Kopf schüttelten, erhob sie sich und begann, den Tisch abzuräumen. Zu ihrer Überraschung stand Vincent sofort auf und half ihr. Währenddessen kümmerte Jacques sich um seine Frau.

„Liebes, das war eine schönes Abendessen mit unseren Gästen, oder?", hörte Nila ihn leise mit ihr flüstern. „Soll ich dich jetzt ins Bett bringen?"

Die Moreaus besaßen keinen Geschirrspüler. Schnell wusch Nila Teller und Besteck in der Spüle ab. Vincent hatte sich kommentarlos das Handtuch geschnappt, das über dem Griff am Herd hing und erledigte das Abtrocknen. Nila war froh, dass kein großer Abwasch zu erledigen war. Die enge Zusammenarbeit in der kleinen Küche machte sie nervös. Sie konnte nicht erfolgreich verdrängen, dass Vincent sie als Feindin ansah.

„Danke", murmelte sie, als sie fertig waren.

„Ich habe zu danken für das tolle Essen." Er grinste.

Wieder wusste sie nicht, ob seine Worte ernst gemeint waren.

„Ich auch", rief Jacques vom Tisch rüber. „Ich hoffe, das machen wir wieder."

Ganz bestimmt nicht, dachte Nila und nickte. Zumindest nicht mit Vincent. Gerne würde sie wieder für das alte Ehepaar kochen, aber nur, wenn sie mit den beiden alleine essen würde. Sie hoffte, dass Vincent das ähnlich sah.

„Ich werde jetzt mal wieder nach drüben gehen", leitete Nila ihren geordneten Rückzug ein.

„Oh, schon? Bleiben Sie doch noch!" Jacques enttäuschter Blick ließ sie beinahe schwanken. Aber als sie meinte, Erleichterung in Vincents Augen erkennen zu können, blieb sie bei ihrem Entschluss. Es war ein schöner Abend gewesen – also erträglich im Hinblick auf die Anwesenheit des Star-Pianisten. Nila wollte es lieber nicht übertreiben.

20.

Die Sonne versank langsam im Meer. Gebannt betrachtete Nila das Schauspiel. Die funkelnden Lichter rund um die südfranzösische Küste schufen zusammen mit dem Naturschauspiel eine unvergleichliche Kulisse.

Nila saß am Strand und grub die nackten Zehen in den noch sonnenwarmen Sand. Diese freie Zeit wollte sie sich noch gönnen, bevor sie sich morgen Früh endlich an die Arbeit machte. Immer wieder musste sie sich daran erinnern, dass sie nicht hier war, weil es so schön war und sich jede Stunde an diesem wunderschönen Fleck lohnte. Sie war hier, um das Anwesen der Durands zu verkaufen. Und noch lag jede Menge Arbeit vor ihr, die sie endlich in Angriff nehmen musste. Ungeachtet der Tatsache, dass das Vincent-Problem unverändert bestand. Sie schob den Gedanken zur Seite und konzentrierte sich auf ihre Umgebung.

Überall um sie herum saßen kleine Gruppen von Jugendlichen, die lachend und flirtend den warmen Sommerabend genossen. Pärchen schlenderten händchenhaltend vorbei, ließen sie für einen Moment an die Zeit mit Niklas denken. Ein wehmütiges Gefühl begleitete erwartungsgemäß den gedanklichen Ausflug in die Vergangenheit. Überrascht spürte sie, dass neben der Wehmut etwas wie Dankbarkeit auftauchte. Niklas und sie hatten eine wundervolle Zeit zusammen erleben dürfen, die Erinnerung daran würde immer bleiben. Aber das Leben würde weitergehen. Andere schöne Erfahrungen warteten auf sie. Zum ersten Mal konnte sie zaghaft daran glauben. Und zum ersten Mal war die Aussicht auf eine Zukunft ohne Niklas vorstellbar. Ein neues Leben. Ohne Niklas und ohne *Villa & more*. Sie war erst seit zwei Tagen in der Provence und schon begann sich etwas in ihr zu verändern. Nila lächelte. Mona schien wie immer Recht zu behalten. Obwohl sich noch nicht drei Türen geöffnet hatten, aber immerhin hatte sie in Jacques schon etwas wie einen großväterlichen Freund gefunden, und der Abstand zu Hamburg tat ihr zweifellos gut.

Sie zog die Beine an und verschränkte die Arme darum. Mit einem tiefen Atemzug genoss sie die weiche Abendluft, die den besonderen Duft der Provence nach Meer und Pinien in sich trug.

Kurz ließ sie den Abend bei Jacques und Lisanne Revue passieren. Ohne Vincent wäre es ein unverkrampfter, schöner Abend gewesen. Trotzdem hätte es schlimmer sein können. Sie hatten sich beide gut geschlagen angesichts der Tatsache, welche Rolle jeder einnahm. Immerhin war sie die böse Maklerin, die das Familienanwesen verkaufen sollte, und er derjenige, der das verhindern wollte.

Ihre Gedanken schweiften zu dem besonderen Haus, für das sie den richtigen Käufer finden sollte. Ihr fielen Monas Worte ein *Dann kauf du es doch!*

Mit Blick auf das dunkle Wasser, auf dem vereinzelte Lichter tanzten, verlor sie sich in Träumereien. Sie sah Gäste, die die vielen leeren Zimmer im Haus bezogen und mit Leben füllten. Die sich fröhlich um den riesigen Tisch im Esszimmer gruppierten, aßen, tranken und redeten.

Ein kleines Hotel am Meer, das könnte es werden. Die Räumlichkeiten reichten aus.

Seufzend kehrte Nila in die Wirklichkeit zurück. Womöglich würde ein etwaiger Käufer genau dieses Potential im Haus erkennen und umsetzen. Was Vincent davon halten würde, malte sie sich lieber nicht aus. Wobei ihm jede Nutzung von Fremden nicht gefallen würde. Zum ersten Mal im Leben schien es ihr reizvoll, mit einem Lottogewinn Millionen einzustreichen. Zum ersten Mal wüsste sie genau, was sie damit machen würde ...

Seufzend kehrte Nila in die atemberaubende Wirklichkeit zurück. Anstatt sich in unnützen Visionen zu verlieren, sollte sie lieber einen Plan machen, womit sie morgen anfangen würde.

***

Am nächsten Morgen erwachte Nila früh.

Sonnenstrahlen kitzelten ihre Nase, und durch das geöffnete Fenster strömte eine frische Meeresbrise ins Zimmer. Gestern Abend war sie nach der Rückkehr von ihrem Strandausflug sofort ins Bett gegangen und augenblicklich in einen traumlosen Tiefschlaf gefallen.

Jetzt fühlte sie sich ausgeschlafen und voller Tatendrang. Sie streckte sich genüsslich und stand dann auf.

Einen Plan für ihre Arbeit hatte sie noch immer nicht gemacht. Während sie frisch geduscht, in T-Shirt und Jeans-Shorts darauf wartete, dass der Kaffee durch die

Maschine lief, fing sie im Geiste damit an. Als sie schließlich den gefüllten Becher auf den Küchentisch stellte, die Tüte mit den Croissants von gestern daneben legte, war sie ein gutes Stück vorangekommen. Jetzt fehlten nur noch Block und Stift, um die Punkte schriftlich festzuhalten. Nila liebte Listen. Sie gaben ihr das Gefühl, sich innerhalb einer sicheren Struktur freier und besser bewegen zu können und mehr zu schaffen, als wenn sie einfach drauflos arbeitete. Und besonders liebte sie, hinter eine erledigte Aufgabe einen Haken setzen zu können.

Sie lief hinüber ins Büro und wurde im Schreibtisch von Jean fündig. Der Block war schon etwas vergilbt, würde aber seinen Zweck erfüllen. Von den Kugelschreibern, die Nila in einer Holzbox sichtete, waren zwei tatsächlich noch nutzbar.

Zufrieden kehrte sie in die Küche zurück. Der erste Schluck Kaffee rann warm und angenehm ihre Kehle hinab, als sie den ersten Punkt schriftlich festhielt: Renées Kleidung zusammenpacken. Morgen würde sie in den Ort fahren und sich auf die Suche nach einem Secondhand-Laden machen. Falls das nicht klappte, könnte sie immer noch die letzte Möglichkeit in der Müllentsorgung finden. Auch wenn das ein viel zu trauriges Ende für die tollen Kleider wäre ...

Nila zupfte ein Stück Croissant ab und steckte es in den Mund. Prüfend kaute sie. Und stellte überrascht fest, dass das Gebäck noch erstaunlich gut schmeckte, obwohl es vom Tag zuvor war. Nächster Punkt: Kosmetikartikel entsorgen. Das würde ihr nicht schwerfallen, denn weder Parfums noch Cremes oder Nagellack würde nach achtzehn Jahren noch irgendetwas taugen. Nila trank einen weiteren Schluck Kaffee und gönnte sich das nächste Stück Croissant. Beim nächsten Punkt zögerte sie. Schließlich schrieb sie: Putzfirma beauftragen, und setzte eine Fragezeichen in Klammern dahinter. Sie gab es ungerne zu, aber sie putzte selbst gerne. Schon oft hatte sie deswegen das Gefühl gehabt, aus der Zeit gefallen zu sein. Welche Frau putzte heutzutage gerne? War es nicht viel normaler, mit Mann oder Freund endlose Debatten darüber zu führen, wer Staub wischte oder den Staubsauger durch die Wohnung zerrte? Bei Niklas und ihr war das nie ein Thema gewesen. Was vielleicht auch daran lag, dass Niklas sehr ordentlich war – ordentlicher als Nila, die es zwar sauber mochte, aber dennoch oft Sachen herumliegen ließ. So hatten sie sich auch in dieser Hinsicht bestens ergänzt. Ihr Blick schweifte über die staubigen Küchenschränke. Vielleicht würde sie sich später darum kümmern.

Des Weiteren musste sie einen Gärtner engagieren, der das wunderschöne große Grundstück auf Vordermann brachte. Dieser konnte sich dann auch um den Swimmingpool kümmern. Ein sauberer benutzbarer Pool würde sich genau wie ein gepflegter Garten positiv auf den Wert auswirken. Die Möbel konnten zunächst alle verbleiben, entschied Nila. Da die Einrichtung zeitlos und stilvoll war, würden sie keinen negativen Effekt erzielen.

Nachdenklich legte Nila den Kugelschreiber an die Lippe. Wieder tauchte vor ihrem geistigen Auge die Vision auf, wie das Haus aussehen könnte, wenn es als kleines Hotel voller zufriedener Gäste wäre. Sie stellte sich vor, in der Küche zu stehen und Frühstück vorzubereiten. Orangensaft auspressen, Rührei zubereiten, Obst schneiden, Käse auf einer Platte anzurichten … Das Esszimmer wäre ideal, um als Frühstücksraum genutzt zu werden.

Schließlich fing sie ihre Gedanken widerwillig wieder ein. Ein schöner Traum – aber leider nicht realisierbar. Seufzend steckte sie den Rest des Croissants in den Mund. Vielleicht würde tatsächlich jemand aus dem Haus einen kleinen Hotelbetrieb machen, aber das würde nicht sie sein. Sie musste ihren Auftrag erfüllen. Weiterer Punkt: Exposé schreiben. Damit konnte sie zumindest schon beginnen. Fertig brauchte es erst sein, wenn alles andere erledigt war, und es an die Veröffentlichung des Angebots ging.

Nila trank noch einen Schluck Kaffee, bevor sie sich ihr Handy schnappte und Renées Nummer wählte.

***

„Vincent und ich waren gestern bei Jacques und Lisanne zum Abendessen", sagte Nila und lehnte sich auf dem Küchenstuhl zurück.

„Wie geht es den beiden?", fragte Renée, Interesse färbte ihre Stimme heller.

„Gut soweit. Also Jacques ist für sein Alter ziemlich fit, finde ich. Und Lisanne … nun ja, die meiste Zeit lebt sie in ihrer eigenen Welt. Jacques kümmert sich rührend um sie."

„Vielleicht besuche ich sie irgendwann noch einmal", meinte Renée zögernd.

„Es sieht nicht so aus, als wenn ich bei Ihrem Sohn Erfolg damit haben werde, ihn in die Schweiz zurückzuschicken." Nila räusperte sich. Ihr wurde einmal mehr bewusst, dass diese *Aufgabe* nichts mit ihrer eigentlichen Arbeit zu tun hatte. Trotzdem schaffte sie es Renée gegenüber nicht, dies deutlich zu formulieren.

„Das hat ja auch noch Zeit. So lange nicht alles für den Verkauf vorbereitet ist, eilt es doch nicht."

Nila schnappte nach Luft. Es fiel ihr schwer, ihrer Auftraggeberin zu folgen. Es eilte nicht? Sie war hier im Haupthaus zugange, während der Sohn des Hauses es sich im Gästehaus gemütlich gemacht hatte und offensichtlich nicht gedachte, dieses wieder zu verlassen. Wie sollte das werden, wenn die ersten Interessenten kämen?

„Aber ...", weiter kam Nila nicht.

„Falls er nicht gehen sollte, wird er mich irgendwann kontaktieren. Darauf müssen wir zur Not warten." Renées Tonfall war bestimmt.

Nila schüttelte stumm den Kopf. Wo war sie hier nur reingeraten?

„Das hat Jacques Vincent auch nahegelegt", sagte sie schließlich.

„Sehen Sie, wir haben noch weitere Unterstützung", erwiderte Renée zufrieden.

„Aber bei ihm hat er auch nicht zugänglicher reagiert!", rief Nila.

„Abwarten. Wie gesagt, Sie machen einfach erstmal weiter. Alles andere wird sich finden."

„In Ordnung." In Ordnung? Nein, ganz und gar nicht. Aber Nila war nicht imstande, der Französin das zu sagen.

Nachdem sie das Gespräch beendet hatte, wählte Nila sofort eine andere Nummer.

„Hey, Süße!“ Mona klang verschlafen, aber erfreut.

„Entschuldige, ich habe dich geweckt“, stellte Nila zerknirscht fest.

„Macht nix, ich wollte sowieso gleich eine kleine Mopedtour aufs Land machen. Wie lief es gestern Abend?“

Nila schnaubte unwillig.

„Lass mich raten. Der holde Vincent Durand residiert unverändert im Gästehaus.“ Mona lachte.

„Tut er“, bestätigte Nila finster.

„Hat dein Charme noch nicht gereicht? Dann musst du noch eine Schippe drauflegen.“

„Wenn es nur so einfach wäre. Ich kann ihn – leider – sehr gut verstehen. Es ist, glaube ich, immer schwierig, sein Elternhaus aufzugeben. Aber wenn es dann noch so ein Traum ist, wie dieses hier ... ich würde auch mit allem kämpfen, was ich habe.“

„Na ja, ein Mittel lässt er aber vollkommen ungenutzt. Er könnte auch einfach das Gespräch mit dem lieben Mütterlein suchen.“

„Das sagst du so“, murmelte Nila und raufte sich die Haare.

„Er hatte übrigens vor drei Jahren einen Burnout.“

„Du hast also ... recherchiert.“

„Ja, irgendeinen Anhaltspunkt brauche ich doch.“

„Und, sonst etwas Interessantes herausgefunden?“

„Er hat einen ziemlichen Frauenverschleiß, der Star-Pianist. Jedenfalls bis zu seinem Zusammenbruch, danach gab es scheinbar keine Frauen mehr, oder die Presse war nicht informiert.“

Mona lachte. „Na, komm. Du bist aber auch kein Maßstab. Von Kindesbeinen an denselben ... so ist nun mal nicht jeder."

„Ich weiß. Aber es gibt ja auch etwas dazwischen. Du zum Beispiel."

Mona lachte wieder. „Stimmt, meine Liste ist noch einigermaßen überschaubar."

„Dafür ist es schon lange verdächtig still bei dir."

Schweigen dehnte sich in der Leitung aus.

„Mona? Wie heißt er?"

„Chris."

„Seit wann? Und warum weiß ich nichts davon?" Nilas Empörung war echt. Normalerweise wurde sie sofort unterrichtet, wenn es an der Liebesfront ihrer besten Freundin Neuigkeiten gab.

„Noch ganz frisch", sagte Mona gedehnt.

„Irgendwas ist doch aber." Nilas Misstrauen war geweckt.

„Na ja. Er ist noch ... verheiratet."

„O nein!" Nila keuchte.

„Beruhig dich. Keine Kinder im Spiel, und er wird sich bald trennen."

„O nein", wiederholte Nila. Es war nicht das erste Mal, dass Mona eine Affäre mit einem verheirateten Mann einging. Bei Oliver hatte sie fast zwei Jahre gebraucht, bis sie einsah, dass er sich niemals von seiner Familie trennen würde.

„Dieses Mal ist es anders." Monas Stimme war leise geworden.

„Du bist ernsthaft verliebt."

„Ja", gab Mona zu. „Aber nun lass uns lieber von dir sprechen. Wie machst du jetzt weiter?"

„Ich werde gleich die Küche putzen", sagte Nila lakonisch. Sie wusste, dass es jetzt keinen Sinn machte, weiter zu bohren. Mona ließ sich in nichts reinreden, und in ihre Beziehungen erst recht nicht. Trotzdem brannte Nila darauf, mehr über Chris zu erfahren. Aber sie würde sich gedulden müssen, bis ihre Freundin dazu bereit war.

„Steht zwar nicht an erster Stelle auf meiner Liste, aber ich glaube, da ist mir jetzt am ehesten nach."

„Okay, dann lass dich mal nicht abhalten, den Lappen zu schwingen! Ich setz mich lieber aufs Moped und fahre in die Marsch."

„Mit Chris?", konnte Nila sich nicht verkneifen.

„Glaub schon!" Es folgte ein Kussgeräusch, und die Leitung war tot.

Kopfschüttelnd legte Nila das Handy auf den Tisch. In was hatte Mona sich wieder verstrickt? Auch wenn Nila in diesem Moment lieber in Hamburg gewesen wäre, beruhigte sie sich mit dem Gedanken, dass ihre Freundin auch aus dramatischen Beziehungen stets ohne große Blessuren herausgekommen war – selbst bei Oliver war ihr das schließlich gelungen, auch wenn es eine kurze Zeit anders ausgesehen hatte. Das würde auch dieses Mal so sein. Zumindest hoffte Nila es. Wenn nur nicht diese Nuance in Monas Stimme gewesen wäre, die sie hatte aufhorchen lassen. Dieses Mal war etwas anders. Es war ernster. Bevor die Sorgen wegen Monas Liebesleben Nila ganz in Beschlag nehmen konnten, stand sie auf und ging zum Spülbecken. Sie würde jetzt alles, was sich in ihrem Kopf in den letzten Tagen angesammelt hatte, vorübergehend vergessen, während sie die gesamte

Küche auf Hochglanz brachte. Mit grimmiger Entschlossenheit ließ Nila heißes Wasser in die Spüle einlaufen.

21.

Schwer atmend plumpste Nila Stunden später auf einen Küchenstuhl und wischte sich den Schweiß von der Stirn.

Trotz weit geöffneter Fenster waren die Temperaturen in der Küche inzwischen rekordverdächtig. Oder es kam ihr nur so vor, weil sie bereits so lange schuftete, als hinge ihr Leben davon ab. Sie blickte auf ihr Handy. Viertel nach eins.

Das Resultat ihrer Arbeit konnte sich sehen lassen. Nicht ein Staubkörnchen wagte es noch, sich in dem Raum blicken zu lassen. Alle Schränke waren von außen und innen abgeseift. Alles, was sich noch darin verborgen hatte und nicht mehr zu gebrauchen war, befand sich im grauen Müllsack neben der Tür. Ein stechender Durst ließ Nila zur Wasserflasche greifen. Sie hatte gerade einen großen Schluck genommen, als die Küchentür sich öffnete. Nur mit Mühe schaffte sie es zu schlucken, ohne an der Flüssigkeit zu ersticken.

Vincent blieb lässig im Türrahmen stehen. Sein Blick schweifte über die Reste der Putzorgie, die sich in Form von gebrauchten Lappen, Küchenhandtüchern und Spülmittelflaschen auf den Arbeitsflächen verteilten.

„Salut, Madame Roonstein. Ich sehe, Sie waren fleißig.“

Seinem Gesichtsausdruck war nicht zu entnehmen, was er von der Aktion hielt.

„Ähm, ja. Ich dachte, es könne nicht schaden ...“ Nila hasste sich für ihre Unsicherheit, die ihm nur unschwer entgehen konnte.

„Nein, schaden kann es nicht. Eine Grundreinigung tut jedem Haus nur gut. So auch unserem.“ Er grinste.

Unserem Haus. Nila verzichtete darauf, ihn darauf hinzuweisen, dass dieses Haus rechtlich alleine seiner Mutter gehörte.

„Ja, für den Verkauf ...“ Weiter kam sie nicht, da fiel er ihr ins Wort. „Madame Roonstein, ich wiederhole mich ja nur ungern, aber es wird keinen Verkauf geben.“

„Ich wiederhole mich auch nur ungern, Monsieur Durand. Aber ich werde dieses Haus verkaufen, weil ich den Auftrag Ihrer Mutter zu erfüllen habe.“ Jetzt wurde sie langsam ärgerlich. Sie hatte es satt, sich in diesem Punkt immer nur im Kreis zu drehen. Verdammt, konnten Mutter und Sohn endlich ihre Probleme lösen? Miteinander in Kontakt treten, anstatt Nila zwischen die Fronten zu stellen? Ihr reichte es!

„Das werden Sie nicht.“ Er fixierte sie mit seinen dunklen Augen.

Für einen Moment fehlten ihr die Worte. Sie konnte ihn nur sprachlos anstarren. Am zweiten Tag in seiner alten Heimat schien er bereits einen deutlichen Wandel durchgemacht zu haben, was seine Kleidungsauswahl anging. Statt der Anzugshose trug er ähnliche Jeansshorts wie Nila. Ein graues T-Shirt war von Schweißflecken durchzogen und sein Gesicht zierten einige schmutzige Stellen. Nila fiel ein, dass er heute mit Jacques in den Weinberg gehen wollte. Anscheinend hatte er das in die Tat umgesetzt und dort auch gleich mit angefasst.

Schließlich verlor sie das wortlose Blick-Duell und sah nach unten.

„Ich wollte Sie eigentlich nur fragen, ob Sie gedenken, heute wieder für Jacques und Lisanne zu kochen. Es dürfte in Ihrem Sinne sein, wenn wir uns eine Wiederholung des gestrigen Abends ersparen."

Überrascht blickte sie wieder auf. „Nein ... nein, das hatte ich nicht vor. Hören Sie, ich möchte mich hier nirgends aufdrängen. Ich mache lediglich meinen Job. Hätte ich vorher gewusst, dass Sie auftauchen und drüben zu Gast sein würden, hätte ich das Essen nie angeboten."

Er nickte bedächtig. „Na, nun wissen Sie es ja." Dann lächelte er und sagte: „Vielleicht wäre Hauswirtschafterin der richtige Beruf für Sie?"

Nila schnappte nach Luft. Bevor sie antworten konnte, drehte er sich um und verschwand lautlos.

***

Mit geballten Fäusten blieb Nila sitzen. Verdammt, was bildete Renées Sohn sich ein? Sie fühlte sich, als hätte jemand den Stecker gezogen. Die Energie, die ihr seit dem Morgen zur Verfügung gestanden hatte, schien mit einem Schlag verbraucht zu sein. Und daran war nicht das Putzen schuld.

Sie wusste nicht, was sie ärgerlicher machte. Die Tatsache, dass sie nicht einmal zu einer Erwiderung fähig gewesen war oder die Bedeutung seiner Worte. Seine Einschätzung, dass Immobilienmaklerin nicht der richtige Beruf für sie war, wurmte sie, seitdem er das gestern beiläufig erwähnt hatte. Er kannte sie doch überhaupt nicht! Sie liebte Häuser, manche – so wie dieses hier – ganz besonders. Und es hatte ihr immer Spaß gemacht, gerade die Häuser mit Seele an die richtigen Menschen zu verkaufen. Aber wollte sie das ihr Leben lang tun? Wenn sie ehrlich war, wusste sie es nicht. Zumal solche Verkäufe die Ausnahmen und nicht die Regel waren. Viel zu oft hatte sie luxussanierte Wohnungen und gesichtslose Neubauten bestmöglich verscherbeln müssen. Gute Abschlüsse – ihr Garant, damit Winterfeldt nichts gegen sie in der Hand hatte. Vielleicht hatte Vincent einen wunden Punkt getroffen, der sie genau deshalb so wütend machte. Aber das *konnte* er überhaupt nicht wissen! Und es ging ihn nicht das Geringste an. Vielleicht würde sie die Entscheidung treffen, in Zukunft nicht mehr in der Immobilienbranche tätig zu sein. Vielleicht würde ihr wirklich etwas Besseres einfallen. Aber Hauswirtschafterin stand dabei ganz unten auf der Liste der Möglichkeiten. Nila schnaubte. Renées Sohn regte sie auf. Es regte sie auf, dass sie seinetwegen in dieser unmöglichen Situation feststeckte. Es regte sie auf, dass er sich genauso kindisch wie seine Mutter benahm und jede Kommunikation verweigerte. Und es regte sie auf, dass er sie womöglich lesen konnte wie ein offenes Buch.

Blödsinn, stellte sie in Gedanken richtig. Hauswirtschafterin war ganz bestimmt nicht der richtige Beruf für sie! Nur weil sie gerne den Putzlappen schwang, um den Kopf frei zu kriegen, hätte sie noch lange keine Freude daran, das hauptberuflich zu tun. Und er konnte ganz sicher nicht wissen, ob Maklerin nicht doch ihre Lebensaufgabe war.

Irgendwann beruhigte sich ihr Puls wieder, der Ärger war zwar nicht völlig verschwunden, reduzierte sich aber auf ein erträgliches Maß, und sie konnte überlegen, womit sie weitermachen wollte. Ein knurrendes Geräusch, das aus der Richtung ihres Magens kam, gab ihr das Stichwort, was unmittelbar anstand. Ein kleines Mittagessen. Da die Croissants am Morgen noch so gut gewesen waren, hoffte sie, dass das Baguette ebenfalls noch genießbar war. Sie stand auf, holte aus dem Kühlschrank Käse und Tomaten und richtete sich einen Snack an. Wie erhofft, schmeckte das Baguette noch. Es war zwar etwas fest, tat aber noch seinen Dienst und stillte ihren Hunger. Der Camembert aus dem Supermarkt war cremig und würzig. Sie seufzte genießerisch. Gerade wollte sie den Teller, auf dem sie die Köstlichkeiten verteilt hatte, mit zum Küchentisch nehmen, als sie es sich anders überlegte. Es war so ein herrlicher Tag, sie würde draußen Pause machen. Selbst auf die Gefahr hin, erneut auf Vincent zu treffen. Aber vielleicht hatte sie Glück, und er war direkt wieder zum Weinberg gegangen. Jedenfalls würde sie sich nicht selbst nach drinnen verbannen, nur um ihm nicht über den Weg zu laufen. Mit einem Anflug von Trotz griff sie sich ein kleines Tablett, stellte Teller, Wasserflasche und die Tüte mit den Eclairs darauf und verließ mit Schwung die Küche.

Auf der Terrasse sah sie sich unauffällig um. Vincent war nicht in Sicht. Aufatmend setzte sie sich auf einen der Stühle.

Träumerisch schweifte ihr Blick über die wundervolle Aussicht, die sich ihr bot. Unterhalb der grün bewachsenen Hügel erstreckte sich funkelnd und azurblau das Mittelmeer.

Der Strand war gut besucht, aber nicht überlaufen. Wieder packte Nila die Sehnsucht, an diesem herrlichen Ort bleiben zu können. Absurd, sie wusste es ja. Aber einen kleinen Tagtraum durfte sie sich gönnen, bevor sie sich wieder an die Arbeit machen würde.

Inmitten der malerischen Umgebung ließ sie sich das Mittagessen schmecken. Zum krönenden Abschluss kostete sie die Eclairs, die mit sahniger Vanille-Creme gefüllt und jede Sünde wert waren.

Als sie aufgegessen hatte, merkte sie, wie die Sonne auf ihrer Haut anfing zu brennen. Ohne Schutz weiter in der prallen Mittagshitze zu sitzen würde bedeuten, einen ordentlichen Sonnenbrand zu riskieren. Sie verwarf den Gedanken, sich in den Schatten zu flüchten und stand seufzend auf. Die Pause war vorbei. Sie musste sich immer wieder daran erinnern, dass sie hier nicht im Urlaub war, was angesichts der paradiesischen Kulisse oft schwerfiel.

Nachdem sie das Geschirr zurück in die Küche getragen hatte, blieb sie unschlüssig an der Spüle stehen. Mit welchem Punkt sollte sie weiter machen? Renées Kleidung zusammenpacken? Das könnte sie auch am Abend in Angriff nehmen, bevor sie sich dann morgen auf die Suche nach einem Secondhand-Laden machen würde. Nach der anstrengenden Arbeit am Vormittag war ihr jetzt mehr nach einer Tätigkeit, die zumindest nicht körperlich anstrengend war. Sie entschied sich, in Jeans Büro zu gehen und alle Daten zusammenzutragen, die sie für das Exposé brauchen würde. Bei der ersten flüchtigen Durchsicht hatte sie keine Unterlagen bezüglich des Gästehauses gesichtet. Allerdings hatte sie auch nicht alle Ordner genau geprüft. Das könnte sie jetzt in Angriff nehmen. Mit einer frischen Flasche Wasser bewaffnet, machte sie sich auf den Weg durch die Halle.

Am liebsten hätte sie einen Moment dort verweilt, die Kühle nutzend, um ihre sonnenheiße Haut etwas abkühlen zu lassen.

Sie wurde langsamer, setzte aber den Weg zum Arbeitszimmer diszipliniert fort.

Nachdem sie am Schreibtisch Platz genommen hatte, nahm Nila den Ordner mit den Hausunterlagen zur Hand. Dieses Mal blätterte sie sorgfältig alles durch. Es blieb dabei: Keine Daten zum Gästehaus. Sie stand auf und trat ans Regal neben dem Fenster. Suchend schweifte ihr Blick über die beschrifteten Rücken der Ordner. Ein Aufkleber erregte ihre Aufmerksamkeit: *Privat.* Sie rang mit sich. Die natürliche Scheu, womöglich in die Intimsphäre eines Verstorbenen einzudringen, ließ sie zögern. Andererseits sollte sie ja alles durchgehen und gegebenenfalls entsorgen. Und sie musste die Skizzen vom Gästehaus finden.

Zögernd nahm sie den Ordner mit zum Schreibtisch und schlug ihn auf. Schnell wurde klar, dass hier – chronologisch sortiert – die schulische und berufliche Laufbahn von Jean abgeheftet war. Sämtliche Schulzeugnisse, bis hin zum Abitur, Studienbescheinigungen, Zeugnisse von früheren Arbeitgebern, bevor er sich als Unternehmensberater selbstständig gemacht hatte. Nila blätterte flüchtig und hastig. Das alles ging sie nichts an – ihr unangenehmes Gefühl blieb. Sie war froh, als sie sicher wusste, dass sich in diesem Ordner keine Schriftstücke befanden, die für den Verkauf wichtig waren. Sie klappte ihn zu und trug ihn zum Regal zurück. Gerade wollte sie ihn wieder an seinen alten Platz zurückstellen, als etwas herausfiel. Sie bückte sich, um das kleine Stück Papier aufzuheben. Es war ein Foto. Ihre Augen wurden groß. Sie hielt ein Ultraschallbild in den Händen.

22.

Nilas erster Impuls war, Mona anzurufen. Dann fiel ihr ein, dass ihre Freundin einen Motorradausflug mit ihrem Liebsten machen wollte. Nein, dabei sollte sie nicht gestört werden. Nila wurde klar, dass Mona ohnehin so wenig Ahnung haben würde wie sie, was ihr Fund zu bedeuten hatte.

Ein Glas selbst gemischtes Alsterwasser in den Händen hatte Nila sich in den hinteren schattigen Teil des Gartens zurückgezogen. Die Gedanken rasten noch immer durch ihren Kopf. Die alles entscheidende Frage war natürlich, wessen Baby in Miniatur-Form verewigt worden war. Nachdem Nila das Bild gründlich und erfolglos nach dem Namen der Mutter abgesucht hatte, musste sie enttäuscht einsehen, dass der damalige Gynäkologe ein Gerät verwendete, in dem diese Information nicht enthalten war. Lediglich das Datum war ersichtlich. 18. Juni 2001.

Nilas erster Gedanke als mögliche Mutter galt Renée, schließlich hatte ihr Mann das Foto zwischen seinen Unterlagen. Nila hatte gerechnet. Renée musste zu dem Zeitpunkt Mitte Fünfzig gewesen sein. Es gab späte Schwangerschaften, auch sehr späte, besonders mit Hilfe der modernen Medizin. Auch wenn die Sache fast zwanzig Jahre zurücklag, wäre es auch damals vermutlich möglich gewesen. Trotzdem blieb Nila skeptisch. So, wie sie Renée kennengelernt hatte, schien sie nicht in das Schema der extrem alten Mutter zu passen. Zumal sie zu dem Zeitpunkt einen gerade erwachsenen Sohn hatte. Wenn Renée unbedingt noch ein zweites Kind gewollt hätte, wäre dies vermutlich früher passiert. Oder schätzte Nila die Französin da vollkommen falsch ein? Sicher wissen konnte sie beide Varianten nicht. Ihr nächster Gedanke galt Vincent. Er war zu dem Zeitpunkt achtzehn gewesen. Also ein Alter, in dem eine junge Vaterschaft durchaus bestehen konnte. Vielleicht war er verzweifelt zu seinem Vater gekommen, hatte niemandem sonst davon erzählt, und Jean hatte das Ultraschallbild in seinem privaten Ordner versteckt. Um es seiner Frau erst schonend beizubringen? Oder um die Sache anderweitig zu regeln, ohne Renée je einzuweihen? Aber wie passte das mit seinem Unfall zusammen, der kurz darauf geschah, ihn das Leben kostete und Mutter und Sohn dauerhaft entzweite?

Nila rieb sich über die Stirn. Alles Spekulationen und Mutmaßungen. Langsam kam sie sich vor wie Miss Marple. Dabei lag ihr nichts ferner, als Hobbydetektivin zu spielen. Sie wollte doch einfach nur ihren Auftrag erledigen! In einem Anflug von Hilflosigkeit seufzte sie tief. Mit wem könnte sie über das Foto sprechen? Renée schloss sie gleich wieder aus. Nila hatte die Aufgabe, alle Dinge aus der Vergangenheit zu entsorgen. Neugierige Frage stellen gehörte nicht dazu. Vincent damit zu konfrontieren, schied noch rigoroser aus. Nila wurde schon beim Gedanken daran übel. Der einzige, der blieb war Jacques. Zumindest fürchtete sie bei ihm nicht, dass er zornig reagieren würde. So, wie sie den alten Nachbarn bis jetzt kennen gelernt hatte, schien er zu Wut generell kaum fähig zu sein. Und Nila war sich sicher, dass er sie mochte. In der Hoffnung, nicht auf Vincent zu treffen, stellte sie ihr Glas auf die Erde und machte sich auf den Weg.

***

Jacques saß wieder auf der Bank vor dem Haus, seine Augen waren geschlossen und sein Kopf lehnte an der Hauswand. Die Baskenmütze war nach hinten geschoben und auf den scharfen Falten seiner Stirn glänzten feine Schweißperlen.

Obwohl Nila lautlos näher trat, öffnete er prompt die Augen.

„Salut, liebe Nila!" Er klopfte neben sich auf die Bank.

„Salut, Jacques." Nila setzte sich neben ihn.

„Was haben Sie bis jetzt angefangen mit dem schönen Tag?"

„Ich habe die Küche auf Hochglanz gebracht und Hausunterlagen gesichtet", berichtete sie.

„Fleißig, junge Frau." Er lächelte. „Aber ist dafür das Wetter nicht viel zu schön?"

„Wenn ich im Urlaub hier wäre, auf jeden Fall. Aber leider hat mich ja die Arbeit in dieses Paradies verschlagen." Sie zog eine Grimasse. „Und Sie, lieber Jacques, wie war Ihr Tag bis jetzt?"

„Oh, wir waren auch fleißig. Also ich habe Vincent den verwahrlosten Weinberg gezeigt, und er hat sich an die Arbeit gemacht." Der alte Mann kicherte.

„So ist es richtig." Nila schmunzelte, während sie nach den richtigen Worten suchte. Nachdem beide einen

Moment schwiegen, sagte sie schließlich vorsichtig: „Jacques, darf ich Sie etwas fragen?“

„Natürlich. Jederzeit.“ Sein Blick wurde ernst. Aufmerksam sah er sie an.

„Ist es möglich, dass Renée damals schwanger war, als sie nach dem Tod ihres Mannes Frankreich verlassen hat?“

Seine Augen weiteten sich überrascht. „Nein, das kann ich mir nicht vorstellen! Mit Verlaub, aber sie hatte ein Alter erreicht ...“ Er machte eine unbestimmte Handbewegung. „Wie kommen Sie denn darauf?“

„Nun ...“, Nila lehnte sich gegen die Rückenlehne der Bank und holte tief Luft. „Ich habe ja den Auftrag, das gesamte Inventar durchzusehen und zu entsorgen. Und ich muss mich natürlich besonders mit den Unterlagen, die das Anwesen betreffen, beschäftigen, um ein Verkaufs-Exposé zu erstellen. Aus einem der Ordner in Monsieur Durands Arbeitszimmer ist mir ein Ultraschallbild entgegen gefallen. Es datiert vom Juni 2001.“

Jacques Falten auf der Stirn vertieften sich. Nachdenklich sah er auf seine schwieligen Hände, die im Schoß ruhten. Dicke blaue Adern hoben sich unter der dünn wirkenden gebräunten Haut ab. Hände, die ein langes Leben harte Arbeit erledigt hatten. Er knetete die Knöchel einen Moment, bevor er Nila wieder ansah. „Ich habe keine Ahnung, was das bedeutet. Aber ich bin mir ziemlich sicher, dass dieses Bild keine Schwangerschaft von Renée zeigte.“

„Könnte Vincent der Vater sein?“, fragte Nila leise.

Der alte Mann hob die Schultern. „Ich weiß es nicht. Der Junge hatte damals eine Freundin – Isabelle, wenn ich mich richtig erinnere. Aber ob sie schwanger war …“ Er hob erneut die Schultern. „Davon habe ich nie etwas mitbekommen.“

„Bitte entschuldigen Sie meine Neugierde. Aber wie Sie ja mitbekommen haben, bin ich in der unmöglichen Situation, das Haus gegen den Willen von Vincent zu verkaufen.

„Ja, es ist schwer. Für alle. Wenn die beiden sich nur nicht so ähnlich wären. Aber Renée und Vincent können beide stur wie Maulesel sein.“ Er seufzte. „Wenn sie nur endlich wieder miteinander sprechen würden …“ Er zog ein fleckiges Taschentuch aus seiner Hose und tupfte sich die Stirn ab.

„Ja, das wäre ein Anfang.“ Nila rang mit sich. Dann traute sie sich schließlich, leise zu fragen: „Was genau ist damals passiert?“

Jacques sah sie mit seinen wasserblauen Augen traurig an. „Ich weiß es nicht. So nah, wie sich unsere Familien über Jahrzehnte waren – in dem Moment, als Jean starb, ist alles zerbrochen.“

„Woran ist Jean genau gestorben?“

Der alte Mann sah sie nachdenklich an. „Wenn ich das wüsste, wären wir der Sache schon näher. Renée hat uns nur gesagt, dass Jean einen tödlichen Unfall hatte. Wir sind davon ausgegangen, dass es ein Autounfall war. Aber das ist nur eine Vermutung.“

„Aber wieso hat das Mutter und Sohn so nachhaltig entzweit? Rückt man dann nicht näher zusammen?“

„Tja.“ Er hob die Schultern. „Normalerweise schon. Es sei denn, einer gibt dem anderen die Schuld.“

„Aber …“ In Nilas Kopf türmten sich die Fragezeichen.

„Vincent hat damals fluchtartig sein Elternhaus verlassen. Renée hat es ihm kurz darauf gleichgetan. Wir haben sie seitdem nicht wiedergesehen. Bis auf die monatliche Überweisung für unsere Hausmeistertätigkeit haben wir kaum etwas von ihr gehört.“

„Und Vincent?“

„Vincent haben wir vor drei Jahren das erste Mal wiedergesehen. Seitdem kommt er wieder regelmäßig hierher.“

Nach seinem Burnout also, stellte Nila still fest.

„Er ist ein guter Junge. Viel zu sensibel für die raue Welt.“ Jacques seufzte.

Sensibel? Nila bemühte sich, ihre Überraschung nicht zu zeigen. Das wäre nun die letzte Charakterisierung, die ihr zu dem arroganten Star-Pianisten eingefallen wäre. Allerdings kannte der alte Mann ihn schon Zeit seines Lebens. Sie hingegen gerade einmal wenige Tage.

„Hatten Renée und er vor … dem Unfall ein gutes Verhältnis zueinander?“

„O ja, enger hätte ihre Verbindung nicht sein können.“ Jacques nickte eifrig.

Jetzt konnte Nila ihre Überraschung nicht mehr verbergen. „Aber dann verstehe ich es noch weniger!“

„Wir auch nicht“, antwortete er bedächtig.

„Und wir geben auch die Hoffnung nicht auf, dass es sich wieder ändern wird. Die Hoffnung stirbt zuletzt.“

„Es tut mir leid, wenn ich Sie so ausquetsche. Ich versuche nur zu verstehen.“ Nila sah ihn entschuldigend an.

Er winkte ab. „Machen Sie sich keine Gedanken. Ich habe nicht das Gefühl, dass Sie aus purer Neugierde fragen. Und Sie sind wirklich in keiner schönen Situation. Ich wünschte, ich könnte mehr helfen. Aber glauben Sie mir, wir haben schon alles versucht. Vincent ist uns nah wie ein eigener Sohn, aber so lange weder Renée noch er bereit sind, auch nur einen Schritt aufeinander zuzugehen ...“ Ein schmerzhafter Ausdruck verdunkelte seine Augen.

„Renée sagt, sie hätte es schon so oft versucht, und jedes Mal hat Vincent sich geweigert, mit ihr zu sprechen. Sie sieht den Verkauf des Hauses inzwischen als einzige Möglichkeit, mit der Vergangenheit abzuschließen.“ Nila klemmte sich eine widerspenstige Locke hinters Ohr. „Ich verstehe nicht, warum sie Vincent das Haus nicht einfach überschreibt.“

„Vielleicht ist es ihre letzte Möglichkeit, ihn zu zwingen, mit ihr zu sprechen.“

„Glauben Sie?“

Er zuckte die Schultern. „Ich weiß es nicht, aber denkbar wäre es.“

„Ich kann übrigens nicht mehr für Sie kochen.“ Sie räusperte sich. „Vincent möchte mich hier nicht treffen.“

„Ach, das nehmen Sie mal nicht zu ernst. Er mag Sie.“

„Oh, den Eindruck habe ich nicht. Ich glaube, er wünscht mich sehr weit weg.“ Sie blinzelte irritiert. Vincent mochte sie?

Dann wollte sie lieber nicht wissen, wie er Menschen behandelte, die er nicht mochte ...

„Nicht Sie. Nur die Maklerin.“ Ein eigentümliches Funkeln erhellt kurz die wasserblauen Augen.

„Aber ich bin die Maklerin", sagte Nila ratlos.

„Blödsinn", sagte er entschieden. „In erster Linie sind Sie ein bezauberndes Mädchen." Mit einem schelmischen Lächeln fügte er hinzu: „Ein Mädchen, das zufällig gerade den falschen Beruf ausübt."

Sprachlos starrte Nila den alten Mann an. Warum hörte sie mit einem Mal von allen Seiten, dass ihre Arbeit nicht die richtige für sie sei?

23.

Die Abendsonne schien warm durchs Fenster des Arbeitszimmers. Nila streckte den verspannten Rücken. Sie hatte den gesamten Nachmittag an Jeans Schreibtisch verbracht und ein grobes Exposé entworfen. Nachdem sie intensiv recherchiert und gerechnet hatte, kam sie vorläufig zu dem Schluss, dass der Wert des Anwesens zwischen sechs und sieben Millionen Euro anzusetzen war. Sollte sie noch einen winzigen Funken Hoffnung gehabt haben, selbst das wunderschöne alte Haus kaufen und zum Hotel umfunktionieren zu können, so war er nun endgültig erloschen. Der Stachel der Enttäuschung bohrte völlig irrational in ihrem Innern. Bei klarem Verstand war es natürlich von Anfang an absurd gewesen, auch nur einen Gedanken in diese Richtung zu verschwenden. Trotzdem hatten Jacques Worte Nila nachdenklich gemacht. Nach der Aussage von Vincent nun auch noch von dem freundlichen alten Mann zu hören, sie übe den falschen Beruf aus, war sie zuerst irritiert gewesen und sah sich anschließend gezwungen, sich näher damit auseinanderzusetzen. Immerhin war das eins ihrer Ziele gewesen, die sie mit ihrer Reise in die Provence verbunden hatte: Klarheit zu finden, wie es beruflich weitergehen sollte. Könnte der alte Traum, ein Hotel am Meer zu betreiben, ernsthaft noch einmal eine Rolle spielen? Sie hegte noch immer Zweifel, ob dieser Traum Potential hatte, es in die Wirklichkeit zu schaffen. Aber seltsamerweise erschien er ihr nicht mehr gänzlich verrückt.

Nila ging noch einmal die Skizze des Exposés durch. Charmantes Landhaus mit Meerblick in Les Issambres sucht liebevolle neue Eigentümer. 450 Quadratmeter verteilen sich auf zwölf Zimmer, acht Badezimmer und ein Gästehaus. Das schön bewachsene Hanggrundstück erstreckt sich über 5.000 Quadratmeter, beinhaltet einen traumhaften Rosengarten, Platz für Gemüsebeete und am Pool lassen sich herrlich entspannte Stunden verbringen. Preis: 6.800 000 Euro.

Sie spielte mit dem Kugelschreiber in ihrer Hand – wie immer hatte sie den Vorentwurf handschriftlich festgehalten. Erst die endgültige Version würde sie am Laptop schreiben. Eins wusste sie längst: Die Käufer würden Schlange stehen. Ein erfolgreicher Verkauf war ein Selbstgänger. Sonst ein Grund zur Freude, wurde Nilas Herz bei dem Gedanken seltsam schwer. Sie war erst wenige Tage an diesem Ort und schon jetzt wurde sie melancholisch beim Gedanken, das Haus fremden Händen zu übergeben und selbst wieder zu gehen. Völlig verrückt!, schalt sie sich selbst. Und verstand in diesem Moment Vincent Durand mit jeder Faser ihres Körpers. Seine hartnäckige Weigerung, sein Elternhaus aufzugeben, war nur zu verständlich. Nicht nur, weil es eben das Haus der Familie war, in dem sicher viele schöne Jahre verlebt worden waren, sondern weil genau dieses Haus etwas Besonderes war. Bevor Nila sich wieder in unnützen Gedankenschleifen verlieren und darüber grübeln würde, warum Renée und ihr Sohn es nicht schafften, miteinander ins

Gespräch zu kommen, entschied Nila, etwas anderes zu tun.

Mit angehaltenem Atem aktivierte sie den Laptop, der im Stand-by-Modus lief und rief eine Immobilienseite auf, die Hotels verkaufte. Ihre Finger flogen über die Tasten, während ihr Puls sich beschleunigte.

***

Nila verspürte wenig Lust, für sich alleine zu kochen. Und für Lisanne und Jacques hatte sie ja ein Verbot bekommen … Deshalb hatte sie sich entschieden, zum Abendessen den Rest des Baguettes mit Käse und Tomaten zu kombinieren und sich ein Glas von Jacques köstlichem Wein zu gönnen. Mit verschmitztem Lächeln hatte er ihr am Mittag zwei Flaschen in die Hand gedrückt, bevor sie sich auf den Rückweg gemacht hatte.

Sie stellte die Sachen auf einem Tablett zusammen und ging nach draußen. Die Sonne stand tief über den Hügeln und vergoldete das Grün. Nach einem kurzen, misstrauischen Blick rund ums Grundstück atmete sie erleichtert auf. Von Vincent war weit und breit nichts zu sehen. Entweder hatte er sich ins Gästehaus zurückgezogen, oder er war drüben bei den Nachbarn.

Nila war vor allem froh, ihn nicht zu sehen. Er machte sie nervös, ließ sie sich schuldig fühlen, weil sie maßgeblich Anteil daran hatte, dass ihm sein Elternhaus genommen werden sollte. Egal, wie oft sie sich selbst daran erinnerte, dass sie nur das ausführende Organ war. Sie würde ihm von Herzen gönnen, hier bleiben zu können. Aber es lag nun mal nicht in ihrer Macht, das zu entscheiden.

Sie schüttelte die trüben Gedanken ab und konzentrierte sich auf die Aussicht. Wieder einmal war sie fasziniert von dem Zusammenspiel zwischen grüner Natur, dem Strand und dem glitzernden Meer.

Eine tiefe Ruhe überkam Nila. Schon lange hatte sie sich nicht mehr so wohl und frei gefühlt. Der Wunsch, diesen Fleck Erde nie wieder zu verlassen, wallte ein weiteres Mal in ihr auf. Die Vorstellung, einfach für immer zu bleiben – ein Traum …

Abwesend nahm sie einen Schluck Wein. Sie hatte gerade ein Stück Baguettes abgebrochen und es in den Mund gesteckt, als ihr Handy vibrierte. Niklas! Ihr Herz machte einen Satz. Hastig schluckte sie, bevor sie das Gespräch annahm.

„Bon soir, Madame!" Niklas Stimme klang warm in ihr Ohr.

„Hey, welch nette Überraschung." Nilas Freude war groß. Zum ersten Mal hatte sie eine Ahnung davon, wie es sein könnte, Niklas doch irgendwann wieder als Freund in ihrem Leben zu haben.

„Ich wollte mal hören, wie es dir im *savoir vivre so geht.*"

„Herrlich. Na, du weißt ja, wie schön die Provence ist. Das Objekt, das ich verkaufen soll, ist ein absoluter Traum."

„Ich bin neidisch!" Niklas lachte.

„Und wie geht es in Hamburg? Was macht die Wohnung?"

„Ach, das Übliche. Für morgen ist Regen angekündigt
worden – hanseatischer Sommer eben. Da ist das gute
Wetter in Südfrankreich schon verlässlicher."

„Ja, in aller Regel schon." Nila nahm einen Schluck
Wein. „Ich habe übrigens ganz entzückende Nachbarn
hier, ein altes Ehepaar, das sich als Hausmeister um das
Anwesen kümmert. Gerade schlürfe ich einen Wein,
der aus Jacques' eigenem kleinen Weinberg stammt."

„Mach mich ruhig noch neidischer! Das gibt
schlechtes Karma", drohte Niklas scherzhaft.

„Bevor du vor Neid grün wirst, kann ich dich
beruhigen. Es gibt durchaus einen Wermutstropfen",
gab Nila zu. Sie zögerte kurz, ob sie Niklas von dem
Problem mit Vincent erzählen wollte.

„Na, erzähl", forderte Niklas.

Aber warum sollte sie die Anwesenheit von Vincent
verschweigen? Das war doch Quatsch! „Es gibt
jemanden, der strikt dagegen ist, dass ich hier meinen
Auftrag erledige", antwortete sie deshalb und seufzte.

„Ein einheimischer Makler, der sich lieber selbst den
Auftrag unter den Nagel reißen möchte?"

„Nein, wenn es so leicht wäre ..." Nila knabberte an
ihrem Daumennagel. „Viel schlimmer. Der Sohn des
Hauses ist gekommen, und er will sein Elternhaus
unbedingt behalten."

„Verständlich", meinte Niklas. „Aber können sich
Mutter und Sohn nicht einigen?"

„Einigen?" Nila lachte unfroh. „Dafür müssten sie
erstmal miteinander sprechen. Aber genau das tun sie
seit achtzehn Jahren nicht."

„Und nun kommt er regelmäßig vorbei und nervt
dich?"

„Er wohnt hier", antwortete sie mit Grabesstimme.

„Aber du wohnst dort auch, oder?" In Niklas' Stimme klang Verwirrung.

„Ja, aber ich residiere im Haupthaus, während Vincent sich ins Gästehaus zurückgezogen hat."

„Puh, aber das … das ist ja eine unzumutbare Situation!"

„Du sagst es. Genau so sieht es aus."

„Und nun?", fragte er ratlos.

„Und nun soll ich ihn davon überzeugen, freiwillig das Feld zu räumen und in die Schweiz zurückzugehen."

„Und wie stehen deine Chancen?"

Nila schnaubte. „Eher schlecht, würde ich sagen."

„Aber wie funktioniert denn so was?"

Nila lachte auf. „Funktionieren? Tja, nicht besonders gut. Er hofft, dass ich die Segel streiche. Ich hoffe, dass einer von beiden doch einen Schritt auf den anderen zugeht und Mutter und Sohn endlich wieder ins Gespräch kommen. Aber die Aussicht …" Nila ließ den Satz in der Luft hängen und seufzte. „Eher düster."

„Aber wie gehst du denn jetzt vor?"

„Ich bereite alles für den Verkauf vor. Im Haupthaus bin ich ja weitestgehend ungestört. Wie es dann sein wird, wenn die ersten Interessenten kommen, werde ich sehen."

„Könnte er gefährlich werden?" Niklas klang ernst und besorgt.

„Nein!", rief sie spontan. Dann überlegte sie einen Moment. Vincent gefährlich? Sie schüttelte den Kopf. Er machte sie nervös, unsicher … aber Angst hatte sie vor ihm nicht. „Angst hatte ich nur im allerersten Moment vor ihm.“

„Ja?“ Niklas Besorgnis war fast greifbar.

„Na ja, das war, bevor ich wusste, dass es sich um den Sohn des Hauses handelte. Als ich frühmorgens im Haus Geräusche hörte, dachte ich im ersten Moment an Einbrecher.“ Sie musste kichern beim Gedanken an die absurde Situation.

„Er ist einfach so ins Haus eingedrungen?“ Niklas klang fassungslos.

„Immerhin hat er einen Schlüssel. Und es ist sein Elternhaus.“

„Aber er ist nicht der Eigentümer.“

„Das stimmt.“ Nila nippte an ihrem Wein.

„Na, dann wünsch ich dir, dass sich der Verkauf trotzdem einigermaßen problemlos gestaltet.“

Nila überlegte einen Moment, Niklas von ihrem Traum zu erzählen, den das Haus in ihr wachgerufen hatte. Aber sie verwarf den Gedanken schnell wieder. Sie sollte es nicht übertreiben, immerhin befanden sie sich immer noch in der akuten Trennungsphase. Schon das Gespräch bis hierher rief die Sehnsucht in ihr wach, mit Niklas persönlich zu sprechen. Dabei war sie doch auch hier, um Abstand zu finden. So würde das nie etwas werden …

„Danke schön. Ja, das wird schon!“, meinte sie leichthin. Auch das Ultraschallbild würde sie nicht ansprechen. Jeder musste das Leben für sich nun erstmal in den Griff bekommen, zu viel Austausch wäre nicht förderlich.

Sie verabschiedeten sich, und Nila blieb mit einem zwiespältigen Gefühl zurück.

***

Am nächsten Morgen erwachte Nila früh. Die Nacht war unruhig gewesen. Sie war oft aufgewacht und immer wieder in seltsame Träume entglitten. An Einzelheiten konnte sie sich nicht erinnern, aber sie wusste noch, dass Niklas eine Rolle darin gespielt hatte und eine Arztpraxis. Mühsam richtete sie sich auf. Sonnenstrahlen fielen durch die leicht geöffneten Vorhänge ins Zimmer und ließen kleine Staubpartikel in der noch frischen Luft tanzen. Vielleicht würde sie sich heute weitere Zimmer zur Grundreinigung vornehmen. Aber erst wollte sie nach Les Issambres zum Markt fahren. Zum einen musste sie dringend wieder den Kühlschrank auffüllen, zum anderen freute sie sich darauf, den typisch provençalischen Markt zu inspizieren. Als erstes würde sie sich allerdings auf die Suche nach einem Secondhand-Laden machen. Sie hoffte, einen zu finden, der Interesse an Renées Kleidung haben würde.

Als sie sich aus den Kissen schälte und aufstand, bemerkte sie ein leichtes Hämmern in ihrem Kopf. Jacques herrlichem Wein konnte sie nicht die Schuld in die Schuhe schieben, denn sie hatte es bei einem Glas belassen. Vielmehr war es wohl der schlechte Schlaf und die vielen Gedanken, die ihr durch den Kopf geisterten.

Sie schlurfte ins Badezimmer, streifte ihr Schlaf-T-Shirt ab und stellte sich seufzend unter die Dusche. Der kalte Guss zum Abschluss machte sie nicht nur schlagartig wach, bereits beim Abtrocknen registrierte sie dankbar, dass es ihrem Kopf besser ging.

Nach einem schnellen Make-up und dem flüchtigen Ordnen ihrer Locken wählte sie aus ihrer Reisegarderobe einen kurzen gelben Glockenrock und ein schwarzes, ärmelloses T-Shirt aus. Schwarze Ballerinas komplettierten ihr Outfit.

Ihr Frühstück bestand aus einem Becher Kaffee, den sie im Stehen in der Küche trank. Sie würde sich auf dem Markt Croissants kaufen. Inzwischen war sie voll gespannter Erwartung und konnte es kaum erwarten, in den Trubel des Stadtviertels einzutauchen. Sie steckte ihr Handy in die Handtasche, warf sich den Riemen über die Schulter und griff nach der Tüte, die eine kleine Auswahl von Renées Garderobe enthielt. Beschwingt verließ sie das Haus.

***

Nila hatte den Fiat in einer Seitenstraße geparkt und war nun gespannt unterwegs zum Place San-Peïre. Schon von weitem hörte sie Stimmengewirr und die typischen Marktgeräusche. Kurz darauf tauchte sie ein in die sommerliche südfranzösische Markt-Kultur. Mit einem seligen Lächeln im Gesicht genoss sie die vielen verschiedenen Gerüche, die ihre Sinne fluteten. Neben den obligatorischen Kräutern duftete es nach frischen Backwaren – was ihr sofort das Wasser im Mund zusammen laufen ließ –, frischem Fisch, aber auch Lederwaren und Blumenstände hatten ihren Anteil an dem besonderen Flair, in dem der Duft eine wesentlich Rolle spielte.

Nila ließ sich zunächst einfach von Stand zu Stand treiben, ohne etwas zu kaufen. Sie genoss es, die Waren der vielen verschiedenen Stände genau zu betrachten. Nebenbei beobachtete sie die Einheimischen, die für ihr Mittag– oder Abendessen einkauften und die Touristen, die sie meist schnell als solche identifizierte. Menschen, die sich wie sie ganz anders umschauten als diejenigen, die hier offensichtlich lebten und den Markt als etwas Alltägliches ansahen.

Nachdem Nila alle Stände einmal umrundet hatte, beschloss sie, sich zunächst auf die Suche nach dem Secondhand-Laden zu machen, den sie vorhin gegoogelt hatte. *D'Occaison Haute Couture* gab es erst seit wenigen Wochen. Das verstärkte Nilas Hoffnung, dass dort noch Bedarf nach exquisiter, wenig getragener Mode bestand. Rasch fand sie den kleiden Laden in einer Nebenstraße. Vor der Tür stand ein charmanter Eisentisch und zwei passende Stühle in antikweiß. Auf dem Tisch blühte in einem Topf duftender Lavendel.

Die Türklingel bimmelte fröhlich, als Nila eintrat.

Neugierig sah sie sich in dem quadratischen, menschenleeren Raum um. An den Wänden wechselten sich Regale mit einfachen Kleiderstangen ab. In beiden waren nur vereinzelte Kleidungsstücke ausgestellt. Mit einem Blick erkannte Nila, dass das Niveau in etwa dem entsprach, das sich in Renées Schränken spiegelte. Wunderbar! Sie schien hier richtig zu sein. Es dauerte nur einen Augenblick, bevor eine junge Frau aus einem hinteren Bereich in den Verkaufsraum trat. Sie war Mitte Dreißig und hübsch und hatte ein strahlendes Lächeln auf den Lippen.

„Bonjour Madame! Wie kann ich helfen?"

„Bonjour." Nila legte die mitgebrachte Tüte auf den Verkaufstresen. „Ich löse gerade einen Hausstand auf, und darunter befindet sich eine umfangreiche Garderobe, die viel zu schade zum Entsorgen ist. Vielleicht haben Sie Interesse ..." Sie lächelte die junge Frau an, die sie in ihrer lebendigen Art ein wenig an Mona erinnerte.

Die blauen Augen der Frau leuchteten interessiert auf. „Das schaue ich mir gerne an! Ich bin übrigens Catherine, die Besitzerin dieses Ladens." Sie streckte ihre Hand aus.

„Angenehm, ich bin Nila." Sie ergriff die angebotene Hand, die sich kühl in ihre legte.

So ermutigt, begann Nila, die Kleider auszupacken.

Gleich das erste Stück – ein karmesinrotes Abendkleid – erregte die Aufmerksamkeit der Ladenbesitzerin.

„Magnifique!", murmelte sie begeistert und strich andächtig über die hochwertige Seide.

Nicht weniger angetan war sie von den restlichen Kleidern.

„Die nehme ich schon mal alle", sagte Catherine nachdrücklich, während sie eine blonde Strähne in den losen Dutt im Nacken zurück verfrachtete. „Und Sie haben davon noch mehr?"

„Schränkeweise", antwortete Nila. „Wollen Sie vielleicht mal vorbeischauen und es sich vor Ort ansehen?"

„Sehr gerne! Wenn das alles so schöne Stücke sind, werde ich wohl anbauen müssen." Sie lachte vergnügt. „Ich habe den Laden ja noch nicht lange, aber bis jetzt

ist es so, dass ich mehr Nachfrage als Angebote habe."
Sie deutete auf die kaum gefüllten Regal und Stangen.
„Es kommen viele interessierte Touristen – außer
montags, da ist der Markt attraktiver." Sie lachte
wieder. „Aber die Einheimischen sind noch nicht auf
den Geschmack gekommen, mit ihrer ausgedienten
Kleidung Geld zu verdienen."

„Wie schade! Aber dann kann meine Auftraggeberin
Ihnen für eine lange Zeit aus der Klemme helfen. Ich
schreibe Ihnen gerne die Adresse und meine
Telefonnummer auf."

Catherine schob Nila Block und Stift zu. Rasch
notierte Nila die Daten.

„Ich rufe an! Au revoir, Nila."

„Au revoir, Catherine." Mit einem befreiten Lächeln
trat Nila wieder hinaus in den Sonnenschein.

***

Zurück auf dem Markt kaufte Nila als erstes einen
geflochtenen Korb, um ihre Einkäufe verstauen zu
können. Da ihr Magen sich inzwischen nachdrücklich
mit Hunger meldete, trieb es sie als nächstes an einen
Stand mit köstlichen Backwaren. Sie kaufte frisches
Baguette, vier Croissants, noch ein Landbrot und einen
Kaffee zum Mitnehmen. Eigentlich viel zu viel für sie
alleine, aber es sah alles so verführerisch aus, dass sie
nicht widerstehen konnte.

Bevor sie ihren Einkauf fortsetzte, suchte sie sich
abseits vom Getümmel eine Bank. Dort vertilgte sie in
Rekordzeit zwei Croissants. Den Kaffee genoss sie in
kleinen Schlucken, dann stürzte sie sich wieder ins

Marktgewühl. Bald tummelte sich in ihrem Korb knackiges Gemüse, frisches Lachsfilet, Rosmarin, Knoblauch und Kartoffeln. Sie würde ein vernünftiges Abendessen kochen. Und sie würde davon etwas zu Lisanne und Jacques hinüberbringen. Das konnte Vincent Durand ihr nicht verbieten! Sie würde nicht bleiben und mit den alten Menschen essen, aber sie würde ihr Mahl mit ihnen teilen. Das Kochen machte doppelt so viel Spaß, wenn sie damit andere erfreuen konnte, und das würde sie sich nicht nehmen lassen. Bei dem Gedanken machte sie sich unbewusst gerade. Die Situation war schwierig, aber es lag auch an ihr, wie sie damit umging. Es würde in vielerlei Hinsicht ein Drahtseilakt werden, aber kleine Freuden würde sie, wo immer es ging, genießen.

Sie hatte nicht die Absicht, sich in die Beziehung von Vincent und den Nachbarn zu drängen, die offenbar einen Großelternersatz für ihn darstellten. Aber sie hatte die beiden alten Menschen bereits jetzt so in ihr Herz geschlossen, dass sie weiterhin mit ihnen Kontakt pflegen wollte. Ob Vincent das nun passte oder nicht.

Ihr neuer Korb war schon prall gefüllt, aber etwas fehlte noch. Sie sah sich suchend um. Dann entdeckte sie den Stand mit den Blumen, an dem sie bei ihrer ersten Runde schon vorbeigekommen war. Schnell entschied sie sich für einen Topf mit Lavendel und einen weiteren mit rosa blühender Bougainvillea. Erfolglos versuchte sie sich einzureden, dass es verkaufsfördernd sei, wenn sie den Terrassenbereich schöner gestaltete. Die Wahrheit war, dass sie es für sich tat. Sie würde den Anblick genießen, wenn sie ihre Mittagspause oder den Feierabend draußen genoss.

Wieder eine kleine Freude, die sie sich gönnte. Lächelnd ging sie weiter. Selten hatte sich alles so richtig angefühlt. Diese Leichtigkeit, die sie in Südfrankreich stets im Urlaub umgeben hatte, schien dieses Mal – ohne Niklas – sogar noch ausgeprägter zu sein. Ihre Sorge, dass es hier ohne ihn zu schmerzhaft werden könnte, war unbegründet gewesen.

Sie blieb einen Moment stehen, schloss die Augen und fühlte die Sonnenstrahlen auf der Haut. Die Geräusche um sie herum, die französischen Wortfetzen der Marktbesucher, all das löste ein Glücksgefühl in ihr aus. Ein Glück, das sich anfühlte wie ein Nachhausekommen. Daran konnten auch die Schwierigkeiten mit Vincent Durand nichts ändern.

24.

Rasch brachte Nila den Korb mit den Lebensmitteln ins Haus. Inzwischen stand die Sonne hoch am Himmel und es war nicht mehr warm sondern heiß. Vor allem der Fisch brauchte dringend Kühlung. Nachdem sie die Lebensmittel verstaut hatte, trat sie erneut vors Haus und holte den Lavendel und die Bougainvillea herein. In jedem Arm einen Topf ging sie durch die Halle ins Wohnzimmer und betrat von dort die Terrasse, die in der glühenden Mittagssonne lag. Nur die Ränder waren leicht beschattet von dem umgebenden Baumbewuchs. Suchend sah Nila sich um und entschied sich schließlich für einen Platz, wo die Pflanzen das volle Sonnenlicht abbekamen und an dem sie sie sehen konnte, wenn sie es sich im Liegestuhl bequem machte. Im Gartenhaus fand sie leuchtend blaue Übertöpfe, die von der Größe perfekt passten. Vorsichtig platzierte sie die Pflanzen hinein und richtete sich anschließend auf.

Zufrieden begutachtete sie ihr Werk. Das Arrangement schlug zwei Fliegen mit einer Klappe. Zunächst verschönerte es ihre Pausen und wenn demnächst Interessenten kämen, würde jede noch so kleine Verschönerung hilfreich sein. Bei dem Gedanken fuhr ein Stich durch Nilas Brust. Sie musste aufpassen! Das Haus wuchs ihr täglich mehr ans Herz, zu viel war eindeutig ungesund, denn ihre Zeit auf dem Anwesen war begrenzt. Sie würde sie genießen, aber wenn der Zeitpunkt käme, musste sie loslassen.

Verrückt, in gewisser Weise erinnerte sie das an ihre Beziehung mit Niklas, die so schön und dennoch zeitlich begrenzt war.

Und es ließ sie Vincent Durand erneut gut verstehen. Nila würde an seiner Stelle auch wie ein Löwe kämpfen. Allerdings hätte sie vermutlich schon längst das Gespräch mit Renée gesucht. Eindeutig die naheliegendste Lösung. In dem Moment fiel ihr wieder Opa Harm ein. *Richte nicht über andere Menschen, du bist nicht in ihren Schuhen gegangen ...*

Ihr fiel wieder das Ultraschallbild aus Jean Durands Büro ein. Sie hatte noch immer keine Ahnung, welches Drama hinter all dem steckte. Und vermutlich würde sie es auch nie erfahren. Seufzend machte sie sich auf den Weg zu den Nachbarn. Sie wollte Jacques darüber informieren, dass er heute keine Suppe kochen musste.

***

Jacques war wie erwartet hoch erfreut gewesen von ihrem Angebot und sehr betrübt, als Nila dabei blieb, selbst nicht am Essen teilzunehmen. Sie hatte darauf verzichtet, sich mit Arbeit herauszureden und war gleich so ehrlich zuzugeben, dass sie kein gutes Gefühl dabei hatte, Vincent mit ihrer Anwesenheit zu konfrontieren. Sie verzichtete ebenfalls darauf, Jacques von Vincents Ansage zu erzählen. Der alte Mann war offensichtlich traurig, sie nicht dabeizuhaben, hatte aber schließlich verständnisvoll genickt.

Jetzt wollte Nila sich einen Salat zum Mittagessen machen und sich anschließend weitere Zimmer zur Grundreinigung vornehmen.

193

Sie war gerade in der Küche angekommen, als ihr Handy klingelte, das auf dem Tisch lag.

„Salut, Renée!", rief sie ins Telefon und plumpste auf einen Küchenstuhl.

„Salut, liebe Nila. Wie läuft es denn bei Ihnen?"

„Ganz gut. Ich habe einen Secondhand-Laden gefunden, dessen Besitzerin von Ihren Kleidern begeistert ist. Wie es aussieht, werde ich dort einen großen Teil unterbringen können."

„Schön, schön." Die Französin klang nicht besonders interessiert, was sie vermutlich auch nicht war.

„Und ich habe schon einmal grob den Wert des Anwesens ermittelt." Weiter kam Nila nicht, da unterbrach Renée sie.

„Ich bin sicher, Sie kommen gut voran. Was ich sagen wollte, alte Freunde haben mich zu einem Segeltörn eingeladen. Wir starten in Nizza und werden einige Tage unterwegs sein. Für die Zeit werde ich nicht erreichbar sein, das ist doch okay für Sie?"

Nila war perplex, Renée schien es kaum zu interessieren, wie es mit dem Verkauf voranging. Als hätte sie mit all dem nichts zu tun ... nicht einmal den aktuellen Wert wollte sie wissen. „Ähm ja, ich denke, ich werde noch einige Zeit beschäftigt sein, bevor ich das Objekt anbieten kann. Bevor es dann zum Notartermin kommt, werden Sie sicher zurück sein."

„Gutes Gelingen! À bientôt."

Das Gespräch war beendet.

Kopfschüttelnd legte Nila das Handy auf den Tisch zurück.

Renée war schon ein Kaliber für sich.

Ein etwas mulmiges Gefühl hatte sie angesichts der Tatsache, dass sie ihre Auftraggeberin nun erstmal nicht erreichen konnte. Andererseits war Renée bislang ohnehin kaum eine Hilfe gewesen. Vor allem nicht bei dem Problem, das ihren Sohn betraf.

Seufzend stand Nila auf und holte Feldsalat, Tomaten, Gurke und den Rest Ziegenkäse aus dem Kühlschrank. Nach einem schnellen, gesunden Mittagessen würde sie wieder den Putzlappen schwingen. Der sichere Weg, etwas Sinnvolles zu schaffen, und ein Mittel, Erfolg sofort sichtbar werden zu lassen.

***

Zufrieden trug Nila einen Becher Kaffee nach draußen. Alle Gästezimmer im ersten Stock erstrahlten wieder im alten Glanz. Staub und Spinnenweben waren ihrem Lappen zum Opfer gefallen, die Böden waren gesaugt und gewischt und in jedem Raum wehte heiße Mittelmeerluft durch die geöffneten Fenster. Natürlich war es eigentlich ratsam, die Fenster tagsüber geschlossen zu halten und nur frühmorgens oder spätabends zu lüften, aber es hatte noch immer abgestandene Luft in den Zimmern gehangen, sodass Nila nicht widerstehen konnte, die heiße Luft hineinzulassen. Nun duftete es oben nach Meer mit einer Prise Orange, die von dem Reinigungsmittel stammte.

Wieder einen Schritt weiter, dachte Nila, während sie es sich in der Spätnachmittagssonne gemütlich machte. Einen weiteren Punkt wollte sie beim

Kaffeetrinken erledigen. Dafür schaltete sie nun ihr Handy ein und begab sich im Internet auf die Suche nach einem Gärtner in der Umgebung. So schön der weitläufige Garten und der mit Rosen bepflanzte Vorgarten auch waren, eine fachkundige Hand, die beides auf Vordermann brachte, konnte nicht schaden. Diese Arbeit selbst zu übernehmen, schied aus. Sie liebte die Natur und mochte schöne Gärten, verfügte aber selbst über keinerlei Erfahrungen. Der Garten ihrer Eltern war pflegeleicht angelegt gewesen, und weder sie noch Hannah hatten sich je dafür interessiert. Nach ihrem Auszug hatte sie durchgehend in Stadtwohnungen gewohnt und weiterhin keinerlei gärtnerischen Erfahrungen gesammelt. Sie hielt es für keine gute Idee, hier damit anzufangen. Bestimmt würde sie mehr zerstören als verschönern. Nein, hier brauchte es die Hand eines Fachmannes.

Außerdem hatte Nila die Idee, dass der Pool wieder benutzbar gemacht werden könnte. Momentan war er ordentlich mit einer Plane abgedeckt, die ihrem Aussehen nach schon zu viele Jahre dafür zuständig war, für einen gewissen Schutz der Kacheln im Innern zu sorgen. Das dunkle Grau war von der Sonne ausgeblichen und an vielen Stellen brüchig. Es wurde Zeit, dass die Plane von ihrer Bestimmung erlöst wurde.

Es gab drei Gartengestaltungsfirmen in der näheren Umgebung. Beim flüchtigen Blick auf die Firmenseiten gefiel Nila die von Antoine Girardot, der seiner Firma den Namen „Rose de Ciel" gegeben hatte, am besten. *Rose des Himmels*, das klang perfekt. Außerdem zeigten die Fotos der Gärten den versierten Könner.

Antoine war ihr Mann, entschied sie. Kurzerhand drückte sie auf ‚Anruf‘.

Es dauerte eine Weile, bis sich die bedächtige Stimme des Gärtners meldete.

„Nila Roonstein, salut Monsieur Girardot.“ Nila erläuterte kurz ihr Anliegen.

„Ja, das kriegen wir hin. Ich könnte morgen bei Ihnen vorbeikommen und mir das Ausmaß der Arbeit einmal ansehen. Anfangen kann ich aber frühestens nächste Woche.“

„Das ist in Ordnung“, sagte Nila schnell. Sie hatte gar nicht zu hoffen gewagt, überhaupt so rasch einen Termin in der Hauptsaison zu bekommen. Sie nannte ihm die Adresse.

„Das Anwesen der Durands?“, fragte er.

„Ja, genau“, bestätigte Nila, während sie sich fragte, ob sie es sich nur einbildete, dass Antoine Girardot plötzlich angespannt klang.

„Wir sehen uns morgen Früh. Ist Ihnen neun Uhr recht?“

Nila stimmte zu. Antoine Girardot verabschiedete sich knapp.

Nachdenklich sah sie auf das Telefon in der Hand.

***

Eine Stunde später stand Nila mit roten Wangen in der Küche. Fenchel, Karotten und Lauch waren geputzt, der Lachs gewaschen und gewürzt sowie die Kartoffeln geschält. Jetzt heizte sie den Backofen vor, bevor sie die Kartoffeln in Scheiben schnitt.

Sie freute sich schon jetzt auf das Essen. Gerne hätte sie gemeinsam mit Jacques und Lisanne gespeist, aber das schied ja leider aus. Trotzdem würde sie das Mahl genießen. Sie würde für sich ganz alleine auf der Terrasse decken und die wunderbare Aussicht über die Hügel aufs Mittelmeer genießen. Dazu würde sie ein oder zwei Gläser von Jacques fantastischem Wein zelebrieren, und sich zum Nachtisch einen Anruf bei Mona gönnen. Noch immer hatte sie ihrer Freundin nichts von ihrem Fund erzählt. Während des mit Aktivitäten gefüllten Tages war diese Information in ihrer Erinnerung nach hinten gerutscht. Als Nila jetzt das Blech mit Kartoffelscheiben belegte, Olivenöl darüber träufelte und das Aroma mit Rosmarinzweigen vervollständigte, tauchte der Gedanke wieder an der Oberfläche auf. Wessen Schwangerschaft dokumentierte das Ultraschallbild?

Nachdenklich bettete sie den Fisch in eine feuerfeste Form und verteilte das Gemüse darum. Sie hatte so viel Essen vorbereitet, dass es problemlos nicht nur für Jacques und Lisanne und sie selbst reichen würde, sondern auch für Vincent, der vermutlich wieder nebenan zu Gast sein würde.

Nila trug es mit Fassung, dass sie damit jemanden mit versorgte, der sie hier vertreiben wollte. Je länger sie hier war, desto besser konnte sie ihn ja verstehen …

Sie schob die Form zu den Kartoffeln in den Ofen, schloss die Tür und richtete sich leise stöhnend auf. Ihr Rücken meldete sich mit einem leichten Zwicken, das ungewohnt viele Putzen forderte seinen Tribut. Die Hitze, die der Backofen verströmte, erhöhte die ohnehin schon hohen Temperaturen in der Küche noch einmal. Seufzend wischte sie sich über die verschwitzte Stirn. Bevor sie mit dem Putzen angefangen hatte, war sie in geblümte Shorts und ein zartes Top mit Spaghetti-Trägern geschlüpft. Aber selbst diese dünne Kleidung schien immer noch zu viel zu sein. Sie wünschte, der Pool wäre schon einsatzbereit. Dann hätte sie jetzt zur Abkühlung kurz hineinspringen können. Das Meer wäre auch eine Alternative, aber der Weg war zu weit. So lange konnte sie unmöglich das Essen unbeaufsichtigt lassen. Sie nahm sich vor, morgen Früh ihr erstes Bad im Meer nachzuholen. Jetzt war sie schon den dritten Tag hier, ohne es zu nutzen. Das durfte sie nicht Niklas erzählen … Bei ihren gemeinsamen Reisen war das immer die erste Tat gewesen, wenn sie am Urlaubsort angekommen waren. Beim Gedanken daran seufzte sie erneut. Genau das war der Unterschied: Früher waren es Urlaubsreisen gewesen. Jetzt war sie aus beruflichen Gründen an diesem wunderbaren Ort, da standen schöne Freizeitaktivitäten nicht oben auf der Prioritätenliste.

Nach einem Blick in den Ofen, wo das Essen vor sich hingarte, entschied sie, schnell unter die Dusche zu hüpfen. Dafür langte die Zeit allemal.

Gerade betrat sie die angenehm kühle Halle, als die Haustür geöffnet wurde. Nila erstarrte. Ihr wurde bewusst, wie unmöglich sie aussehen musste mit ihrem verschwitzten Gesicht und ihren Blümchen-Shorts, die nicht für fremde Blicke gemacht waren. Hastig schob sie sich eine verklebte Locke aus der Stirn, als Vincent im Türrahmen erschien.

Er sah mindestens so derangiert aus wie Nila – aus den schmutzigen ausgefransten Jeans-Shorts ragten staubige Beine, die allerdings braun und wohl geformt waren, und seine halblangen schwarzen Haare fielen ihm wirr ins Gesicht, in dem sich erstmals dunkle Bartstoppeln zeigten. Vincents Oberkörper war nackt, Schweiß glänzte auf seiner Haut. Schlank, aber muskulös registrierte Nila, ohne es zu wollen.

Warum musste er ausgerechnet zu den Männern gehören, die noch attraktiver wurden, je weniger gepflegt sie waren?

„Salut, Madame Roonstein. Sie sind ja immer noch hier." Er grinste, während sein Blick in Zeitlupe an Nila hinunter wanderte.

Am liebsten hätte sie sich in Luft aufgelöst.

Warum hätte er nicht eine halbe Stunde später erscheinen können? Dann wäre sie zumindest wieder in einem vernünftigen Zustand und ihm somit besser gewachsen gewesen. Sie kratzte den Rest Würde, den sie im letzten Winkel fand, zusammen und sagte: „Salut. Selbstverständlich bin ich noch hier. Sie überraschenderweise ja auch." Sie reckte das Kinn, was aber wenig half. Selbst auf die Entfernung, die zwischen ihnen lag, kam sie sich furchtbar klein vor.

Er lachte. „Der Punkt geht an Sie." Gleich darauf wurde er wieder ernst. „Ich wollte nur etwas aus meinem Zimmer holen. Und bei der Gelegenheit: Wagen Sie es nicht, etwas in diesem Raum anzufassen. Renées Sachen können Sie entrümpeln, wie Sie wollen. Aber mein Zimmer ist tabu und die Möbel im Haus auch." Er warf ihr einen drohenden Blick zu und schlenderte dann in Richtung seines Ziels.

Nila starrte ihm sprachlos hinterher. Es dauerte eine Weile, bis sie sich soweit wieder gefasst hatte, dass sie ebenfalls ihren Weg fortsetzen konnte.

Während sie unter der Dusche stand und das lauwarme Wasser auf der Haut genoss, das Schweiß und Staub in den Abfluss spülte, fragte sie sich, ob Vincent den Weinberg von Jacques nun ganz unter seine Fittiche genommen hatte. Es sah danach aus. Im hiesigen Garten hatte sie ihn jedenfalls nicht gesehen, und irgendwo musste er gearbeitet haben, um so auszusehen. So ungepflegt ... und so verdammt attraktiv. Kopfschüttelnd griff Nila zum Duschgel. Dann fiel ihr etwas anderes ein. Hoffentlich würde die Beauftragung des Gärtners nicht zum nächsten Problem werden. Nun hatte sie zwar die Anordnung (die im Grunde keine war, schließlich war er nicht ihr Auftraggeber!), die Finger von seinem ehemaligen Zimmer und den Möbeln zu lassen, nicht aber das Verbot, den Garten auf Vordermann zu bringen. Trotzdem erwischte sie sich bei der Hoffnung, dass Vincent morgen längst in den Weinberg – oder wohin auch immer – verschwunden sein mochte, wenn Antoine Girardot zur Bestandsaufnahme käme.

***

Mit einem zufriedenen Seufzen schob Nila den leeren Teller von sich und griff zum Weinglas.

Das Abendessen war besser gelungen, als sie zu hoffen gewagt hatte. Sie verstand immer weniger, warum sie in der Hinsicht stets Niklas das Feld überlassen hatte. Es machte ihr richtig Spaß, den

201

Kochlöffel zu schwingen und etwas Köstliches zu zaubern. Selbst die Tatsache, dass sie jetzt ganz alleine auf der Terrasse saß, konnte ihr die Freude nicht nehmen. Natürlich würde sie jetzt lieber drüben bei den Nachbarn sein und in Jacques schelmische Augen blicken. Ihn dabei beobachten, wie er liebevoll seine Frau mit Essen versorgte und selbst mit Appetit aß.

Kurz malte Nila sich aus, wie es wäre, wenn das Haus zum Hotel umfunktioniert worden wäre und die Terrasse voller Gäste wäre, die sie bewirten könnte. Langsam nahm sie einen Schluck Wein und ließ ihre Fingerspitzen über den Rand des Glases gleiten. Ein wunderschöner Traum. Einer, der sich nicht erfüllen würde. Zumindest nicht an diesem Ort. Aber im Hinterkopf spukte weiterhin die Idee, vielleicht ein anderes Objekt zu finden, an dem sie diese Vorstellung realisieren konnte. Bei ihrer Recherche im Internet hatte sie herausgefunden, dass es durchaus preiswertere Angebote gab. Wer weiß, dachte sie, eines Tages ...

Sie zwang sich in die Gegenwart zurück und stellte das Glas ab. Jetzt würde sie erstmal Mona anrufen.

Ihre Freundin ging nach dem zweiten Klingeln dran.

„Hey, Süße, schön, dass du dich meldest!“ Mona klang fröhlich.

„Störe ich dich?“

„Nö, Feierabend! Ich hab es mir gerade mit einem Alsterwasser auf dem Balkon gemütlich gemacht.“

„Klingt gut, ich genieße gerade Jacques großartigen Wein, während ich das Essen sacken lasse und die Aussicht aufs Mittelmeer genieße.“

„Ja, ja, mach mich ruhig wieder neidisch! Was gab es denn? Hast du wieder selbst gekocht?“

„Allerdings. Lachs aus dem Ofen, Gemüse und Rosmarin-Kartoffeln“, zählte Nila stolz auf.

„Oh, lecker! Bei mir gab es Pizza aus der Tiefkühltruhe.“ Mona lachte. „Na ja, war ein langer Tag, Termine bis in den Abend. Und bei dir so?“

„Ich bin ganz gut vorangekommen. Alle Gästezimmer sind gereinigt, und ich habe einen Secondhand-Laden gefunden, dessen Besitzerin einen Großteil von Renées Garderobe nehmen möchte. Dann habe ich noch einen Gärtner beauftragt, der das Grundstück auf Vordermann bringen soll. Monsieur Girardot erwarte ich morgen Früh zur Lagebesprechung.“ Nila machte eine kurze Pause. „Dafür hat Renée sich aus dem Staub gemacht. Die nächste Zeit befindet sie sich auf einem Segeltörn.“

„Ernsthaft? Sie lässt dich ganz alleine in der unmöglichen Situation mit ihrem Sohn?“ Monas Tonfall war vorwurfsvoll.

„Ja.“ Nila schluckte. „Aber im Grunde macht es keinen Unterschied, sie ist ja sowieso nicht vor Ort. Mit Vincent muss ich mich also so oder so alleine rumschlagen.“

„Also gibt er noch nicht auf?“

„Wenn du damit meinst, ob er freiwillig zurück in die Schweiz geht: Nein! Aber wer ihn kennt, würde das auch nicht ernsthaft erwarten. Vorhin hat er mir verboten, sein früheres Jugendzimmer zu betreten. Außerdem darf ich die Möbel nicht entsorgen.“

„Wolltest du das denn?“

„Nein. Die Möblierung ist okay, da wirkt sich nichts verkaufsmindernd aus.“

„Trotzdem schräg.“ Mona schnaubte.

„Gelinde gesagt“, stimmte Nila trocken zu.

„Ich habe übrigens einen eigenartigen Fund gemacht.“ Sie berichtete von dem Ultraschallfoto.

„Das ist ja ein Ding!“, rief Mona. „Und, was denkst du, wer die Mutter ist?“

„Ich habe keine Ahnung.“ Nila spielte mit ihrem Weinglas. „Renée scheidet wohl aufgrund ihres Alters aus. Jacques habe ich gefragt, ob es möglich ist, dass Vincent damals einer frühe Vaterschaft entgegen sah.“

„Und?“, fragte Mona gespannt.

„Auf jeden Fall wusste er nichts davon.“ Nila fragte sich, ob an dieser Theorie vielleicht doch etwas dran war. Was auch immer dann geschehen war, womöglich war das die Erklärung für sein anschließendes unstetes Leben voller wechselnder Beziehungen, das schließlich in einem Burnout gemündet hatte. Sie teilte ihre Gedanken mit Mona. „Was meinst du?“

„Hm, mysteriös“, murmelte Mona. „Möglich wäre es natürlich. Vielleicht findest du es ja noch durch Zufall heraus, bevor du deinen Auftrag abgewickelt hast.“

„Apropos. Das ist sowieso das Einzige, worauf ich mich konzentrieren sollte.“ In dem Moment nahm Nila eine Bewegung am hinteren Teil des Grundstücks war. Gleich darauf blitzte etwas Weißes zwischen den Bäumen auf.

„Ich glaube, er kommt gerade nach Hause“, flüsterte sie ins Telefon. „Ich muss Schluss machen.“ Möglichst unbeteiligt legte Nila das Handy aus der Hand.

Gleichzeitig spürte sie, wie ihr das Blut ins Gesicht schoss.

Kurz darauf tauchte Vincent auf dem kleinen Weg auf, der sich zwischen den Bäumen entlangschlängelte und zu den Häusern führte. Er trug ein schneeweißes T-Shirt und dunkle Jeans. Auf seinen Lippen lag das typische Lächeln, das fast immer diese Prise Sarkasmus in sich barg. Er sah wieder so gepflegt aus, wie sie ihn kennengelernt hatte. Offensichtlich hatte er sich Dusche und Rasur gegönnt.

Nila schluckte und bemühte sich, ein möglichst unbeteiligtes Gesicht zu machen.

„Fantastisch Ihr Lachs. Vielen Dank!", sagte er, als er auf Höhe der Terrasse angekommen war.

„Freut mich", brachte Nila heraus.

Er hob kurz die Hand zum Gruß und verschwand dann in Richtung des Gästehauses. Nila fragte sich, wie sie wohl auf ihn reagiert hätte, wenn sie ihn unter unverfänglichen Umständen kennengelernt hätte. Ob sie ihn gemocht hätte. Oder ob sie auch dann froh gewesen wäre, ihn so wenig wie möglich zu sehen, weil er sie schlicht verunsicherte ... Sie trank einen Schluck Wein, kaute auf der Frage herum, bis sie schließlich wusste: Sie hatte keine Ahnung.

***

Am nächsten Morgen wurde Nila vom Wecker ihres Handys geweckt. Sie hatte ihn auf halb acht gestellt, wollte rechtzeitig fertig sein, bevor Antoine Girardot kam.

Verschlafen blinzelte sie sich in den Tag, während sie den Wecker ausstellte. Als sie ihre Augen endlich offen hatte, stellte sie fest, dass heute Morgen kein Sonnenlicht von draußen hereinfiel. Überrascht setzte sie sich auf. Tatsächlich, heute war der erste bedeckte Tag, seitdem sie in der Provence angekommen war.

Sie hatte gestern noch lange draußen gesessen, die seidenweiche Luft und die Aussicht genossen. Sich dabei in dem Traum verloren, einfach in Frankreich zu bleiben. Mona, die anderen Freunde und ihre Familie könnten ihre Ferien bei ihr verbringen. Sie selbst könnte ebenfalls einmal im Jahr für einige Wochen nach Deutschland reisen, um ihre Kontakte zu pflegen. Die Sehnsucht, ihr weiteres Leben an diesem Ort zu verbringen, wuchs mit jedem Tag, den sie hier verbrachte. Nila war sich nicht sicher, ob sie dagegen ankämpfen oder alles daransetzen sollte, den Traum irgendwie zu realisieren.

Musikalisch untermalt wurden ihre Träumereien von sanften Klavierklängen, die aus dem Gästehaus zu ihr hinüberwehten. Bei den ersten Tönen hatten sich die Härchen auf ihren Armen aufgestellt. Die Melodie berührte sie mehr, als sie jemals zugeben würde. Immerhin wusste sie, wer der Pianist war und vor allem, wie er zu ihr stand. Aber das hatte nicht verhindern können, dass sich ihre Augen seltsam feucht anfühlten und sich ein idiotisches Lächeln auf ihren Lippen formte. Von dem bittersüßen Gefühl in ihrem Herzen einmal ganz abgesehen. So hatte sie träumend und still lauschend in der warmen Nacht gesessen, bis irgendwann der letzte Ton verklungen war. Als sie schließlich ins Bett gegangen war, zeigte die

Uhr weit nach Mitternacht. Bis sie eingeschlafen war, dauerte es lange. Die Klaviertöne wollten partout nicht aus ihrem Kopf verschwinden. Fast wütend hatte sie eingesehen, dass Vincent Durand nicht von ungefähr einer der erfolgreichsten Pianisten der Welt geworden war.

So kurz und unruhig ihre Nacht gewesen war, brauchte sie sich jetzt nicht über ihre müden und schweren Glieder zu wundern. Langsam schob sie sich aus dem Bett und tapste zum Fenster. Der Himmel zeigte sich in einem trüben Grau-Weiß und hatte seine Strahlkraft der letzten Tage ebenso eingebüßt wie das Mittelmeer, das ruhig und dunkel darunter lag. Auch im Paradies gibt es mal schlechtes Wetter, dachte Nila mit einem Anflug von Ironie. Aus der Erfahrung von ihren vergangenen Urlauben wusste sie allerdings, dass schlechtes Wetter in Südfrankreich eher die Ausnahme war, und dass es sich – anders als in Hamburg – meist nach einem Tag schon wieder änderte. Eigentlich wäre ein bedeckter Tag sogar prädestiniert für einen Ausflug ins Hinterland. Lange Wanderungen entlang der Lavendelfelder waren bei jedem Wetter schön, aber ohne glühende Sonne weniger anstrengend. Ja, wenn sie nicht noch reichlich zu tun hätte, würde sie sich nach dem Frühstück ins Auto setzen und losfahren. Sie seufzte. Das ging natürlich nicht. Erst wartete die Besprechung mit Antoine Girardot auf sie und anschließend wollte sie mit Renées Schlafzimmer weitermachen. Eine ausgiebige Dusche würde ihre Lebensgeister hoffentlich wecken. Das Bad im Meer musste noch warten. Sie machte sich auf den Weg ins Bad.

***

Nilas Hoffnung hatte sich erfüllt. Frisch geduscht und mit gewaschenen Haaren saß sie in einem roten Kleid am Frühstückstisch und fühlte sich fit genug, um in den Tag zu starten. Das Croissant und ein Becher Kaffee taten ihr übriges. Die Geister der letzten Nacht waren nicht verschwunden, aber sicher in einen hinteren Winkel ihres Kopfes verbannt. Mit dem Traum, in der Provence leben zu wollen, würde sie sich erst beschäftigen, wenn sie ihren Auftrag abgewickelt hatte. Und bis dahin lag noch eine Menge Arbeit vor ihr. Sie überlegte, ob sie sich für den heutigen Tag eine Liste schreiben sollte, verwarf die Idee aber gleich wieder. Nach ihrem Termin mit Monsieur Girardot würde sie sich Renées Schlafzimmer widmen – dafür lohnte keine Liste, denn vermutlich würde das den größten Teil des Tages einnehmen. Einkaufen musste sie erst morgen wieder. Heute würde sie das restliche Gemüse vom Markt in einer schnellen Nudelpfanne verarbeiten, sie würde also nicht verhungern.

Nila goss sich eine zweite Tasse Kaffee ein und beschloss, diesen im Garten zu trinken. Dabei konnte sie selber vorab noch mal genauer in Augenschein nehmen, was Antoine Girardot erledigen sollte.

Als sie auf die Terrasse trat, stellte sie fest, dass sich der Himmel weiter zugezogen hatte. Es sah verdächtig nach Regen aus. Den Kopf in den Nacken gelegt blickte sie in die tief hängenden Wolken und sandte ein stilles Stoßgebet nach oben. Sie hatte nichts dagegen, wenn es ein Regentag werden würde, aber sie wäre dankbar, wenn die Wolken ihre Schleusen erst öffneten, wenn die Besprechung mit Girardot erledigt sein würde. Die Temperaturen waren im Gegensatz zu gestern deutlich gesunken, aber warm war es trotzdem noch.

Langsam wanderte Nila über die mit alten Steinen ausgelegte Terrasse. Natürlich könnte man diesen Bereich neu gestalten, aber nach einem prüfenden Blick zum Haus kam sie zu dem Schluss, dass die Terrasse perfekt zu ihm passte. In die Jahre gekommen, aber mit diesem unverwechselbaren Charme, der schnell verloren gehen konnte, wenn zu viel geändert werden würde. Nein, die Terrasse durfte bleiben, wie sie war. Nila schlenderte tiefer in den Garten. Der Sandweg, der sich zwischen blühenden Oleanderbüschen, Kiefern und Maulbeerbäumen entlangschlängelte, könnte allerdings ein neues Gewand vertragen. Der grüne Bewuchs hatte ihn im Laufe der Jahre immer mehr in Beschlag genommen, sodass der Weg inzwischen kaum mehr als ein Pfad war. Hier musste dringend Hand angelegt werden. Und vielleicht wäre eine Pflasterung mit Steinen, die zur Terrasse passten, eine gute Wahl.

Nila setzte sich auf eine eiserne Bank, die neben einer Hängebirke stand und ließ den Blick schweifen. Von dieser Stelle konnte sie das Meer nicht sehen, dafür aber den Bereich, der früher einmal der Gemüsegarten gewesen sein musste. Jetzt waren die einstigen Beete mit Unkraut überwuchert. Hier müsste alles umgegraben werden. So könnten die neuen Eigentümer selbst entscheiden, ob sie die Tradition des Gemüseanbaus fortführen wollten oder nicht. Nila trank den Rest Kaffee aus ihrem Becher, der gerade noch lauwarm schmeckte, und erhob sich wieder. Sie ging hinüber zum Kräutergarten. In verschiedenen großen Hochbeeten wucherten Thymian, Rosmarin und Melisse. Die restlichen Pflanzen konnte sie nicht bestimmen. Ob hier mit Beschnitt noch etwas zu retten war, oder ob es mehr Sinn machte, alles von Grund auf zu erneuern, wollte sie dem geschulten Auge des Gärtners überlassen. Sie blickte auf ihre Armbanduhr: Kurz nach halb neun. Besser, sie ging zum Haus zurück. Womöglich kam Antoine Girardot vor der vereinbarten Zeit.

Einer Intuition folgend ging sie ums Haus herum. In dem Moment fuhr ein Pick-up die Auffahrt in ihre Richtung. Nila lächelte, sie hatte es im Gefühl gehabt: Der Gärtner würde überpünktlich sein!

Der Wagen reihte sich zwischen Nilas Fiat 500 und Vincents SUV ein. Der Fahrer, der kurz darauf ausstieg, war unschwer als der erwartete Gärtner zu identifizieren. Antoine Girardot trug ein kariertes, offenes Hemd über einem Tanktop und eine khakifarbene Arbeitshose. Derbe Stiefel und eine Baseballkappe rundeten sein Outfit ab.

Mit ausgestreckter Hand kam er auf Nila zu. Sein Handschlag war fest und sein Lächeln freundlich. Trotzdem meinte Nila, Anspannung in seiner Miene zu erkennen. Ihr fiel wieder ein, dass sie den Gedanken schon gestern beim Telefonat gehabt hatte, als ausgesprochen wurde, um wessen Anwesen es sich handelte.

„Schön, dass es so schnell geklappt hat", sagte Nila herzlich.

„Wie gesagt, die Bestandsaufnahme können wir gerne jetzt machen, aber mit der Arbeit können wir frühestens nächste Woche beginnen. Mein Mitarbeiter ist diese Woche noch krankgeschrieben. Ich hoffe, ihn dann wieder an Bord zu haben."

„Das reicht vollkommen."

„Und das Anwesen wird verkauft?" Der Gärtner blickte sich um, er schien die Gegebenheiten fachmännisch zu scannen.

„Ja, aber es gibt noch jede Menge Arbeit drinnen, da kommt es beim Garten nicht auf ein paar Tage an."

„Der Rosengarten soll bleiben?" Er deutete auf die rosa und weiß blühende Pracht, die sich üppig im Vorgarten verteilte.

„Ja, unbedingt! Vielleicht etwas Form reinbringen, aber keine grundlegende Änderung."

„Das wäre auch schade drum." Er nickte zufrieden.

Nila musterte ihn unauffällig. Die Anspannung ihres Gegenübers schien in dem Maße kleiner zu werden, wie es um die Arbeit ging. Sie hätte wetten können, dass Gartengestaltung seine Lebensaufgabe war.

„Die Hauptarbeit wartet hinten." Sie bedeutete ihm, ihr zu folgen.

„Das habe ich mir gedacht", murmelte er.

„Kennen Sie das Anwesen?", fragte sie über die Schulter.

„Ja."

Die Anspannung war zurück, das spürte Nila, obwohl sie sich nicht umdrehte. Ihre Professionalität siegte, und sie hakte nicht neugierig nach.

Als sie auf der Terrasse angekommen waren, zeigte Nila auf den Pool. „Ich hoffe, das gehört auch in Ihren

Aufgabenbereich? Für den Verkauf wäre es förderlich, wenn ich einen funktionsfähigen Pool anbieten könnte."

„Ja, ja, das ist kein Problem." Abwesend schob Antoine Girardot seine Baseballkappe nach hinten und ließ seinen Blick schweifen.

„Schön, das freut mich." Wieder hatte Nila das Gefühl, als wenn Antoine Girardot sich hier nicht wohlfühlte.

„Gut, dann machen wir mal weiter." Er sah sie auffordernd an.

„Gerne." Sie fand den etwas wortkargen Gärtner sympathisch. Gerne hätte sie erfahren, in welcher Verbindung er zu den Durands gestanden hatte. Dann fiel ihr eine unverbindliche Frage ein. „Haben Sie hier früher schon gearbeitet?"

„Nein." Er schüttelte den Kopf. Fast ein wenig zu heftig für den Inhalt der Frage.

Irritiert schlug Nila den Sandweg zum hinteren Grundstück ein. Der Gärtner folgte ihr mit etwas Abstand.

Als sie sich umwandte, ließ sie eine Bewegung an der Haustür des Gästehauses innehalten. Vincent trat heraus. Sein Gesicht verfinsterte sich, als er Nila mit ihrem Begleiter erblickte. Mit großen Schritten kam er auf sie zu. Überrascht bemerkte Nila, wie der Gärtner mit einem Mal in sich zusammenzusacken schien. Der fast zwei Meter große und breite Mann schrumpfte förmlich vor ihren Augen.

Als Vincent bei ihnen angekommen war, wollte Nila die beiden Männer gerade miteinander bekanntmachen, als Vincent sich dicht vor Antoine Girardot aufbaute und zischte:

„Verschwinde! Sofort!“

„Ich wusste nicht, dass du …“, der Gärtner brach hilflos ab und rang seine breiten Hände.

„Nun weißt du es. Ich sage es nicht noch einmal. Verschwinde!“ Vincent stemmte die Hände in die Hüften und sein zorniger Blick wechselte zwischen Nila und dem Gärtner.

„Entschuldigen Sie bitte, aber ich habe Monsieur Girardot beauftragt. Und dabei bleibt es.“ Nila reckte das Kinn. Sie war froh, dass ihre Stimme fest geblieben war, obwohl sie innerlich zitterte.

„Ach ja? Ich bin sicher, das tut es nicht.“ Vincent sprach gefährlich leise.

„Es tut mir leid, Madame.“ Antoine Girardot wandte sich an Nila. „Aber unter diesen Umständen muss ich leider meine Zusage zurückziehen.“

Nila öffnete den Mund, aber bevor sie etwas sagen konnte, war der Gärtner schon an ihr vorbeimarschiert. Seine Flucht – die es offensichtlich war – aufzuhalten, schien unmöglich.

Sie klappte den Mund wieder zu und starrte Vincent Durand sprachlos an. Seine Lippen hatten sich zu einem Strich zusammengezogen und aus seinen dunklen Augen schossen wütende Blitze. In dem Moment öffnete der Himmel seine Schleusen. Dicke Regentropfen prasselten auf die Erde und die beiden Menschen, die sich aufgebracht gegenüber standen. „Wenn Sie das nächste Mal Personal engagieren, dann fragen Sie mich vorher, ob ich damit einverstanden bin.“ Vincent drehte sich auf dem Absatz wieder um und eilte zielstrebig ins Gästehaus zurück. Als die Tür mit einem lauten Knall ins Schloss geworfen wurde, zuckte Nila zusammen. Ihr dünnes Kleid war bereits klatschnass, aber sie war zu wütend, um die Nässe zu spüren. „Das glaube ich jetzt nicht", murmelte sie fassungslos. Sie musste wissen, was das gerade zu bedeuten hatte. Und es gab nur einen, der ihr die Frage beantworten konnte.

25.

„Mon dieu, wie sehen Sie denn aus, liebe Nila? Als ob der Leibhaftige hinter Ihnen her sei." Jacques lachte leise und musterte Nila, die im Dauerlauf hinübergerannt war.

„Jacques, ich brauche Ihre Hilfe!"

„Kommen Sie rein. Wir setzen uns in die Küche zu Lisanne."

Dankbar folgte sie ihm ins Innere des Hauses.

„Setzen Sie sich ruhig schon, ich bin gleich bei Ihnen." Jacques deutete auf den Küchentisch, an dem Lisanne saß und leise vor sich hinsummte.

Nila hatte gerade Platz genommen, da war der alte Mann schon mit einem Handtuch zurück. Liebevoll legte er es um ihre Schultern. „Möchten Sie vielleicht einen Tee? Nicht, dass sie sich noch einen Schnupfen einfangen."

„Gerne." Nila lächelte dankbar.

Während Jacques sich um den Tee kümmerte, gewann Nila langsam ihre Fassung zurück. Sie rubbelte ihre nassen Haare mit dem Handtuch und fragte sich, was noch alles auf sie zukommen würde. Wie würde es erst sein, wenn die ersten Kaufinteressenten kämen? Bei dem Gedanken wurde ihr Angst und Bange. Schnell richtete sie ihre Aufmerksamkeit auf Lisanne. Die alte Frau hob gerade den Blick, hörte auf zu summen und sah Nila direkt an. Zum ersten Mal schien es, als würde sie sie wirklich wahrnehmen. Ein leichtes Lächeln umspielte ihre Lippen, als sie ansatzweise nickte. Gleich darauf blickte sie wieder aus dem Fenster und summte weiter.

Wieder ertappte Nila sich bei dem Wunsch, Lisanne früher kennengelernt zu haben.

„Na, dann erzählen Sie mal." Jacques stellte einen dampfenden Becher vor Nila und setzte sich neben seine Frau. Zärtlich legte er eine Hand auf ihren Arm, während er Nila auffordernd zunickte.

Nila begann zu erzählen.

Als der Name Antoine Girardot fiel, verengten sich Jacques Augen und die Falten auf seiner Stirn vertieften sich.

„Was habe ich falsch gemacht? Ich brauche doch eine Fachfirma, um draußen alles verkaufsgerecht vorzubereiten." Sie seufzte und spielte mit einer feuchten Locke.

Jacques nickte bedächtig. „Sie haben nur den falschen Mann beauftragt."

„Das Gefühl hatte ich auch schon. Verraten Sie mir, warum das so ist?"

Jetzt seufzte Jaques. „Antoine war früher der beste Freund von Vincent."

Nila hob überrascht eine Augenbraue und wartete schweigend, bis der alte Mann fortfuhr. „Ihre gesamte Kindheit haben sie zusammen verbracht. Auch wenn sie auf der einen Seite vollkommen unterschiedlich waren, so haben sie doch ganz ähnlich getickt. Für Antoine war schon immer die Natur das Wichtigste, er musste mit den Händen arbeiten, sonst hat er sich nicht wohlgefühlt. Na ja, Vincent im Prinzip ja auch. Nur, dass er die Tasten eines Klaviers spüren musste und keine Erde zwischen den Fingern zum Glücklichsein brauchte."

„Aber ...?"

„Aber dann passierte die Liebe."

„Isabelle ...?", murmelte Nila fragend. An den Namen erinnerte sie sich von einem früheren Gespräch mit dem Nachbarn.

„Genau. Isabelle", bestätigte Jacques. „Die erste große Liebe von Vincent. Ich glaube, er war siebzehn. Die beiden klebten zusammen wie Pech und Schwefel. Bis Vincent ein halbes Jahr in New York verbracht hat. In der Zeit kamen Isabelle und Antoine sich näher."

„Oh nein ..." Über Nilas Rücken lief ein Schauer. Das musste für Vincent so gewesen sein, als wenn Niklas etwas mit Mona angefangen hätte. Unvorstellbar. Sie hätte auf einen Schlag die engsten Vertrauten verloren.

„Ja, es war schlimm. Für alle Beteiligten. Und was noch schlimmer war, kurz darauf ereignete sich Jeans tödlicher Unfall." Jacques Miene spiegelte tiefe Traurigkeit, seine Lippen bebten.

Nila sog scharf die Luft ein. Sie wusste gar nicht, was sie sagen sollte. Heiße Scham schoss durch ihren Körper. Verdammt! Rose des Himmels ... Für Vincent vermutlich eher Rose des Grauens ... und sie hatte sich schlafwandlerisch ausgerechnet für den Gärtner entschieden, der einmal sein bester Freund gewesen war und diesen Status auf so furchtbare Weise verloren hatte. Nila hätte sich ohrfeigen können.

„Das tut mir so leid." Sie biss sich auf die Lippen.

„Sie können doch nichts dafür. Wie hätten Sie ahnen sollen, wer sich hinter der Firma verbirgt?" Er nahm seine Hand von Lisannes Arm und legte sie stattdessen auf den von Nila.

„Wie ist es denn mit Antoine und Isabelle weitergegangen?“, fragte sie leise. „Sind sie noch zusammen?“

„Verheiratet, drei Kinder“, fasste Jacques knapp zusammen.

„Es ist seitdem sehr viel Zeit vergangen ...“

„Manche Wunden brauchen sehr lange, bis sie heilen. Und manche tun es nie.“ Ein trauriger Ausdruck verdunkelte Jacques Miene.

„Da haben Sie wahrscheinlich recht. Und Antoine ist so eine Wunde, die niemals heilen wird?“

Jacques zuckte die Schultern. „Wenn Vincent irgendwann die richtige Frau findet, wird sich das vielleicht ändern. Allerdings glaube ich nicht, dass er immer noch Isabelle hinterher trauert. Ich denke, es ist die Kombination, nicht nur die erste große Liebe zu verlieren, sondern gleichzeitig den besten Freund.“

Nila nickte langsam. Wieder musste sie daran denken, wie es gewesen wäre, wenn Mona etwas mit Niklas angefangen hätte, während sie noch ein Paar waren. Ihr Hals wurde eng. Sie würde es ausschließen, dass ihre Freundin dazu fähig wäre. Aber wenn genau das trotzdem passierte ... ja, ihr Vertrauen wäre grundlegend zerstört. Für einen winzigen Moment spürte sie den mörderischen Schmerz, den das auslösen musste ... Ja, sie konnte nachfühlen, warum Vincent eben so reagiert hatte.

„Nun muss ich mir wohl einen anderen Gärtner suchen“, sagte Nila leise.

„Oder Sie warten noch ab. Im Moment stürzt Vincent sich geradezu in die Arbeit in meinem Weinberg. Aber wenn er damit fertig ist, möchte er vielleicht selbst den Garten auf Vordermann bringen. Neuerdings scheut er die Arbeit mit Erde nicht mehr." Jacques schmunzelte.

„Hat er das gesagt?"

„Nein." Jacques schüttelte den Kopf. „Früher musste er oft Jean im Garten helfen, aber er tat es eher murrend. Es hat sich vieles geändert ... Ich glaube, inzwischen macht es ihm doch Spaß, vielleicht auch deshalb, weil er es jetzt freiwillig tut. Nur vorne bei den Rosen musste er nie helfen – die waren Renées Reich."

„Warum weigert er sich bloß so vehement, mit seiner Mutter zu reden? Wenn ihm so viel daran liegt, das Haus zu behalten, dann muss er doch alles dafür tun!", brach es aus Nila heraus.

„Es ist kompliziert." Jacques schob seine Mütze zurecht.

„Das kann man wohl sagen." Nila seufzte. Und sie war mittendrin.

***

Na toll, dachte Nila, während sie langsam den Weg zum Haus zurückging. Es regnete noch immer, aber inzwischen war der Wolkenbruch von vorhin einem sanften Landregen gewichen. Ihr Kleid war ohnehin noch nass, sich zu beeilen machte also wenig Sinn.

Sie hatte sich gefreut, schon so gut vorangekommen zu sein. Erst das positive Resultat bei dem Gespräch mit Catherine, dann der schnelle Termin mit Antoine Girardot, der sich nun allerdings als Fiasko herausgestellt hatte. Wie es aussah, würde sich der Verkauf doch weiter hinauszögern. Der Gedanke löste prompt Zwiespalt in ihr aus. Das Maklerin-Herz in ihr wollte möglichst schnell gute Ergebnisse vorlegen, während ein anderer Teil bei der Aussicht, noch länger hierzubleiben, still frohlockte. Selbst wenn es bedeutete, weiter mit dem komplizierten Star-Pianisten zu tun zu haben.

Sie beschloss, erstmal bei ihrem ursprünglichen Plan zu bleiben, und sich den weiteren Tag mit Renées Schlafzimmer zu beschäftigen. Alles andere musste sie auf sich zukommen lassen, sie hatte ohnehin keine Wahl.

Sie betrat das Haus und lief die Treppe hinauf in ihr Zimmer. Rasch streifte sie das nasse Kleid ab und hängte es zum Trocknen im Badezimmer auf. Zurück im Schlafzimmer stellte sie beim Blick in den Schrank fest, dass ihre Garderobe inzwischen sehr überschaubar geworden war; das meiste war bereits getragen im Wäschekorb gelandet. Sie musste dringend prüfen, ob die Waschmaschine im Hauswirtschaftsraum funktionierte. Andernfalls müsste sie shoppen gehen. Ein, zwei Erinnerungsstücke an diese ungewöhnliche Reise sollte sie sich sowieso gönnen – für später, wenn sie wieder zurück in Hamburg sein würde ... Ihr Herz zog sich schmerzhaft zusammen. Sie wollte nicht zurück! Sie wollte bleiben. Für immer. Nur mühsam konnte sie den Gedanken abschütteln. Besser, sie konzentrierte sich auf die Arbeit.

Seufzend zog sie das letzte saubere weiße T-Shirt und den gelben Glockenrock an, den sie gestern schon getragen hatte. Ihre immer noch feuchten Haare bändigte sie mit einem breiten Gummiband zu einem hohen Zopf, bevor sie in den Hauswirtschaftsraum hinunterlief, der an die Küche angrenzte. Dort steckte sie den Stecker der Waschmaschine in die Steckdose, öffnete den Wasserhahn und stellte die Maschine probehalber an. Die Maschine funktionierte! Ein triumphierender Laut verließ Nilas Lippen. Rasch ging sie wieder hinauf, raffte ihre schmutzige Wäsche zusammen und brachte sie in den Hauswirtschaftsraum. Ein geschlossener Karton mit Waschpulver, den sie in einer Abseite fand, rundete ihren Plan ab. Vorerst musste sie also nicht shoppen gehen, dachte sie erleichtert.

Nachdem die Waschmaschine ihren Dienst aufgenommen hatte, ging Nila ins Schlafzimmer der Durands. Den begehbaren Kleiderschrank konnte sie erstmal links liegen lassen, bis Catherine entschieden hatte, wie viel von der Kleidung in den Secondhand-Laden gehen würde.

Nila sah sich suchend um. Neben dem Schminktisch standen noch zwei halbhohe Schränke, die sie noch nicht näher in Augenschein genommen hatte. Sie öffnete den ersten. Ein großer Stapel Fotoalben lag dort ordentlich aufgereiht. Nilas Herzschlag beschleunigte sich. Natürlich gehörte es *nicht* zu ihren Aufgaben, sich die Aufnahmen anzusehen. Und natürlich konnte sie nicht widerstehen, es dennoch zu tun.

Schuldbewusst nahm sie den Stapel heraus und trug ihn zum Bett.

26.

Seit gut zwei Stunden war Nila schon in das Leben der Familie Durand vertieft. Sie hatte verfolgt, wie aus einem Baby ein hübscher kleiner Junge wurde. Manchmal wirkte Vincent traurig, trotz der vielen Menschen um ihn rum, aber es gab auch Aufnahmen, wo er freudestrahlend von seinem Vater durch die Luft gewirbelt wurde oder andächtig am Klavier saß, Renée singend neben sich. Nur wenige Fotos zeigte die Familie alleine, fast immer waren sie von einer bunten Schar Menschen umgeben. Nun war Nila klar, warum es so viele Gästezimmer im Haus gab. Die Durands waren offenbar sehr gesellig gewesen. Und noch etwas war auffällig. Es gab wenige Aufnahmen, die Renée und Jean gemeinsam zeigten. Bis auf gestellt wirkende Szenen – Vater, Mutter, Sohn steif aufgereiht im Garten, vermutlich geschossen bei einem Geburtstag oder ähnlichen Familienfeiern– schien sich das Ehepaar nicht besonders nah gewesen zu sein. Rein äußerlich hätten sie kaum verschiedener sein können. So schillernd und glamourös Renée auf jedem Foto wirkte, so unscheinbar machte sich ihr Mann neben ihr aus. Jean Durand war nicht hässlich, aber im Gegensatz zu seiner schönen Frau fiel seine Durchschnittlichkeit besonders auf. Schüttere, mausbraune Haare, eine strenge Brille und ein blasses Gesicht hätten ihn in jeder Menge untergehen lassen. Jean Durand war niemand, der äußerlich bleibenden

Eindruck hinterließ. Nun konnte es natürlich sein, dass diese Schlussfolgerung nicht der Wahrheit letzter Schluss war, vielleicht war Renées Ehemann auch ein Mensch, dessen Ausstrahlung erst im persönlichen Kontakt spürbar wurde. Es fiel Nila allerdings schwer, das zu glauben.

Mit gerunzelter Stirn starrte sie auf ein Foto, das sie besonders faszinierte.

Vincent in einem Smoking mit Fliege und weißem Hemd am Flügel, das jugendliche Gesicht voll ernster Konzentration, während Renée in einem weißen Paillettenkleid und obligatorischer Hochsteckfrisur nebst aufwändigem Make-up ihn gesanglich begleitete. Jean Durand saß in der ersten Reihe von Stühlen, die im Wohnzimmer für ein kleines Publikum arrangiert worden waren. Die Aufnahme zeigte ihn von der Seite, aber selbst aus der Perspektive schien es so, als sei er mit seinen Gedanken weit weg. Die Durands waren keine glückliche Familie, schoss es Nila durch den Kopf. Sie blätterte weiter, obwohl sie inzwischen alle Fotos mindestens einmal gesehen hatte. Noch nie hatte sie sich so intensiv mit ihren Auftraggebern beschäftigt. Lag es nur an den ungewöhnlichen Umständen, oder warum war sie in diesem Fall so fasziniert von dem Leben der Menschen, die einmal in der Immobilie gelebt hatten, die es nun zu verkaufen galt?

Sie musste damit aufhören. Es brachte sie kein bisschen weiter, wenn sie in der Vergangenheit der Familie forschte, deren Anwesen sie verkaufen sollte. Sie musste endlich zurückkehren in eine professionelle Normalität. Entschlossen richtete sie sich auf. Auch wenn Renée grünes Licht gegeben hatte, dass alles entsorgt werden konnte, brachte sie es nicht übers Herz, diese Zeitdokumente einfach in den Müll zu werfen. Sie würde allen Mut zusammennehmen und Vincent fragen, ob er die Fotoalben haben wollte. Nach der Szene am Morgen verursachte die Vorstellung zwar noch größeres Unbehagen, als es sonst der Fall gewesen wäre, aber etwas anderes käme trotzdem nicht infrage.

Mit einem mulmigen Gefühl im Bauch machte sie sich auf den Weg.

***

Nach einem kurzen Zwischenstopp bei Jacques wusste sie nun, in welcher Richtung sich der Weinberg befand. Er schloss sich direkt hinter dem Nachbargrundstück an. Das Gebiet umfasse nur gut zweitausend Quadratmeter, Nila könne Vincent nicht verfehlen, falls er noch am Arbeiten sei, hatte Jacques mit einem kleinen Lächeln gesagt. Und ihr dann viel Glück gewünscht. Nila schluckte. Ja, Glück würde sie brauchen, damit er sie nicht verjagte.

Jacques kleinem Weinberg war anzumerken, dass sich lange keine ordnende Hand um ihn gekümmert hatte. Nervös sah Nila sich um. Inmitten der zugewucherten Reben entdeckte sie schließlich im hinteren Bereich etwas Weißes. Vincents T-Shirt. Am liebsten wäre sie auf dem Absatz wieder umgekehrt. Albern, schalt sie sich in Gedanken. Er wird mir schon nicht den Kopf abreißen. Ihr mulmiges Gefühl blieb, während sie über einen Teppich aus Unkraut auf ihn zuschritt.

„Monsieur Durand?" Nila blieb in sicherer Entfernung stehen.

Überrascht hob er den Kopf. Die Gartenschere in seiner Hand verharrte auf halber Höhe zu ihrem Bestimmungsort.

Sein Blick verfinsterte sich, als er Nila erkannte.

„Was wollen Sie?" Er gab sich nicht einmal mehr Mühe, höflich zu sein.

„Es tut mir leid, was heute Morgen geschehen ist. Wenn ich gewusst hätte, dass Sie mit Monsieur Girardot nicht einverstanden sind, hätte ich ihn nie beauftragt."

„Reizend von Ihnen." Sein Blick wanderte an Nila hinunter. Prompt fühlte sie sich noch unbehaglicher. Fast kam sie sich vor, als stände sie nackt vor ihm. Er kniff die Augen zusammen und taxierte ihr Gesicht, das sich gerade verräterisch mit Blut füllte.

„Ich wollte Sie etwas fragen."

Anstatt etwas zu sagen, hob er nur eine Augenbraue.

Nila räusperte sich, um den Kloß in ihrem Hals zu verscheuchen. Endlich konnte sie weiter sprechen. „Es ist so …" Sie brach ab, räusperte sich abermals. „Ich habe im Schlafzimmer ihrer Mutter etliche Fotoalben gefunden. Eigentlich habe ich den Auftrag, alles zu entsorgen, aber vielleicht möchten Sie in diesem Fall … also vielleicht haben Sie Interesse daran?"

Eine Weile starrte Vincent sie nur an, fast glaubte Nila, er hätte sie gar nicht gehört, bis er schließlich nach einer gefühlten Ewigkeit doch noch antwortete. „Danke fürs Mitdenken. Ja, habe ich. Sonst noch was?"

Nila schüttelte den Kopf. „Dann lege ich Ihnen die Alben ins Gästehaus, okay?"

„In Ordnung." Er wandte den Blick ab und setzte die Gartenschere in seiner Hand wieder in Bewegung.

„Gut, dann ..." Sie wartete kurz, aber es kam von ihm nichts mehr. „Dann noch frohes Schaffen. Au revoir, Monsieur Durand."

„Au revoir, Madame Roonstein."

Wieder dieser leise Spott in seiner dunklen Stimme, der sie zur Weißglut brachte. Und verunsicherte ... So geordnet wie möglich trat sie den Rückzug an. Während sie seltsam ungelenk über den Unkrautteppich stakste, spürte sie seine Blicke im Rücken. Aber das bildete sie sich ganz bestimmt nur ein. Warum sollte er ihr hinterhersehen? Auf jeden Fall war sie froh, als sie um die Ecke biegen konnte und Jacques' Garten wie eine rettende Insel vor sich sah.

***

Warum zum Henker, schafft er es jedes Mal, dass ich mich wie ein dummes fünfzehnjähriges Huhn aufführe, wenn ich in seiner Nähe bin? Wütend raffte Nila die Fotoalben zusammen und stapelte sie vor der Brust. Wieso wurde sie das Gefühl nicht los, ihn einfach nicht einordnen zu können? Es machte sie wahnsinnig – *er* machte sie wahnsinnig ... Und es ärgerte sie maßlos, dass es so war. Verdammt, er sollte ihr vollkommen gleichgültig sein! Er war nur der Sohn ihrer Auftraggeberin, der sich mit Händen und Füßen dagegen wehrte, dass Nila ihren Job erledigen konnte. Sie verschwendete viel zu viele Gedanken an ihn und an die tragische Familiengeschichte der Durands. Das ging weit über ein normales berufliches Interesse hinaus. Sie wusste es, konnte aber nichts dagegen tun. Immer wieder schlich er sich in ihre Gedanken, und der Wunsch wurde von Tag zu Tag größer, hinter die arrogante Fassade zu blicken. Da war mehr, das spürte sie. Andernfalls wäre er nicht imstande, sich mit dieser Leidenschaft der Musik hinzugeben. Beim Gedanken an sein Spiel von letzter Nacht bildete sich schon wieder eine Gänsehaut auf ihren Armen. Diese bittersüßen Klänge ...

Sie packte die Alben fester, versuchte, die Gedanken zum Teufel zu schicken und machte sich auf den Weg zum Gästehaus. An der Tür zögerte sie kurz, dann straffte sie sich. Sie wusste ja, dass das Haus leer war. Trotzdem schloss sie nun beklommen auf. Suchend sah sie sich im Flur um. Die Kommode zur Linken war zu schmal, um die Alben darauf zu platzieren. Sie musste wohl oder übel in die Küche oder ins Wohnzimmer gehen, um ihre Last loszuwerden. Sie entschied sich für die Küche. Ein Raum, der ihr irgendwie unverfänglicher – weniger persönlich – erschien. Mit dem Fuß öffnete sie die Tür, die nur angelehnt war.

Mit einem Blick erkannte sie, dass sich hier wenig verändert hatte seit ihrer ersten Begehung. Alles war ordentlich, lediglich auf der Theke stand ein benutzter Kaffeebecher. Nila widerstand dem Impuls, den Kühlschrank zu öffnen. Sie schüttelte irritiert den Kopf. So neugierig hatte sie sich selbst noch nie erlebt. Schnell legte sie die Fotoalben neben den einsamen Becher, bevor sie sich hastig auf den Rückweg machte. Die Atmosphäre im Gästehaus hatte sich verändert.

Obwohl nur wenig Veränderung sichtbar war – im Flur seine Sneakers neben einem Paar teurer Schnürschuhe und die benutze Kaffeetasse in der Küche – war das Haus nicht länger eine Gästeunterkunft, die auf Besucher wartete. Es war wieder ein Heim geworden. Ein Zuhause für denjenigen, der jetzt dort lebte. Ein Schauer lief über ihren Rücken. Ihre Aufgabe war es, ihn daraus zu vertreiben. Neben dem einsetzenden schlechten Gewissen kochte Wut in ihr hoch. Bestimmt gab es eine Lösung. Vielleicht wäre Renée einverstanden, nur das Haupthaus zu verkaufen und Vincent das Gästehaus zu überschreiben. Aber dafür müsste endlich einer von beiden über seinen Schatten springen und einen Schritt auf den anderen zugehen. Ihre Wut verpuffte in Resignation. Da war es wieder – das Hauptproblem. Solange sich beide wie trotzige Kleinkinder aufführten, konnte das Naheliegende nicht passieren. Seufzend betrat sie das Haupthaus. Und traf eine Entscheidung: Sie würde sich eine Auszeit gönnen und zum Strand gehen. Irgendwie musste sie den Kopf freibekommen.

***

Zum ersten Mal seit ihrer Ankunft fühlte Nila sich in der Provence wie eine Urlauberin. Unter ihren Shorts und dem letzten sauberen Top aus ihrer Reisegarderobe trug sie optimistisch einen Badeanzug und in dem geflochtenen Korb, den sie auf dem Markt gekauft hatte, lagen ein großes Handtuch, ein Roman, den sie sich aus der hauseigenen Bibliothek ausgeliehen hatte, und eine Flasche Sonnenmilch. Für das leibliche Wohl sollten eine Flasche Orangensaft und eine Packung Kekse sorgen.

Einen Moment lang vergaß sie die Familien-Probleme der Durands, die unverändert auf Lösung drängten und schritt beschwingt auf Flip-Flops den hügeligen Weg zum Meer hinab. Der Regen hatte sich verzogen, aber noch war der Himmel bedeckt. Der Tag schien sich noch nicht entschieden zu haben, ob er noch ein sonniger werden wollte. Für Nila war es nicht wichtig, ob die Sonnencreme zum Einsatz kommen konnte. Sie würde jetzt einfach den Luxus genießen, zwei oder drei Stunden am Meer zu verbringen. Als sie am Strand ankam, stellte sie fest, dass sich deutlich weniger Menschen dort tummelten als an den strahlenden Tagen. Viele Touristen nutzen vermutlich den Tag, um Ausflüge ins Hinterland zu machen oder die Stadt zu erkunden und Shopping-Touren zu erledigen. Nila war es nur recht, so konnte sie ungestört lesen und den Blick aufs Wasser genießen. Sie suchte sich eine Stelle abseits der Familien, die die fehlende Sonne nicht davon abhielt, mit ihren Kindern Sandburgen zu bauen, und breitete ihr Handtuch aus. Mit einem Seufzen streckte sie sich darauf aus und ließ ihren Blick über die Küste schweifen. Sie liebte das mediterrane Flair, das selbst an einem trüben Tag wie diesem seinen Zauber verbreitete. Der Wunsch für immer zu bleiben, drängte wieder an die Oberfläche. Hamburg würde ihre Heimatstadt bleiben, und sie würde gerne gelegentlich dorthin zurückkehren. Aber leben ... leben wollte sie hier. Das spürte sie mit jeder Faser ihres Herzens und jeden Tag mehr. Wäre das eine echte Option? Oder war dieses Gefühl, partout hierbleiben zu wollen, nur etwas, das ihr Gehirn als Ablenkung produzierte, damit sie nicht unablässig über die Durands im allgemeinen und Vincent Durand im Besonderen nachdachte? Oder resultierte der Wunsch aus einem ganz anderen Grund – brauchte sie den räumlichen Abstand zu ihrem alten Leben, zu Niklas, um mit dem plötzlichen Bruch besser fertig zu werden? Sie hatte doch die Zeit hier nutzen wollen, um ihr altes Leben zu verarbeiten. Jetzt aber schien es ihr, als hätte sie es schon hinter sich gelassen. Als wäre sie übergangslos in die Zukunft geschlüpft. Ging das so einfach oder machte sie sich etwas vor?

All das ging ihr durch den Kopf, während sich ihre nackten Zehen in den feinen, vom Regen noch feuchten Sand gruben. Sie griff zu dem mitgebrachten Buch – ein alter preisgekrönter Liebesroman einer französischen Autorin – schlug es auf, nur um es gleich darauf wieder zuzuklappen. Es hatte keinen Sinn, ihr Kopf war viel zu voll mit ihrem eigenen Leben, um sich auf eine fiktive Geschichte einlassen zu können.

Ergeben verschränkte sie die Hände im Nacken, legte den Kopf darauf und schloss die Augen. Sie gab ihren Gedanken die Erlaubnis, für diese Auszeit am Strand dorthin zu gehen, wo sie sein wollten. Selbst wenn sie die Gelegenheit sofort nutzen und sich auf den Weg zu einem dunkelhaarigen, spöttischen Star-Pianisten mit Kommunikationsproblem machten.

Manchmal musste man das Wagnis eingehen und die Kontrolle der Gedanken aufgeben. Und welcher Zeitpunkt wäre dafür besser geeignet als ein bedeckter Nachmittag am Mittelmeer? Begleitet von leisem Kinderlachen, dem sanften Plätschern der Wellen und dem unverwechselbaren Meeresduft, der das Leben selbst zu verströmen schien ...

***

Mit einem Ruck erwachte Nila. Sie brauchte einen Moment, bis sie wusste, wo sie war und welches Geräusch sie geweckt hatte. Natürlich – ihre Auszeit am Strand. Das nervige, die sommerliche Nachmittagsstille störende Klingeln kam aus dem Korb, wo ihr Handy lag.

Sie fuhr sich über die verschlafenen Augen und nahm das Gespräch mit der unbekannten Nummer an.

„Salut, Nila! Ich bin es Catherine vom *D'Occaison Haute Couture*."

„Oh, salut Catherine, schön, dass Sie sich melden." Nila setzte sich aufrechter hin.

„Ich wollte fragen, ob es Ihnen recht ist, wenn ich später nach Ladenschluss bei Ihnen vorbeischaue."

„Ja, sehr gerne, ich bin da."

„Perfekt, â bientôt!"

Nila war noch ganz durcheinander, als sie das Handy wieder in den Korb legte, was weniger an dem Anruf der Ladenbesitzerin lag als an dem Traum, aus dem sie das Klingeln so unsanft geweckt hatte. So sehr sie versuchte, sich an den genauen Inhalt zu erinnern, war das Einzige, das sie mit Sicherheit wusste, wer die Hauptperson in ihrem Traum gespielt hatte. Vincent Durand. Die dunklen Augen verfolgten sie selbst jetzt im halbwegs wachen Zustand noch. Irritierend intensiv blickten sie ihr viel zu tief in die Seele. Und sie hätte nicht einmal genau sagen können, ob ihr das unangenehm war. Ihre Auszeit am Strand nahm langsam bedenkliche Züge an. Nervös erklärte sie die Pause für beendet. Nur einen Anruf bei ihren Eltern würde sie noch erledigen, und danach den Rückweg zum Haus antreten. Das anvisierte Bad im Meer verschob sie auf einen der kommenden Tage. Offensichtlich tat ihr zu viel Freizeit gar nicht gut. Schnell rief sie den Kontakt ihrer Mutter im Handy auf und tippte auf *Anruf.*

Die vertraute fröhliche Stimme am anderen Ende verscheuchte endgültig den Blick aus den dunklen Augen, der sich bis zu diesem Moment hartnäckig auf Nila gerichtet hatte.

„Wie geht es voran bei dir, Schatz?"

Nila beschloss, ihrer Mutter nichts von den Problemen rund um ihren Auftrag zu erzählen. Sie würde sich nur unnötig Sorgen machen. „Viel Arbeit, Mama. Aber langsam nimmt es Formen an. Das Aussortieren der vielen alten Sachen nimmt natürlich Zeit in Anspruch, aber gleich kommt die Besitzerin einer Secondhand-Boutique und sieht sich Renées Kleidung an. Ich habe ein gutes Gefühl, dass sie mir einen großen Teil davon abnimmt. Die Sachen sind jedenfalls viel zu schade, um auf dem Müll zu landen, und das ist die perfekte Lösung."

„Das klingt gut. Und genügend Interessenten für das Anwesen wird es geben?"

„O ja, da habe ich keinen Zweifel. Sie werden mir die Bude einrennen." Nila lachte leise und verscheuchte das erneut aufflackernde Unbehagen.

„Du hast schon einen tollen Beruf. Wer kann schon da arbeiten, wo andere Urlaub machen?"

Nila biss sich auf die Lippen, das schlechte Gewissen beschleunigte ihren Herzschlag. Ihre Mutter hatte noch immer keine Ahnung, dass sie längst nicht mehr bei *Villa & more* angestellt war, und es sich hier nur um einen Einzelauftrag handelte. Und von Nilas Traum, in der Provence zu leben und ein kleines Hotel zu eröffnen, wusste sie erst recht nichts. Nila wurde bewusst, dass sie Angst vor der Reaktion ihrer Eltern hatte. Beide waren froh, dass ihre Töchter fest in Hamburg verwurzelt waren und die Familie sich regelmäßig traf. Auch wenn es gelegentliche Reibereien zwischen den Schwestern gab, war das familiäre Band insgesamt stark. Wie würden ihre Eltern reagieren, wenn Nila tatsächlich nach Frankreich auswanderte?

„Schatz?" Ihre Mutter wartete noch immer auf eine Antwort.

„Äh, ja natürlich, Mama. Du hast vollkommen Recht. Ich bin froh, hier arbeiten zu dürfen."

„Und wie geht es dir ohne Niklas …?"

„Ganz okay. Um ehrlich zu sein, habe ich gar nicht so viel Zeit, mir über unsere Trennung den Kopf zu zerbrechen."

„Inzwischen haben dein Vater und ich uns daran gewöhnt, dass Niklas nicht mehr unser Schwiegersohn werden wird. Natürlich finden wir es schade, wir mögen ihn schließlich sehr, aber besser ihr merkt es, bevor ihr verheiratet seid und zwei Kinder habt so wie …"

„Wie wer?", fragte Nila alarmiert.

„Wie deine Schwester."

„Hannah trennt sich?" Nila traute ihren Ohren nicht. Ihre perfekte Schwester mit ihrer perfekten Ehe? Ihren perfekten Kindern, dem perfekten Haus, dem ganzen perfekten Scheiß?

„Nein, noch haben wir Hoffnung, aber die Ehe scheint in einer ernsten Krise zu sein. So richtig spricht Hannah nicht darüber, aber wir sind ja nicht blind oder blöd. Es läuft nicht besonders gut zwischen den beiden." Ihre Mutter seufzte schwer.

„Oh." Nila runzelte die Stirn. „Aber wie ich meine Schwester so kenne, wird sie das schon wieder hinkriegen." Eine Scheidung bei Hannah? Scheidung bedeutet immer eine Art Versagen; Nila konnte sich beim besten Willen nicht vorstellen, dass es das bei ihrer Schwester geben würde.

„Ja, das hoffen wir, alleine schon für die Kinder. Na ja, warten wir es ab. Ich wollte dich damit eigentlich gar nicht belästigen. Entschuldige, es ist einfach aus mir rausgeplatzt. Kümmere du dich um deinen Auftrag und genieße es, in der Provence zu sein. Vielleicht ist alles schon wieder in Ordnung, wenn du zurückkommst."

„Ja, dann warten wir erstmal ab", murmelte Nila zögernd. Als gute Schwester müsste sie jetzt eigentlich sofort bei Hannah anrufen. Sie bezweifelte allerdings, dass ihre Schwester ausgerechnet ihr das Herz ausschütten würde. Dafür waren sie sich einfach nicht nah genug. Woran auch immer das liegen mochte. Seitdem sie erwachsen waren, kamen sie einigermaßen miteinander zurecht, aber so etwas wie Freundschaft hatte es nie zwischen ihnen gegeben.

„Gutes Gelingen weiterhin, Schatz. Und schön, dass du dich gemeldet hast!"

Nila verabschiedete sich und stand auf. Offensichtlich war es richtig gewesen, die weiteren Änderungen in ihrem Leben von ihren Eltern noch fern gehalten zu haben. Ihre Schwester sorgte gerade für genug Trubel. Nachdenklich packte sie ihre Sachen zusammen, bevor sie sich auf den Rückweg machte.

***

Mit den Gedanken noch bei ihrer Schwester, deren so klar geplantes Leben womöglich doch ungeahnte Stolperstellen enthielt, machte Nila sich dran, das Abendessen vorzubereiten. Sie war froh, sich für eine schnelle Nudelpfanne entschieden zu haben. Das Gericht kostete weder viel Zeit noch benötigte es ihre volle Konzentration.

Vielleicht erging es ihr mit Hannah jetzt ähnlich wie ihrem eigenen Umfeld. Auch ihre Trennung würde noch bei vielen Freunden Überraschung auslösen – oder hatte es schon, im Moment bekam Nila davon ja nichts mit. Nila und Niklas, das Traumpaar getrennt. Hannah und Kai, das perfekte Paar- Trennung möglich?

Nilas Gedanken wanderten zu Renée und Jean Durand, getrennt durch Jeans plötzlichen Tod. Sie waren zusammengeblieben, obwohl Nila davon ausging, dass sie keine besonders glückliche Ehe geführt hatten. Zumindest meinte sie, das anhand der Fotos erkannt zu haben. Aber vielleicht lag sie ja auch vollkommen daneben. Wer wusste das schon?

Ohne die Ruhe, die sie sonst beim Kochen verspürte, schnippelte Nila eilig das Gemüse und setzte Wasser für die Nudeln auf. Wie es nun schon zur Gewohnheit geworden war, würde sie gleich hinüber huschen und Jean das Essen bringen. Sie selbst wollte erst essen, nachdem Catherine wieder weg war. Allzu viel Zeit blieb ihr bis dahin ohnehin nicht.

Während sie die Nudeln ins kochende Wasser schüttete, überlegte sie, ob sie sich noch schnell umziehen sollte, verwarf den Gedanken aber gleich wieder. Catherine würde sich bestimmt nicht an ihrem Strandaufzug stören. Nila lächelte und merkte, dass sie sich auf den Besuch freute, obwohl er ja rein geschäftlicher Natur war. Aber die junge Boutique-Besitzerin hatte einen so sympathischen Eindruck auf sie gemacht, dass es vermutlich eine Freude sein würde, gemeinsam Renées Garderobe durchzusehen.

Nachdem das Essen fertig war, rieb sie schnell noch etwas Parmesan darüber, füllte einen Großteil des Essens in eine Extra-Pfanne und lief damit zu Jacques und Lisanne hinüber. Zu ihrer Erleichterung war Vincent nicht dort.

Jacques empfing sie lächelnd im Türrahmen.

„Liebe Nila, das können wir ja nie wieder gut machen!"

„Das müssen Sie auch gar nicht, Jacques. Ich koche sehr gerne für Sie mit. Eine Portion nur für mich alleine würde sich doch gar nicht lohnen." Sie schenkte ihm ein herzliches Lächeln. „Leider muss ich sofort wieder gehen. Ich erwarte eine Boutique-Besitzerin, die Renées Kleidung kaufen möchte."

„Oh, das klingt gut. Dann will ich Sie auch nicht länger aufhalten. Und vielen lieben Dank noch einmal für das Essen. Es wird wie immer großartig schmecken." Er nahm ihr die Pfanne ab.

„Bon appétit!"

Nila hatte sich gerade abgewandt, da erblickte sie Vincent, der den Weg heraufkam. Prompt beschleunigte sich ihr Herzschlag. Einen Gruß murmelnd hetzte sie an ihm vorbei. Sie war froh, dass sie Jacques schon erzählt hatte, in Eile zu sein. So wirkte ihr fluchtartiger Abgang vielleicht nicht ganz so seltsam. Dem Ausdruck auf Vincents Gesicht zu urteilen, war allerdings das Gegenteil der Fall. Mit hoch gezogener Augenbraue und dem spöttischen Zug um die Lippen schien er wieder ganz genau zu wissen, welche Unsicherheit er in ihr auslöste.

Egal, dachte sie unwillig. Sie machte sich viel zu viele Gedanken darüber, was er von ihr denken mochte. Dabei spielte das überhaupt keine Rolle.

Ihr Puls beruhigte sich trotzdem erst wieder, als sie das Grundstück der Durands erreichte. Sie hielt kurz inne, holte tief Luft und setzte ihren Weg dann deutlich langsamer fort.

In der Küche stellte sie fest, dass sie den Herd noch nicht ausgeschaltet hatte. Der Scheck fuhr ihr in die Glieder. Schnell betätigte sie den Schalter. Das Gemüse in der Pfanne köchelte zwar nur leicht und war nicht angebrannt, trotzdem fröstelte sie bei dem Gedanken, dass die Nachlässigkeit, den Herd anzulassen und das Haus zu verlassen, womöglich in einem Brand hätte enden können.

„Nochmal gut gegangen", murmelte sie erleichtert und schob die Pfanne von der heißen Platte. Vincent

Durand hätte sie vermutlich einen Kopf kürzer gemacht, wenn sie sein Elternhaus abgefackelt hätte ...

Das Klingeln an der Haustür durchbrach ihre Gedanken. Nach einem erneuten Blick auf die Schalter – diesmal war wirklich alles ausgestellt – eilte sie in die Halle und öffnete die Tür.

„Bon soir, Nila!" Catherine trug ein langes geblümtes Kleid mit Spaghettiträgern und einen Strohhut auf ihren blonden Haaren. Über ihrer Schulter baumelte eine überdimensionale Handtasche aus dunkelblauem Filz.

„Schön, dass Sie da sind, kommen sie rein." Nila trat einladend zurück.

Catherine blickte sich in der Halle um. „Es hat sich nichts verändert", murmelte sie mehr zu sich selbst als zu Nila.

„Sie kennen das Haus?" Nilas Augen wurden groß.

„Äh, ja." Catherine stellte ihre Tasche ab und umschlang mit den Händen ihre Oberarme, als ob sie fröstelte, während sie weiter den Blick schweifen ließ. Schließlich sah sie Nila an. „Ich war früher oft hier. Als Sie mir die Adresse gesagt haben, war es mir erst nicht klar, dass wir die ganze Zeit von Renée Durand gesprochen haben. Dabei habe ich einen großen Teil meiner Jugend hier verbracht. Vincent und ich waren Freunde, gehörten zur selben Clique." Sie lächelte, aber es wirkte gezwungen, nicht so herzlich, wie Nila es von ihrer ersten Begegnung in Erinnerung gehabt hatte.

„Was für ein Zufall!" Nila wusste nicht recht, was sie davon halten sollte. Erst beauftragte sie den ehemals besten Freund von Vincent, der allerdings zum besten Feind mutiert war und nun schleppte sie die nächste

Freundin aus der früheren Clique an. Hatte sie einfach ein Händchen dafür, sich die offensichtlich falschen Geschäftspartner auszusuchen?

„Na ja, so groß ist Les Issambres ja nicht. Die Menschen, die in einem Alter sind, kennen sich in der Regel."

„Und sind Sie immer noch mit Vincent befreundet?" Nila hielt den Atem an.

„Nein." Catherine schüttelte bedauernd den Kopf. „Ich bin die beste Freundin von Isabelle, der Ex-Freundin von Vincent. Die Freundschaft zwischen Vincent und der Clique ist nach der Trennung damals auseinandergegangen. Seitdem er dann unsere Heimatstadt verlassen hat, ist jeder Kontakt erstmal abgebrochen. Vor drei Jahren ist Vincent zum ersten Mal nach Les Issambres zurückgekommen. Seitdem ist er mir zwei, drei Mal über den Weg gelaufen. Aber die alte Freundschaft ist nicht wieder aufgelebt." Ein trauriger Ausdruck verdunkelte Catherines Augen.

Nila unterdrückte ein Stöhnen. Sie war davon ausgegangen, in der Boutique-Besitzerin eine neutrale, unbeteiligte Person gefunden zu haben. Ihr war nicht klar gewesen, dass die französische Stadt so klein war, dass praktisch jeder jeden kannte. Vielleicht hätte sie sich besser informieren müssen ...

„Ist das denn ein Problem, oder sind Sie weiter an Madame Durands Kleidung interessiert?", fragte Nila vorsichtig.

„Nein, von mir aus überhaupt nicht! Renées Kleidungsstil sorgte früher schon für viel Gesprächsstoff." Sie rückte ihren Strohhut zurecht. „Also im positiven Sinne", beeilte sie sich hinzuzufügen. „Wir Mädels haben sie alle bewundert für ihren Geschmack und ihre Extravaganz. Da konnten unsere Mütter alle nicht mithalten. Es ist mir eine Ehre, wenn ich Renées Kleider vor der Müllabfuhr retten kann." Sie lächelte. „Es ist nur noch etwas komisch für mich, hier zu sein. Seitdem die Freundschaft zwischen Vincent und dem Rest unserer Freunde so plötzlich zerbrach, ist es immer noch seltsam, wenn ich ihn treffe. Das Selbstverständliche, Unverkrampfte von damals ist leider unwiderruflich verloren. Das macht mich manchmal noch traurig. Aber es ist nicht zu ändern." Sie zuckte die Schultern und blickte die Treppe hinauf.

Nila folgte ihrem Blick und verstand. „Okay, dann kümmern wir uns mal ums Geschäft." Sie ging voraus und erklomm die Stufen nach oben.

***

Draußen dämmerte es längst und Nila hatte schon vor einiger Zeit mehrere Lampen im Schlafzimmer angemacht. Renées Garderobe durchzusehen, machte in Catherines Gesellschaft genauso viel Spaß, wie sie erhofft hatte. Die Boutique-Besitzerin nahm jedes einzelne Teil sorgsam in die Hand, drehte und wendete es und strich andächtig über die edlen Materialien. Von manchen Kleidern, Röcken oder Oberteilen war sie so begeistert, dass sie damit singend vor dem Spiegel tanzte. Ihren Strohhut hatte sie längst von sich geworfen und ihre blonden Haare wirbelten fast so ungezügelt um ihren Kopf wie bei Nila die roten Locken.

Immer wieder musste Nila an Mona decken. Vieles von ihrer Art entdeckte Nila auch in der Französin. Vermutlich der Grund, warum es ihr fast so vorkam, als sei sie hier mit einer Freundin zu einer lustigen Klamottenparty verabredet.

„Henri-Pierre wird mich umbringen!" Catherine lachte laut und hängte sorgfältig das letzte Kleid zurück auf die Stange – zurück in den Bereich, in dem sich die Kleidung befand, die sie für verkaufstauglich eingestuft hatte. Also fast alles.

„Er muss einsehen, dass ich gar nicht anders kann, als sie alle zu nehmen!" Sie lachte wieder und ließ sich aufs Bett plumpsen, zwischen die kleinen Stapel von Pullovern, die ebenfalls mit in den Laden sollten. „Dann muss eben erstmal unser Dachboden mit einbezogen werden. Lange wird es allerdings bestimmt nicht dauern, bis ich alles verkauft habe." Mit gekräuselter Stirn kaute sie nachdenklich an ihrer Lippe. Wie es aussah, räumte sie die neue Ware im Geiste bereits in ihrem Laden ein.

„Es freut mich so, dass Sie tatsächlich an einer umfassenden Übernahme interessiert sind. Wie wollen wir denn das Finanzielle regeln? Ist Ihnen ein Pauschalpreis lieber oder möchten Sie alles in Kommission nehmen?"

Catherine bewegte unschlüssig den Kopf. „Wahrscheinlich wäre ein Pauschalpreis besser. Ich weiß ja nicht, wie lange Sie noch hier sind. Theoretisch können wir die weitere Abwicklung natürlich auch über die Ferne machen. Aber ... Was meinen Sie denn?" Sie sah Nila fragend an.

„Pauschalpreis klingt gut. An wie viel denken Sie denn?"

Catherine hob die Schultern. „Um ehrlich zu sein, habe ich noch keine genaue Vorstellung."

„Was halten Sie von Tausend Euro?"

„Tausend?" Catherines Augen weiteten sich.

„Wenn das zu viel ist ... sonst überlegen Sie es sich und sagen mir dann Bescheid."

„Nein, nein", sagte Catherine schnell. „Zu viel ist es ganz bestimmt nicht. Aber Ihnen ist klar, dass es sich ausschließlich um Designermode handelt?"

„Ja, aber die Sachen sind alt."

„Schon, aber die Stücke sind zeitlos. Extravagant und immer noch tragbar. Ich bin sicher, dass sie mir aus den Händen gerissen werden."

„Also für mich ist der Preis auf jeden Fall okay."

„Und Renée ist ebenfalls einverstanden?", hakte die Boutique-Besitzerin zögernd nach.

Nila machte eine beschwichtigende Handbewegung. „Machen Sie sich keine Sorgen, Renée hat mir vollkommen freie Hand gelassen."

„Gut, dann sage ich nicht Nein." Ein Strahlen breitete sich auf Catherines Gesicht aus. „Darauf müssen wir anstoßen. Ich habe zufällig eine Flasche Prosecco dabei. Mögen Sie?"

„Gerne!" Prosecco war zwar nicht gerade Nilas Lieblingsgetränk, aber ein Gläschen mit der sympathischen Französin auf das gelungene Geschäft zu trinken, klang verlockend.

„Wollen wir uns einen Moment auf die Terrasse setzen?"

„Sehr gerne!" Catherine stand auf.

„Wir haben die Schuhe vergessen!“, rief Nila. Haben Sie daran auch Interesse?“

„Ich gehe davon aus.“ Catherines Augen glitzerten bereits gierig.

***

In Nilas Bauch kribbelte der Prosecco, der überraschend gut schmeckte. Vielleicht kam es ihr auch nur so vor, weil der Abend so schön war. Von ihrem Platz auf der Terrasse blickte sie über die Hügel auf die Küste von Les Issambres. Die blinkenden Lichter, die seidenweiche Luft, die nette Gesellschaft von Catherine. All das führte womöglich dazu, dass sie selbst Kamillentee in diesem Moment köstlich gefunden hätte.

„Schön, dass wir uns kennengelernt haben“, sagte jetzt Catherine und hielt ihr Glas hoch. „Ich finde, wir duzen uns. Oder was meinst du, äh Sie?“ Sie lachte vergnügt.

„Sehr gerne! Und ich finde es auch schön. Offenbar gibt es hier überwiegend tolle Menschen.“ Sie erzählte von Jacques, mit dem sie sich ebenfalls ein wenig angefreundet hatte.

„O ja, Jacques und Lisanne sind klasse! Ich mag die beiden auch total gerne. Seitdem Jacques seinen Stand auf dem Markt nicht mehr hat, sieht man sich aber leider nur noch selten. Ich sollte einfach mal wieder drüben vorbeischauen.“ Ein schuldbewusster Zug schlich sich auf Catherines fröhliches Gesicht.

„Da freuen sie sich bestimmt. Aber mach dir keine Sorgen, im Moment kümmert sich Vincent täglich um die beiden. Und ich koche für sie mit.“

„Das klingt beruhigend. Für Vincent waren Jacques und Lisanne seit jeher wie Großeltern. Ich denke, die beiden sind sehr glücklich, dass er wieder hier ist. Viele Jahre hat es ja gedauert …“ Catherine nahm gedankenverloren ihr Glas in die Hand, trank aber nicht. „Es überrascht mich allerdings, dass er nun verkaufen möchte.“

„Das möchte er nicht!“, stellte Nila klar.

Catherine sah sie überrascht an. „Möchte er nicht? Aber wie …? Ich verstehe nicht. Er ist doch dabei, während du alles für den Verkauf vorbereitest.“

„Das stimmt.“ Nila seufzte tief. „Das ist das Problem. Renée möchte verkaufen, Vincent auf keinen Fall. Allerdings lehnen beide es ab, miteinander nach einer Lösung zu suchen.“

„Quelle merde! Und du steckst dazwischen?“ Ein mitleidiger Blick traf Nila.

„Langsam gewöhne ich mich daran“, sagte Nila trocken. „Na gut, ich übe noch.“ Sie lachte leise. Und merkte, wie gut ihr das Gespräch mit Catherine tat. Erst jetzt wurde ihr bewusst, wie sehr ihr Mona fehlte. Falls sie wirklich einen Weg finden sollte und ihren Traum realisierte, hier zu leben, dann würde Mona dauerhaft nur telefonisch ihr Leben begleiten können. Die Vorstellung war traurig. Trotzdem wusste sie, dass ihre Freundschaft fortbestehen würde.

„Aber du siehst traurig aus“, meinte Catherine mitfühlend. Offenbar davon ausgehend, dass die

Situation mit Vincent Nila zusetzte. Das tat sie zwar, aber nicht in der Form.

„Ach, das wird schon", winkte Nila ab. „Ich hoffe immer noch, dass Renée und Vincent einen Weg finden, wieder miteinander ins Gespräch zu kommen. Ich musste nur gerade an etwas denken … Manchmal habe ich doch Heimweh." Sie führte es nicht weiter aus, dafür kannte sie Catherine noch nicht gut genug.

„Das verstehe ich gut." Catherines blaue Augen musterten Nila besorgt, während sie ihr tröstend über den Arm strich.

„Bald kannst du ja wieder nach Hause. Obwohl es schade ist, ich würde gerne noch den einen oder anderen Prosecco mit dir schlürfen."

„Danke, da hätte ich auch nichts dagegen."

„Vielleicht wiederholen wir es ja noch mal, bevor das Haus verkauft wird." Sie warf einen Blick auf das Anwesen der Durands.

„Oder bevor sich Mutter und Sohn einigen und der Verkauf zurückgezogen wird."

„Falls Vincent mir demnächst über den Weg läuft, werde ich mal vorsichtig ansprechen, ob es nicht besser sei, das Gespräch mit Maman zu suchen."

Zweifelnd sah Nila die Französin an. „Versuch gerne dein Glück, aber ich fürchte, du wirst auf Granit beißen."

„Da könntest du Recht haben. Vincent hatte schon immer seinen eigenen Kopf. Na, mal sehen. Irgendwie wird es schon werden." Sie lächelte aufmunternd. „Ich glaube, ich muss langsam los. Darf ich dir in den nächsten Tagen meinen Mann vorbeischicken? Er hat

das größere Auto, und könnte die gesamte Kleidung auf einmal mitnehmen. Ich müsste vermutlich
zehn Mal fahren ..."

„Klar, machen wir so. Das Problem mit einem kleinen Auto kenne ich." Nila lachte und trank den letzten Schluck Prosecco aus ihrem Glas. „Was für ein Auto hast du?"

„Fiat Spider Cabrio. Fast vierzig Jahre alt." Catherine grinste stolz.

„Wow! Da muss ich dich zum Parkplatz begleiten. Den will ich sehen!"

27

Nachdem Nila den knallgelben Spider bewundert hatte, war Catherine davongebraust. In Nila war das gleiche warme Gefühl wie nach einem entspannten Abend mit Mona. Die beiden waren sich von ihrer Art erstaunlich ähnlich. Und die Stunden mit der Französin waren genauso wie im Flug vergangen, als wenn ihre beste Freundin zu Besuch gewesen wäre. Der Abend war inzwischen weit fortgeschritten und Nila war hungrig. Der Prosecco kribbelte in ihrem Magen, ersetzte aber keinesfalls das Abendessen. Gut, dass sie vorhin bereits vorgekocht hatte. Sie marschierte in die Küche und schaltete den Herd ein.

Mit dem gefüllten Teller in der einen Hand und einem Glas von Jacques wunderbarem Wein in der anderen, machte sie es sich erneut auf der Terrasse bequem. Während sie aß und wieder den Ausblick auf die beleuchtete Küste genoss, ließ sie den Abend mit Catherine noch einmal Revue passieren. Wieder hatte Nila jemanden kennengelernt, der auch Vincent gut kannte. Das schien langsam zur Gewohnheit zu werden.

Das Abendessen würdigte Nila heute kaum. Gedankenverloren schob sie Gabel für Gabel in den Mund, ohne viel von der Gemüse-Nudelpfanne zu schmecken.

Die Sache mit Antoine Girardot kam ihr in den Sinn und löste ein ungutes Gefühl in ihr aus. Zum einen tat es ihr leid, Vincent ausgerechnet mit diesem Teil seiner Vergangenheit konfrontiert zu haben, und zum anderen war sie jetzt in ihrem Plan zurückgeworfen, der an den Auftrag mit dem Gärtner gekoppelt war. Zumal sie Jacques' Rat natürlich beherzigen und erstmal keine andere Firma beauftragen würde.

Es blieb die Option, das Anwesen mit dem Grundstück im gegenwärtigen Zustand zu verkaufen. Nila dachte einen Moment darüber nach und entschied schließlich, dass es keine große Rolle beim Preis spielen würde. Dazu war das Objekt in seiner Gesamtheit einfach zu außergewöhnlich. Und in dem Preissegment würden etwaige Interessenten ohnehin problemlos nach dem Kauf selbst einen Gärtner engagieren können. Etwas anders hätte es ausgesehen, wenn das Grundstück vollkommen verwildert wäre. Aber das war Dank Jacques nicht der Fall. Abwesend schob Nila den leeren Teller von sich. Sie brauchte also nur dem Innern des Hauses den letzten Schliff zu geben und das Exposé fertigzuschreiben. Nila schätzte grob, dass sie noch zehn bis vierzehn Tage für alles brauchen würde. Danach stand einer Veröffentlichung der Verkaufsanzeige nichts mehr im Wege. Der Gedanke löste prompt Wehmut in ihr aus. Es war verrückt. In all den Jahren als Maklerin war sie immer stolz und glücklich gewesen, wenn sie einem erfolgreichen Geschäftsabschluss entgegensah. Dieses Mal war sie traurig, wenn sie nur an den Notartermin dachte. Es war nicht verrückt, es war *vollkommen verrückt.*

Sie wollte bleiben, sich um Jacques und Lisanne kümmern, mit Catherine auf der Terrasse sitzen, Prosecco trinken … das Haus in ein Hotel umfunktionieren. In dem Moment wurde Nila bewusst, dass sie betrunken war. Die Kombination von Prosecco und Wein war mehr Alkohol, als sie sonst trank. Ihre Grenze, Klarheit zu behalten, war schnell erreicht und lag üblicherweise bei zwei Gläsern Wein.

Erleichtert blickte sie in den dunklen Himmel, durch dessen dichte Wolkendecke kein Stern zu erkennen war. Morgen, wenn sie nüchtern war, konnte sie wieder klar mit allem umgehen.

***

Nila erwachte mit einem Kribbeln im Bauch. Sie freute sich, musste aber erst wacher werden, bevor sie das Gefühl zuordnen konnte. Es war Montag – Markttag! Darauf hatte sie sich schon das ganze Wochenende über gefreut. In den letzten Tagen war sie gut – viel zu gut – mit der Arbeit vorangekommen. Inzwischen glänzte jeder Raum, Renées persönliche Gegenstände wie ihre Kosmetika waren entsorgt, die Garderobe war von Henri-Pierre, dem überaus sympathischen Ehemann von Catherine abgeholt und seit gestern Abend war das Exposé vollständig verfasst. Den Gedanken an eine Veröffentlichung des Verkaufsangebots konnte Nila bislang erfolgreich in der Schwebe halten – so lange Renée sich nicht meldete, konnte Nila getrost abwarten. Zumindest redete sie sich das ein. Jeden Tag, den sie hier länger verbrachte, wurde das Zuhausegefühl stärker. Sie konnte nichts dagegen tun, hoffte halbherzig, sich wieder davon befreien zu können, sobald es mit dem Verkauf ernst wurde. Bis dahin würde sie jede Minute an diesem traumhaften Ort auskosten. Und sich heute erstmal wieder ins Marktgetümmel zu stürzen. Der Kühlschrank musste dringend aufgefüllt werden, im Supermarkt hatte Nila am Samstag nur das Nötigste gekauft. Viel lieber besorgte sie sich frische Lebensmittel direkt vom Markt. Ihre Kochleidenschaft hatte sich noch ausgeweitet, und sie wurde nicht müde, neue Rezepte auszuprobieren. Für heute plante sie ein Rosmarin-Zitronen-Hühnchen, und wie immer würde sie Jacques und seine Frau mit versorgen sowie deren täglichen Gast – Vincent. In den letzten Tagen hatte sie den Sohn des Hauses nur gelegentlich flüchtig und meist von weitem gesehen. Fast kam es ihr vor, als lebten sie in einer Art friedlicher Co-Existenz. Allerdings war Nila durchaus bewusst, dass die Ruhe trügerisch war. Spätestens wenn die ersten Interessenten kämen, würde es vorbei sein mit dem Frieden. Aber auch daran wollte sie jetzt nicht denken.

Sie schwang die Beine über die Bettkante und stand auf. Der Regentag in der letzten Woche hatte sich nicht wiederholt. Jeder neue Morgen empfing Nila mit strahlendem Sonnenschein. Sie hatte sich angewöhnt, täglich vor dem Frühstück im Meer zu baden. Heute wollte sie von der neuen Routine abweichen, nur schnell unter die Dusche hüpfen und sich anschließend sofort auf den Weg nach Les Issambres zu machen.

Mit einem breiten Lächeln im Gesicht drehte sie den Wasserhahn auf.

***

Trotz der frühen Stunde war der Wind, der mit Nilas Locken spielte, warm. Sie drehte das Radio lauter und lenkte den Fiat über die holprige Zufahrt auf die Hauptstraße. Auf Frühstück hatte sie verzichtet, es drängte sie, ins mediterrane Marktleben einzutauchen.

Summend begleitete sie das Chanson „Göttingen" von Barbara, der großen französischen Sängerin, die mit diesem Lied aus den 60er Jahren einen wertvollen Beitrag zur Völkerverständigung zwischen Deutschland und Frankreich geleistet hatte. Vielleicht war Nilas Mutter mit ihrer Vorliebe für alte französische Chansons sogar ausschlaggebend daran beteiligt gewesen, dass Nila eine so ausgeprägte Liebe zu Frankreich empfand. Seit frühester Kindheit erlebte Nila Mama tanzend zu französischer Musik. Wenn Marlene Roonstein gestresst oder traurig war, stapfte sie schmallippig zum Plattenspieler und kaum erklang eine ihrer Lieblingsmelodien, entspannte sich ihre Miene und das Gesicht wurde wieder weich. Viele Urlaube hatten die Roonsteins auf Frankreichs Campingplätzen verbracht und Gegenden am Mittelmeer und am Atlantik erkundet. Später teile Niklas ihre Sehnsucht nach dem Lieblingsland. Und jetzt war sie zum ersten Mal beruflich hier unterwegs und konnte sich eine Rückkehr nach Deutschland immer weniger vorstellen ... Wo sollte das bloß enden?

Nilas gedanklicher Ausflug in die Vergangenheit endete mit Erreichen des Stadtkerns. Sie parkte wieder in derselben Straße wie beim letzten Marktbesuch.

Schwungvoll nahm sie ihren Korb, warf sich die Riemen der Handtasche über die Schulter und lief dem Markt entgegen.

Die Besucher waren noch nicht sehr zahlreich. Zielsicher peilte Nila den Bäckerstand an. Mit Croissants und Kaffee bewaffnet, nahm sie damit Platz auf *ihrer* Bank. Jede Eile fiel von ihr ab. Langsam kauend genoss sie das Croissant und den heißen Kaffee, während sie beobachtete, wie sich der Platz zu füllen begann. Mit Catherine hatte sie ein paar Mal geschrieben, und die Französin hatte darauf bestanden, dass Nila bei ihrem nächsten Einkauf unbedingt auf einen Cappuccino bei ihr vorbeikommen musste. Der Einladung würde Nila später sowieso gerne folgen, aber sie war auch darauf gespannt, ob Renées Kleidung bereits ausgestellt wurde und ob es schon Resonanz der Kunden gab.

Sie schloss einen Moment die Augen, fühlte die warme Morgensonne im Gesicht und lauschte auf das geschäftige Treiben, dessen Geräusche zu ihr hinüber wehten. Das Leben war herrlich!

***

Staunend sah Nila sich im Laden um. Die beim letzten Besuch spärlich bestückten Regale und Stangen waren jetzt prall gefüllt – fast ausschließlich mit Renées Garderobe. In einem gesonderten Regal lagerten die Schuhe mit den hohen Absätzen.

„Alles habe ich noch nicht untergebracht", sagte Catherine und fuhr sich lachend durch die Haare. „Fünf Kleider habe ich schon verkauft. Die Kundinnen waren begeistert, und ich bin zuversichtlich, dass auch der Rest schnell seine Käuferinnen findet."

„Ich wusste ja, dass die Stücke viel zu schade für den Müll sind!", antwortete Nila triumphierend.

Catherine nickte. „Absolut. Ich kümmere mich schnell um den versprochenen Cappuccino. Soll ich deinen Korb nach hinten in den Lagerraum bringen? Dort ist es kühl."

„Ja, gerne." Nila übergab den Korb mit frischem Gemüse, Hühnchen und knusprigem Landbrot.

„Setz dich ruhig schon nach draußen in die Sonne. Ich bin gleich bei dir." Catherine verschwand in den hinteren Bereich des Ladens.

Nila schlenderte hinaus und setzte sich an den weiß lackierten Eisentisch. Für einen Moment beneidete sie Catherine, die sich mit ihrem kleinen Laden offensichtlich einen Traum erfüllt hatte. Was konnte es Schöneres geben?

„Dann mach du es auch!", hörte sie im Geiste Monas Stimme.

Bevor sie eine Antwort darauf wusste, erschien Catherine mit zwei Tassen in der Hand.

„Voilà, Madame!" Die Ladenbesitzerin stellte die Tasse mit dem cremigen Schaum vor Nila.

„Danke schön!" Nila schlug die Beine übereinander und lehnte sich zurück. „Ach, es ist so herrlich in eurer Region. Ich könnte für immer bleiben."

Catherine nickte ungewohnt ernst. „Wenn ich nicht zufällig hier geboren worden wäre, würde ich glatt nach Les Issambres auswandern. Ich liebe unsere Stadt."

„Ich liebe Hamburg auch, aber in Frankreich bin ich schon verliebt, seit ich ein kleines Mädchen war", gab Nila zu und nahm einen Schluck aus ihrer Tasse.

„Köstlich", sagte sie dann genießerisch. Sie würde es Tony nicht erzählen, aber Catherines Cappuccino war noch eine Spur besser. Aber vielleicht tat sie ihrer Lieblingswirtin aus Hamburg auch unrecht. In dieser Umgebung musste alles noch ein bisschen besser schmecken, eine Idee intensiver ...

„Ein Mal war ich übrigens in Deutschland." Catherine winkte einem jungen Mann, der auf dem Fahrrad vorbeifuhr. „Salut, Maxime! Gib Inès einen Kuss von mir!" Der junge Mann salutierte brav und fuhr lachend weiter.

„Wo genau warst du?", fragte Nila interessiert.

„In Berlin. Einige Wochen Studienreise. Berlin ist eine lebendige Stadt. Aber ...", sie zögerte. „Nach meinem Geschmack etwas zu viel von allem. Es war eine schöne Zeit, aber ich war froh, als ich zurückgefahren bin in meine französische Beschaulichkeit."

„Und ihr habt das Meer. Von Hamburg ist es zwar nicht weit zur Nord – und zur Ostsee, da ist es auch schön. Aber Südfrankreich ist eben Südfrankreich. Wenn ich ein bisschen mutiger wäre, würde ich hierher auswandern."

„Ernsthaft? Aber wenn das dein Wunsch ist, dann mach es doch!" Catherines blaue Augen blitzten begeistert.

„Du erinnerst mich sehr an Mona, meine beste Freundin. Deine Worte könnten von ihr stammen." Nila seufzte.

„Ha! Dann sind wir ja schon zwei, können also nicht ganz falsch liegen. Was würdest du hier tun wollen?"

„Vielleicht ein kleines Hotel eröffnen", sagte Nila leise. Jetzt sprach sie sogar schon von ihrem Traum.

Rückte er dadurch langsam näher in die Realität? Quatsch, sie schüttelte den Kopf.

„Da ist ja lustig! Ich habe gestern mit Vincent telefoniert, und weißt du, was er gesagt hat?"

Nila hob überrascht den Blick.

„Er überlegt, ob er aus dem Anwesen ein Hotel macht. Vielleicht solltet ihr euch zusammentun."

Nilas Herz verdoppelte seine Schläge. „Tatsächlich? Aber ich gehe nicht davon aus, dass er das zusammen mit mir tun möchte. Er kann mich nicht ausstehen. Mal ganz davon abgesehen, wird Renée den Besitz verkaufen."

„Abwarten", sagte Catherine geheimnisvoll.

„Sag, was weißt du?", hakte Nila sofort nach.

„Nun, wir haben sehr lange gesprochen. Noch ist er nicht so weit, aber er schließt es zumindest nicht mehr vollkommen aus, mit seiner Mutter zu reden."

„Wie hast du das denn geschafft?", rief Nila verblüfft.

„Psychologische Grundkenntnisse. Fünf Semester." Sie ließ kurz den Blick über die Passanten schweifen. „Und den unbestreitbaren Vorteil, die Familienverhältnisse sehr gut zu kennen."

Nila wartete schweigend ab, bis Catherine weitersprach. „Er liebt seine Mutter abgöttisch. Die beiden waren sich immer schon sehr nah, nicht nur wegen ihrer beider Leidenschaft für die Musik."

„Aber trotzdem hat er den Kontakt abgebrochen ..."

„Ja, was es damit auf sich hat, weiß ich leider auch nicht. Es hängt mit dem Tod von Jean zusammen, nur was damals genau geschah, weiß niemand. Das eiserne Schweigen hat in all den Jahren keinen Riss bekommen. Dabei wird hier gerne und viel spekuliert.

Aber der Tod von Jean Durand ist und bleibt ein Geheimnis. Laut offizieller Meldung handelte es sich um einen Verkehrsunfall. Aber so recht glauben, will das bei den Einheimischen niemand. Vincent kam damals gerade von einem Studienaufenthalt zurück und hat sein Elternhaus danach sofort Hals über Kopf wieder verlassen. Er hat nicht einmal bei der Beerdigung teilgenommen. Renée ist dann nach der Beisetzung abgereist und seitdem nie wieder hier gewesen." Catherine kaute auf ihrer Lippe. „Es ist tragisch. Aber ich hoffe für Vincent, dass er es schafft, mit Renée Kontakt aufzunehmen. Er leidet sehr darunter, auch wenn er es niemals zugeben würde." Sie lächelte leicht.

„Und er überlegt ernsthaft, aus dem Anwesen ein Hotel zu machen?"

Catherine hob die Schultern. „Ich weiß nicht, wie ernst es ihm ist. Vielleicht möchte er aus einer Sehnsucht heraus auch nur einen ähnlichen Status Quo haben wie früher. Das Haus der Durands war stets Anlaufstelle für jede Menge Gäste. Renée kannte Gott und die Welt und irgendwelche Freunde residierten dort immer. Musiker, Schriftsteller, andere Künstler … ihr Freundeskreis war bunt gemischt und zahlreich. Wir Kinder fanden es dort großartig, ständig war was los. Dagegen konnten unsere Eltern einpacken." Sie verzog amüsiert den Mund. „Na ja, irgendwie müsste Vincent das Haus ja nutzen. Ganz alleine mit so viel Platz, das macht unnötig schwermütig."

In Nilas Kopf ging alles drunter und drüber. Kam jetzt doch die Wende? Würden Vincent und Renée sich versöhnen? Das Haus im Familienbesitz bleiben? Sie würde es beiden wünschen, selbst wenn sie ihrer stattlichen Provision adieu sagen musste. Eine angemessene Entschädigung für ihre Arbeit bis hierher würde sie schon erhalten, da vertraute sie Renée.

„Also ich hätte nichts dagegen, wenn meine Arbeit überflüssig wird. So gerne ich in dieser traumhaften Umgebung arbeite, so schade finde ich es, wenn solch ein Besitz aus der Familienhand gegeben wird. Und Vincent wird froh sein, wenn die verhasste Maklerin endlich verschwindet.“

„Er mag dich.“ Catherine blinzelte belustigt.

„Ach, Quatsch“, entfuhr es Nila. Das hatte Jacques schon gesagt ... aber sie glaubte weder ihm noch Catherine.

„Natürlich mag er deinen Job in diesem Fall nicht. Aber dich mag er.“

„Hat er das gesagt?“

„Nein, aber ich kenne meinen alten Freund. Glaub mir, er mag dich.“

Nila krauste ihre Stirn und sah Catherine zweifelnd an.

„Na, wie auch immer, ich bin gespannt, wie es weitergeht. Im Moment ist Renée auf Segeltörn, da kann Vincent sie nicht erreichen, selbst wenn er wollte. Bis sie zurück ist, muss ich auf jeden Fall mit meiner Arbeit weitermachen.“

Catherine nickte. „Klar, es bleibt ja sowieso die Frage, ob die beiden es schaffen.“

Nila trank den letzten Schluck aus ihrer Tasse und sah dann auf die Uhr. „Ich will dir auch nicht zu viel Arbeitszeit klauen.“ Sie deutete entschuldigend auf den Laden.

„Ach, du weißt doch, Montag ist Markttag und somit fast mein Ruhetag.“

In dem Moment kam eine Gruppe von drei Frauen auf den Laden zu.

„Ich sagte ja: *Fast* meine Ruhetag.“ Catherine grinste schief und stand auf. „Es war sehr schön, mit dir zu plaudern. Wir müssen das bald fortsetzen.“ Sie beugte sich zu Nila hinunter und küsste links und rechts an ihrer Wange vorbei, einen leicht blumigen Duft hinterlassend.

Nachdenklich stand Nila ebenfalls auf. Die Informationen musste sie erstmal sacken lassen.

***

Nachdem Nila schon auf dem Weg zu ihrem Auto war, fiel ihr ein, dass ihr Korb noch bei Catherine im Laden stand.

Lachend kehrte sie um. Die nächste Parallele zu Mona. Auch mit ihr hätte das passieren können. Noch vom Gespräch erfüllt, vergaß oft eine der Freundin etwas am Ort des Besuchs und musste dann noch mal umkehren.

Als Nila die Ladentür aufstieß, sah Catherine ihr schmunzelnd entgegen. „Ich wollte dir schon hinterher laufen, aber ...“ Sie deutete entschuldigend auf die drei Frauen, die andächtig in Renées Kleidern schwelgten.

„Magnifique ... Très belle ... Charmant ...“, schnappte Nila auf.

Sie wechselte einen belustigten Blick mit Catherine, bevor sie an ihr vorbeihuschte, ihren Korb aus dem

Hinterzimmer schnappte und sich endgültig auf den Heimweg machte.

Während der kurzen Autofahrt sann Nila über das Gespräch nach. Vincent spielte mit dem Gedanken, aus dem Anwesen ein Hotel zu machen. Das war doch *ihr* Traum! Neben einem Stich der Enttäuschung spürte sie überraschend, dass ihr die Idee trotzdem gefiel. Vorausgesetzt, er fände den Mut, mit seiner Mutter zu sprechen. Und gesetzt den Fall, diese ginge darauf ein. Nila tendierte dazu, das zu glauben. So, wie sie die Lage einschätzte, wäre Renée froh, wenn ihr Sohn den Weg zu ihr fände. Wie wäre es, der stattlichen Provision *adieu* sagen zu müssen? Nila horchte in sich hinein. In dem Moment, wo sie in die Einfahrt des Anwesens bog, wusste sie, dass es bedeutend schlimmer war, den Ort zu verlassen. Und wenn Vincent hier einen Traum realisierte – *ihren* Traum.

28.

Als Nila aus der Terrassentür ins Freie trat, hielt sie überrascht inne. Vincent stand mit einer großen Bürste bewaffnet im Swimmingpool. Die Plane, die das Becken verdeckt hatte, lag achtlos an der Seite.

Sie erwog gerade, sich still zurückzuziehen, da sah er schon zu ihr rüber. Den Ausdruck in seinen Augen konnte sie nicht erkennen, da er eine Sonnenbrille trug. Für einen Moment starrte er sie an, dann hob er kurz die Hand zum Gruß, bevor er sich wieder seiner Arbeit widmete. Nila musste sich anstrengen, um den Blick von seinem nackten Oberkörper loszureißen, auf dem der Schweiß im Sonnenlicht glänzte. Vom Klavierspielen konnte seine gute Figur nicht kommen, er musste eindeutig ebenso diszipliniert Sport treiben.

Während sie sich zwang, ihre Füße ins Wohnzimmer zu dirigieren, ging ihr der Gedanke durch den Kopf, dass sich das Problem mit dem verscheuchten Gärtner womöglich doch anders lösen ließ. Für den Fall, dass es wie geplant zum Verkauf kommen sollte, war das beruhigend zu wissen. Falls Vincent sich als Hilfsgärtner bewährte ...

Unschlüssig blieb Nila im Wohnzimmer stehen. Was sollte sie mit dem weiteren Tag anfangen? Im Grunde blieb kaum noch etwas zu tun außer der Veröffentlichungsanzeige. Nach den neuesten Informationen zögerte sie allerdings, diesen Punkt sofort in die Tat umzusetzen. Sie hatte kein gutes

Gefühl dabei, wenn Vincent gerade jetzt mit etwaigen Käufern konfrontiert wurde. Nila überlegte. Bestenfalls wäre das der entscheidende Anstoß, endlich das Gespräch mit seiner Mutter zu suchen. Schlimmstenfalls würde die Situation eskalieren und eine friedliche Lösung ausschließen. Langsam ging sie in die Küche und begann, die Einkäufe wegzuräumen.

Sie legte gerade den Camembert vom Käsehändler des Marktes in den Kühlschrank, als die Küchentür aufging.

Überrascht starrte sie Vincent an, der sie musterte.

„Wissen Sie, wo meine Mutter steckt?"

„Sie ist auf einem Segeltörn", antwortete Nila so unbeteiligt wie möglich. Dabei war sie sicher, dass er ihr hastig schlagendes Herz durchs T-Shirt sehen konnte. Hoffentlich irrte sie sich …

„Wie lange noch?" Seine Stimme ließ keine Deutung zu, in welcher Verfassung er war.

„Ich weiß es nicht genau." Nila hob die Schultern. „Ein paar Tage hat sie gesagt. Eigentlich müsste sie bald wieder erreichbar sein."

Er nickte wortlos und drehte sich um. Gerade als Nila erleichtert aufatmete, überlegte er es sich anders und wandte sich ihr wieder zu.

„Haben Sie eigentlich eine Ahnung, wie schön unsere Region ist?"

Nila schüttelte stumm den Kopf, obwohl sie es sehr wohl wusste.

„Dann würde ich es Ihnen gerne zeigen."

„Aber …", stotterte sie. „Ich weiß nicht …"

„Ich finde, Sie haben ein Recht darauf zu wissen, warum ich unser Anwesen nicht aufgeben kann. In zehn Minuten an meinem Auto."

Fassungslos starrte Nila auf die Tür, die sich in diesem Moment schloss. Sekundenlang war sie wie gelähmt. Vincent Durand wollte einen Ausflug mit ihr machen? Was sollte das nun werden? Wobei es weniger ein Angebot als ein Befehl gewesen war. Kurz flammte Ärger in ihr auf. Immer, wenn sie ihm gegenüber gerade milder gestimmt war, ploppte seine gewohnte Arroganz wieder auf, die sie zur Weißglut brachte. Trotzdem würde sie seinem *Befehl* nachkommen. Vielleicht war dieser Ausflug gut dafür, um eine friedliche Lösung für alle Beteiligten voranzutreiben ... Nila sah an sich herunter. Zum schwarzen T-Shirt trug sie ihre leichte gelbe Sommerhose und die geliebten Ballerinas. Da sie keine Ahnung hatte, wo es hingehen sollte und worauf sie sich einstellen musste, konnte sie genauso gut so bleiben. Einen Blick in den Spiegel wollte sie dennoch werfen. Hastig eilte sie nach oben in ihr Zimmer und weiter ins Bad. Ihre dunkelblauen Augen blickten ihr aus dem goldumrandeten Spiegel mit einer Mischung aus Schreck und Vorfreude entgegen. Ihre Wangen waren rosig durchblutet und die Haare durch die Autofahrt in die Stadt noch zerzauster als sonst. Schnell bändigte sie die Lockenpracht in einem losen Knoten im Nacken und zog die Lippen nach.

Was sich schon beim Gespräch mit Catherine abgezeichnet hatte: Es tat sich etwas. Nun hatte Vincent sogar schon probiert, seine Mutter anzurufen. Es schien immer sicherer zu sein, dass es zu keinem

Verkauf kommen würde. Warum er nun allerdings einen Ausflug mit ihr machen wollte, erschloss sich Nila nicht. Vielleicht hoffte er schlicht auf ihre Unterstützung bei der Verhandlung mit seiner Mutter. Ja, das wäre ein möglicher Grund. Allerdings hätte er das auch bei einem Kaffee auf der Terrasse besprechen können. Bevor Nila sich in weitere unnütze Grübeleien verlieren konnte, fiel ihr ein, dass die zehn Minuten bald um sein würden. Und sie hasste Unpünktlichkeit. Selbst wenn es um einen Termin mit dem arroganten Star-Pianisten ging. Mit einem Schulterzucken lief sie die Treppe hinab.

***

„Ich denke, wir sollten Waffenstillstand schließen", sagte Vincent, während er den Motor des BMW startete. Ein Seitenblick streifte Nila, die steif in den Ledersitzen klebte.

Sie nickte überrascht. „An mir soll es nicht liegen." Ihre Stimme klang ruhig, dabei kämpfte sie mit einer fürchterlichen Nervosität. Sie hatte unterschätzt, wie nah sie Vincent im Innern des SUV sein würde. Der Hauch eines teuren Aftershaves kitzelte in ihrer Nase.

„Wohin fahren wir?" Sie räusperte sich, der Kloß in ihrem Hals blieb davon unberührt.

„Sie mögen keine Überraschungen?"

„Nein ... doch ... nun ja, es kommt darauf an. Beruflich mag ich es lieber vorhersehbar, um ehrlich zu sein." Das Mittelmeer flog jetzt blau glitzernd rechts an ihr vorbei. Wollte er ihr Nizza zeigen? Mit Glanz und Glamour protzen? Unauffällig tastete ihr Blick über seine Shorts und das hellblaue Hemd. Nicht unbedingt das perfekte Outfit, um in die Welt der Schönen und Reichen einzutauchen.

„Wir sind also beruflich unterwegs." Sein Tonfall nahm schon wieder diesen spöttischen Klang an, den sie nie so recht deuten konnte.

„Selbstverständlich", sagte sie bestimmt und runzelte die Stirn. Natürlich waren sie beruflich unterwegs. Andernfalls wäre ihr inneres Zittern vermutlich noch stärker. Den Gedanken dachte sie lieber nicht weiter. Sie versuchte, sich auf das verführerische Blau zu ihrer Rechten zu konzentrieren.

„Stimmt, ich zeige Ihnen, warum ich nicht zulassen kann, dass unser Anwesen in diesem wunderbaren Landstrich an den Erstbesten verscherbelt wird. Häuser wie mein Elternhaus sind absolut rar, ich könnte also nicht einfach einen Ersatz kaufen."

„Haben Sie schon einmal darüber nachgedacht, Ihrer Mutter ein Kaufangebot zu machen?" Der Gedanke kam ihr selbst zum ersten Mal. Vielleicht konnte das die Lösung sein? Geld dürfte bei Vincent Durand keine Rolle spielen.

„Ich soll mein Elternhaus kaufen?", fragte er verblüfft.

„Wenn Ihnen so viel daran liegt ..." Vorsichtig warf sie ihm einen Blick zu. Er sah ehrlich erstaunt aus.

Mit einem schnaubenden Geräusch bog er von der Küstenstraße ab.

Doch nicht Nizza, dachte Nila. Ihr Weg führte ins Landesinnere. Vorbei an bewaldeten Hügeln und saftigen Wiesen, kamen sie rasch voran.

„Ich kaufe doch nicht unser eigenes Haus ...“ Dieses Mal klang kein Spott in seiner Stimme mit, sondern Empörung. „Das ist absurd!“

„Also absurder wäre es, wenn Sie das Haus verlieren, obwohl Sie es unbedingt behalten wollen.“ Nilas Nervosität schwand immer mehr. Vincent Durand war auch nur ein Mensch, es war idiotisch, dass sie sich geradezu vor ihm fürchtete. Langsam gewann sie ihre Professionalität zurück. Endlich war ein Hoffnungsschimmer am Horizont zu erkennen, dass das komplizierte Mutter-Sohn-Problem doch noch gelöst werden konnte. Das weckte neuen Ehrgeiz in ihr. Im Grunde hatte sich ihr Ziel nur bedingt verschoben. Sie wollte die richtigen Käufer für das Anwesen finden, falls es doch in Familienbesitz bleiben konnte, wäre vielleicht genau das die perfekte Lösung. In dem Fall würde sie sogar die Provision behalten ...

„Vielleicht sollten Sie wenigstens darüber nachdenken.“ Sie probierte ein strahlendes Lächeln, das einigermaßen gelang.

„Auf die Idee ist ja bisher nicht mal Catherine gekommen“, brummte er.

„Nun ja, es ist mein Job, bei einem Immobilienverkauf das Beste für alle Beteiligten herauszuholen.“

„Ach ja?“ Er hob eine Augenbraue. „Ich dachte, es ginge in Ihrem Geschäft darum, für den Käufer die bestmögliche Summe zu erreichen.“

„Das auch“, sagte Nila friedlich. Sie entspannte sich weiter. Vielleicht hätte sie viel eher den Mut finden sollen, mit ihm zu reden. „Ich mag es, wenn ich für ein Haus den richtigen neuen Eigentümer finde.“ Danach blieb es bis auf das leise Motorengeräusch eine Weile still im Wageninnern.

„Das klingt fast, als wenn Sie Häusern ein Eigenleben zugestehen. Sie machen ihren Job also wirklich gerne?“, nahm er das Gespräch schließlich wieder auf

„Ja, manche Häuser besitzen eine Seele. Deshalb mache ich meinen Job eigentlich gerne.“

„Eigentlich ist aber vielleicht nicht genug ...“

„Ich habe es immer gedacht ... Aber dann sind einige Dinge passiert ... Inzwischen bin ich nicht mehr sicher“, gab sie zu.

„Das kenne ich“, bekannte er freimütig.

„Ich dachte, die Liebe zur Musik ist viel mehr als ein Beruf ...“ Wenn ihr das jemand vor einigen Tagen erzählt hätte, hätte sie ihn für verrückt erklärt. Sie auf dem Weg zu einem Ausflug mit Vincent Durand, der offen mit ihr plauderte ...

„Ja, natürlich, die Liebe zur Musik wird mich immer begleiten. Aber das heißt ja nicht, dass ich noch auf der Bühne stehe, wenn mich der Rollator begleitet.“

Nila musste lachen. Die Vorstellung war sehr weit weg, den tatkräftigen jungen Mann neben sich alt und schwach am Rollator zu sehen. Stattdessen drängte sich ihr das Bild auf, wie er mit der Bürste bewaffnet und freiem Oberkörper im Pool gestanden hatte. Schnell schüttelte sie die Erinnerung ab.

„Sie wollen ernsthaft Ihre Karriere an den Nagel hängen? Darf ich fragen, warum?“

Er antwortete erst nicht, und sie dachte schon, sie sei zu weit gegangen. Schließlich wagte sie einen Seitenblick. Vincents Kieferknochen waren fest zusammengepresst und mahlten unruhig unter der Haut.

Sie wollte sich gerade für ihre Frage entschuldigen, als er doch noch antwortete, wenn auch mit einer Gegenfrage „Können Sie sich vorstellen, dass Erfolg müde macht?"

„Nein ... ja ... Ich weiß es nicht", stotterte sie hilflos. „Also ich habe wenig Erfahrung damit, ein Weltstar zu sein." Sie zog eine Grimasse.

Überrascht hörte sie sein leises Lachen. Er nahm ihr die Direktheit doch nicht übel.

„Aber Sie wissen auch nicht genau, ob Sie bis zur Rente Immobilien verkaufen wollen."

„Ja, das stimmt." Ihr wurde heiß bei dem Gedanken, wenn er um ihren Traum wüsste. In *seinem* Elternhaus ein Hotel zu eröffnen. Aber das würde er glücklicherweise nie erfahren. „Mein Chef hat mir kürzlich die Kündigung zukommen lassen. Unsere Hamburger Dependance wird geschlossen, und somit bin ich gezwungen, mich neu zu orientieren."

„Da kam das Angebot meiner Mutter dann ja gerade recht."

Unauffällig warf sie ihm einen Blick zu. Seine Miene war undurchdringlich. Er konzentrierte sich auf die Straße, die gerade steiler nach oben führte.

„Sehen Sie", er deutete nach links. „Das erste Lavendelfeld. Sinnbild unserer Region, für jeden Touristen ein Highlight. Für uns Provençalen die blühende Seele unseres Landes."

Atemlos starrte Nila nach draußen. Sie schob die Sonnenbrille ins Haar, um das lila wogende Blütenmeer klarer wahrnehmen zu können. Ihr Herz hüpfte bei dem Anblick. So war es ihr auf jeder früheren Reise gegangen. Hatte sie schon immer die Nähe des Meeres berührt, so war ein frisch erblühtes Lavendelfeld noch einmal etwas anderes. Ein tiefes Seufzen kam über ihre Lippen.

„Die Seele bekommt hier Flügel." Vincents Stimme war ungewohnt sanft, unwillkürlich fuhr er langsamer.

Sie konnte nur stumm nicken. Registrierte überrascht, dass Tränen ihre Augen füllten. Hastig schob sie ihre Sonnenbrille runter und blinzelte die Tränen weg. Eine drängende Sehnsucht machte sich in ihr breit, weiter in diesem Land zu leben. Die Landschaft, die Lebensart, die freundlichen Menschen, die sie in der kurzen Zeit schon kennengelernt hatte – all das berührte sie tief im Innern. Und doch vergaß sie in keiner Sekunde, dass sie hier nur einen Job zu erledigen hatte.

Schweigen breitete sich im Auto aus. Kein angespanntes Schweigen, eher ein friedliches, verbindendes. Eines, das man nur mit Menschen erlebte, die einem nahestanden. Bei dem Gedanken krampfte sich etwas in Nila zusammen. Sie stand Vincent Durand in keiner Weise nahe. Das einzige, was er angeboten hatte, war Waffenstillstand. Da konnte von Nähe keine Rede sein, das sollte sie nicht vergessen, nur weil es sich gerade anders anfühlte. Sie presste die Lippen zusammen und faltete die Hände im Schoß. Die Fahrt ging weiter, vorbei an Olivenhainen und Kiefernwäldern. Und immer wieder wogten dazwischen lilafarbene Lavendelmeere auf.

Nilas Gedanken kamen fast zum Stillstand, sie genoss einfach die Farbenpracht, die sich ihren Augen bot.

„Jetzt sind wir gleich da", verkündete Vincent schließlich, als er in einen Feldweg einbog.

Nilas Spannung stieg wieder. Was war ihr Ziel?

„Mögen Sie Honig?"

„Honig? Ja, sehr gerne", antwortete sie verblüfft.

„Gut." Er nickte, sagte aber nichts weiter.

Am Ende des Feldwegs erschien jetzt ein weitläufiges Hofgelände.

Nila setzte sich aufrechter hin, als der Wagen anhielt. Ein zotteliger schwarzer Hund stürzte auf das Auto zu.

„Chéri", murmelte Vincent zärtlich.

Überrascht flog Nilas Kopf in seine Richtung. Dann wurde ihr bewusst, dass er nicht sie meinte, sondern den Hund, der jetzt am BMW hoch sprang. Das Blut, das ihr heiß ins Gesicht schoss, konnte er glücklicherweise nicht sehen, da er in diesem Moment die Wagentür öffnete und hinaussprang.

Kopfschüttelnd stieg auch sie langsam aus. Natürlich hatte er nicht sie als *Schatz* bezeichnet.

Der Hund namens Chéri war ein riesiger Mischling, der jetzt jaulend an Vincent hochsprang und ihm begeistert übers Gesicht leckte. Der ganze Hund bebte vor Freude. Bis auf einen sternförmigen weißen Fleck auf der Brust bestand sein Haarkleid aus dichten schwarzen Locken. Nila beobachtete die überschwängliche Begrüßungsszene amüsiert. Lachend versuchte Vincent gerade, sich vor allzu intensiven Hundeküssen in Sicherheit zu bringen. Der Erfolg war mäßig, der Mischling war trotz Größe und Umfang erstaunlich wendig.

Einen Moment später hatte Nila dasselbe Problem. Chéri schien aufgefallen zu sein, dass noch eine weitere Besucherin angekommen war, der er seine Aufwartung machen musste.

Jetzt war Vincent derjenige, der sich amüsierte. „Ich hoffe, Sie haben keine Angst vor Hunden. Chéri macht seinem Namen alle Ehre, er ist durch und durch ein Schatz und besitzt ein Herz aus Gold."

„Kein Problem", nuschelte Nila hinter dem Hundekopf hervor. Sie mochte Hunde, auch wenn sie selbst noch nie einen gehabt hatte. Angst hatte sie nur, wenn ihr ein Hund unfreundlich begegnete. Aber davon konnte bei Chéri keine Rede sein. Bis auf seinen sehr strengen Geruch war ihr das Fellpaket durchaus sympathisch, auch wenn sie sich mit dem Rücken ans Auto pressen musste, um nicht den Halt zu verlieren.

„Quelle surprise!", ertönte auf einmal eine tiefe Stimme.

Nila schob den Hund etwas zur Seite, um den näherkommenden Mann besser sehen zu können.

Vincent ging dem bärtigen Mann mit großen Schritten entgegen. Gleich darauf lagen sie sich in den Armen und klopften sich gegenseitig den Rücken.

Nila blieb abwartend stehen. Chéri schien seine Begrüßungsaufgabe für beendet zu erklären und eilte an die Seite seines Herrchens, wo er sich hechelnd setzte.

Für einen Moment fühlte Nila sich überflüssig und fehl am Platz. Was machte sie hier eigentlich?

Das ungute Gefühl verschwand sofort wieder, als der Fremde Vincent von sich schob und interessiert in ihre Richtung blickte.

„Du bist so unhöflich!", tadelte er Vincent mit einem strengen Blick, in den sich allerdings Schalk mischte, als er auf Nila zutrat. „Vielleicht stellst du mir deine reizende Begleiterin erstmal vor?"

„Nila Roonstein – mein alter Freund Lûc Manôt."

Schon verschwand Nila ebenfalls in einer herzlichen Umarmung. „Herzlich willkommen im *Maison de la Délicatesse*!" Lûc musterte sie neugierig, aber liebevoll. „Da wird Suzanne sich aber freuen, dass Vincent endlich einmal in weiblicher Begleitung erscheint. Sonst sucht sie immer schnell das Weite, wenn wir in unsere Männergespräche abdriften." Ein tiefes Lachen stieg aus seinem mächtigen Brustkorb. „Das wurde auch langsam mal wieder Zeit!" Er wandte sich an Vincent. „Wie lange warst du nicht mehr hier? Zwei Jahre? Drei?"

„Letzten Sommer", korrigierte Vincent ironisch.

„Hm, kam mir aber länger vor", brummte der Hofbesitzer und sah mit gerunzelter Stirn hinauf in den Himmel, der sich azurblau und fast wolkenlos über ihn spannte. „Ich wusste schon heute Morgen, dass es ein prächtiger Tag wird. Aber dass es auch einer mit einer tollen Überraschung sein würde, war mir bis eben nicht klar!" Er schlug Vincent die breite Hand ins Kreuz und strahlte wie ein Honigkuchenpferd.

„Kommt rein, ihr Zwei!" Lûc machte eine auffordernde Handbewegung in Richtung des steinernen Torbogens, der sich an den Vorplatz anschloss, und schritt vorweg. Chéri lief an seiner Seite, als wäre er an ihm festgetackert.

Neugierig sah Nila sich um. Das Hofgebäude war offensichtlich alt, aber liebevoll restauriert. Rote Rosen rankten sich entlang der mit grünem Rahmen und Fenstern versehenen Eingangstür um den Backstein. Auf Anhieb wusste sie, dass diese Immobilie im Falle eines beruflichen Auftrags, ebenso wie das Haus der Durands, sofort zu ihrer Herzensangelegenheit werden würde. Allerdings war klar, dass sich hier Haus und richtiger Eigentümer längst gefunden hatten … Mit stolzgeschwellter Brust und übertrieben theatralischer Geste bat Lûc seine Gäste einzutreten. Die Freude über den Besuch stand ihm unverändert ins Gesicht geschrieben.

Die Diele, in die sie traten, war hell gefliest und mit einigen antiken dunklen Möbeln bestückt. In der Luft lag ein Duft, der Nila das Wasser im Munde zusammenlaufen ließ. Apfelkuchen! Mit Zimt!

„Als hättet ihr es gerochen!" Lûc lachte ein weiteres Mal, bevor er mit Schwung eine Tür öffnete. Der Duft wurde schlagartig intensiver. Nilas Verdacht wurde bestätigt, als sie Lûc folgten – es handelte sich um die Küche. Eine große Wohnküche mit einem riesigen Tisch in der Mitte.

Am geöffneten Backofen stand eine winzige Frau, deren lange rote Haare einen noch intensiveren Rotton besaßen als Nilas.

Sie drehte sich um. Ihre jadegrünen Augen blitzten fröhlich, als sie Vincent erkannte und Nila erspähte. Die folgende Begrüßung der Besucher war nicht weniger herzlich als die ihres Mannes gerade. Nur dass ihre Umarmung deutlich zarter ausfiel. Nila musste sich ein Schmunzeln verkneifen. Ausnahmsweise hatte sie es mal wieder mit einer Frau zu tun, die noch kleiner war als sie selbst. Oft erlebte sie das nicht.

Wenig später saßen Nila und Vincent mit den Manôts zusammen am gedeckten Tisch. Inzwischen war die Familie komplett. Nila hatte sich ein Schmunzeln nicht verkneifen können, als die beiden Kinder in den Raum stürmten. Sophie war die Miniaturausgabe ihrer Mutter mit denselben intensiv roten Haaren – ihre allerdings in einem geflochtenen Zopf über den Rücken hängend -, und Frédéric fehlte lediglich der Vollbart, um für einen Klon seines Vaters durchzugehen.

Von der Herzlichkeit und Gastfreundschaft der Hofbesitzer überwältigt, musste Nila immer wieder zu Vincent äugen. Noch nie hatte sie ihn so gelöst und fröhlich erlebt. Sie erfuhr, dass sich das *Maison de la Délicatesse* hauptsächlich auf Honig und Ziegenkäse spezialisiert hatte. Und dass Lûc und Vincent seit der Kindheit gute Freunde waren. Neben den Bienenvölkern lebte eine große Ziegenherde auf dem Hof, die Sophie und Frédéric ihr nach dem Kuchen unbedingt zeigen wollten. Der noch warme Apfelkuchen ließ Nila genießerisch seufzen.

„Großartige Idee, dass ihr vorbeigekommen seid!" Lûcs Augen ruhten auf Nila. „Und dass du uns deine Freundin vorstellst." Sein Blick wanderte zu Vincent, der sich prompt an seinem Kuchen verschluckte.

„O nein, ich glaube, da müssen wir etwas klarstellen", sagte Nila schnell, während ihr das Blut ins Gesicht schoss. „Wir sind keine Freunde ... wir sind ..." Weiter kam sie nicht, da hatte Vincent seinen Hustenanfall überwunden und fiel ihr ins Wort. „Wir sind geschäftlich unterwegs."

Vier überraschte Augenpaare sahen abwechselnd Nila und Vincent an. Die Kinder schienen genauso irritiert wie Lûc und Suzanne.

„Das müsst ihr erklären." Suzanne hatte als Erste ihre Sprache wiedergefunden.

„Madame Roonstein hat den Auftrag, unser Haus zu verkaufen."

„Ihr siezt euch?" Suzanne schien darüber noch verblüffter, als darüber, dass ihre Besucher offensichtlich kein Liebespaar waren.

Vincent zuckte die Schultern. „Von mir aus können wir uns auch duzen." Er blickte fragend zu Nila. Sie nickte, während sie mit ihrer Fassung kämpfte. Hastig griff sie zu ihrer Tasse und nahm einen schnellen Schluck Kaffee.

„Also, Madame Roonstein – äh, Nila soll im Namen meiner Mutter das Haus entrümpeln und verkaufen. Mit dem Entrümpeln ist sie schon gut vorangekommen." Der Blick, mit dem er Nila streifte, war undurchdringlich. Sie spürte, dass sich das Blut schon wieder in ihren Wangen sammelte und sah schnell auf den restlichen Apfelkuchen auf ihrem Teller.

„Aber wolltest du nicht wieder ganz nach Les Issambres ziehen?" Lûc zog die Augebrauen hoch.

„Ich hatte es in Erwägung gezogen." Vincent spielte mit der Serviette in seinen Fingern. „Aber dafür verlangt Renée ein Gespräch. Ihr wisst, wie ich dazu stehe." Seine Miene verschloss sich.

„Aber das ist vielleicht eine gute Gelegenheit", warf Suzanne sanft ein.

Vincent presste die Lippen zusammen. „Nila hatte vielleicht eine bessere Idee. Ich könnte das Haus kaufen. Soll Renée mit dem Geld glücklich werden." Trotz lag in seiner Stimme.

„Du weißt, dass es ihr nicht darum geht ..." Lûc sah den Freund voller Mitgefühl an.

„Woher willst du das wissen?" Vincents Stimme wurde lauter. „Du weißt, dass sie zu ganz anderen Dingen fähig ist."

Nila wurde hellhörig, versuchte aber, möglichst unbeteiligt zu wirken. Ihre Hand fuhr über den Kopf von Chéri, der sich gerade neben sie gesellte.

„Ach, Vincent." Suzanne ließ die Gabel sinken, die sie gerade zum Mund führen wollte. „Es ist so viel Zeit vergangen. Und – nimm es mir nicht übel – unser aller Zeit ist endlich. Auch die von Renée, sie ist immerhin über siebzig ..."

Vincent nickte düster, stocherte mit der Gabel in seinem Kuchen, als wollte er ihn töten.

Schließlich hob er den Blick und sah alle der Reihe nach an. „Wir sind nur gekommen, weil ich Nila zeigen wollte, wie wunderschön unsere Region ist. Sie sollte verstehen, dass es mir um mehr als mein Elternhaus geht. Es geht um diesen Landstrich, den schönsten der Welt. Auf meinen Reisen habe ich viele tolle Orte erleben dürfen. Mein Haus am See in der Schweiz ... alles wunderbar. Aber kein einziger Fleck kann es mit der Provence aufnehmen! Ihr wisst es doch." Er warf Suzanne und Lûc einen flehenden Blick zu, als brauchte er Unterstützung.

„Uns musst du es nicht erklären. Nila vermutlich auch nicht. Selbst deiner Mutter nicht. Lediglich das

Gespräch mit ihr könnte die Voraussetzung dafür sein …“, sagte Lûc milde.

Vincent warf die Gabel auf seinen Teller und fuhr sich mit beiden Händen durch die Haare. „Themenwechsel“, sagte er schließlich gepresst und holte tief Luft.

***

Die Stimmung hatte sich schnell wieder gelockert, nachdem die Gesprächsthemen, wie von Vincent befohlen, in unverfängliche Bereiche gewechselt waren. Nach der Kaffeerunde ließen die Kinder es sich nicht nehmen, Nila und Vincent jede einzelne Ziege der Herde mit Namen vorzustellen. Die kleine warme Hand von Sophie hatte sich warm und vertrauensvoll in Nilas gelegt, während Frédéric stolz neben Vincent herschritt.

Suzanne hatte lachend, aber energisch verhindert, dass ihre Kinder sich anschließend einer Wanderung anschlossen. „Glaubt mir, drei- und vierjährige Begleiter begrenzen den Umkreis schnell auf zwei Kilometer. Ich bin sicher, ihr wollt mehr von der Gegend erkunden.“

Nur die Aussicht auf einen weiteren Kakao vertrieb die Schmollmünder auf den kleinen Gesichtern schnell wieder.

Und so waren sie losgezogen mit einem Bollerwagen, in dem eine karierte Decke und ein mit einem Küchenhandtuch verhüllter Korb stand. Begleitet von Chéri, der begeistert Nilas gar nicht so ernst gemeinter Aufforderung sofort gefolgt war. „Er ist auf jeden Fall

276

der bessere Wandersbursche als unsere Kinder“, hatte Lûc schmunzelnd gebrummt. „Eine Leine braucht ihr für ihn nicht, der kennt die Gegend wie seine Westentasche. Sollte er euch abhandenkommen, wird er in Nullkommanix zurück auf dem Hof sein.“

„Beruhigend!“

Eine Weile wanderten sie still in der Nachmittagshitze. Es kam Nila noch immer unwirklich vor, dass sie hier den Tag mit Vincent Durand verbrachte, den sie nun sogar duzen durfte. Was er mit diesem Ausflug bezweckte, war ihr nicht wirklich klar, aber sie hatte beschlossen, die Zeit einfach zu genießen. Der Blick auf die Lavendelfelder war zu Fuß noch einmal ganz anders als aus einem Auto heraus. Der Duft war berauschend und löste fast Schwindel bei Nila aus. Mit einem kurzen Seitenblick auf den Mann an ihrer Seite bekräftigte sie in Gedanken, dass ihr Gleichgewicht ausschließlich durch das lila wogenden Meer, das sich links und rechts vom Weg erstreckte, aus dem Takt gekommen war und nicht etwa mit ihrem Begleiter zu tun hatte.

„Die Manôts sind toll“, durchbrach Nila nach einer Ewigkeit die Stille, die sich wie schon zuvor im Auto gar nicht schlimm anfühlte.

Vincent nickte, dann blieb er stehen und sah in den wolkenlosen Himmel. „Ja, die besten Freunde, die man sich wünschen kann. Und die fürsorglichsten.“ Er deutete auf den Inhalt des Bollerwagens, den Lûc ihm mit einem verschwörerischen Lächeln in die Hand gedrückt hatte. „Wie sieht es bei dir aus? Hunger?“

Nila legte eine Hand auf den Bauch. „Eigentlich nicht. Der Kuchen war so köstlich, im Moment bin ich noch pappsatt.“

„Es dauert auch noch etwas, bis wir beim ‚Hochzeitswald‘ ankommen, dort könnten wir dann Pause machen.“

„‚Hochzeitswald‘?“, fragte Nila interessiert nach.

„Ach, so hat Suzanne ihn getauft, nachdem sie den Hof gekauft hatten und Lûc ihr dort einen Heiratsantrag gemacht hat.“

„Wie romantisch!“ Nila wurde warm ums Herz.

„Ja, die beiden bestätigen die Ausnahme von der Regel.“

Sie sah ihn fragend an.

„Die Regel ist, dass der Höhepunkt der Liebe bereits am Hochzeitstag erreicht wird. Danach kommt der Alltag, die Kinder, das Auseinanderleben ... Schließlich die Scheidung oder die Resignation in ein Leben, das man nie wollte.“

„Das glaubst du?“ Verblüfft starrte sie ihn an.

„Was heißt glauben? Man sieht es doch überall.“ Abrupt setzte er sich wieder in Bewegung.

„Aber ...“ Nila beeilte sich, wieder zu ihm aufzuschließen. Als sie ihn eingeholt hatte, sprach sie weiter. „Aber das kann man doch so pauschal überhaupt nicht sagen.“

„Kennst du viele langjährige Ehen, die wirklich glücklich sind?“ Er musterte sie von der Seite, während er sich den Schweiß von der Stirn wischte.

Nila nickte heftig. „Natürlich. Meine Eltern zum Beispiel, meine Schwester ...“ Sie stockte, ihr fiel ein, was ihre Mutter beim letzten Telefonat angedeutet hatte. „Na, jedenfalls glaube ich, dass es durchaus möglich ist, sein Leben lang glücklich zusammenzuleben. Mit all seinen Höhen und Tiefen natürlich.“

„Graue Theorie“, fasste er zusammen.

„Jacques und Lisanne!“, rief sie. Gerade noch rechtzeitig waren ihr die beiden eingefallen. „Sie haben nun unbestritten ein ganzes Leben eng zusammen gehalten.“

„Ausnahme“, beharrte Vincent.

Nila hatte gerade Luft geholt und wollte erklären, dass es offenbar viele Ausnahmen von seiner selbst aufgestellten ‚Regel‘ gab, da deutete er auf die nächste Anhöhe, die in einiger Entfernung vor ihnen lag. „Schau mal, dort vorne.“

Nila beschattete die Augen mit einer Hand und schluckte ihre Erwiderung herunter. Die ersten Baumwipfel waren hinter dem Hügel zu erkennen.

„Okay, Endspurt!“ Vincent legte an Tempo zu.

Mühsam hielt Nila mit ihm Schritt, während sie sich fragte, warum sie nun plötzlich auf der Flucht waren. Bis eben war es noch eine schöne gemütliche Wanderung gewesen …

Ihr Atem ging immer schneller, er hingegen schien noch nicht ansatzweise an seine Grenzen zu geraten.

„Warum bist du so verdammt fit?“, knurrte sie.

„Ich laufe seit zehn Jahren Marathon“, antwortete er, und es lag weder Stolz noch Spott in seiner Stimme.

„Na, Glückwunsch!“, japste sie und kräuselte die Stirn. Die Anstrengung in der Hitze forderte inzwischen eindeutig ihren Tribut. Sehnsüchtig blickte sie auf die Schatten spendenden Baumkronen in der Ferne.

„Wir haben es gleich geschafft." Der Bollerwagen wirbelte Staub auf bei seiner Fahrt, die nun noch beschleunigt wurde. Nila gab auf. Sollte Vincent das Ziel von ihr aus in Rekordzeit erreichen. Sie würde sich das letzte Bisschen Kraft einteilen. Immerhin musste sie den Rückweg später auch noch schaffen …

Chéri blieb treu an ihrer Seite. Entweder war ihm Vincents Tempo auch nicht geheuer, oder aber er fand es wichtiger, Nila zu begleiten. Vincent ließ er trotzdem nicht aus den Augen, und es war klar, dass der Hund binnen Sekunden aufholen konnte, falls er das wollte.

Nachdem Nila sich entschieden hatte, die Wanderung nicht zu einem sportlichen Wettstreit ausarten zu lassen und in eine gemächlichere Gangart gewechselt war, beruhigte sich langsam ihr Herzschlag. Ihr wurde bewusst, dass sie sich auf die Pause im Schatten freute. Und sie war neugierig, was sich im Picknickkorb verbarg, obwohl ihr Hunger sich in Grenzen hielt. Chéri jaulte kurz, als Vincent den Hügel erklommen hatte und gleich darauf außer Sichtweite geriet.

„Lauf ruhig hinterher!", ermutigte Nila den Hund. Braune Augen blickten sie zweifelnd an. Der schwarze Zottel nahm es aber offenbar ernst, Nila treu zu begleiten und nahm ihre Aufforderung nicht an.

„Okay, dann bleib bei mir. Wir haben es ja auch gleich geschafft." Nila wischte sich den Schweiß von der Stirn. Ein Wasser wäre jetzt wirklich schön. Nach einer gefühlten Ewigkeit hatte auch sie die Kuppe erreicht. Der Ausblick auf den Wald ließ sie innehalten. Fast märchenhaft muteten die grünen Wipfel des Mischwaldes an. Vergoldet von einem strahlenden Sonnenschein tat sich dort unten eine ganz andere Welt auf. Nila lief los. Vincent konnte sie nicht sehen in dem Dickicht, aber sie vertraute auf Chéri und seinen guten Geruchssinn. Der Hund lief vorweg, an der nächsten Weggabelung entschied er sich, nach rechts zu schwenken. Und Nila behielt recht mit dem Vertrauen in die Sinnesorgane des Vierbeiners: dort saß in einer Mulde Vincent auf der ausgebreiteten Decke, eifrig damit beschäftigt, den Inhalt des Picknickkorbes darauf zu verteilen.

Als Chéri auf ihn zustürmte, blickte er auf. Ein Lächeln erschien auf seinem Gesicht, das auch Nila zu gelten schien, als er den Kopf in ihre Richtung drehte.

Ihr Herz stolperte, als sie in seine dunklen Augen sah, denen gerade jeder Ausdruck von Spott und Arroganz fehlte. Aus unerfindlichen Gründen fand sie das bedrohlicher.

„Da bist du ja endlich!" Jetzt war der Spott zurück, aber dieses Mal war er wohlwollend ... neckend.

Nila reckte das Kinn. „Der Weg ist das Ziel!"

Er lachte leise. „Der Punkt geht an dich." Dann klopfte er auf die Decke neben sich. „Ein Platz auf dem Moosbett ist noch frei."

Nervös trat Nila näher. Und ließ sich umständlich nieder.

„Wow", sagte sie. „Man sitzt ja wie auf Wolken!" Sie strich über das Moos, das neben der Decke üppig hervorquoll.

„Vielleicht hat Lûc genau hier Suzanne den Antrag gemacht."

Nila sah ihn an. „Der Platz wäre perfekt." Wieder wurde ihr warm ums Herz.

„Aber vielleicht war es auch ganz woanders." Mit einem Mal klang Vincent brüsk, fast hektisch packte er die letzten Sachen aus dem Korb aus. Chéri streckte schnüffelnd die Schnauze in seine Richtung.

Der peinliche Moment war vorüber, wie Nila dankbar registrierte, als Vincent jetzt lachte. „Hey, du Gauner, bleib von unserem Essen weg!"

Sie stimmte in sein Lachen mit ein und äugte neugierig auf die mitgebrachten Köstlichkeiten. Um solche musste es sich handeln, wenn das *Maison de la Délicatesse* seinem Namen Ehre machen wollte, wovon Nila ausging.

„Erstmal einen Schluck Wasser?" Vincent hob eine Glasflasche in die Höhe.

„Gerne." Nilas trockener Mund sehnte sich nach einer Erfrischung.

Er goss ein und reichte ihr das halbhohe Glas.

Dankbar trank sie einen großen Schluck. Chéri bekam ebenfalls eine gefüllte Schale vorgesetzt. Ungleich lauter als Nila legte er los, um seinen Durst zu stillen.

Das laute Schlabbern ließ sie kichern.

„An seinen Tischmanieren arbeiten die Manôts noch, deshalb sitzt er außerhalb der Decke", meinte Vincent trocken. Seine Mundwinkel zuckten belustigt.

„So, was haben wir nun Schönes mitbekommen? Frisches Baguette, sensationell guten Ziegenkäse und verschiedene Honigsorten", zählte er auf.

„Ich glaube, darüber kann man sich hermachen, ohne echten Hunger zu haben", mutmaßte Nila.

„Das denke ich auch. Hast du schon mal Ziegenkäse mit Honig kombiniert?"

Sie schüttelte den Kopf. „Nein, klingt aber interessant."

Die kleinen Honiggläser waren nebeneinander aufgereiht.

„Also, wir haben Kastanien-, Wildlavendel- und Orangenblütenhonig. Welchen möchtest du?" Er brach das Baguette in Stücke und drapierte es in einen kleinen Brotkorb. Suzanne hatte an alles gedacht ...

„In der Reihenfolge", entschied Nila grinsend.

„Eines darf nicht fehlen: Der passende Rotwein!" Zufrieden öffnete er die Flasche und schenkte in schlichte Weingläser ein. „Santé!"

„Santé!" Nila kostete langsam. „Nicht schlecht", beurteilte sie. „Beinahe so gut wie der von Jacques."

„Das sagen wir Lûc aber nicht! Es ist zwar kein selbst angebauter, aber von einem befreundeten Weinbauern. An Jacques' edle Tropfen reicht aber so schnell niemand ran."

Sie nickte und schnappte sich ein Stück Baguette. Nachdem sie beobachtet hatte, wie Vincent den weichen Ziegenkäse in Portionen auf seinem Teller teilte und mit einem Löffel die verschiedenen Honigsorten verteilte, machte sie es ihm nach. Gleich der erste Bissen ließ sie aufseufzen.

„Kastanienhonig – der ist ja eine Offenbarung!", nuschelte sie begeistert.

„Warte, bis du die anderen probiert hast!"

Das tat sie. Als sie alle gekostet hatte, sagte sie kopfschüttelnd: „Es ist unmöglich zu sagen, welcher der Beste ist. Sie sind alle unfassbar gut! Beim

Ziegenkäse war ich ohnehin sicher, dass er grandios ist – immerhin durfte ich mich vom glücklichen Dasein jeder einzelnen Ziege überzeugen – aber meine Erwartungen wurden noch um Längen übertroffen."

„Ja, den Namen ‚Maison de la Délicatesse' haben die Manôts zu Recht ausgewählt." Mit einem Blick auf Chéris flehende Augen legte Vincent etwas Ziegenkäse auf ein Stück Baguette und hielt es dem Hund hin. Sanft nahm er es aus der Hand und schluckte, ohne zu kauen.

„Er liebt die Ziegen. Aber noch mehr liebt er ihren Käse." Vincent lachte und strich dem Mischling über den Kopf. „Er ist oft bei den Ziegen. Ich wusste früher nicht, dass sich diese beiden Spezies so gut verstehen können ..."

„Das ist mir auch neu. Allerdings ahne ich jetzt, warum Chéri ein bisschen streng riecht." Der Hund sah sie an, als verstünde er jedes Wort.

„Das tut ihm aber auch weh." Vincent schmunzelte.

Verwirrt frage Nila sich, ob der freundliche Mann neben ihr tatsächlich derselbe war, der ihr in den letzten Tagen das Leben so schwer gemacht hatte. Sie nahm ihr Weinglas und ließ den Blick schweifen. Seit ihrer Ankunft in Südfrankreich war der Meerblick zur geliebten Gewohnheit geworden, nun zur Abwechslung in der Umgebung eines märchenhaft anmutenden Waldes zu sein, gefiel ihr allerdings auch.

„Und, verstehst du es langsam, wie traumhaft es hier bei uns ist?", fragte Vincent nach einer Weile leise.

„Daran hatte ich nie den geringsten Zweifel ..." Sie strich nervös mit den Fingerspitzen über die Decke.

„Ich kann das nicht aufgeben!", stieß Vincent hervor und legte das Stück Baguette, das er gerade in den Mund stecken wollte, mit einer entschiedenen Geste auf den Teller zurück.

Und dann platzte es aus Nila heraus, bevor sie sich bremsen konnte. „Warum, zum Teufel, fällt es dir so schwer, mit deiner Mutter zu sprechen?"

Kaum waren die Worte ausgesprochen, da wünschte sie, es nie getan zu haben. Zu spät. Sie biss sich auf die Lippen, bis sie Blut schmeckte.

„Willst du das wirklich wissen?" Sein Blick war wild, fixierte sie, lähmte sie ... Andeutungsweise nickte sie. Jetzt war es ohnehin zu spät. Die friedliche, fast freundschaftliche Stimmung zwischen ihnen war vorbei. Vermutlich unwiederbringlich ...

„Okay." Seine Augen verengten sich zu kleinen Schlitzen, während er einen großen Schluck Wein trank.

Nila wartete mit angehaltenem Atem.

„Weil sie meinen Vater in den Selbstmord getrieben hat." Seine Stimme war monoton, teilnahmslos.

„Was?" Schlagartig wurde ihr kalt, das Blut schien zu Eiskristallen zu gefrieren, kappte ihre Fähigkeit zu denken. Fassungslos starrte sie ihn an und schnappte nach Luft.

29.

„Die großartige Renée Durand hat ihren eigenen Ehemann auf dem Gewissen." Mechanisch kraulte Vincent Chéris Ohr, während der Hund ihn aufmerksam beobachtete. Seine Stimme klang immer noch seltsam teilnahmslos, fast emotionslos. Seine Miene war versteinert, der Blick ging ins Leere.

Mühsam suchte Nila nach den richtigen Worten. Überhaupt nach Worten … Ihr fiel nichts ein.

Schweigen senkte sich über sie wie eine dunkle Gewitterwolke über einen strahlenden Sommertag.

Nach einer gefühlten Ewigkeit, während die Gedanken durch ihren Kopf rasten, hatte Nila sich endlich so weit gesammelt, dass sie ihre Sprache wiederfand.

„Magst du mir davon erzählen?" Sie hatte das verbotene Terrain längst betreten, nun musste sie sich vorwärts tasten. Selbst auf die Gefahr, jede mögliche Kommunikation für immer zu zerstören. Ein Zurück gab es nicht mehr.

„Meine ganze Kindheit habe ich versucht, meine Eltern einander näherzubringen. Das war mir natürlich nicht bewusst, aber Kinder spüren immer, wenn in der Familie etwas nicht stimmt. Und sie versuchen, dagegenzusteuern. Meine größte Angst war immer, dass sie sich trennen könnten." Vincents Blick flackerte unruhig durch den Wald, der alles Märchenhafte verloren zu haben schien. Jetzt war es nur noch eine Ansammlung von Bäumen, die hier zufällig wuchsen.

„Mit achtzehn habe ich dann aufgeatmet, sie waren zusammen geblieben, und ich kein Scheidungskind. Mein persönlich schlimmstes Horrorszenario. Manuel, einen Freund aus der Grundschule, hat es damals getroffen. Seine Mutter verließ die Familie, der Vater kam darüber nicht hinweg und hat sich buchstäblich zu Tode gesoffen. Dieses Schicksal wollte ich um jeden Preis vermeiden."

Nila nickte stumm und wartete, bis er weiter sprach.

„Aber offenbar kann man seinem Schicksal nicht entfliehen." Seine Stimme war brüchig geworden.

Nila holte Luft, der harzige Duft war nicht länger verführerisch, sondern legte sich schwer und klebrig auf ihre Bronchien. Sie räusperte sich ohne Erfolg, das Klebrige wollte nicht weichen.

„Was ist geschehen?", fragte sie sanft.

„Ich kam gerade aus London zurück, wo ich alles vorbereitet hatte, um mein Musikstudium nach den Ferien aufzunehmen. Ein letzter unbeschwerter Sommer in Les Issambres sollte folgen, bevor der Ernst des Lebens losgeht." Er lachte bitter und strich sich müde eine Haarsträhne aus der Stirn.

„Tja, bei meiner Ankunft folgte Renées Ankündigung, dass mein Vater ausgezogen sei. Trennung nach zwanzig Jahren Ehe. Ich war ja nun groß geworden, da musste meine Mutter keine Rücksicht mehr nehmen." Er presste die Lippen zu einem schmalen Strich zusammen.

„Drei Tage später stand die Polizei vor unserer Tür. Mein Vater hatte sich ins Auto gesetzt und die Abgase nach drinnen geleitet."

Entsetzt riss Nila die Augen auf und presste unwillkürlich die Hände vor der Brust zusammen. Das also war der schreckliche Unfall, der gar keiner gewesen war …

„O mein Gott, es tut mir entsetzlich leid." Ihre Stimme war leise, weich … Einem Impuls folgend legte sie eine Hand auf seinen Arm. Er ließ es geschehen, wurde aber unter der Berührung starr. Vorsichtig zog sie ihre Hand zurück, wollte etwas Tröstendes sagen, aber alles, was ihr einfiel, war so furchtbar banal.

„Bist du denn sicher, dass die Trennung der einzige Grund war?", traute sie sich schließlich zu fragen.

„Du klingst wie mein Therapeut." Er lachte unfroh und zog eine Augenbraue in die Höhe. „Ja, ja, ich weiß. Er könnte Depressionen gehabt haben, oder es könnte eine Kurzschlussreaktion auf etwas ganz anderes gewesen sein. Aber wie wahrscheinlich ist das so kurz, nachdem ihn die Ehefrau rausgeworfen hat? Es liegt doch auf der Hand, dass die Trennung der Grund war!"

„Hat sie ihn denn rausgeworfen?"

„Was denn sonst? Es ist ja ihr Haus!" Jetzt färbte Wut seine Stimme dunkel. Nila wurde klar, was der Grund dafür war, dass Vincent so vehement um das Haus kämpfte. Nicht das schöne Anwesen an sich, nicht die traumhafte Lage, nein, er wollte späte Gerechtigkeit für seinen Vater erreichen. Aber das ist verrückt, dachte sie. Was auch immer in der Ehe der Durands nicht gestimmt hatte, Renée die alleinige Schuld dafür zu geben, dass Jean seinem Leben ein Ende gesetzt hatte, war viel zu einfach. Menschen trennten sich, ließen sich scheiden, aber die meisten brachten sich deshalb nicht um.

„Was sagte denn dein Therapeut noch?", fragte sie vorsichtig.

„Na, was wohl? Dass ich mit meiner Mutter sprechen soll, ihre Sicht der Dinge zumindest hören muss, bevor ich mir ein Urteil erlaube. Natürlich hat er recht – genau wie Jacques, Catherine und die Manôts – das weiß ich ja. Aber es gibt da diese verdammte Sperre in mir ..." Er legte sich die Hand auf die Brust. „Und die ist so hartnäckig, dass jede Vernunft daran abprallt."

„Ich glaube, das verstehe ich."

Er hob überrascht den Kopf und sah sie zweifelnd an. „Du verstehst das?"

„Ja, es gibt Dinge, die können einem durchaus klar sein, trotzdem handelt man ganz anders. Das ist menschlich, glaube ich."

„Lass mich raten, deine Eltern führen eine glückliche Ehe, richtig?"

Nila überlegte kurz, bevor sie antwortete. „Ja, ich glaube, das kann man sagen. Gelegentlich fliegen die Fetzen, aber sie lachen viel und halten immer zusammen. Die Roonsteins gegen den Rest der Welt ... Der einzige Wermutstropfen der Familie sind die beiden Töchter, die kaum einen Draht zueinander finden." Sie verzog das Gesicht. „Das wünschen sie sich natürlich anders. Aber sonst ... ja, ich muss zugeben, große Katastrophen gab es bei uns bisher nicht."

„Das merkt man. Du hast ein ziemliches Urvertrauen in das menschliche Miteinander mitgekriegt."

Nila meinte, fast etwas wie Neid aus seiner Stimme herauszuhören. Gleichzeitig war sie irritiert darüber, wie genau er sie offenbar beobachtete ...

„Auf jeden Fall haben mir meine Eltern beigebracht, dass es wichtig ist, miteinander zu reden."

Er seufzte. „Ja, das ist vermutlich so etwas wie eine goldene Wahrheit. Dumm nur, wenn man das nie so recht gelernt hat. Meine Eltern sind sich immer mehr oder weniger aus dem Weg gegangen. Das ist mir zwar erst später klar geworden, aber genau so war es. Meine Mutter war stets mit Besuch in Beschlag genommen – sie war eine großartige Gastgeberin, das muss man ihr lassen – und mein Vater hat sich in seiner Arbeit vergraben. Na ja, und ich war sozusagen der Bote, der zwischen beiden hin- und hergeflitzt ist, verzweifelt bemüht, das verbindende Element zu sein."

„Das ist ja schrecklich!", entfuhr es Nila. Was für eine Verantwortung für einen kleinen Jungen. Ihr lief ein Schauer über den Rücken, als sie an die Fotos dachte, die sie heimlich betrachtet hatte, und auf denen sich diese besondere Trauer auf Vincents jungem Gesicht abzeichnete.

„Das sollte nie die Aufgabe von Kindern sein", sagte sie hilflos.

Er sah sie mit einem Blick an, der ihr tief ins Herz ging. „Nein, das weiß ich. Trotzdem übernehmen sie den Job ungefragt."

Das Verschlossene wich aus seinem Gesicht, übrig blieb eine resignierte Traurigkeit, die Nila kaum aushalten konnte. Am liebsten hätte sie ihn in den Arm genommen.

„Und jetzt?", fragte sie. Längst ging es ihr nicht mehr darum, ihren Auftrag zu erfüllen. Sie war erfüllt von dem Wunsch, dass Mutter und Sohn wieder den Weg zueinander fanden. Der sprachlose Zustand dauerte nun bald zwei Jahrzehnte. So konnte es doch nicht bis in alle Ewigkeit weiter gehen!

„Tja", er zuckte die Schultern. „Vielleicht habe ich ja irgendwann wieder einen klaren Moment und versuche noch mal, sie anzurufen." Ein schiefes Lächeln heftete sich an seine Lippen.

Bevor Nila antwortete, fing Chéri an zu bellen.

„Ich glaube, er langweilt sich. Wir sollten langsam zurückwandern." Vincent stand auf.

30.

Die Verabschiedung der Manôts fiel ebenso herzlich aus wie ihre Gastfreundschaft. Nila wurde von Arm zu Arm gereicht und bekam unzählig Küsse auf die Wangen gehaucht. Mit dem einstimmigen Chor „Besucht uns unbedingt bald wieder!", wurden Nila und Vincent schließlich freigegeben – offenbar aber höchst ungern.

„Du hast tolle Freunde", sagte Nila, nachdem sie die Autotür geschlossen hatte. Sie erwiderte den Gruß der Familie, die draußen nebeneinander aufgereiht stand und winkte. Selbst Chéri hielt seine Pfote in die Höhe.

„Ja, das habe ich." Vincent lenkte den Wagen rückwärts vom Grundstück und gab dann Gas.

Nila warf ihm einen kurzen Seitenblick zu. Seine Miene war wieder undurchdringlich. Seitdem die Wahrheit aus ihm herausgeplatzt war, schien eine Veränderung mit ihm vorgegangen zu sein. Vielleicht bildete sie es sich nur ein, aber sie meinte, er wirkte befreit. Nachdenklich, aber weniger belastet als sonst.

Der Tag war wie im Flug vergangen, inzwischen dämmerte es, und bevor sie in ungefähr zwei Stunden Les Issambres erreichten, würde es längst Nacht sein. Nila spürte, wie sich Müdigkeit in ihr breitmachte. Der Tag war wunderschön gewesen, aufregend, voller Überraschungen und dem Schockmoment, als sie von den Todesumständen Jeans erfahren hatte– und die

Anstrengung forderte jetzt ihren Tribut. Sie gähnte unauffällig.

„Müde?" Vincents Antennen schienen fein zu sein, denn sein Blick blieb auf die Straße geheftet.

„Hm, schon ein bisschen ..."

„Dann machen Sie doch ein Schläfchen, Madame."

Sie blinzelte überrascht. Er klang beinahe liebevoll neckend. Die Nervosität überspielend, murmelte sie etwas Unverständliches, schloss die Augen und versuchte, ihr Herz zu zwingen, ruhiger zu schlagen. Der Erfolg fiel mäßig aus, es vibrierte weiter in ihrer Brust, während ihr Kopf die Ereignisse des Tages im Schnelldurchlauf abspulte. Vor allem der Gedanke an das gelüftete Familiengeheimnis spukte unentwegt darin herum. Trug wirklich Renée die Verantwortung für den Selbstmord ihres Mannes? Und was hatte es mit dem Ultraschallbild auf sich? Von einer Schwangerschaft im Umkreis der Durands zum damaligen Zeitpunkt hatte Vincent nichts gesagt. Entweder wusste er davon nichts, oder er mochte Nila nicht auch noch in dieses Geheimnis einweihen. Aber spielte es eine Rolle bei Jeans Freitod? Nila grübelte weiter, während sich der BMW Kilometer für Kilometer durch die Landschaft zurück nach Les Issambres bewegte.

Zu gerne würde sie Renées Version der Geschichte hören. Es gab immer zwei Seiten ... und ohne die andere zu kennen, war es zumindest riskant, sich eine Meinung zu bilden. Vincent hatte es getan. Aber er kannte seine Eltern natürlich auch bestens. Trotzdem konnte er falsch liegen ... Aber anscheinend war seine starke Abwehr gegen ein Gespräch mit seiner Mutter zumindest nicht mehr ganz so fest in Stein gemeißelt. Nila schöpfte immer mehr Hoffnung, dass es bald zu einem Austausch zwischen Mutter und Sohn kommen könnte.

Trotz ihrer Müdigkeit konnte sie nicht schlafen. Dabei fühlte sie sich als Beifahrerin von Vincent absolut sicher. Er fuhr zügig, ging aber keine unnötigen Risiken ein. Vielleicht hing es mehr mit seiner Anwesenheit an sich zusammen ... Obwohl ihre frühere Einschätzung, mit der sie ihn als arroganten, unsympathischen Womanizer eingestuft hatte, empfindliche Risse bekommen hatte, machte er sie immer noch nervös. Oder gerade deswegen? Der Gedanke ließ sie innerlich zusammenzucken. Jetzt drehte sie vollkommen durch! Sie war natürlich nicht an Vincent Durand als Mann interessiert! Auf gar keinen Fall. Sie fuhr erschreckt aus ihrem Halbschlaf mit den seltsamen Gedanken hoch, als sich ihr Handy in der Tasche mit einer eingehenden Whats-app-Nachricht meldete. Fahrig holte sie das Telefon raus. Überrascht sah sie, dass Niklas ihr geschrieben hatte.

Verrätst du mir deine Adresse?

Lachendes Smiley.

Warum?

Schrieb sie irritiert zurück. Wollte er ihr Post nachsenden?

Sag ich nicht! Überraschung.

Smiley mit Sonnenbrille.

Sie schüttelte leicht den Kopf, hatte keine Ahnung, was das sollte, aber da sie Niklas immer noch wie kaum einem anderen Menschen traute, brachte sie die gewünschten Daten auf den Weg. Daumen hoch erschien auf dem Display, Sekunden später war er nicht mehr online. Schulterzuckend steckte Nila das Handy wieder weg.

Die restliche Fahrt verlief schweigend, jeder blieb in seine eigenen Gedanken vertieft. Irgendwann ging Nila durch den Kopf, wie seltsam vertraut es sich inzwischen anfühlte, mit Vincent durch die zunehmende Dämmerung zu fahren. Es bleibt verwirrend, schloss sie in Gedanken ihr Resümee.

Schließlich kamen sie am Ziel an. Nila streckte sich, fuhr sich mit den Händen über die Augen und stieg aus dem Auto aus. Es war kühl geworden, sie rieb sich fröstelnd die Oberarme.

„Noch ein kleiner Schlaf-Wein gefällig?", fragte Vincent.

Sie blinzelte überrascht. Prompt schlug ihr Herz wieder schneller.

„Gerne", murmelte sie. „Aber erst hole ich mir eine Strickjacke."

„Okay, dann in fünf Minuten auf der Terrasse."

Sie nickte und ging mit weichen Knien zur Haustür, während Vincent den Weg zum Gästehaus einschlug.

***

Nila war aufgeregt, als wäre Vincent ein Date, dem sie jetzt auf der Terrasse gegenübersaß. Was natürlich vollkommener Blödsinn ist!, schalt sie sich in Gedanken irritiert. Es war nicht mehr und nicht weniger als ein kleiner Schlaf-Trunk nach einem ereignisreichen Tag. Trotzdem zitterte ihre Hand nun leicht, als sie zum gefüllten Weinglas griff.

Auf dem Tisch hatte Vincent eine Kerze in einem dickbauchigen Glas angezündet. Die Luft war kühler als in den anderen Nächten und ein sternklarer Himmel spannte sich über die Bucht von Les Issambres. Die blinkenden Lichter an der Küste schienen mit den Sternen in ihrer Helligkeit konkurrieren zu wollen.

Vincent prostete ihr wortlos zu und nahm dann einen großen Schluck, während Nila nur an ihrem Glas nippte. Sie fühlte sich auch ohne weiteren Alkohol wie betrunken.

„Es war ein schöner Ausflug, danke", sagte sie und behielt ihr Glas in der Hand.

„Das fand ich auch." Er ließ seinen Blick über die Bucht schweifen. „Hast du es nun verstanden, wie traumhaft es bei uns ist?"

„Das wusste ich auch vorher schon", gab sie zu. „Ich kann es absolut verstehen, dass du das hier", sie machte eine umfassende Handbewegung, die Haus, Grundstück und Aussicht umschloss, „nicht einfach aufgeben willst."

„Aber dafür muss ich mit Maman reden." Seine Stimme enthielt eine Mischung aus Bitterkeit und Resignation. Er seufzte und fuhr sich durch die Haare.

Nila nickte. „Erzähl mir von deinem Vater", bat sie dann leise. „Was für ein Mensch war er?"

Im ersten Moment fürchtete sie, zu weit gegangen zu sein, als sie sah, wie sich seine Augen verengten. Aber dann begann er zu erzählen.

„Er war selten zu Hause. Der Trubel, der bei uns durch die vielen Besucher stets herrschte, war nichts für ihn. Er liebte die Stille, vergrub sich daheim in die Arbeit oder werkelte im Garten. Manchmal musste ich ihm helfen. Damals hatte ich dazu wenig Lust, aber ich war dennoch froh, wenn er überhaupt mal Zeit mit mir verbrachte. Maman hingegen war immer für mich da. Uns verband die Musik. In der Therapie habe ich gelernt, dass es wohl normal ist, wenn Kinder sich besonders an den Elternteil klammern, der sich rarmacht …"

Nila hatte atemlos zugehört. Das Bild, das sie sich von den Durands gemacht hatte, erhielt immer mehr Details, und doch spürte sie, dass sie noch längst nicht alles wusste.

„Und als ich dann aus London zurückkam und Maman mich über die Trennung informierte, da hat es mir den Boden unter den Füßen weggezogen, obwohl ich offiziell ja längst erwachsen war", fuhr er fort. „Ich habe sie gefragt, wer die Scheidung will."

Nila sah ihn nur mit großen Augen stumm an.

„Dreimal darfst du raten. Sie hat es zugegeben, dass der Schritt von ihr ausging. Sie war schuld!"

Nila wollte einwerfen, dass doch aber die Ehe seiner Eltern –wie es schien – nie besonders glücklich gewesen war. Was vielleicht einfach daran lag, dass die beiden zu verschieden waren. Sie konnte sich gerade noch bremsen, weil sie spürte, dass seine wütende Reaktion noch immer dem kleinen Jungen geschuldet war, der in dem attraktiven Mann ihr gegenüber unverändert seinen Platz beanspruchte.

Nila holte tief Luft. „Vielleicht hat sie einen Fehler gemacht, aber Menschen machen Fehler", sagte sie sanft.

Er sah sie überrascht an. „So einfach ist das?"

„Nein." Sie schüttelte den Kopf. „Das ist überhaupt nicht einfach. Manchmal passieren schlimme Dinge, weil jemand einen Fehler macht. Selbst wenn derjenige nichts Böses im Sinn hatte."

In Vincents Gesicht arbeitete es. Dieser schlichte Gedanken schien ihm noch nie gekommen zu sein.

„Ich glaube, es war schlimm für ihn, dass wir in einer anderen Welt – der Welt der Musik – lebten, zu der er nie wirklichen Zugang fand." Seine Stimme war leise, nachdenklich.

Nila musste an das Foto denken, auf dem Renée und ihr Sohn musizierten, während Jean meilenweit weg gewesen zu sein schien.

„Vielleicht haben sie unterschätzt, was das im normalen Alltag bedeutet", warf sie vorsichtig ein.

Vincent sah sie nachdenklich an. „Dich würde nichts so leicht aus der Bahn werfen", stellte er dann fest.

„Hast du eine Ahnung!", rief sie. Nervös knetete sie ihre Hände.

Über den Rand seines Weinglases musterte er sie. „Dafür ruhst du zu sehr in dir."

Von wem –zum Henker – redete er? Er nahm sie auf den Arm, alles andere machte keinen Sinn. Sie öffnete den Mund, wollte etwas sagen, bis sie merkte, dass ihr nichts Passendes einfiel, und schloss ihn unverrichteter Dinge wieder.

„Im Ernst, dein Urvertrauen ist einfach groß genug. Du hast deinen Job verloren, dich gerade getrennt, und marschierst einfach weiter." Aus seiner Stimme hörte Nila keine Verachtung, eher etwas, das an Bewunderung grenzte ... Ihr Verdacht, dass er sich über sie lustig machte, wuchs.

„Selbst mit diesem ungewöhnlichen Auftrag schlägst du dich tapfer, stellst dich sogar unerschrocken dem Problem mit dem komplizierten Sohn des Hauses. Respekt." Sein Lächeln enthielt nur eine minimale Prise Spott, der Rest war wohlwollend.

„Hast du eine Ahnung", murmelte sie kopfschüttelnd „Ich habe gerade keine Ahnung, wie es bei mir überhaupt weitergehen soll." *Und ich habe Angst vor dir!*, fügte sie in Gedanken hinzu. *Schließlich klopft mein Herz immer viel zu doll, sobald ich dich sehe ...*

Er hob eine Augenbraue.

„Und wenn du jemanden kennenlernen willst, auf den deine Beschreibung passt, dann ist das meine beste Freundin Mona. Ich hingegen hadere mit jeder Veränderung, überlege mir jeden Schritt zehnmal und zweifele auch sonst ganz gerne ..." Sie zog eine Grimasse, war selbst überrascht, wie offen sie auf einmal mit ihm sprechen konnte.

Er betrachtete sie eine Weile schweigend. Lange konnte sie seinem Blick nicht standhalten, ließ ihren stattdessen über die Bucht mit den vielen Lichtern schweifen.

„Das können Sie aber wunderbar verbergen, Madame Roonstein", sagte er schließlich. In seinen Worten steckte wieder der übliche Spott, aber in milderer Form.

„Trinken wir auf die Ehrlichkeit", fügte er hinzu und erhob sein Glas.

Nila äugte zu ihm rüber. Er sah sie mit intensivem Ernst an. Ihr lief ein Schauer über den Rücken. Sie schluckte an dem Kloß in ihrem Hals vorbei, nickte und griff zu ihrem Glas.

Er hatte also beim Abendessen mit Jacques genau zugehört, als sie von ihrer Trennung erzählt hatte. Dabei hatte sie an jenem Abend das sichere Gefühl gehabt, dass ihre Worte ihn gar nicht erreichten. Weil ihn ihr Liebesleben mit Sicherheit nicht interessierte ...

„Okay", sagte er. „Auf die Ehrlichkeit! Und dann erzählst du mir, was du beruflich machen würdest, wenn du nicht vor jeder Veränderung Angst hättest."

***

Langsam setzte Nila das Glas ab und zog die Strickjacke enger um sich. Allmählich stieg ihr der Wein zu Kopf, die Nacht fühlte sich seltsam unwirklich an. Saß sie hier tatsächlich unter einem Sternenhimmel, sah aufs Meer hinaus und plauderte mit Vincent Durand, als seien sie beste Freunde?

Sie räusperte sich. Jetzt, da er sich so offen wie nie gezeigt hatte, konnte sie doch nicht mit irgendeiner Floskel kommen ... aber die Wahrheit sagen? Dass sie nichts lieber täte, als sein Elternhaus in ein Hotel zu verwandeln? Sie entschied sich für die halbe Wahrheit.

„Es gibt tatsächlich einen alten Jugendtraum, der mir durch diese Reise wieder verstärkt bewusst wurde." Sie stockte kurz, während er sie aufmerksam ansah.

Mit gesenktem Blick fuhr sie fort. „Ich war früher oft mit meinen Eltern und meiner Schwester in der Provence. Meistens waren wir auf Campingplätzen unterwegs, aber einmal hat das Familienbudget für ein entzückendes kleines Hotel gereicht. Die Wirtin Clarice hat einen bleibenden Eindruck bei mir hinterlassen. So lustig und herzlich, wie sie sich um die Gäste gekümmert hat – besonders die Kinder – hat mir so gut gefallen, dass ich seitdem glaubte, es könne keinen schöneren Beruf geben. Fortan habe ich heimlich davon geträumt, später genau dasselbe zu machen." Vorsichtig hob sie den Blick, bereit für einen weiteren spöttischen Kommentar.

Sie irrte sich.

„Aber wie bist du dann dazu gekommen, Immobilien zu verkaufen?" Seine Frage klang ehrlich verblüfft.

Sie zuckte die Schultern. „Es war realistischer. Hamburg zu verlassen und auszuwandern ... das kam nur in meinen Träumen vor, aber doch nicht in der Realität. Nach der Schule musste ich mich ja für irgendetwas entscheiden. Und Häuser mochte ich schon immer gerne. Natürlich nicht alle ... vor allem alte Villen haben es mir angetan. Insofern lag der Maklerberuf noch am nächsten. Mein Ex-Freund hat Medizin studiert, bekam danach eine Anstellung im Hamburger Universitätsklinikum. In unserer Lebensplanung stand Südfrankreich nur als Urlaubsziel zur Debatte."

„Wie schade." Vincents Stimme war dunkel und frei von Spott.

„Na ja, vielleicht. Aber wer weiß, eines Tages realisiere ich mein eigenes kleines Hotel am Meer vielleicht doch noch." Sie lachte unsicher.

Bis auf das Zirpen der Zikaden blieb es für eine Weile still in der windstillen, kühlen Nacht.

„Ich überlege, aus dem Anwesen hier ein Hotel zu machen", sagte Vincent schließlich.

Nila gab sich Mühe, überrascht auszusehen. Sie konnte unmöglich zugeben, dass Catherine ihr das schon erzählt hatte. „Wirklich?", fragte sie und war froh, dass weder das Kerzenlicht noch das Strahlen der Sterne ihre verräterische Röte, die jetzt garantiert ihre Wange überzog, verraten würde. Schnell griff sie zu ihrem Wein und nippte hastig.

„Nun ja, vorausgesetzt, ich schaffe es, mit Maman zu reden ..." Nervös drehte er sein Glas in der Hand, während sein Blick unruhig in der Umgebung umherirrte.

Sein Lächeln war so traurig, dass es Nila wehtat

Schließlich sah er sie an. Ihr Herz begann zu rasen und ihr Atem stockte. Jetzt flackerte etwas in seinem Blick auf, das sie nicht benennen konnte, und das sie umwarf.

„Vielleicht sollten wir jetzt Feierabend machen", murmelte sie unsicher. Sie sollte gehen, jetzt sofort. Aber sie war wie gelähmt ...

Nach einer gefühlten Ewigkeit nickte er und stand auf.

Nila probierte es ebenfalls, schwankte – ihre Beine hatten die Konsistenz von Pudding angenommen, und das lag nicht am Wein. Mit zwei Schritten war er bei und griff nach ihrem Arm. Durch die Strickjacke löste seine Berührung Stromstöße aus, die ihren gesamten Körper erfassten. Wieder senkte sich sein Blick in ihren. Nila besaß keinen eigenen Willen mehr, wollte sich einfach verlieren in diesen dunklen Augen, die im Kerzenlicht schwarz schimmerten. Darin untergehen und nie wieder auftauchen. Ihr Herz würde jeden Moment aus der Brust springen und ihre Beine endgültig den Dienst aufgeben. Es war ihr egal. In dem Moment hob er eine Hand und strich ihr sanft mit dem Zeigefinger über die Lippe. „Du bist wundervoll", flüsterte er. Jetzt war sie endgültig sicher, sich in einem Traum zu befinden. Wollte daraus erwachen ... Wollte nie wieder daraus erwachen, als seine Lippen unendlich zart ihre berührten. Mit einem Seufzen kam sie ihm entgegen. Seine Hände legten sich um ihren Rücken, zogen sie dicht an sich heran. Sein Kuss wurde leidenschaftlicher, fordernder. Ihr Körper ging in Flammen auf.

31.

Nilas Puls jagte unverändert durch ihren Körper.

Atemlos lag sie auf ihrem Bett und starrte an die Decke. Vincents Küsse spürte sie auf ihren Lippen, als wäre er noch bei ihr. Dabei war Nila schon vor guter einer Stunde in ihr Zimmer geflohen.

Seitdem versuchte sie zu verstehen, was geschehen war. An diesem Tag, an dem sie Vincent ganz anders kennen gelernt hatte – so offen und weich wie nie zuvor.

Und dann der nächtliche Abschluss mit diesem Kuss, wie sie noch nie in ihrem Leben geküsst worden war. Süß und süchtig machend, voller Leidenschaft, die gleichzeitig so unsagbar sanft war. Sie seufzte und verschränkte die Arme hinter dem Kopf. In ihrem Innern herrschte ein heilloses Durcheinander. Sie konnte sich unmöglich verliebt haben! Nicht unter diesen Umständen, nicht in diesen Mann ... den Sohn ihrer Auftraggeberin. Sie seufzte wieder. Was sollte sie denn jetzt bloß tun? Als ob nicht sowieso alles schon kompliziert genug war ... Sie musste an die wechselnden Freundinnen denken, mit denen Vincent sich auf Empfängen präsentiert hatte. Nein danke!, dachte sie mit einem Anflug von Wut. Wenn sie auf eins keine Lust hatte, dann darauf, eine weitere Nummer auf seiner Liste zu werden. Sie war nicht der Typ für eine Affäre, sie wollte etwas Beständiges. So, wie sie es mit Niklas gehabt hatte. Auch wenn es nicht, wie immer gedacht, für die Ewigkeit gehalten hatte. Trotzdem hätte sie die Zeit nicht missen wollen. Jahrelang hatte es sich richtig angefühlt – und war es richtig gewesen! Jedenfalls war sie der Typ Frau, der eine feste Beziehung wollte. Oder gar keine. Vincent Durand war für das Leben, das sie sich vorstellte, ganz bestimmt der Falsche. Der Schmerz, der bei dem Gedanken durch ihre Brust fuhr, bestärkte sie in ihrer Annahme. Wenn es jetzt schon begann, wehzutun, wie würde es dann erst sein, wenn sie sich tatsächlich auf eine Affäre einließ, deren Verfallsdatum gleich zu Beginn feststand? Ein Schauer lief über Nilas Rücken, die Vorstellung war einfach schrecklich. Nein, das kam überhaupt nicht infrage!

Ihr wurde klar, dass sie dringend Unterstützung brauchte. Hastig griff sie nach ihrem Handy, das auf dem Nachttisch lag. Es war inzwischen zwei Uhr morgens, aber bei einem Notfall konnte sie Mona zu jeder Tages- und Nachtzeit anrufen. Und es handelte sich ganz bestimmt um einen Notfall!

***

Mit einem Ruck erwachte Nila. In ihrem Kopf schienen kleine Hämmerchen am Werk, die ihr mit ihren Schlägen einen dröhnenden Schmerz zufügten. Stöhnend richtete sie sich auf. Die Sonne schien hell ins Zimmer, ließ sie blinzeln. Sie musste sich kurz sammeln, bevor ihr alles wieder einfiel. Das ganze Dilemma ... Der gestrige Tag, der Kuss ... ihre Verwirrung, der nächtliche Anruf bei Mona. Der leider ganz anders verlaufen war, als Nila sich das vorgestellt hatte. Wenn sie es sich recht überlegte, hatte sie gehofft, mit ihrer Freundin eine Strategie ausarbeiten zu können, wie sie möglichst schnell und elegant aus der jetzigen Situation herauskommen konnte. Und vermutlich hatte sie die Bestätigung erhofft, dass ein Kuss von Vincent Durand nicht das Geringste zu bedeuten hatte. Leider war Mona in begeisterte Jubelschreie ausgebrochen. Sie hätte es ja gleich geahnt, dass aus Nila und Vincent ein Paar werden würde! Sommer, Sonne, Provence, da fehlte eindeutig nur noch die Liebe! Ihre Begeisterung war nicht zu bremsen gewesen. Sie hatte Nila kaum zu Wort kommen lassen und sie beschworen, bloß nichts Unbedachtes zu tun, sondern die Dinge einfach auf sich zukommen zu lassen. Der Beginn sei doch wunderbar romantisch, und sie sei sicher, einem Happyend stünde nichts im Wege! Drei neue Türen, die sich öffneten, sie hatte es ja gesagt. Neuer Job (dass Nila gemeinsam mit Vincent das Haus zum Hotel umfunktionieren würde, daran hegte sie keinerlei Zweifel), neue Liebe, neues Leben!

Nilas Argumente wollte Mona alle nicht gelten lassen. *Liebe ist Liebe, dagegen ist kein Kraut gewachsen!*, hatte sie ein ums andere Mal mantraartig wiederholt und dabei irre gelacht, sodass Nila schon befürchtete, ihre Freundin hätte Pflanzen geraucht. Schließlich hatte sie aufgegeben. Zum ersten Mal im Leben war ihre beste Freundin ihr keine Hilfe. Mona war so in ihrer Begeisterung für die Liebe gefangen – was nicht zuletzt daran lag, dass ihr Chris sich gerade offiziell von seiner Frau getrennt hatte –, dass mit ihr kein vernünftiges Wort zu reden war. Dabei hatte Nila auf den klaren Verstand ihrer Freundin gesetzt. Jetzt, da sie selbst dabei war, ihren zu verlieren.

Mit einem geflüsterten *Gib der Liebe eine Chance*, hatte Mona Nila mit ihrer Verwirrung wieder alleine in eine schlaflose Nacht geschickt.

Stundenlang hatte sie wachgelegen, sich gegen ihre eigenen gegensätzlichen Wünsche behauptet – der eine wollte sie direkt hinüber ins Gästehaus und zurück in Vincents Arme treiben, während der andere darin bestand, sofort ihre Habseligkeiten zusammenzuraffen und auf der Stelle zurück nach Hamburg zu fahren. In diesem zerrissenen Zustand war sie erst eingeschlafen, als es draußen bereits dämmerte. Kein Wunder, dass sie sich fühlte, als hätte sie ein Zug überfahren. Und nicht minder zerrissen als in der vergangenen Nacht. Etwas in ihr wünschte sich nichts sehnlicher, als Vincent wiederzusehen, seine Lippen auf ihren zu spüren ... Der andere Teil hoffte, ihm niemals wieder gegenüberstehen zu müssen. Prächtig, dachte sie ironisch und hievte ihren schmerzenden Körper aus dem Bett. Gebückt schlich sie unter die Dusche.

Das Frühstück nahm sie anschließend in der Küche im Stehen ein. Äußerlich war sie wieder einigermaßen vorzeigbar, wie ihr der Spiegel gerade versichert hatte, aber der Aufruhr im Innern blieb davon unberührt.

Nervös trank sie einen Schluck Kaffee und verbrannte sich prompt. Fluchend tastete ihre Zunge über die malträtierte Lippe. Wunderbar, das ging ja gut los heute Morgen ...

Wie sollte sie bloß mit der Situation umgehen? Als ob nicht ohnehin alles schwierig genug gewesen war, auch ohne diesen verdammten Kuss! Aber nun war es zu spät. Sie hatte sich ihre Lippen nicht nur mit dem Kaffee verbrannt. Sorgfältig pustete sie in ihre Tasse und probierte vorsichtig einen weiteren Schluck. Nun ging es, ihre Lippe blieb vor weiteren Verbrennungen verschont.

Nila erschrak, als ihr Handy mit dem typischen Geräusch eine Nachricht ankündigte. Reflexartig griff sie danach. Überrascht runzelte sie die Stirn. Niklas wünschte ihr einen schönen Tag und sandte ein lachendes Smiley. Ihre Hoffnung wuchs, dass ihre Trennung tatsächlich demnächst in etwas wie Freundschaft übergehen konnte. Sie schickte ihm ebenfalls gute Wünsche und überlegte dann, ob es Sinn machte, Renée anzurufen. Streng genommen wollte ihre Auftraggeberin sich melden, andererseits konnte ein Versuch nicht schaden. Kurzentschlossen drückte Nila auf den entsprechenden Button.

Dieser Anschluss ist vorübergehend nicht erreichbar, drang es gleich darauf in Nilas Ohr.

Okay, Renée weilte also noch auf ihrem Segeltörn.

Nervös zupfte Nila einen nicht vorhandenen Fussel von ihrem Kleid und ließ ihre Gedanken schweifen. Einer kristallisierte sich dabei heraus: Aus Vincent und ihr würde kein Paar werden! Sie hätte sich nie von ihm küssen lassen dürfen.

Fast ließ sie ihre Tasse fallen, die sie gerade erneut in die Hand genommen hatte, als das Handy klingelte.

Renée! Atemlos ging Nila dran.

„Liebe Nila, ich bin zurück! Ach, das hat gut getan, die Tage auf dem Meer! Ich bin fast ein neuer Mensch geworden." Renée lachte. „Wie ist es Ihnen ergangen?"

„Ganz gut", murmelte Nila. „Alles in Ordnung soweit, ich bin gut vorangekommen." Und ich habe Ihren Sohn geküsst. Und bereue es inzwischen sehr, fügte sie in Gedanken hinzu.

„Das freut mich! Ich wollte gleich bei Ihnen vorbeikommen, wenn es Ihnen recht ist."

„Hier her?", rief Nila. In ihrem Kopf drehte sich alles. Renée klang wie ausgewechselt. Und das musste sie auch sein, woher kam sonst der Sinneswandel, auf einmal doch das Haus betreten zu wollen?

„Ja. Meine Freunde haben mich sehr gestärkt. Jetzt habe ich endlich den Mut, mich meiner Vergangenheit wirklich zu stellen."

„Oh." Nila schluckte. „Das ist schön", sagte sie dann.

Das war glatt gelogen. Nichts konnte sie im Moment weniger gebrauchen, als Renée vor Ort zu haben. So sehr sie es sich gewünscht hatte, aber angesichts der Dinge, die sich ereignet hatten, hätte sie nun gerne noch etwas Zeit. Dann überlegte sie. Vielleicht würde es die Sache aber auch abkürzen. Falls Vincent sich zu ihnen gesellen würde, käme vielleicht eine Einigung zustande, sodass Nila reinen Gewissens abreisen konnte – bevor alles noch komplizierter wurde. Sie versuchte zu ignorieren, dass der Gedanke schmerzte. Es wäre für alle Beteiligten das Beste, redete sie sich erfolglos ein. Lieber ein Ende mit Schrecken als ein Schrecken ohne Ende. Diese dumme Binsenweisheit ließ sie den Kopf schütteln.

„Vielleicht könnten Sie Vincent fragen, ob er mich sehen und beim Gespräch dabei sein möchte?" Renée klang zögernd.

Nila schnappte nach Luft, ihre Beine wurden weich. „Ich werde ihn fragen", murmelte sie, um einen normalen Tonfall bemüht.

„Das ist lieb, vielen Dank!", sagte Renée erleichtert.

„Dann bin ich in ungefähr einer Stunde bei Ihnen."

Nila starrte blicklos aus dem Küchenfenster. Nun musste sie also ins Gästehaus hinübergehen. Das war weit entfernt von ihrem innigsten Wunsch, sich in Luft aufzulösen.

***

Nachdem sie minutenlang gebraucht hatte, um wieder halbwegs klar denken zu können, hatte sie sich schließlich auf den Weg gemacht. Sie wusste ja, dass sie Vincent früher oder später wieder gegenübertreten musste.

Vor der Tür holte sie tief Luft, dann klopfte sie zaghaft gegen das Holz. Nichts rührte sich. Sie klopfte kräftiger. Nichts. Unruhig glitt ihr Blick zu den geschlossenen Fenstern. Ob er noch schlief? War seine Nacht genauso unruhig gewesen wie ihre? Dumme Gans, schalt sie sich. Für ihn hatte der Kuss gewiss nicht annähernd das bedeutet, was er für sie bedeutete. Im Gegensatz zu ihr hatte er unzählige Affären in seinem Leben gehabt. Da fiel ein kleiner Kuss

nicht ins Gewicht. Garantiert hatte er tief und fest geschlafen, kaum noch einen Gedanken an das verschwendet, was geschehen war. Selbst wenn sie ihm in dem Punkt unrecht tun sollte, aber im Gegensatz zu ihr hatte er sich nicht verliebt. In diesem Moment gestand sie es sich ein. Verdammt ja, sie hatte sich in

Vincent Durand verliebt. Den attraktiven, charismatischen Star-Pianisten, mit dem sie niemals eine gemeinsame Zukunft haben würde. Es war absurd, daran auch nur einen Gedanken zu verschwenden. Vielleicht war es Strategie gewesen, sie zu küssen. Sie dadurch auf seine Seite bei der Verhandlung um das Anwesen zu ziehen. Nicht länger er gegen seine Mutter und die Maklerin, sondern Renée alleine gegen ihn und Nila. Oder sie war eine kleine Abwechslung zwischendurch. Bevor sie sich noch weiter in unnütze Gedanken verstricken konnte, entschied Nila, zu Jacques hinüberzugehen. Vielleicht war Vincent dort, oder er arbeitete wieder im Weinberg. Sie musste ihn finden, die Gelegenheit, Renée hier vor Ort zu haben, musste sie nutzen.

***

Fünf Minuten später war Nila wieder auf dem Rückweg von Jacques und Lisanne. Der alte Mann hatte bedauernd verneint. Vincent war weder gestern noch heute Morgen bei ihnen gewesen. Nila hatte ihn kurz informiert, dass Renée gleich ankommen würde und bereit sei, mit ihrem Sohn zu sprechen. Nach der ersten Überraschung hatte sich ein Strahlen auf Jacques altem Gesicht ausgebreitet. „Es wird doch noch alles gut", hatte er glücklich gesagt.

Nila hatte dem Impuls widerstanden, ihm ihr Herz auszuschütten. Dafür fehlte die Zeit, sie musste Vincent rechtzeitig finden. Außerdem war sie nicht sicher, ob es gut war, den Nachbarn in die komplizierten Neuerungen mit hineinzuziehen.

Nachdem sie wieder beim Gästehaus angekommen war und erneut erfolglos geklopft hatte, ging sie, einem Impuls folgend, ums Haus herum.

Nila erstarrte. Dort stand verlassen nur ihr Fiat. Von dem BMW fehlte jede Spur.

32.

Blicklos starrte Vincent auf den Horizont. Nachdem er in der Nacht kein Auge zugetan hatte, hatte er sich im Morgengrauen ins Auto gesetzt und war zum Hafen gefahren. Das kleine Motorboot, das seit Jahrzehnten im Familienbesitz war, hatte er erst letzten Sommer umfassend überholen lassen. Genutzt hatte er es seitdem kaum, aber heute Morgen hatte es ihn aufs Meer hinausgezogen. Früher war er manchmal mit seinem Vater hinausgefahren. Seltene kostbare Momente, wenn Jean sich ausnahmsweise von seiner Arbeit freimachen konnte.

Als Vincent alt genug war, hatte er selbst den Bootsführerschein gemacht, der sich schon alleine für die romantischen Ausflüge mit Isabelle gelohnt hatte. Beim Gedanken an das Ende ihrer Beziehung krampfte sich sein Magen zusammen. Nicht, weil er seiner ersten Liebe noch hinterhertrauerte – das war nach ein paar Wochen vorbei gewesen. Viel schlimmer – und bis heute kaum überwunden – hatte ihn der Verrat seines besten Freundes getroffen. Antoine war ihm nah gewesen wie ein Bruder. Dass ausgerechnet er sein Vertrauen so missbraucht hatte, schmerzte bis heute. Vielleicht wäre das längst anders, wenn nicht direkt danach sein Vater gestorben wäre. Diese beiden Schicksalsschläge so kurz hintereinander hatten ihn von den Füßen geholt. Dummerweise war ihm das jahrelang nicht klar gewesen. Verbissen hatte er sich auf seine Karriere gestürzt, hatte versucht, seine Mutter zu hassen. Angereichert mit rasant wechselnden Affären hatte sich sein Leben immer schneller gedreht. Echte Liebe, die bis zum Lebensende hielt, gab es ohnehin nicht. Das hatte er ja auf die harte Tour gelernt. Viel zu spät erst merkte er dann, dass die Liebe zur Musik (die einzige Liebe, die in seinen Augen wahrhaftig war) drohte unterzugehen in der ewigen Jagd nach Ruhm und Erfolg. Erst der Burnout vor drei Jahren hatte ihn gezwungen, sein Leben zu hinterfragen. Vieles hatte er mit seinem Therapeuten aufgearbeitet. Manches lag noch vor ihm … Seiner Mutter zu verzeihen, dass ihr Trennungswunsch seinen Vater das Leben gekostet hatte, gehörte dazu. Und den richtigen Weg zu finden, wie er in Zukunft mit seiner größten Leidenschaft, dem Klavierspielen, umgehen wollte. Nach seinem Zusammenbruch hatte er versucht, den eingeschlagenen Weg weiterzugehen. Mit weniger Tempo. Es schien nicht zu gelingen. Weder seinem Agenten noch seinen Fans gefiel es, dass er sich so rarmachte. Mit seiner Rückkehr auf das Familienanwesen war ihm klar geworden, dass er seine Welt-Karriere endgültig an den Nagel hängen wollte. Die Idee, aus seinem Elternhaus wieder eine Stätte der Begegnung zu machen – wie seine Mutter es früher getan hatte – nahm mehr und mehr Gestalt an. Die Vorstellung, für diesen kleinen Kreis Klavier zu spielen, reizte ihn um ein Vielfaches mehr, als vor Zehntausenden aufzutreten. Wieder im direkten Kontakt mit den Menschen zu sein, das musste wundervoll sein. Aber dann war Renée auf die Idee gekommen, alles zu verkaufen. Gerade, als er fast so weit war, sich einem Gespräch mit ihr zu stellen. Das hatte ihn schier wahnsinnig gemacht.

Und zu allem Überfluss hatte sie ihm diese Maklerin geschickt. Nila ... der Name so ungewöhnlich wie sie selbst. Anfangs hatte er sie verflucht und zum Teufel gewünscht. Lange war ihm das leider nicht gelungen. Das Engagement, mit dem sie sich in die Arbeit gestürzt hatte, die Ernsthaftigkeit, mit der sie sich dem alten Haus gewidmet hatte, das Strahlen ihrer dunkelblauen Augen, wenn sie lachte. Das Liebevolle, das darin aufblitzte, wenn sie mit Jacques sprach ... all das ließ ihn nicht unberührt. Sie ließ ihn nicht unberührt, so sehr er sich auch bemüht hatte, aber es schien, als wenn sie Zugriff auf einen Teil von ihm hatte, der ihm selbst bislang verwehrt geblieben war.

Gestern Nacht war ihm endgültig klar geworden, dass er sich nichts mehr wünschte, als dass sie für immer bei ihm blieb. Als er sie küsste, war er sich dessen sicher gewesen. Aber etwas später hatte ihn der Gedanke zu Tode erschreckt ...

Es gab keine unsterbliche Liebe! Wenn er sich dennoch auf Nila einlassen würde und es dann irgendwann endete – und das würde es! – würde sein Herz sich nie mehr davon erholen können.

Seufzend betrachtete er die sanften Wellen des Meeres. Was er auch tun würde, es würde falsch sein.

***

Nila war angesichts Renées nahenden Besuchs seltsam aufgeregt. Lag es daran, dass sie höchst unprofessionell den Sohn ihrer Auftraggeberin geküsst hatte? Oder war sie in Sorge, dass Renée mit ihrer bislang erfolgten Arbeit unzufrieden sein könnte? Oder handelte es sich schlicht um ihr Versagen, weil sie es nicht geschafft hatte, Vincent zu finden? Der Gedanke daran versetzte ihrem Herzen einen schmerzhaften Stich. Die letzte Bestätigung, die sie noch gebraucht hatte. Natürlich würde sich das, was heute Nacht geschehen war, nicht weiter entwickeln. Und Renée würde hoffentlich niemals etwas davon erfahren.

Hastig glitt Nilas Blick über den gedeckten Tisch auf der Terrasse. Mehr als Kaffee und Kekse konnte sie so schnell nicht anbieten. Ein Motorengeräusch ließ sie aufhorchen. Vielleicht das Taxi, das Renée brachte?

Sie eilte ums Haus herum. Die winzige Hoffnung, dass es kein Taxi, sondern Vincents BMW war, den sie gehört haben könnte, zerstob in scharfkantige Teilchen, die sich in ihr Herz bohrten.

Natürlich stand dort ein Taxi. Der grimmig wirkende Fahrer hielt Renée die Tür auf und verabschiedete sich wortlos mit einem Tippen an seine Schiebermütze.

Sand wirbelte auf, als er losraste.

„Nila!" Renée kam sonnengebräunt und mit ausgestreckten Armen auf sie zu.

Eingehüllt in den typischen teuren Duft der Französin wurde Nila in eine herzliche Umarmung gezogen.

„Schön, dass Sie hier sind!" Nila freute sich tatsächlich, Renée zu sehen. So lange sie den Gedanken an letzte Nacht fernhalten konnte, war alles gut.

„Danke, ja, das finde ich auch. Trotzdem ist mir immer noch mulmig beim Gedanken, gleich dort reinzugehen", gab sie zu und deutete zum Haus.

„Aber ich werde es schaffen!" Die Französin straffte sich, schob sich die Sonnenbrille ins hoch gesteckte Haar und nickte Nila zu. Langsam schritt sie auf gewohnt hohen Absätzen an den Rosen vorbei. Vor der Haustür angekommen, drehte sie sich zu Nila um. „Ist Vincent hier?"

Nila biss sich auf die Lippen. „Nein, leider weiß ich nicht, wo er ist."

Ein Schatten glitt über Renées Gesicht. „Okay, dann treten wir mal ein."

Nila öffnete die Tür und ließ der Französin den Vortritt.

Was musste es bedeuten, wenn man das Familienanwesen nach so vielen Jahren wieder aufsucht, nachdem man es seinerzeit fluchtartig verlassen hatte?

Nila wurde klar, dass sie keine Ahnung hatte.

***

Mit Tränen in den Augen war Renée durch jeden einzelnen Raum gewandert. Still, beinahe andächtig schien sie die Atmosphäre förmlich in sich aufzusaugen. Und strafte ihre eigene Haltung Lügen, mit der sie Nila freie Hand gegeben hatte, einfach alles zu entsorgen. So behutsam, wie sie manche Dinge in die Hand nahm, schien sie mehr als froh zu sein, dass Nila von diesem Angebot kaum Gebrauch gemacht hatte.

Wie kann man ein Haus verkaufen, das einem derart viel bedeutet?, fragte Nila sich fassungslos. Erst jetzt bei dieser Begehung wurde ihr klar, dass es so war. Renée liebte das Anwesen. Das war der einzige Grund gewesen, warum sie es bislang nicht geschafft hatte, mit reinzukommen. Sie liebte es genauso, wie Vincent es liebte. Nila verstand es bestens, schließlich ging es ihr nicht viel anders.

Trotzdem wollte Renée unbedingt verkaufen ... Warum?

Nach dem Erkunden im Innern des Hauses saßen Nila und Renée sich jetzt draußen auf der Terrasse gegenüber.

„Sogar der Pool ist wieder einsatzbereit", sagte Renée mit zitternder Unterlippe. Ihr Blick umfasste den blühenden Lavendel und die Bougainvillea in den Töpfen, auf die Nila so stolz war. Bis jetzt hatten beide noch nichts von ihrer Schönheit eingebüßt, obwohl sie für deren Fürsorge zuständig war. Normalerweise gingen selbst Gummibäume ein, wenn sie für deren Pflege sorgte.

Renées Blick schweifte weiter über die Hügel hinab zum Meer.

„Traumhaft, oder?"

Nila nickte und schenkte Kaffee in die bereitstehenden Tassen ein. Am Rand des Tisches lag das ausgedruckte Exposé. Renée hatte bis jetzt noch keinen Blick hineingeworfen.

„Sie haben großartige Arbeit geleistet, liebe Nila", sagte Renée weich. „Vielen Dank."

Nila spürte, wie sie errötete. „Na ja, die Hauptaufgabe kommt ja erst noch, nachdem ich das Verkaufsangebot online gestellt habe. Mir wäre es allerdings lieb, wenn Sie sich vorab das Exposé anschauen, ob Sie damit einverstanden sind oder noch Änderungswünsche haben.“

Renée sah an Nila vorbei, als sie tief Luft holte. „Wissen Sie, mir ist während des Segeltörns vieles klar geworden“, sagte sie schließlich. „Guiseppe, mein Freund, hat verstärkt darauf gedrängt, dass ich verkaufe.“

Nila hob überrascht eine Augenbraue.

„Er meint es gut“, fügte sie schnell hinzu. „Auch wenn ich mich bemüht habe, es ihm nicht allzu deutlich zu zeigen, hat er immer gespürt, wie sehr mich das alles belastet. Für ihn ist klar, dass das erst besser werden kann, wenn ich mich endlich von allem löse.“ Sie stockte. „Aber durch die Gespräche mit meinen Freunden bin ich wieder ins Schwanken geraten. Sie zweifeln daran, dass ein Verkauf die Lösung ist.“ Abwesend spielte sie mit der Tasse in ihrer Hand.

„Der Tod Ihres Mannes damals ... ich kann verstehen, dass das alles immer noch schwer ist“, sagte Nila mitfühlend.

„Sie haben doch keine Ahnung, was damals wirklich geschehen ist!“, entfuhr es Renée.

„Doch“, flüsterte Nila. „Ich weiß, was damals passiert ist. Vincent hat es mir erzählt.“

Der Blick, mit dem Renée sie jetzt durchdringend ansah, ging ihr durch Mark und Bein.

„Sie haben keine Ahnung, was damals geschehen ist“, wiederholte Renée. Eine Ader an ihrer Schläfe schwoll bedrohlich an, während ihre zitternde Hand die Tasse klirrend abstellte.

Nila erschrak. Das hätte sie nicht sagen dürfen. Sie suchte fieberhaft nach einem Ausweg. Als Maklerin engagiert, drängte sie sich viel zu sehr in die Familienangelegenheiten! Sie hätte sich ohrfeigen können. Zu spät, sie konnte die Worte nicht mehr zurücknehmen. Instinktiv machte sie sich kleiner.

„Aber ich werde es Ihnen erzählen." Renée schien sich wieder gefasst zu haben.

Überrascht blickte Nila auf.

***

Vincent hatte inzwischen jedes Zeitgefühl verloren. Das Boot schaukelte auf den Wellen, warf seine Gedanken und Gefühle beharrlich durcheinander. Seit Stunden ließ er es einfach zu, dass alte Erinnerungen mit den Wellen kamen und gingen. Dazwischen tauchte immer wieder Nilas Gesicht vor seinem Innern auf, dabei spürte er ihre seidenweichen Lippen auf seinen. Nach nichts sehnte er sich mehr, als sie wieder zu küssen. Er wollte sie nicht verlieren, aber jedes Mal, wenn er das dachte, schnürte ihm die Angst die Kehle zu.

Die Polizisten schoben sich ins Bild, die Maman und ihn mit mitfühlenden Worten vom Selbstmord seines Vaters informiert hatten. Es war erst drei Tage her gewesen, dass seine Mutter ihm eröffnet hatte, dass sie die Scheidung einreichen würde.

Es lag auf der Hand, dass sie schuld daran war, dass Papa nicht mehr leben wollte. Das war für ihn Fakt.

Liebe macht nicht glücklich, daran zweifelte er nicht mehr. Nachdem sich gerade erst sein bester Freund Isabelle geschnappt hatte, war diese Überzeugung ab jetzt fest in ihm verankert: Liebe führte ins Unglück!

All das hatte er nach seinem Zusammenbruch vor drei Jahren mit seinem Therapeuten angesprochen. Er hörte wieder dessen Worte: *Aber es kann doch auch gut gehen!*

Möglich. Aber trotzdem war er schwer davon abzubringen, dass es für *ihn* nicht gut gehen würde.

Nach Jahren voller Affären lebte er inzwischen ohne eine Frau an seiner Seite. Er hatte schlicht die Lust auf oberflächliche Kontakte verloren, die ihn nicht berührten und inzwischen nur noch langweilten. Er hatte sich eingeredet, dass er zum Glücklichsein ohnehin nur die Musik brauchte.

Bei Nila war alles anders, das spürte er. Genau deshalb schnürte ihm die Angst die Kehle zu, schoben sich die Polizisten mit ihrer Horrornachricht ins Bild.

Aber es kann doch auch gut gehen!

Vincent stand auf, vom vielen Grübeln und vom Schaukeln des Bootes war ihm schwindlig. Gegen seine Angst, sich ganz auf Nila einzulassen, war das Lampenfieber, wenn er vor Tausenden fremder Menschen aufgetreten war, ein Kindergeburtstag.

Die Sonne streichelte sein Gesicht, als er sich zögernd eingestand, dass die Vorstellung, Nila einfach gehen zu lassen, noch schrecklicher war. Und dann tat er es. Er traf die Entscheidung, es gegen alle Vernunft mit der Liebe zu versuchen. Selbst auf die Gefahr hin, es eines Tages bitter zu bereuen.

***

„Jean und ich hatten schon viele Jahre mehr oder weniger nebeneinanderher gelebt. Wir stritten nicht, aber wir hatten uns nur noch wenig zu sagen." Renée beugte sich nach vorne und sah Nila an. „Aber wir hatten uns beide mit der Situation arrangiert, waren nicht unglücklich. Jedenfalls dachte ich das. Nun ja, um ehrlich zu sein, ging ich wohl davon aus, dass es nach zwanzig Jahren Ehe ganz normal ist, wenn man nicht mehr verliebt ist wie ein Teenager."

Nila lauschte der Französin gebannt.

„Aber ich hatte mich getäuscht. Jean reichte es auf Dauer nicht, so zu leben." Sie stockte, nippte an ihrem Kaffee.

„Aus heutiger Sicht kann ich ihn durchaus verstehen. Aber damals ... Für mich war immer am wichtigsten gewesen, dass Vincent in einer intakten Familie aufwächst. Wahrscheinlich war das für Jean genauso, denn er verliebte sich erst, als der Junge so weit war, in die Welt hinauszugehen."

„Jean hat sich verliebt?", rief Nila überrascht.

Ein leichtes Lächeln umspielte Renées Lippen. „Allerdings. Wenn ich sage, es zog mir den Boden unter den Füßen weg, wäre das sicherlich übertrieben. Aber geschockt hat es mich schon, vor allem im Hinblick auf Vincent. Wahrscheinlich hat unser Sohn von klein auf gespürt, dass unsere Ehe mehr auf nüchternem Pragmatismus beruhte denn auf Liebe. Er hat stets versucht, uns zusammenzuhalten." Sie lächelte traurig.

Nila blieb stumm. Diese Information musste sie erstmal verdauen.

„Nun ja, mein Mann hat mir die Aufgabe übertragen, unserem Sohn die Wahrheit zu sagen. Ihm zu sagen, dass seine Eltern sich scheiden lassen, weil sein Vater eine junge Geliebte hat, die schwanger von ihm ist."

„Schwanger?“, keuchte Nila. Das Ultraschallbild! Jetzt wusste sie, wessen Baby dort abgebildet war. Mit dieser Wendung hätte sie im Leben nicht gerechnet! Fassungslos starrte sie Renée an.

„Ja, sie war schwanger. Das war vermutlich der ausschlaggebende Punkt, warum Jean den Mut zur Trennung fand. Wobei, er war wohl ernsthaft verliebt in seine Freundin.“ Über Renées Gesicht glitt ein trauriger Schatten.

„Was passierte dann?“, fragte Nila leise.

„Es gab einen schrecklichen Unfall. Das Auto ging in Flammen auf. Jeans Freundin und sein ungeborenes Kind waren sofort tot.“ Renées Stimme war belegt. Fahrig wischte sie sich über die Augen. „Jean hat sich am selben Tag umgebracht.“

„Oh, mein Gott!“ Mit großen Augen starrte Nila die Französin an. Das war alles viel schrecklicher als sie gedacht hatte. Und Vincent hatte offensichtlich nicht die geringste Ahnung von allem.

„Ich konnte es Vincent nicht sagen“, meinte Renée, als hätte Nila den Satz laut ausgesprochen, anstatt nur zu denken. „Ich wollte es tun. Irgendwann. Aber er hatte so verstört auf die Trennung an sich reagiert, dass ich ihm unmöglich sagen konnte, dass sein Vater eine Geliebte hat, die ein Kind von ihm erwartet.“

„Also haben Sie die Verantwortung für die Trennung auf sich genommen?“, fragte Nila atemlos.

Renée nickte. „Erstmal. Ich dachte, dass er sich zunächst ein bisschen beruhigen muss, und ich ihm später die Wahrheit sage.“

„Aber dann passierte der Unfall und Jean hat Selbstmord begangen ...“

„Ja, genau. Ich bekam keine Chance mehr, die ganze Wahrheit zu sagen. Anfangs wollte ich das auch nicht, dachte, dass es für Vincent bestimmt leichter sei, wenn er mich als Schuldige ansieht. Immerhin lebte ich ja noch. Aber die Umstände von Jeans Tod … ich hatte Angst, dass die Wahrheit Vincent zerstört." Müde brach sie ab.

„Aber damit haben Sie ihre Beziehung zu ihm zerstört!" In Nilas Kopf drehte sich alles.

Renée nickte traurig. „Was glauben Sie wohl, wie oft ich mir die Frage gestellt habe, ob es der schlimmste Fehler meines Lebens war? Ich habe kurz nachdem alles passiert war und Vincent weggegangen war, versucht, wieder mit ihm Kontakt aufzunehmen. Vergeblich. Ich habe ihn angefleht, mit mir zu sprechen. Keine Chance." Sie sog scharf die warme Sommerluft in die Lungen.

„Sie hätten ihm die Wahrheit schreiben können …", sagte Nila zögernd.

„Auch das habe ich überlegt, aber immer wieder verworfen. Unmöglich, ihm diesen Schock schriftlich zukommen zu lassen. Nicht dabei zu sein, wenn es ihm den Boden unter den Füßen wegzieht. Wieder einmal. Ich habe viele Jahre keine Ruhe gegeben, ihm immer wieder Nachrichten geschrieben, ihn angerufen. Aber er blieb strikt dabei, dass ich für ihn gestorben sei. Gestorben wie sein Vater, den ich seiner Meinung nach auf dem Gewissen habe …" Tränen glänzten in ihren Augen. „Nun kennen Sie die ganze Wahrheit, liebe Nila. Jetzt wissen Sie, warum hier alles so kompliziert ist."

„Und nun?", fragte Nila hilflos.

Renée hob die Schultern. „Und nun scheint er so weit zu sein, mit mir sprechen zu wollen. Sei es auch nur, um das Haus zu behalten. Wissen Sie, ich habe immer geglaubt, ich könne nicht einfach zu ihm gehen und ihn zwingen, mich anzuhören. Ich glaubte immer, es sei sein gutes Recht, mich nicht sehen zu wollen. Vor allem, weil ich ihm trotzdem nicht die ganze Wahrheit sagen wollte.“

„Aber das müssen Sie!“ Nila atmete hektisch. „So hat er doch auch Sie verloren! Das ist furchtbar!“

„Ich weiß. Aber irgendwie dachte ich immer, dass das für Vincent immer noch das kleinere Übel ist, als die Wahrheit über seinen Vater zu kennen. Er hat ihn so sehr geliebt. Gerade oder vielleicht weil die beiden kein besonders enges Verhältnis zueinander hatten. Ich hatte immer Angst, dass er es nicht verkraftet, wenn er weiß, dass Jean unsere Familie freiwillig verlassen hat.“

„Aber er hat ein Recht auf die Wahrheit.“ Nila legte beide Hände um ihre Tasse, die längst kalt war. Sie hatte keine Ahnung, wie Vincent das alles aufnehmen würde. Aber im tiefsten Innern wusste sie, dass es stimmte: Er hatte ein Recht auf die Wahrheit. So schlimm sie für ihn sein mochte.

„Ja, das hat er wohl. Inzwischen ist er alt genug. Aber damals ... gerade achtzehn und so furchtbar sensibel ... ich dachte, ich tue das Richtige.“ Renée seufzte.

„Meine Freunde haben mir sehr ins Gewissen geredet. Auch sie wussten bis jetzt nichts über die tatsächlichen Umständen von Jeans Tod. Ich bin damals Hals über Kopf aus Frankreich geflohen. Wahrscheinlich saß auch mein Schock viel tiefer, als ich damals dachte.“

Spontan legte Nila ihre Hand auf die von Renée und drückte sie sanft. Was für eine Familientragödie! Und sie wirkte bis heute nach. Nicht nur das Drama, sondern auch das Verschweigen der wesentlichen Punkte ...

„Vincent möchte das Anwesen sehr gerne behalten." Nila sah Renée vorsichtig an.

„Von mir aus kann er das ja. Um Geld ist es mir nie gegangen. Ich bin nur irgendwann an dem Punkt angelangt, dass es für meinen Seelenfrieden wichtig ist, die Vergangenheit mit einem Verkauf zu besiegeln." Sie seufzte wieder. „Mir war auch nicht klar, wie sehr Vincent immer noch am Haus hängt. Vielleicht war es ein weiterer Irrtum meinerseits zu denken, dass es auch für ihn das Beste ist. Ich bin recht gut darin, Irrtümern zu erliegen." Ein schiefes Lächeln heftete sich an ihre Mundwinkel, ein um Verständnis heischender Blick traf Nila. Sanft drückte Nila noch einmal Renées Hand, bevor sie ihre zurückzog.

Nun kannte Nila also das traurige Familiengeheimnis der Durands. Sie schüttelte leicht den Kopf. Langsam verstand sie besser, warum Vincent so war, wie er war. Jeder hat seine Strategie im Leben, mit Schicksalsschlägen umzugehen. Er hatte sich einen Schutzpanzer zugelegt und sein Glück in Ruhm und Erfolg gesucht. Ihr Herz zog sich traurig zusammen.

„Sie müssen mit ihm sprechen und ihm die ganze Wahrheit sagen", forderte sie noch einmal.

Renée nickte stumm.

„Wir haben uns geküsst", rutschte es aus Nila raus, bevor sie ihren Lippen Einhalt gebieten konnte.

„Vincent und Sie?", rief Renée überrascht.

„Ja." Nila senkte den Blick. Jetzt war auch ihre Wahrheit heraus.

„Sie passen wunderbar zusammen", sagte Renée nach einer Weile.

Zögernd hob Nila den Blick. Auf Renées Gesicht spiegelte sich neben Überraschung eine zaghafte Freude.

„Glauben Sie wirklich?", fragte Nila atemlos.

„Sie sind ein tolles Mädchen, wenn ich das so sagen darf. Und mein Sohn ist natürlich der beste Mann, den eine Frau kriegen kann." Sie lächelte belustigt.

Nila atmete erleichtert aus. Zumindest nahm Renée es ihr nicht übel, was passiert war. Und sie schien es nicht für ausgeschlossen zu halten, dass aus Nila und Vincent ein Paar werden könnte ...

Die Französin wurde wieder ernst. „Aber bevor Vincent in eine glückliche Zukunft gehen kann, muss er erstmal seine Vergangenheit kennen ... Und das ist meine Aufgabe!"

Renée schob ihre Tasse beiseite und erhob sich. „Ich werde ihn suchen."

„Er muss schon sehr früh morgens das Haus verlassen haben. Die letzten Tage war er viel in Jacques Weinberg, aber dort ist er nicht aufgetaucht. Vielleicht bereut er, was letzte Nacht geschehen ist ..."

Renée sah sie lange an. „Vielleicht hat er auch lediglich kalte Füße bekommen. Soweit ich aus der Presse weiß, hat er nach Jeans Tod keine ernsthafte Beziehung mehr geführt. Das ist Neuland für ihn, also geben Sie ihm etwas Zeit."

33.

Nila hatte Renée ein Taxi gerufen, das nun mit ihr davonfuhr. Sie winkte kurz, bevor sie wieder zurück ins Haus ging. Unschlüssig stand sie dann in der Halle – nervös und aufgewühlt. Wie würde Vincent auf Renées Beichte reagieren? Darauf, dass sie zwar nicht die Verantwortung für Jeans Tod trug, wohl aber daran, dass Vincent all die Jahre mit einer Lüge gelebt hatte. Die seine Mutter zwar zu seinem Schutz gedacht hatte, aber es blieb trotzdem die Frage, ob er ihr das verzeihen konnte.

Nila wollte gerade wieder auf die Terrasse gehen und dort abwarten, was weiter geschah, als draußen lautes Hupen erklang. Sie öffnete die Haustür und erstarrte. Mit großen Augen verfolgte sie, wie Niklas aus seinem Wagen sprang.

***

Ihre Freude war mindestens so groß wie ihre Überraschung gewesen. Dafür also hatte er die Adresse haben wollen!

Lachend waren sie sich in die Arme gefallen. Alles Steife, Peinliche, das nach der Trennung zwischen ihnen geherrscht hatte, schmolz in der Nachmittagssonne wie Eis in der Sahara. Zurück blieb einzig ihre tiefe freundschaftliche Verbundenheit.

Inzwischen war es Abend und sie waren zu Jacques wundervollem Wein übergegangen. Bis jetzt hatten sie viel geredet und gelacht, aber es war ausschließlich um unverfängliche Themen gegangen. Das Haus, Niklas Fahrt, die spektakuläre Provence ...

„Was machst du hier?", fragte Nila nun direkt. Lachend hatte Niklas anfangs seine Reise mit Neid begründet. Er im regnerischen Hamburg, während Nila sich am Mittelmeer vergnügte, da hatte es ihn gepackt und er war einfach losgefahren. Aber das nahm Nila ihm nicht ab.

Niklas Miene wurde ernst. „Das glaubst du mir nicht, dass mich nur der Neid gepackt hat, oder?"

„Nein, auf keinen Fall." Sie sah ihn auffordernd an.

„Okay, Mona ist schuld."

„Mona?" Nila verstand nur Bahnhof.

„Sie hat so etwas angedeutet, dass du vielleicht hier bleiben wirst. Und dass es da eine neue Liebe gibt ..."

Nila sog scharf die Luft ein. Jetzt verstand sie gar nichts mehr. „Aber ... selbst wenn ... ich kann doch machen, was ich will!" Der Trotz in ihrer Stimme ließ ihn auflachen.

„Selbstverständlich kannst du das!"

Mit gerunzelter Stirn starrte sie ihn an.

Er lachte laut. „Gut, bevor wir in Streit geraten ... Es geht um die Wohnung – unsere Wohnung. Wenn du wirklich hierbleiben würdest, dann hätte ich Interesse, sie ganz zu übernehmen. Du weißt, solche Angebote gibt es in Eppendorf selten. Also, natürlich nur, wenn du willst. Und falls Mona Recht hat." Er sah sie fragend an, Unsicherheit spiegelte sich in seinem Blick.

Nila stieß einen überraschten Laut aus. Sie fuhr sich durch die Haare, während die Gedanken durch ihren Kopf rasten. Mona, die alte Plaudertasche ... Niklas wollte die Wohnung ... aber wollte sie wirklich in Frankreich bleiben?

„Ja", sagte sie schließlich. „Es wäre möglich, dass ich hierbleibe. Ob es eine neue Liebe in meinem Leben gibt, weiß ich noch nicht genau, das wird sich zeigen. Also ja, unter Umständen könnte die Wohnung frei werden. Und natürlich wäre es toll, wenn sie nicht an jemand Fremdes verkauft werden müsste, sondern du sie übernimmst."

„Puh, du bist nicht sauer. Gott sei Dank!" Er grinste erleichtert.

„Quatsch, natürlich nicht."

„Es gibt noch einen Grund, warum ich in der Provence bin", gab er leise zu.

Sie sah ihn fragend an. Eigentlich war ihr Bedarf an Überraschungen für heute gedeckt ...

„Ich wollte Abschied nehmen von unserer Vergangenheit. Wollte prüfen, ob ich für etwas Neues bereit bin. Es gibt da jemanden ... eine Kollegin. Es ist noch ganz frisch, aber ich wollte für mich sichergehen, dass es schon richtig ist, mich auf jemand anderes einzulassen. Immerhin haben wir zwölf Jahre unseres Lebens geteilt." Ein trauriger Ausdruck huschte über sein Gesicht.

Spontan legt Nila ihre Hand auf sein. Sie fühlt sich Niklas so nah wie schon lange nicht mehr. Dieses tiefe Band zwischen ihnen würde es immer geben. Aber es beruhte schon lange nicht mehr auf romantischer Liebe. Falls sie noch eine Bestätigung dafür gebraucht hatte, dass ihre Trennung richtig gewesen war, dann hatte sie sie spätestens jetzt.

„Das haben wir", sagte sie feierlich. „Und ich werde mich immer gerne an die Zeit erinnern. Aber jetzt gestalten wir beide unsere Zukunft neu!"

Er sprang auf, zog sie ebenfalls hoch und nahm sie fest in den Arm.

In dem Moment registrierte Nila eine Bewegung an der Terrassentür. Vincents entsetzten Gesichtsausdruck erhaschte sie nur flüchtig, da verschwand er bereits wieder ins Innere des Hauses.

Sie rief seinen Namen, wand sich aus der Umarmung des verblüfften Niklas und rannte los.

***

Zu spät! Aufgewirbelter Sand war das Einzige, was Nila noch erkennen konnte, als sie aus der Haustür stürzte. Aus der Ferne war das Quietschen von Reifen zu hören.

Atemlos blieb sie stehen. Ihr Hals wurde eng und die Nerven vibrierten unter der Haut. Vincent war zurückgekommen, hatte sie in inniger Umarmung mit Niklas vorgefunden, und nun war er fort. Für immer. Nilas Herz schrumpfte zu einem traurigen kleinen Klumpen zusammen, während ihr Tränen in die Augen stiegen.

Unbemerkt war Niklas von hinten an sie heran getreten. Sanft legte er eine Hand auf ihre Schulter.

„Er wird wiederkommen", murmelte er beruhigend.

Nila schüttelte heftig den Kopf. Niklas kannte Vincent nicht. Falls es irgendeine noch so winzige Chance auf eine gemeinsame Zukunft gegeben haben sollte, so war sie in diesem Moment unwiderruflich verspielt.

Schluchzend warf sie sich in Niklas Arme.

Nachdem sie minutenlang Niklas Hemd nassgeweint hatte, hatte sie sich schließlich so weit gefangen, dass sie wieder sprechen konnte. „Ich werde Renée anrufen, ich muss wissen, ob sie schon mit Vincent gesprochen hat." Im Schnelldurchlauf umriss sie Niklas das Drama der Familie Durand. Verstört hörte er ihr zu.

„Wow", sagte er schließlich. „Da ist Hollywood ja nix dagegen. Die heftigsten Dramen schreibt immer noch das Leben selbst …"

Nila nickte abwesend, während sie schon zum Telefon griff.

Renée ging sofort dran.

„Ich habe ihn noch nicht erreichen können", sagte sie statt einer Begrüßung.

Aus Nila sprudelten die Worte raus, was sich hier gerade abgespielt hatte.

„Merde!", stieß Renée hervor. Nila hätte nicht gedacht, dass dieses Wort jemals über die Lippen der Französin kommen würde.

„Allerdings", stimmte sie aus vollem Herzen zu. *Merde* war gar kein Ausdruck für das Elend, was passiert war …

„Ich werde es weiter versuchen", versprach Renée und legte auf.

Mutlos sah Nila Niklas an.

"Alles wird gut!", sagte er nachdrücklich und legte den Arm um ihre Schulter.

Zum ersten Mal seit sie ihn kannte, verspürte sie das dringende Bedürfnis, ihn zu hauen. Kräftig. Wie sollte jetzt noch alles gut werden?

34.

Es war Abend geworden, die Sonne versank gerade eindrucksvoll im Meer. Nila sah das Schauspiel, ohne es wirklich wahrzunehmen, geschweige denn, sich daran zu erfreuen. Inzwischen saß sie alleine auf der Terrasse, Niklas hatte sich vor einer Stunde auf den Weg gemacht – ein Hotelzimmer für die Nacht suchen. Davor hatten sie lange zusammen gesessen, geredet, gewartet. Darauf, dass Vincent zurückkäme oder dass Renée sich meldete. Nichts davon war geschehen. Nilas Handy blieb still.

Ihre Augen brannten von Tränen, denen sie nicht gestattete zu fließen. Je mehr Zeit verging, desto sicherer war sie, dass der Kuss letzte Nacht ein Irrtum gewesen war, der sich nicht wiederholen würde. Vincent würde ihr nie verzeihen, dass sie in Niklas Armen gelegen hatte. Auch wenn der Grund noch so unschuldig war. Es sollte nicht sein, dass aus Vincent und ihr mehr wurde. Diese Erkenntnis setzte ihre Brust in Flammen, wütete mit einer Gnadenlosigkeit in ihr, die in keinem Verhältnis stand zu *einem* Kuss ... Gut, es war ein sehr langer Kuss gewesen, vermutlich der intensivste, den sie jemals bekommen hatte. Trotzdem war es nicht angemessen, dass es sich nun anfühlte, als sei ihr Leben vorbei.

Dumme Gans, schalt sie sich in Gedanken. Natürlich würde sie es verkraften, den Star-Pianisten nie wieder zu sehen.

Es musste jetzt endlich einen Abschluss des Auftrags geben – sei es, dass das Haus doch im Familienbesitz bliebe, oder ein zügiger Verkauf – und danach würde Nila zurück nach Hamburg gehen. Alles andere war Wunschdenken und hatte in der Realität keinen Platz.

So schmerzhaft der Gedanke war, so richtig war er trotzdem.

Schniefend stand sie auf. Erst jetzt merkte sie, dass ihr die Tränen über das Gesicht liefen. Wütend wischte sie sie weg. Heulen half auch nicht! Im selben Moment erstarrte sie. Das Zuschlagen einer Autotür hatte die abendliche Stille durchbrochen. Wie angewurzelt blieb Nila stehen. Einen Augenblick später stand Vincent in der Terrassentür. Im Wohnzimmer brannte Licht. Vorsichtig tastete ihr Blick über sein Gesicht. Er war aufgewühlt. Das Blut sackte aus ihrem Kopf, fegte ihr Hirn leer. Sie wollte etwas sagen, aber ihr staubtrockener Mund ließ sich nicht öffnen.

Eine Ewigkeit rührten sich beide nicht. Dann setzte Vincent sich in langsam in Bewegung und kam auf sie zu. Ihr Herzschlag setzte aus. Als er direkt vor ihr stand, konnte sie ein kleines Lächeln auf seinen Lippen erkennen.

„Wie ich hörte, ist dein Ex-Freund nicht gekommen, um dich zurückzugewinnen."

Stumm schüttelte sie den Kopf.

„Da hätte ich auch etwas dagegen." Langsam hob er eine Hand und berührte ihre Wange. Ein Seufzen kam über ihre Lippen, die im selben Moment von seinen verschlossen wurden.

Als er sich nach einer Ewigkeit von ihr löste, sagte er mit einem zärtlichen Blick: „Ich lass dich auch nicht mehr gehen. Nie mehr. Du gehörst hierher!"

35.

Im Halbschlaf tastete Nila neben sich. Die andere Seite des Bettes war noch warm, aber leer. Sie lächelte mit geschlossenen Augen, versuchte das Glücksgefühl aus dem Traum hinüber in die Wirklichkeit zu retten. Bis ihr mit fortschreitender Wachheit wieder bewusst wurde, dass es gar kein Traum war, dem das freudige Prickeln in ihrem Innern geschuldet war. Seit nunmehr zwei Wochen wachte sie so auf. Erfüllt von einem tiefen Glück, das ihr unentwegt ein Strahlen ins Gesicht zauberte und das sie die Welt so bunt und schön sehen ließ, wie sie es in der Intensität wohl noch nie erlebt hatte. Seit zwei Wochen waren sie und Vincent ein Paar, aber es fühlte sich an, als sei er schon immer an ihrer Seite gewesen. Oft fragte sie sich, wie das möglich sei in dieser Kürze der Zeit.

Und dann fragte sie sich, ob man vor Glück zerspringen könne. Falls ja, war sie gefährdet, dieses Schicksal zu erleiden ...

Wohlig seufzend kuschelte sie sich tiefer in die Kissen, die so verführerisch nach Vincent dufteten. Zusammen mit der leichten Meeresbrise, die durch das geöffnete Fenster strömte, war es der köstlichste Duft, den Nila sich zum Aufwachen vorstellen konnte. Und den sie für den Rest ihres Lebens genießen wollte.

Seit dem Moment, in dem Vincent verkündet hatte, dass er sie nie mehr gehen lassen wollte, war Nila praktisch ins Gästehaus übergesiedelt. Gelegentlich machte sie den halbherzigen Versuch, eine Nacht in ihrem Gästezimmer im Haupthaus zu verbringen. Aber spätestens der Gute-Nacht-Kuss, der unweigerlich in leidenschaftliche Umarmung mündete und beide nach mehr drängte, führte den Plan ad absurdum.

Die Tage waren gefüllt mit Ausflügen in nahe gelegene Städte wie Nizza, Marseille oder Avignon. An anderen Tagen verschlug es sie zu ausgedehnten Wanderungen ins Hinterland oder sie verbrachten einen faulen Tag am Meer. Da Nila nun keinen Auftrag mehr zu erfüllen hatte, durfte sie sich offiziell als Urlauberin fühlen. Es war wundervoll. Und bestärkte immer mehr ihr Gefühl, nun zwar Urlaub zu haben, diesen aber an dem Ort zu verbringen, an dem sie für immer leben und arbeiten wollte. Bislang hatte sie noch nicht den Mut aufgebracht, ihre Eltern zu informieren, dass sie bleiben würde. Wie jeden Morgen nahm sie es sich für den heutigen Tag vor. Ein Geräusch an der Tür unterbrach ihre Gedanken.

Vincent schob sich mit einem voll beladenen Tablett ins Zimmer.

Nilas Herz machte einen Satz. Sie setzte sich aufrechter hin und strahlte ihn an.

„Das Frühstück, Chérie!" Vincents dunkle Stimme wirkte auf Nila fast noch verführerischer als sein schönes Gesicht mit den braunen Augen und den leichten Bartschatten. Sein Blick wanderte von ihrem Gesicht über den nackten Körper, der nur notdürftig von dem Laken verhüllt wurde. Ein wohliger Schauer lief über ihren Rücken, als ein freches Glitzern in seinen Augen aufleuchtete.

Vincent setzte das Tablett vorsichtig auf dem Bett ab. Der Duft nach Kaffee ließ Nila aufseufzen. Sie war sich nicht sicher, ob es schlicht der Tatsache geschuldet war, dass sie vollkommen verrückt nach Vincent war, oder ob er wirklich den besten Kaffee der Welt kochte.

„Voilà Madame." Er reichte ihr eine gefüllte Tasse, während sein Blick schon wieder reinste Verführung war.

„Bitte beeilen Sie sich", sagte er mit gespielter Strenge. „Sie wissen, der Nachtisch wartet nicht gerne."

Kichernd trank sie einen kleinen Schluck und bestrich dann eine Scheibe Landbrot mit köstlicher Orangenmarmelade, bevor sie herzhaft hineinbiss. Vincent setzte sich auf die Bettkante und nahm Nilas Tasse in die Hand. Während sich sein Blick in ihrem versenkte, trank er langsam. Das Essen ließ er wie jeden Morgen ausfallen. Er behauptete, sein Magen sei vor der Mittagszeit nicht aufnahmefähig für feste Speisen.

Nila hingegen brauchte ein kräftiges Frühstück. Das allerdings schnell gehen musste. Spätestens wenn sich Vincents Bein über ihres schob und er kleine Küsse in ihren Nacken hauchte, fiel es ihr schwer, sich aufs Essen zu konzentrieren.

Sie schnappte sich eine Gabel und spießte etwas Rührei auf.

„Hm, lecker", murmelte sie genießerisch. „Bleibt das jetzt bis zu meinem Lebensende so, dass ich schon morgens so verwöhnt werde?"

Vincent tat, als überlegte er. Seine Stirn kräuselte sich, und er wiegte den Kopf unentschlossen hin und her. „Womöglich, Madame, stehen die Chancen nicht allzu schlecht.“

Sie beugte sich zu ihm hinüber und küsste ihn auf den Mund.

„Okay, ich gebe mich geschlagen. Ihr Wunsch ist mir Befehl. Zeitlebens.“ Er hob die Hände zum Schwur und sein Gesicht war ernst geworden.

Durch Nilas Brust floss Wärme und sie fühlte, wie Blut ihre Wangen füllten.

„Manchmal denke ich, dass ich eines Tages wieder in Hamburg aufwache und die Provence nur ein schöner Traum war“, sagte sie leise. Eine Angst, die sich in manchen Momenten mit einem leisen Ziepen meldete. Für gewöhnlich konnte Nila das Gefühl schnell wieder verscheuchen.

Sein Blick hielt ihren fest, sanft umschloss seine Hand die ihre. „Tut mir leid, Madame, aber Ihr altes Leben liegt unwiederbringlich hinter Ihnen.“ Er beugte sich vor und küsste sie mit dieser Mischung aus wild und sanft, die sie jedes Mal aufs Neue um den Verstand brachte.

„Reicht das, um dich von der Wirklichkeit zu überzeugen?“, fragte er, als er sich endlich von ihr löste. Seine Augen funkelten.

„Für den Moment ja“, sagte sie und lachte. Erleichterung flutete ihr Inneres.

Er rückte etwas von ihr ab und strich sich die Haare aus der Stirn. Der Ausdruck in seinen Augen veränderte sich. Fragend erwiderte sie seinen Blick, während sie eine weitere Gabel Rührei in den Mund steckte. Das Leichte und Spielerische des Moments schien sich zu verflüchtigen. „Was ist los?“, fragte sie irritiert. Ihr Herz klopfte schneller. Das Ziepen war zurück.

Er seufzte. „Maman kommt heute Abend zum Essen."

„Oh." Nila fuhr der Schreck in die Glieder. Langsam ließ sie die Gabel auf den Teller sinken. Sie hatte in den letzten zwei Wochen nur einmal mit Renée telefoniert. Es war ein gutes Gespräch gewesen, in dem sie nur kurz besprochen hatten, dass sich der Auftrag nunmehr erledigt habe. Renée hatte durchblicken lassen, dass sie hocherfreut sei, wie sich die Dinge zwischen Nila und Vincent entwickelten. Dennoch … Nila fühlte sich beklommen beim Gedanken, ihrer einstigen Auftraggeberin nunmehr als Freundin ihres Sohnes gegenüberzutreten.

„Sie möchte mit uns über das Anwesen sprechen." Vincent strich ihr leicht über den Arm.

„Mit uns?" Nilas Stimme war einige Töne als sonst.

„Ja, mit uns, das hat sie so gesagt."

„Aber es ist dein Elternhaus …" Sie machte eine wedelnde Handbewegung, die zwar nur das Schlafzimmer des Gästehauses umfasste, aber im Grunde meinte sie natürlich das gesamte Anwesen.

„Sie sagt, sie hat einen Plan." Vincent zuckte die Schultern.

Nila schlang die Arme um ihren Oberkörper. Das Ziepen verstärkte sich. Ihr wurde bewusst, dass dieses ungute Gefühl stets der Freude, wenn sie über die Zukunft sprachen, ein wenig von ihrer Strahlkraft nahm. Sie runzelte die Stirn, horchte in sich hinein. Und dann meinte sie, die Antwort gefunden zu haben. Aber sie hatte nicht den Hauch einer Ahnung, wie sie

das Vincent sagen sollte. Sie spürte, dass sie blass
wurde.

„Willst du kochen, oder wollen wir Essen bestellen?“
Vincents Blick ruhte liebevoll auf ihr.

„Kein Problem, ich koche gerne.“ Zum ersten Mal
musste sie sich zwingen, ihn anzulächeln.

Ihre Gedanken zerstoben in tausend Teile, als seine
Lippen langsam ihren Hals hinabwanderten.

36.

Nervös strich Nila sich das weiße Kleid glatt. Ihre roten Haare hatte sie in einem losen Knoten hochgesteckt und an den Füßen trug sie Sandalen mit einem hohen Keilabsatz. Ihre Garderobe war das Ergebnis einer Shopping-Tour in Avignon.

Sie hatte sich in das Kleid mit den raffinierten Ärmeln aus Spitze sofort verliebt und die weißen Sandalen mit eingewebten Goldfäden hatte ihr Herz ein wenig höher schlagen lassen. Das Aufleuchten in Vincents Augen, als sie zur Modenschau aus der Umkleidekabine der Boutique trat, bestätigte ihre Meinung, die richtige Wahl getroffen zu haben.

Dennoch fühlte sie sich jetzt unsicher. Gleich würde die stilsichere Renée eintreffen – Vincent war gerade unterwegs, um sie vom Hotel abzuholen. Ihre Schwiegermutter in spe. Würde der Wechsel von der Auftraggeberin zu dieser familiären Rolle gelingen? Nila schluckte nervös.

Ihr Blick glitt über den gedeckten Tisch auf der Terrasse. Hektisch hatte sie am Vormittag die Planung für das Abendessen gemacht. Vincent war keine große Hilfe gewesen. Er hatte lediglich wohlwollend lächelnd gesagt, dass sie schon das richtige Menü zusammenstellen würde und er ihr natürlich artig bei der Vorbereitung zur Hand gehen würde. Bei Letzterem hatte er Wort gehalten. Seiner Meinung nach würde Maman sowieso begeistert sein.

Nila seufzte lautlos. Sie hatte sich für eine Zwiebelsuppe als Vorspeise, Zanderfilet auf Gemüsebett als Hauptgericht und zum Abschluss für eine selbst gemachte Mousse au Chocolat entschieden. Ihr wurde klar, dass die Rahmenbedingungen bestens waren. Ihre Nervosität lag vermutlich eher in dem Gespräch begründet, das Renée mit ihnen führen wollte.

Vincent hatte sich in den letzten beiden Wochen einige Male mit seiner Mutter getroffen. Nach dem ersten Gespräch war er still und in sich gekehrt gewesen, und seine nachdenkliche Stimmung hatte den ganzen Abend über angehalten. Erstaunlicherweise schien es ihm trotzdem leichtzufallen, Renée zu verzeihen, dass sie ihm damals die Wahrheit über seinen Vater verschwiegen hatte. Je öfter Mutter und Sohn sich dann trafen, umso gelöster kehrte Vincent jedes Mal zurück. Nila konnte sehen, wie erleichtert er darüber war, seine Mutter wieder in seinem Leben zu haben. Das machte auch Nila glücklich, trotzdem saß da diese Angst in ihrem Magen, was der heutige Abend bringen mochte ...

Ein letzter Blick auf den Tisch, auf dem die Kristallgläser in der Abendsonne funkelten, Jacques guter Rotwein in einer Karaffe sattrot leuchtete und der große Strauß mit weißen und rosafarbenen Rosen eine verträumte Note zauberte, bestätigte Nila, dass die äußeren Umstände perfekt waren.

Wird schon schiefgehen, hörte sie im Geiste Mona sagen, begleitet von einem glockenhellen Lachen.

Sie wandte sich ab und trat ins Wohnzimmer. Im selben Moment hörte sie Schritte in der Halle. Renée und Vincent waren angekommen.

***

„Liebe Nila, es hat wunderbar geschmeckt!" Renée strich kreisend über ihren Bauch und lächelte ihr liebevoll zu. Dann schob sie demonstrativ das leere Schälchen von sich, in dem von der Mousse au Chocolat nichts übrig geblieben war.

„Da Nila uns so mit diesem fantastischen Essen verwöhnt hat, könntest du uns jetzt einen Kaffee anbieten." Sie warf Vincent einen auffordernden Blick zu.

„Zu Befehl, Madame!" Vincent salutierte artig, während seine Augen amüsiert funkelten.

Nachdem er die Terrasse verlassen hatte, beugte Renée sich vor und ergriff Nilas Hand. „Ich kann Ihnen gar nicht sagen, wie froh ich bin, wie sich alles entwickelt hatte. Danke! Ohne Sie wäre es vermutlich nicht so glücklich ausgegangen."

Nila wollte gerade protestieren, aber Renée stoppte sie mit einer Handbewegung. „Und ich kann mir keine bessere Frau für meinen Jungen vorstellen."

Nila nickte stumm. Sie war sprachlos. Bis jetzt war der Abend vollkommen unkompliziert verlaufen. Es fühlte sich schon fast normal an, dass Renée Durand nun eine ganz andere Rolle für sie einnahm. Es lief besser, als sie es für möglich gehalten hätte.

345

„Ich finde, es wird langsam Zeit, dass wir uns endlich duzen!“ Renée nahm ihr Weinglas in die Hand und sah Nila fragend an.

„Sehr gerne!“ Nila schnappte ohne zu zögern, auch ihr Glas.

„Auf das Leben und die Liebe! Schwiegertochter ...“ Renées Lächeln war warm und Nila musste schlucken.

Sie hatten gerade angestoßen und getrunken, da erschien Vincent mit einem Tablett in der Hand, auf dem Tassen und Kaffeekanne verteilt waren.

„Wir duzen uns jetzt“, verkündete Renée stolz.

„Das wurde auch langsam Zeit“, brummte Vincent grinsend. Rasch verteilte er die Tassen und goss den Kaffee ein.

„So, ihr Lieben, und jetzt kommen wir zum geschäftlichen Teil.“

Prompt zog sich Nilas Magen zusammen.

Unsicher sah sie zu Vincent, der ihr beruhigend zunickte.

„Also, wie ich weiß, wollt ihr ein kleines Hotel aus dem Haupthaus machen.“ Sie streifte erst Vincent, dann Nila mit einem kurzen Blick, bevor sie über die Hügel hinunter aufs Meer blickte.

„Mir gefällt die Idee sehr gut! Die Gastfreundschaft hat mein Sohn vermutlich von mir geerbt.“ Stolz schwang in ihrer Stimme mit, als sie nun Vincent ansah. „Also warum nicht das Angenehme mit dem Nützlichen verbinden? Ich möchte euch folgenden Vorschlag machen.“

Vincent und Nila starrten sie beide gebannt an.

„Also, ich möchte Vincent das Gästehaus überschreiben, aber das Haupthaus bleibt vorerst in meinem Besitz. Ich möchte, dass ihr beide meine Geschäftspartner werdet und zu einem überschaubaren Preis das Hotel pachtet."

Nilas Augen weiteten sich überrascht. Ihr Blick flog zu Vincent, dessen Stirn sich runzelte.

Renée hob beschwichtigend die Hände. „Bevor du Einwände erhebst, mein Sohn. Es gibt einen ganz einfachen Grund. Ich möchte, dass ihr gleichberechtigt an die Sache herangeht. Wenn ich dir dein Erbe jetzt schon gebe – was ich natürlich tun könnte – würde Nila praktisch nur ein Duldungsrecht haben. Das möchte ich nicht. Andererseits kann ich ihr auch nicht nach zwei Wochen Beziehung die Hälfte von unserem Familienbesitz schenken. Deshalb denke ich, dass das erstmal die beste Lösung wäre. Was meint ihr?"

In Vincents Gesicht arbeitete es. Nila rieb sich abwesend den Arm. Die Gedanken wirbelten durch ihren Kopf. Und dann traf sie die Erkenntnis, dass genau das ihr unterschwelliges Problem gewesen war. Sie war es immer gewohnt gewesen, auch finanziell in ihrer Beziehung gleichberechtigt zu sein. Und das würde sie hier nicht sein, wenn das Anwesen Vincents alleiniger Besitz werden würde. Aber wie fand er die Idee? Unsicher suchte sie nach einer Antwort in seinen Augen, aber das dunkle Braun ließ keine Deutung zu. Ihre Hände verknoteten sich unsicher im Schoß, und sie atmete flach.

Es blieb eine ganze Weile still am Tisch. Renée lehnte sich zurück und wartete – anders als Nila – geduldig, bis Vincent schließlich das Wort ergriff.

„Also, wenn du dich nicht zur Halsabschneiderin entwickelst und die Pacht ins Astronomische treibst, könnte ich einverstanden sein", sagte er. Dann flog ein Lächeln über sein Gesicht, und er wandte sich an Nila. „Was meinst du, Chérie?"

Sie nickte nur stumm und blinzelte die aufsteigenden Tränen weg. In dem Moment musste sie an Mona denken. Schließt sich eine Tür, öffnen sich drei neue. Eine neue Liebe, ein neuer Job und ein neues Leben!

„Ich denke, nun ist der Moment für Champagner gekommen!" Renée erhob sich, lehnte Hilfe dankend ab und verschwand im Haus.

„Chérie, es wird großartig werden!" Vincents Blick ruhte voller Liebe auf ihr.

Sollte Nila noch irgendeinen Zweifel gehabt haben an ihrem neuen Leben in der Provence, so räumte der folgende Kuss ihn restlos aus. Sie war angekommen. In ihrem richtigen Leben.

Epilog

Auf Zehenspitzen schlich Nila zur Tür des Kinderzimmers. Nach unzähligen Strophen bunt gewürfelter deutscher und französischer Kinderlieder fühlte sich ihr Mund trocken an. Normalerweise schlief Jeanne mit ihren drei Monaten nachts schon sehr gut. Bis auf ein, zwei Unterbrechungen kamen sie inzwischen besser durch die Nacht, als Nila je zu hoffen gewagt hatte. So viele Mütter kannte sie inzwischen, die ihre Seele verkaufen würden, um ein einziges Mal länger als zwei Stunden am Stück schlafen zu dürfen. Und einige hatten Babys, die viel älter waren als Jeanne.

Nila war also darauf gefasst gewesen, noch für einige Monate auf einen geregelten Schlaf zu verzichten. Dass es dann doch anders gekommen war, empfand sie als großes Zusatzgeschenk.

Das Hauptgeschenk war ihre wunderschöne kleine Tochter, die sie seit dem ersten Moment mit einer Innigkeit liebte, die sie anfangs fast erschreckte. Vincent ging es nicht anders. Er vergötterte sein kleines Mädchen, das nur auf die Welt gekommen zu schien, um jeden zu verzaubern, der es erblickte. Das Strahlen ihrer blauen Augen entzückte selbst Menschen, die von sich behaupteten, mit dem Charme von Babys nicht viel anfangen zu können. Mehr als einmal hatte Nila in Augen, die schon zu viel in ihrem Leben gesehen hatten, sodass ihr eigenes Leuchten unwiederbringlich verloren schien, ein Aufglimmen erkannt. Als hätte Jeanne ihnen in einem einzigen Augenblick gezeigt, dass das Glück auch für sie wieder greifbar sein könnte.

Nila atmete noch einmal tief den betörenden Babyduft ihrer Tochter ein und schloss leise die Kinderzimmertür hinter sich.

Während sie nach unten schlich, wanderten ihre Gedanken zurück zu ihrer Hochzeit vor gut einem Jahr. Da war sie schon schwanger gewesen, ohne es zu ahnen. Wie so oft genoss sie die kostbare Erinnerung an das rauschende Fest, bei dem sie endlich wieder alle ihre Lieben um sich versammeln konnte.

Ihre Eltern, ihre Schwester mit Kindern, und natürlich Mona, ihre beste Freundin – sie alle waren aus Deutschland angereist und blieben eine Woche in der Provence. Damals war das Hotel noch nicht eröffnet und so gab es genug freie Zimmer für alle. Für Nila war es eine wundervolle Zeit, dafür verschob sie ihre Flitterwochen gerne. Selbst wenn sie damals schon gewusst hätte, dass es ein Verschieben auf unbestimmte Zeit sein würde Ihre Hochzeit war tatsächlich einer der glücklichsten Tage in ihrem Leben. Danach aber begann das richtige Leben mit all seinen Facetten von Liebe und Glück, aber auch von Schicksalsschlägen und Sorgen.

Jetzt, etwas mehr als ein Jahr später, kam es ihr manchmal unwirklich vor. Als wären schon viele Jahre vergangen und nicht erst zwei, seit sie ihrem Leben in Hamburg den Rücken gekehrt hatte.

Nila schüttelte die Gedanken ab und stieß die Küchentür auf. Sie musste sich auf das Hier und Jetzt konzentrieren, damit hatte sie im Moment genug zu tun.

Wie erwartet strömte ihr sofort ein köstlicher Duft entgegen. Laurence stand mit dem Rücken zu ihr am Herd.

Als er sie hörte, wandte er sich um. Ein kleines Lächeln erschien auf seinem konzentrierten Gesicht. Sie kannte den Ausdruck nur zu gut. Wenn Laurence kochte, vergaß er alles um sich herum, tauchte in seine eigene Welt ein und gab sich ganz dem Gelingen der raffinierten Rezepte hin, die nicht nur Nila und Vincent, sondern auch die Gäste in immer neues Entzücken versetzte.

Laurence ist auch ein Geschenk, dachte Nila dankbar und nicht zum ersten Mal. Ohne ihn wäre der Erfolg des kleinen Hotelbetriebes nicht denkbar

„Schläft die Kleine?", fragte Laurence, während er den Topf, in dem er rührte, nicht aus den Augen ließ.

„Tief und fest." Nila seufzte leise.

Zu gerne hätte sie sich dazu gelegt. Trotz der halbwegs geregelten Nächte war sie abends erschöpft. Und seitdem Vincent nicht mehr hier war, fühlte sie den Druck, den die Verantwortung mit dem kleinen Hotel mit sich brachte, umso stärker. Auch Jeanne spürte die Veränderung. Seitdem ihr Vater nicht mehr bei ihnen war, wachte sie nachts wieder häufiger auf. So klein, wie sie war, schien sie trotzdem schon sehr feine Antennen für ihre Umgebung zu haben.

„Gibt es etwas Neues von deiner Schwiegermutter?" Laurence hob für einen Moment seinen Blick vom Herd.

„Leider nein." Nila seufzte erneut.

Renée hatte vor einer Woche einen schweren Schlaganfall erlitten und lag seitdem in einer Klinik in Italien, wo sie mit Guiseppe, ihrem Lebensgefährten, lebte, wenn sie nicht gerade in der Provence ihre Zeit verbrachte. Nila fiel es noch immer schwer, sich vorzustellen, dass ihre lebensfrohe, jung gebliebene Schwiegermutter jetzt an Schläuchen angeschlossen in einem Krankenhausbett liegen sollte. Gerne hätte sie Vincent in die Toskana begleitet, aber ihnen war schnell klar gewesen, dass es für die Führung des Hotels schwierig genug werden würde, wenn einer von ihnen fehlte. Wenn sie zusammen reisten, wäre das eine Katastrophe. Nila wusste so schon kaum, wie sie die ganze Arbeit schaffen sollte. Gutes Personal zu bekommen, ähnelte momentan einem Hauptgewinn im Lotto. Vincent und sie waren schon froh gewesen, in Alice ein engagiertes Zimmermädchen gefunden zu haben. Aber Alice konnte eigentlich nur wenige Stunden am Morgen arbeiten, bis ihre drei Kinder aus der Schule kamen. Seit Vincents Abreise half sie Nila noch beim Servieren des Abendessens. Aber das sollte eine absolute und möglichst kurz währende Ausnahme sein. Nila hatte schon jetzt ein schlechtes Gewissen, weil sie noch gar nicht abschätzen konnte, wie lange sie auf die Hilfe noch angewiesen sein würde.

Laurence war mit dem kulinarischen Verwöhnen der Gäste ausgelastet, sodass alles Weitere an Nila hing. Von der Buchung bis zur Gästebetreuung lag das Gelingen des jungen Betriebes in ihren Händen.

„Du wärst gerne bei Renée, richtig?" Laurence warf ihr einen kurzen Blick zu, bevor er ein zartes

Rindermedaillon behutsam in das zischende Fett der Pfanne legte.

„Ja, das stimmt. Aber momentan ist leider nicht daran zu denken. Es sei denn, es taucht noch einmal ein Glücksfall wie du auf, der nicht die Aufgaben in der Küche, sondern meine im Service übernimmt. Dann säße ich sofort im Flieger." Nila lächelte matt und wandte sich zum Gehen. In der Küche lief wie gewohnt alles wie am Schnürchen. Sie musste Alice ablösen und heim zu ihren Kindern schicken.

„Das Restaurant ist noch voller als gestern. Du kannst den Gästen sagen, dass das Menü gleich fertig ist." Laurence öffnete die Backofentür, aus der ein herrlicher Duft nach Knoblauch und Thymian stieg.

„Wunderbar", sagte Nila und zog eine Grimasse. Ein volles Restaurant wäre wunderbar, wenn sie sich wie gewohnt die Arbeit mit Vincent teilen könnte. So aber konnte sie nur hoffen, dass das Babyfon still blieb und sie nicht zwischen Gästebetreuung und dem Beruhigen ihrer kleinen Tochter hin und her wechseln musste.

Sie straffte sich, unterdrückte ein Seufzen und verließ die Küche.

Lavendelblaues Glück

I.

Fassungslos starrte Mona auf das Handy, das in ihrer verkrampften Hand im Schoß lag. Das Licht, mit dem die kurze WhatsApp leuchtete, bildete einen fast absurden Kontrast zur nächtlichen Dunkelheit der Stadt. Es tut mir leid ...

Ein unkontrolliertes Zittern ergriff Mona, und das lag nicht daran, dass die Mainacht empfindlich kühl war. Es tut mir leid, spulte es in Dauerschleife in ihrem Kopf. Eine schmerzhafte, endlose Wiederholung, die sich kratzend in ihr Herz bohrte. Tränenblind hob sie den Blick. Das nächtliche Hamburg mit seiner hier in Eimsbüttel fast beschaulichen Gemütlichkeit wirkte seltsam unwirklich auf sie. Als böte es die Kulisse in einem surrealen Film. Ein Film, in dem sie nicht mitspielen wollte. Und doch war sei mittendrin. Es dauerte, bis sie es schließlich schaffte, mit steifen Beinen aufzustehen und in die Küche zu wanken. Sie ging, als sei sie betrunken, dabei hatte sie noch keinen einzigen Tropfen Alkohol intus.

Zigarette! Wo sind die verdammten Kippen?, fragte sie sich, als sie in die Küche stolperte. Sie rauchte selten, hatte es sich in den letzten Monaten eigentlich gänzlich abgewöhnt. Chris mochte es nicht ... Vielleicht war das der Grund, warum der Wunsch nach Nikotin jetzt so heftig in ihr aufwallte. Mit zusammen gebissenen Zähnen durchwühlte sie die Schubladen in ihrer großzügigen Altbau-Küche mit den stilvollen, alten

Kacheln an den Wänden. Endlich fand sie ein zerdrücktes Päckchen in der Schublade, in der sie die Dinge sammelte, die es nicht schafften, einen angestammten Platz in der Wohnung zu finden.

Ihre Hände zitterten nicht mehr, als sie die Zigarette anzündete. Gierig sog sie den Rauch tief in die Lungen und ließ ihn ganz langsam wieder entweichen. Die Rauchschwaden, die durch die Küche waberten, lösten eine eigenartige Genugtuung in ihr aus. Sie sah Chris' Gesicht vor sich, das sich angewidert verzog. In der Wohnung zu rauchen, gehörte zu seinen absoluten No-Gos.

Für mich ist ab sofort ein Tut-mir-leid, das es nicht geben müsste, das stärkste No-Go!, beschloss Mona mit einer Mischung aus Wut und Trauer. Dann nahm sie eine Flasche Bier aus dem Kühlschrank, öffnete sie und trank einen großen Schluck.

Die Zigarette in der einen und dem Bier in der anderen Hand ging sie auf den Balkon zurück und ließ sich auf den Eisenstuhl vom Sperrmüll fallen. Was sollte sie denn jetzt bloß machen? Die Zukunft ohne Chris lag wie ein Abgrund vor ihr. Verdammt! Sie war immer unabhängig gewesen. Noch nie hatte sie ihr Glück von dem Handeln oder Nichthandeln eines Mannes bestimmen lassen. Jetzt wusste sie wieder, warum das so wichtig war. Nur änderte die Tatsache nichts daran, dass sie in genau diese Falle getappt war. Und – schlimmer noch – seit über zwei Jahren darin zappelte. Zwei Jahre! Trauer und Verzweiflung schwappten wie eine riesige Welle in ihr auf, die ihr für einen Moment den Atem nahm.

Als sie schließlich wieder Luft holen konnte, drängte sich ein anderer Gedanke in ihr Bewusstsein. Sie musste die Stimme von Nila, ihrer besten Freundin, hören. Nichts brauchte Mona gerade dringender als Trost, ein paar aufmunternde Worte und vor allem die Gewissheit, nicht ganz alleine dem Abgrund gegenüber zu stehen.

Sie hatte das Handy schon in der Hand, als ihr wieder einfiel, dass Nila gerade selbst genug Sorgen hatte. Und vor allem überhaupt keine Zeit. Die Abendstunden waren mit die anstrengendsten im Hotelgeschäft, und sie musste sie momentan alleine bewältigen.

Mona stellte das kaum angerührte Bier auf den Tisch, nahm noch einen Zug von ihrer Zigarette und stand auf.

Ein Telefonat würde ohnehin nichts wirklich ändern. Sie musste andere Maßnahmen ergreifen, wenn sie nicht wahnsinnig werden wollte.

Zwei Jahre zuvor

Mit weichen Beinen ging Mona den endlos scheinenden Krankenhausflur entlang. Sie hasste den typischen Geruch nach Desinfektionsmittel, Krankheit und Angst. Noch mehr hasste sie ihre Verzweiflung und Ohnmacht, die sie seit jenem Moment fest im Griff hatte, seitdem der Verdacht im Raum stand, dass die Schwäche und Abgeschlagenheit ihrer Mutter vielleicht doch nicht mit ihrer Grippe zusammenhing, die sie vor einigen Wochen geplagt hatte.

Leukämie. Dieses Wort schwebte seit dem Zusammenbruch ihrer Mutter vor zwei Tagen wie ein Damoklesschwert über ihren Köpfen.

Heute waren weitere Tests gemacht worden, deren Ergebnis gleich mit dem Arzt besprochen werden sollte.

Mona blinzelte aufsteigende Tränen weg, als sie die Hand auf die Türklinke des Krankenzimmers legte, in dem ihre Mutter auf die Beurteilung des Arztes wartete. Urteil, trifft es eher, dachte Mona und ihr Herz zog sich schmerzhaft zusammen. Sie konnte sich nicht erinnern, jemals so eine verdammte Angst gehabt zu haben. Mam war doch erst zweiundfünfzig. Viel zu jung, um eine tödliche Prognose zu erhalten! Natürlich wusste Mona, dass der Gedanke eigentlich Quatsch war. Als Physiotherapeutin hatte sie schon so viele schwerstkranke Patienten betreut, die deutlich jünger als ihre Mutter waren. Dennoch hatte sie sich in dem menschlichen Irrglauben befunden, solche Schicksale träfen nur die anderen, aber niemals ihre eigene Familie.

Mona holte tief Luft, versuchte ein Lächeln auf ihre zusammen gepressten Lippen zu zaubern und öffnete nach einem kurzen Klopfen die Tür.

Ihre Mutter lag in einem Zweibett-Zimmer, aber ihre Bettnachbarin war nicht im Raum. Mona war dankbar dafür, dass sie unter sich waren.

„Hey Mam, ich hoffe, ich bin nicht zu spät. War der Arzt schon hier?" Mona trat ans Bett und gab ihrer Mutter einen Kuss auf die blasse Wange, die sich kühl anfühlte.

„Schön, dass du hier bist, Schatz." Simone Frankenthal lächelte matt und richtete sich im Bett auf. „Nein, du bist absolut pünktlich. Wir werden sehen, ob Dr. Weingärtner es ebenfalls ist. Die haben hier ziemlich viel zu tun ..."

„Ich habe dir etwas mitgebracht." Mona öffnete ihren Rucksack und holte eine Schachtel mit den Lieblingspralinen ihrer Mutter heraus.

„Ach, das sollst du doch nicht!" Das kurze Leuchten in den Augen ihrer Mutter bewies Mona allerdings, dass es richtig war, eben den Umweg zu der kleineren Chocolaterie zu machen und die köstlichen belgischen Nougat-Pralinen zu besorgen.

„Soll ich nicht, will ich aber!" Jetzt war Monas Lächeln echt. Es gefror allerdings auf ihren Lippen, als ein forsches Klopfen an der Tür den jungen Arzt ankündigte, der kurz darauf ins Zimmer trat.

Mona sah den blonden Mediziner zum ersten Mal. Gebannt starrte sie ihm entgegen. Er wirkte sympathisch, aber schrecklich jung ... Kaum älter als sie selbst mit ihren dreißig Jahren. Natürlich konnte man in dem Alter schon einen Doktortitel haben, aber Mona war sich nicht sicher, ob er schon erfahren genug war, tödliche Diagnosen zu stellen.

„Dr. Chris Weingärtner, Sie sind die Tochter?" Der Arzt kam mit ausgestreckter Hand auf Mona zu.

Mona nickte stumm. Der Händedruck war kurz und fest.

„Frau Frankenthal", der Arzt wandte sich an seine Patientin, die ihm mit ängstlich geweiteten Augen ansah. „Wir haben jetzt endlich den Befund. Leider hat es etwas gedauert mit dem Labor und wir mussten noch einige Ungereimtheiten klären." Er lächelte entschuldigend.

Sag es schon!, dachte Mona mit aufkeimender Ungeduld. Ein willkommenes Gefühl, dass sie für einen Moment von ihrer Verzweiflung ablenkte. „Zunächst einmal habe ich gute Nachrichten: Der Verdacht, dass wir es mit einem leukämischen Geschehen zu tun haben, hat sich nicht bestätigt." Mona hielt für einen Moment die Luft an. Hatte er das gerade wirklich gesagt oder war es nur ihr Wunschdenken?

„Aber wir haben etwas anderes gefunden, das Ihre Beschwerden auslöst. Sie haben eine Herzmuskelentzündung, die zwar ernst genommen werden muss, aber aller Voraussicht nach ohne Spätfolgen ausheilen wird." Der junge Arzt lächelte Mutter und Tochter an.

Mona wurde schwindelig. Ein Seufzen stieg aus den Tiefen ihrer Brust auf. Am liebsten hätte sie Dr. Weingärtner umarmt. Erst jetzt fiel ihr auf, wie attraktiv er eigentlich war, mit der leichten Sonnenbräune und den Lachfalten um die Augen, die von dichten Wimpern umrahmt waren.

„Danke, Doktor", hauchte Mona und spürte den dringenden Wunsch, ihn zu küssen.

„Sie sind ein Engel", sagte Simone Frankenthal mit Tränen in den Augen, und ihre Erleichterung war fast greifbar. Mona wusste, dass auch ihre Mutter ihn am liebsten gedrückt hätte.

***

„So etwas wie mit dir habe ich noch nie erlebt!" Chris streckte sich seufzend im Bett aus und zog Mona dichter zu sich heran.

„Hm", murmelte Mona träge und genoss den Moment nach dem Sex, in dem ihr Verstand noch nicht wieder das Kommando übernommen hatte. Wieder einmal konnte sie die Entwicklung der letzten Wochen kaum fassen. Drei Tage, nachdem Dr. Chris Weingärtner ihre schlimmsten Befürchtungen in Luft auflösen konnte und von ihrer Mutter als Engel bezeichnet wurde, war Mona dem jungen Arzt beim Joggen im Park begegnet. Sie waren eine Weile zusammen gelaufen und danach schien es nur natürlich, dass er sie zu einem Kaffee einlud. Schon in diesem Moment konnte Mona sich nicht mehr einreden, dass es ein harmloses Treffen war, das nur dazu diente, den Gesundheitszustand ihrer Mutter zu besprechen. Mam war ohnehin auf einem guten Weg und stand kurz vor der Entlassung aus dem Krankenhaus.

Als Einstieg in die Verlängerung des zufälligen Treffens hingegen war der Grund perfekt. Dr. Chris Weingärtner schien das ähnlich zu sehen. Das charmante Funkeln in seinen blauen Augen und die fast zufällige Berührung von Monas Arm – die einen Schauer über ihren gesamten Körper schickte –, als sie den Park verließen, standen in einigem Widerspruch zu seiner Aussage, den Genesungsverlauf von Monas Mutter besprechen zu wollen.

Während des Kaffeetrinkens wurde das Knistern zwischen ihnen stärker. Simone Frankenthal und ihr körperlicher Zustand waren schnell abgehakt und sie landeten bei privaten Themen. Musik, Filme, Hobbys, sie sprangen von einem Thema zum nächsten, während Chris es immer wieder schaffte, Mona zum Lachen zu bringen. Sie hatte schon immer eine Schwäche für Männer mit Humor gehabt, aber bei keinem hatte sie bislang diese Mischung aus Intellekt, Humor und gegenseitiger Anziehung erlebt. Es schien, als vereine Chris alle Wünsche, die sie je in Bezug auf Männer gehabt hatte.

Als das Café schließlich schloss, gingen sie wie selbstverständlich in Monas Wohnung. Noch nie war Mona mit einem Mann im Bett gelandet, mit dem sie zuvor lediglich einen Kaffee zusammen getrunken hatte.

In der nächsten Zeit trafen sie sich, so oft es Chris' Schichtplan zuließ. Sie konnten nicht genug voneinander kriegen, und zunächst fiel es Mona nicht auf, dass sie sich immer nur in ihrer Wohnung trafen. In den letzten Tagen allerdings war ihr diese Tatsache immer bewusster geworden. Regelmäßig tauchte seitdem das ungute Gefühl in ihr auf, dass etwas in der Verbindung, die sie mit Chris so schnell und vorbehaltlos eingegangen war, nicht stimmte. Und sie wusste, dass sie der Sache auf den Grund gehen musste. Besser früher als später.

„Wollen wir nicht später zum Italiener gehen?", fragte Mona und sah Chris erwartungsvoll an. Sie war niemand, der wichtige Dinge aufschob. Manchmal handelte sie sogar erst und dachte anschießend nach. Davon konnte hier allerdings nicht die Rede sein. Sie hatte darüber nachgedacht. Eigentlich schon viel zu lange.

Als sich Chris' Augen bei der einfachen Frage kurz verengten, wurde Mona klar, dass sie sich nicht irrte. Etwas stimmte hier ganz und gar nicht. „Ich habe Bereitschaftsdienst. Was hältst du davon, wenn wir lieber eine Pizza bestellen?"

„Aber ich würde gerne auch einmal etwas außerhalb dieser Wohnung unternehmen", beharrte Mona und ließ ihn nicht aus den Augen.

Mit einer müden Handbewegung wischte er sich über die Augen.

„Das machen wir auch", versprach er und ließ seinen Blick über ihren nackten Oberkörper wandern. Zum ersten Mal war ihr das unangenehm. Nicht, weil er ihren Körper betrachtete, sondern weil sie wusste, dass er ihr nicht in die Augen sehen konnte. „Sobald es in der Klinik etwas ruhiger wird. Wenn die Krankenstände sich bessern ..."

Mona stieß ein kleines Lachen aus. „O ja, also nie ..."

„Vertrau mir, bald werden wir mehr Zeit zusammen verbringen können." Er sah sie bittend an.

Sie nickte. Tu ich das? Vertraue ich dir?, fragte sie sich zögernd. Ich bin verrückt nach dir und – so irre es sich anhören mag – ich kann mir jetzt schon vorstellen, den Rest meines Lebens mit dir zu verbringen. Aber mein Vertrauen hast du gerade eben verloren. Nichts von alldem sprach sie laut aus. Vielleicht irrte sie ja tatsächlich, nichts wünschte sie sich mehr. Deshalb musste sie zunächst herausfinden, ob das, was sie vermutete, der Wahrheit entsprach.

„Lass und Pizza bestellen! Ich habe Hunger!", sagte sie munter und strahlte ihn an.

Im Zweifel für den Angeklagten.

Zunächst.

***

Noch am selben Abend wusste Mona Bescheid: Der charismatische Dr. Chris Weingärtner, der ihr Herz und ihre Seele in der kurzen Zeit tiefer berührt hatte, als sie es sich jemals hätte vorstellen können, lebte mit einer anderen Frau zusammen. Lena Schlottkes und Christopher Weingärtners Namen waren auf dem schlichten Klingelschild mit einem Herz verbunden. Das Herz schloss damit gleich aus, dass es sich um eine Wohngemeinschaft handeln könnte. Am ganzen Körper zitternd stieg Mona wieder in ihr Auto. Klarheit zu bekommen, war so erschreckend einfach gewesen. Und so verdammt schwer zu ertragen.

Chris hatte nicht einmal gemerkt, dass sie ihm gefolgt war. Vermutlich lag der Gedanke außerhalb seiner Vorstellungskraft, dass sie so etwas tun könnte. Nach dem angeblichen Notruf aus der Klinik, mit dem er zum sofortigen Dienst beordert wurde, hatte er Monas Wohnung im Eiltempo und natürlich mit Bedauern verlassen. Als die Tür hinter ihm ins Schloss gefallen war, hatte sie keine Sekunde gezögert, sich eine Jogginghose und ein T-Shirt überzuwerfen und ihm nachzulaufen. Ihr Auto parkte nur wenige Meter von seinem entfernt, sodass sie ohne Mühe die Verfolgung aufnehmen konnte. Er hatte keinen einzigen Blick in den Rückspiegel geworfen.

Und nun kannte sie den wahren Grund, warum sie sich ausschließlich in ihrer Wohnung trafen.

Monas Hände krampften sich ums Lenkrad, während sie ihr Auto mit starrem Blick nach Hause lenkte.

Eine Stunde später hatte sie sich soweit gefasst, dass sie endlich die wütende WhatsApp schreiben konnte, mit der sie die junge Beziehung – Affäre traf es eher, wie sie inzwischen wusste – beendete.

Seine Antwort: *Lass uns reden!*, ließ sie unbeantwortet.

2.

„Ich weiß, dass du das kannst", sagte Mona mit Nachdruck zu Marc Leneweit, ihrem besten Mitarbeiter.

Marc erinnerte sie sehr an sich selbst vor einigen Jahren. Genau wie sie damals, wusste auch er seit seiner bestandenen Prüfung zum Physiotherapeuten, dass er nach dem Sammeln von Praxiserfahrungen so schnell wie möglich in die Selbstständigkeit starten wollte.

Mona würde seinen Weggang bedauern, konnte ihn aber bestens verstehen.

„Aber ich habe erst vor einem halben Jahr bei dir angefangen!", wandte Marc ein und raufte sich die rotblonden Locken, die trotz ihrer Kürze stets ein interessantes Eigenleben führten.

Die Geste brachte seine ohnehin nicht besonders ordentliche Frisur weiter durcheinander. Mona verkniff sich ein Grinsen.

Das Erschrecken in seinen blauen Augen war echt.

Aber Mona konnte daneben auch ein erfreutes Aufglimmen erkennen, was sie innerlich frohlocken ließ.

„Aber erstens bist du mein bester Mitarbeiter. Und zweitens der Einzige, der in Vollzeit arbeitet", ergänzte sie ihre Argumente. „Ich weiß, dass du den Laden rockst!"

Er nickte zögernd, während er unschlüssig seine Hände knetete.

„Außerdem wird das die wichtigste Erfahrung sein, die du machen kannst, um irgendwann für deine eigene Praxis gerüstet zu sein."

Sie lächelte ihn aufmunternd an und versuchte, ihre Ungeduld zu beherrschen. Ein bisschen Zeit musste sie ihm für die wichtige Entscheidung wohl lassen ... „Wann würdest du denn in die Provence reisen?", fragte er schließlich zögernd.

Sie hatte gewonnen! Der leise Zweifel, ob sie es tatsächlich schaffen würde, ihn zu überzeugen, löste sich auf.

Erleichterung flutete ihr Inneres. Der Wunsch, aus Hamburg wegzugehen, war in der letzten Nacht so übermächtig geworden, dass ihr Plan – Marc die Leitung der Praxis zu übergeben – einfach aufgehen musste. Und nun hatte sie es geschafft! Flucht schien ihr momentan die einzige Lösung, um dem schier endlos anmutenden Kreislauf ihres Beziehungsdramas zu entkommen. Es konnte nicht ewig so weitergehen wie in den letzten beiden Jahren. Mona konnte inzwischen nicht mehr sagen, wie oft Chris sich inzwischen von Lena getrennt hatte, weil er Mona liebte und mit ihr zusammensein wollte. Aber jedes Mal war er zu Lena zurückgegangen, die er zwar nicht liebte, die ihn aber angeblich brauchte, weil sie zu labil war, um ohne ihn zu leben. Es war noch zu früh ... Es brauchte Zeit, um alles in die richtigen Bahnen zu lenken ... Wieder und wieder war Mona mit Bauchschmerzen darauf eingegangen. Sie liebte ihn, aber sie hasste seine Wankelmütigkeit. Sein vermeintliches Mitgefühl für Lena, die ohne ihn verloren schien ...

Es fühlte sich für Mona absolut richtig an, diese vertrackte Situation endgültig zu lösen, indem sie zunächst einmal eine größtmögliche Distanz zwischen Chris und sich brachte. Was lag da näher, als zu Nila zu fahren? Mona wusste nicht, warum sie nicht viel eher darauf gekommen war. Vielleicht war es die enge Verbindung zu ihrer Praxis, die sie mit so viel Herzblut aufgebaut hatte. Die Patienten, die sie brauchten. Aber es gab Marc, ihren engagiertesten Mitarbeiter. An ihn als Vertretung hätte sie viel eher denken müssen!

„Also, wann würdest du fahren?", wiederholte Marc seine Frage geduldig.

Mona hatte sich in ihren Gedanken verloren, anstatt ihm zu antworten.

„Oh, entschuldige! In drei Stunden geht mein Flieger!" Sie strahlte ihn an.

„In drei Stunden?", rief er entsetzt.

„Meine Taschen sind schon gepackt, und zu Hause ist alles erledigt. Bis mein Taxi kommt, können wir alles noch in aller Ruhe besprechen."

„Na, dann ist ja alles in Ordnung", sagte er ironisch und schüttelte den Kopf. „Jetzt weiß ich wieder, warum ich so bald wie möglich keinen Chef mehr haben will!"

Sie mussten beide lachen. Mona befreit, bei Marc klang es eher nach Galgenhumor.